ANOUK FILIPPINI

2105

MÉMOIRE INTERDITE

AUZOU poche

2105

24-32 rue des Amandiers, 75020 Paris – France

Loi n° 49-956 du 16 juillet 1949 sur les publications destinées à la jeunesse, modifiée par la loi n° 2011-525 du 17 mai 2011.

Mise en pages : IGS-CP
Correction : Catherine Rigal, Maxime Gillio
Dessin : Invader © weberjake/shutterstock.com
Illustration de couverture : Laurent Besson

Dépôt légal : septembre 2021

Imprimé en République Tchèque
Produit conçu et fabriqué sous système de management de la qualité certifié AFAQ ISO 9001.

MIXTE
Papier issu de sources responsables
FSC® C014138

Pour Geneviève, Georgette
et Mimi, mes héroïnes.
Et pour Nina bien sûr,
ils sont tous pour toi.

On est toujours chez soi dans son passé.

Vladimir Nabokov,
Autres Rivages

Être en vie, c'est avoir une histoire à raconter.

Daniel Mendelsohn,
Les Disparus

Nous voici hardiment déjà lancés sur les abîmes ; et bientôt nous serons perdus au milieu des infinitudes qui ne connaissent ni havre ni rivage.

Herman Melville,
Moby Dick

PREMIÈRE PARTIE

Chapitre 1

Briss a basculé son siège en position allongée et elle s'est endormie. Elle a plongé dans le sommeil avec douceur. Comme tout ce qu'elle fait. Comme si rien n'était jamais contraire ou difficile. Sa bouche fait des petits mouvements de succion, pareils à ceux des bébés. J'aimerais dormir mais c'est impossible. Trop de pensées se bousculent dans ma tête.

«Il y a deux choses vraiment difficiles dans la vie, dit ma mère : être libre et devenir soi-même. Le reste, tout le monde y arrive.»

Je pense à ma mère depuis que nous sommes montées dans le train. C'est la première fois que je lui mens. Un sentiment étrange, excitant et effrayant à la fois. L'impression que je suis en train de faire exactement ce qu'il faut alors que je désobéis, que je trahis.

Je crois profondément que tout ce que nous sommes, nous l'avons déjà été. C'est pourquoi j'espère qu'un jour, dans plusieurs années ou même plusieurs centaines d'années, quelqu'un lira mon récit et y trouvera de l'aide, ou du réconfort. Ou, tout simplement, des informations. Nous apprenons du passé. C'est pour cela que l'Étoile a scellé les archives. Ils ont bien trop peur que nous ne devenions nous-mêmes et que nous soyons libres. Ça, ma mère n'oserait jamais le dire, mais ne vous y trompez pas, je suis très intelligente et je comprends beaucoup de choses par moi-même. Je le précise parce que depuis quelques mois, mes notes ont chuté. Je ne comprends plus rien, je ne comprends même pas ce qu'on attend de moi et je suis passée de A à E en l'espace de quelques semaines. Pour ma mère, tout est la faute de mes hormones. Elle fait plein de blagues là-dessus. Elle dit que je me noie dans mes hormones et qu'elle va m'envoyer une bouée. Que dans la lutte qui oppose neurones contre hormones, mes neurones vont finir par gagner. Je crois qu'elle se trompe. C'est plus grave que ça. Comme si un truc s'était déconnecté dans mon cerveau, comme si je devais recréer un circuit pour accéder à certaines informations. On ne peut pas tout mettre sur le dos des hormones. Après tout, Briss aussi est tombée sept fois amoureuse au cours des quatre derniers mois. Mais pour Briss, la question ne se pose pas. Elle a A +.

Briss a menti à ses parents avec la plus grande désinvolture. Elle trouve ça *normal*. C'est normal, me direz-vous. Briss trouve TOUT *normal*. Briss est une Lasting, rang n° 2, autant dire que rien ne peut lui arriver. Ou presque. Ce qui peut lui arriver, c'est de me perdre, et comme elle n'est pas vraiment habituée aux contrariétés, ça risque de lui faire beaucoup de mal. Alors que moi je suis prête. Il y a longtemps que je me prépare.

La ligne 96 du TE (TE pour Trans Europa) traverse dans un silence ouaté une forêt d'immeubles en verre, tous identiques, faits de parois vitrées et de coursives reliant les bâtiments les uns aux autres. Parfois, je tourne la tête pour regarder le paysage, sauf qu'il n'y a pas vraiment de paysage. Depuis que nous avons quitté la gare de Vienna Central, nous plongeons toujours plus profond au cœur de la banlieue. Des heures et des kilomètres de façades vitrées, identiques et rassurantes, monotones et aseptisées. La pluie fine qui n'a pas cessé depuis dix-huit mois dévale les parois opaques. Quand le train ralentit, je scrute ces bâtiments pour y chercher un peu de moi-même. C'est dans l'un de ces immeubles que je suis née, dans l'un de ces quartiers/ville sans identité, sentant le propre et l'ennui. Mais je ne m'y retrouve pas. Moi, toute ma vie, j'ai rêvé de Paris. Sauf que ce Paris n'existe plus. Le Paris que je voudrais connaître a disparu avec les Grandes Eaux. Je ne verrai jamais ses ruelles sales et tortueuses, encombrées et vivantes.

«Tu exagères, dit toujours ma mère quand je lui parle du Paris que j'imagine. Ce n'était sans doute pas si sale que ça.»

Mais pour moi, sale est un compliment. Sale et gris.

À vol d'oiseau, nous ne sommes pas très éloignées de notre destination. Mais l'itinéraire a été un peu compliqué par le mensonge que nous avons inventé pour brouiller les pistes. Nous avons pris un premier train vers le sud pour remonter ensuite nord, nord-est dans le dédale des correspondances. Depuis Berne, le train est un omnibus, il dessert chacune des stations de banlieue qui correspondent plus ou moins aux anciennes grandes villes européennes. Cela nous ralentit et égare mon esprit. Tous ces noms ont peuplé mon imagination d'enfant, ils parlent d'un monde qui n'existe plus. Ce décalage, cet étirement spatio-temporel me plaît. Je savoure pleinement les sensations qu'il provoque en moi. L'action est ce qui m'intéresse le moins. J'aime anticiper, réfléchir, inventer, revenir en arrière. Au collège, ma matière préférée, c'est Espace-Temps.

Notre train ralentit au moment où nous traversons une gare sans nous arrêter. J'essaie de savoir où nous sommes, mais la vitesse est encore trop importante pour me permettre de lire le nom inscrit sur les panneaux lumineux. Dehors, la nuit est tombée. Je regarde mon IA de poignet. Il est 17 h 30. Nous arriverons dans une demi-heure.

Briss ouvre un œil, et sa première pensée est pour la neige. Elle scrute le paysage de l'autre côté de la vitre, dans l'espoir d'y apercevoir un premier flocon. Comme toute la planète, mon amie suit l'évolution de la situation météo minute par minute sur sa tablette. Briss et moi n'avons jamais connu la neige. Nos parents non plus. Nous sommes les enfants des Grandes Eaux, suivies d'un éternel printemps, parfois frais, souvent doux, toujours humide et monotone. Mais depuis dix-huit mois, grâce aux efforts conjugués des Cinq Branches, une pluie fine tombe sans interruption, et maintenant, pour la première fois, la température devrait descendre en dessous de zéro. C'est un événement attendu mondialement. La question est : les premières neiges tomberont-elles en Russie, en Europe ou de l'autre côté de l'Atlantique ? L'avion du père de Briss est prêt à être affrété pour un départ immédiat, direction l'Alberta. Ils ont des cousins là-bas et veulent être aux premières loges au cas où la neige choisirait l'autre continent pour faire son entrée. Moi aussi, je rêve de voir la neige. Mais pour tout dire, j'espère surtout qu'elle détournera l'attention de l'autre événement de l'année : le Slamb de l'Étoile, responsable de la nausée qui ne me quitte pas depuis quelques jours.

Je crois que jusqu'à présent, je ne m'étais pas rendu compte à quel point je mourais de trouille. Je m'étais laissé porter par l'aventure, appréciant le sentiment de liberté, de transgression, l'amour absolu de Briss. Mais là, j'ai peur. Tout simplement. Je sais que je vais échouer. Vu le résultat du match neurones *versus* hormones, mes chances de réussite sont assez maigres. Briss sourit, s'étire comme un chat, remonte son siège en position assise. Elle voit à ma tête que je suis sur le point de vomir.

— Ça ne va pas ?

— J'ai peur.

— Peur de quoi ? demande-t-elle en bâillant.

— Peur… de ne pas y arriver.

— Pourquoi tu échouerais ?

— La plupart des épreuves reposent sur la mémoire, les connaissances et la vitesse de traitement. Et tu sais bien que j'ai perdu toutes mes capacités cognitives ces temps-ci.

— Mais qu'est-ce que tu racontes ?

Briss regarde l'heure sur la tablette de son fauteuil.

— Zut, il est trop tard pour commander quelque chose à manger ! J'ai faim, pas toi ?

— Je ne suis pas assez intelligente. Pour devenir une Lasting, il faut être intelligente.

— N'importe quoi ! C'est ce qu'on essaie de vous faire croire. Tu penses vraiment que les Lastings sont plus intelligents que les Vulnérables ? Ces épreuves, c'est du spectacle, de la com'. Ce qu'il faut, en vrai, c'est comprendre les règles.

— Mais les règles sont les mêmes pour tout le monde, elles sont simples !

Et une fois de plus, je prouve par cette remarque idiote qu'en ce moment, je ne comprends rien à rien.

— Pas les règles du jeu, dit Briss. Les autres règles. Les règles implicites. Celles qui justement ne figurent pas dans le règlement. Et tu peux me faire confiance : ces règles-là, je maîtrise.

C'est vrai. Briss est la personne la plus... adaptée que je connaisse. Adaptée me semble le mot juste. Au sens de l'adaptation des espèces. Elle est parfaitement à l'aise dans son milieu naturel (si l'on peut encore qualifier de « naturel » le milieu dans lequel nous évoluons). Par exemple, elle devine toujours ce que les autres attendent d'elle, du coup c'est elle qui choisit de s'y conformer ou de surprendre. Elle n'échoue jamais, ne doute pas, sait en toutes circonstances ce qu'elle doit dire ou faire ou bien porter, ou comment se maquiller. Elle sait jusqu'où elle peut aller et ce qu'il convient de taire. Non seulement elle a été élevée pour ça, mais en plus elle a un talent naturel. Elle est promise à un bel avenir. Un avenir très long ; Briss est une Lasting, et donc elle est censée vivre quatre cents ans. Je suis sa seule faiblesse. Son talon d'Achille. Son anomalie. Je suis Sophìa, le petit caillou dans l'engrenage. Puisque tout nous sépare, puisque je suis capable d'échouer, puisque je me pose toujours des questions qui n'ont rien à voir avec le sujet et que la plupart du temps, je n'obtiens jamais la réponse ; puisque je suis aussi châtain qu'elle est rousse, aussi pâle qu'elle est diaphane ; puisque j'ai toujours un petit côté sauvage mal dégrossi alors qu'elle est posée et calme... Puisque je suis une Vulnérable et qu'elle est une Lasting. Pour toutes ces raisons, Briss n'aurait jamais dû m'aimer.

Mais voilà. Elle m'aime. Du coup, elle n'a aucun doute, elle pense que je vais gagner. Elle ne peut pas imaginer que je perde puisque si je perds, elle me perd. Et ça, c'est impensable. Sauf que moi, je meurs de trouille.

— Détends-toi, dit Briss en me prenant la main. Ce n'est que la première étape. Les éliminatoires. Tu vas les passer haut la main.

⋆

Quand nous descendons du train à Munich, nous sommes saisies par le froid. La température a chuté de plusieurs degrés en quelques heures. Briss a suivi un entraînement spécial en chambre froide, réservé aux Lastings. Moi je n'y ai pas eu droit. Je suis une Vulnérable, ne l'oublions pas. Mais je suis heureuse de ne pas avoir été préparée. Sur le quai, le choc que j'éprouve est délicieux, douloureux, accentué par la nouveauté des sensations vécues au cours des dernières quarante-huit heures : le mensonge, le trajet jusqu'à la gare dans la berline de Briss, le confort de nos sièges/cabines inclinables en cuir blanc, la légère piqûre de culpabilité en pensant que ma mère n'a jamais voyagé en première classe. Je ferme les yeux pour essayer de fixer ces sensations dans toutes les cellules de ma mémoire. L'air est humide. Tout mon corps se tend, j'éprouve un léger mal de tête et un engourdissement. Sur le Réseau Europe, ils ont dit que tout le monde ne réagirait pas de la même façon, mais que dans tous les cas, le froid nous obligerait à consommer une énergie que nous n'avons plus l'habitude de monopoliser. Pourtant, cette sensation ne me semble pas si étrangère. J'ai appris en cours que notre ADN se souvient de certaines perceptions, même si nous ne les avons pas expérimentées. À condition toutefois que nos ancêtres les aient vécues. Il est clair que quelque chose en moi se souvient du froid.

— Tu rêves ? me secoue Briss.

J'ouvre les yeux. La tête un peu penchée, mon amie me regarde d'un air amusé et narquois. Ses yeux brillent, assortis au joli petit bonnet vert d'où coulent ses longs cheveux de feu. Je lui souris. Je suis dans une ville inconnue avec ma meilleure amie. Personne au monde ne sait où nous sommes ni ce que nous avons prévu de faire, j'ai menti à ma mère et, pour couronner le tout, la température est descendue sous le seuil magique du zéro, celui où l'eau change de forme et se solidifie. L'air est piquant, le brouillard empêche de voir à plus de dix mètres. Briss est la seule touche de couleur dans cette grisaille de roman. On se croirait au XXe siècle. Pour la première fois de ma vie, je me sens moi-même. Je me sens libre.

Chapitre 2

Il faudrait sans doute que je songe à me présenter. Je m'appelle Sophìa Dinalieb VULBER2072. Ce qui signifie que je suis la fille de Dina, que je suis une Vulnérable, que je suis née dans la province de Berlin et que mon numéro est le 2072. Je précise tout cela pour les générations à venir, car je sais que ce n'est pas évident et que le système aura peut-être changé. Au temps de mon arrière-arrière-grand-mère Mina par exemple, les noms et les prénoms n'étaient pas attribués selon la même méthode : en Europe, un enfant héritait généralement du nom de son père, sauf s'il n'en avait pas. Auquel cas il prenait le nom de sa mère. Et les gens n'avaient pas de numéro. Je dois préciser qu'à *mon* époque, les numéros en 2000 sont très rares. Ils désignent les enfants dont le père est mort avant leur majorité. Le mien est mort quand j'avais trois ans, et ça, c'est encore plus rare. Dans notre monde, les gens ne meurent pas – en tout cas, pas avant d'avoir atteint quatre-vingt-dix ans pour les

Vulnérables, et quatre cents ans pour les Lastings. D'une certaine manière, c'est mieux ainsi : puisque je n'ai aucun souvenir de mon père, il ne peut pas me manquer. Bon. Ce n'est pas tout à fait vrai. Certains jours, il me manque quand même. Son absence forme un creux douloureux au fond de mon ventre. Ces jours-là, je ferme les yeux et je l'imagine. Dans mes pensées, il porte une sorte de moustache pointue, ses yeux sont comme les miens, marron mais éclaircis par des taches d'or, et il sourit. Il ne le dit jamais (car il ne parle pas dans ses apparitions imaginaires) mais je sais qu'il pense très fort : « Sophìa, ma chérie, pourquoi doutes-tu de toi-même ? C'est ridicule, enfin, tu es la meilleure. Bien sûr que tu vas y arriver. » Le pouvoir de l'imagination me fascine. Pas autant que l'espace-temps, mais presque.

Mon année de référence, c'est 2015. Même si on ne nous dit rien, je suis certaine que c'est là que tout a basculé. En 2015, mon arrière-arrière-grand-mère Mina avait mon âge : quinze ans. Quinze ans en 2015, je ne sais pas vous, mais moi je trouve que cela sonne comme une formule magique. J'aimerais tellement en apprendre plus sur Mina. Tout ce que je sais, c'est qu'elle vivait à Paris. J'ai bien essayé de faire des recherches sauf que c'est presque impossible, car tout a été effacé du cloud juste avant les grandes inondations. Le stockage des milliers de données dans des serveurs enfouis sous la neige en Alaska faisait fondre la calotte glaciaire. Des copies de sauvegarde ont été archivées pour les chercheurs, mais seuls quelques Lastings très haut placés y ont accès. C'est aussi l'une des raisons pour lesquelles je voudrais devenir une Lasting. Pour en apprendre plus. Le peu que je sais, je le tiens de ma mère, qui le tient de sa mère. Et puis, j'ai eu la chance d'admirer quelques photos de Paris dans les livres papier que ma mère possède. C'est son privilège de chercheuse. Elle a le droit de conserver tout un tas d'ouvrages assez rares que nous nous sommes trimbalés pendant des années au gré de ses missions, avant de nous fixer durablement à Vienna, la capitale, au service de la famille de Briss. Quand j'étais petite, nous faisions souvent de longs voyages en train. Ma mère avait une valise spéciale, conçue pour maintenir les livres à température constante, et quand elle ouvrait cette espèce de coffre-fort, ils dégageaient cette odeur, si particulière, de la pâte à papier. Elle disait que rien n'égalait, dans la vie, la sensation combinée de tenir un livre dans les mains et de voyager par le train. Souvent, les autres passagers nous dévisageaient. J'étais à la fois très gênée et un peu fière. Beaucoup de Vulnérables n'ont jamais vu de livre papier de leur vie. Ma mère dit que ça ne fait rien, que ce qui compte ce n'est pas le support. Ce qui compte ce sont les histoires qu'ils racontent. Le problème, c'est que bien souvent, ces histoires n'ont pas été numérisées, ou alors elles sont interdites. Les histoires, l'Étoile n'aime pas ça.

Nous avons par exemple dans nos affaires un livre interdit appelé *Guerre et Paix*; je l'ai lu quatre fois. Ça se passe bien avant 2015, au début du XIXe siècle. Ma mère dit que tout ce qui est raconté dans ce roman s'appuie sur des événements historiques et il y a de longues descriptions de batailles assez pénibles. Mais les personnages du roman évoluent dans une nature couverte de blanc qui me fait rêver. Le grand sujet, c'est la guerre. Et moi, depuis que je suis née, je n'ai connu que la paix et une météo égale. Alors forcément, je me pose la question: la guerre va-t-elle revenir avec la neige?

Briss est une très bonne hackeuse. Elle a brouillé sans difficulté les données de géolocalisation de nos IA, et elle a réservé une voiture autonome sous un faux nom. Sur le tableau de bord, nous entrons les coordonnées de l'hôtel et traversons le centre-ville historique, presque désert. Les véhicules individuels sont réservés aux Lastings, ils sont donc assez rares, et personne, par ce froid, ne se promène à pied dans les rues gelées. Notre «calèche» nous dépose devant l'entrée de l'hôtel, sur une place majestueuse. Briss a réservé une chambre (toujours sous une fausse identité) au Grand Hôtel Baum Europa, un palace. Naturellement, c'est un privilège, et même si rien dans le règlement ne l'interdit, j'ai déjà le sentiment de tricher. Nous nous arrêtons quelques instants sur le seuil pour observer, de l'autre côté de l'esplanade, la Maison Baum, où se tiendront les épreuves éliminatoires.

Quand je sors de la salle de bains, enveloppée dans un peignoir épais comme le pare-feu qui nous empêche d'accéder aux archives secrètes du gouvernement, je jette un coup d'œil par la fenêtre. Avec le froid qui rend la lumière plus bleue et la pierre plus blanche, on se croirait dans un roman. Briss me gronde : il est temps que je me mette en mode « winner ». L'important dans cette histoire, ce n'est pas de participer, mais de gagner. Et donc : entraînement. Nous revoyons ensemble, pour la vingt millième fois, le règlement du jeu (assez simple). Et pour la millionième fois, Briss me rappelle ses conseils de coach :

— Si tu n'anticipes pas, tu ne paniqueras pas. Aie confiance en toi.

— Facile à dire.

— Et à faire ! Il suffit de suivre le mouvement, relax, tout en détente. Ensuite, tu saisis ta chance. Ou plutôt TES chances.

— Mes chances, je sais…

— Oui, TES chances, tous ces petits instants qui se présenteront à toi, chargés d'énergie et d'opportunité.

Quand elle est comme ça, Briss, enthousiaste, volubile, elle parle en marchant dans la pièce et en secouant les mains autour de sa tête, comme une sorte de magicienne invoquant les fées invisibles, les puissances surnaturelles, les mystères de la huitième dimension… Sur l'écran de notre chambre, le Canal Europe diffuse des images d'Alexander Edouarddìne Last1. Lui, c'est LE grand chef du Slamb de l'Étoile. Il en est la vedette, le maître de cérémonie. Alexander est célèbre dans le monde entier. On dit partout qu'il est extraordinaire, dévoué à l'Étoile, brillant, charismatique. Moi, je ne l'aime pas. Il me fait peur. Il évoque la folie d'un système délirant, la fausse bienveillance des privilèges. D'ailleurs, je n'aime rien dans toute cette histoire. Rien, à part le fait d'être avec Briss. Je sens soudain que les larmes me montent aux yeux. Briss se précipite vers moi et me prend dans ses bras.

— Pourquoi j'ai accepté ? Pourquoi j'ai fait ça ? dis-je dans un sanglot.

Elle n'a même pas besoin de répondre. Nous savons toutes les deux pourquoi j'ai accepté. Si je ne joue pas, ou si je perds, je perds ma meilleure amie. Le jour de ses seize ans, elle recevra le sérum et moi non. Nous serons séparées et n'aurons plus jamais le droit de nous voir. Si je gagne (mais c'est fort peu probable), je recevrai moi aussi le sérum le jour de mes seize ans, et je vivrai jusqu'à quatre cents ans. Le truc, c'est que si je gagne (mais c'est fort peu probable), je devrai tout laisser derrière moi : ma vie, mes origines… ma mère.

⋆

Le lendemain à 5 h 30, le *room service* frappe à la porte. Au Grand Hôtel Baum Europa, vous êtes servis par des humains, pas par des clones, c'est tellement plus chic. On nous apporte un petit déjeuner à base de protéines végétales et de vrais fruits, que j'ai du mal à avaler. J'ai à peine fermé l'œil de la nuit et je me sens vaseuse; je voudrais me recoucher et dormir à jamais sur ce matelas de princesse, dans cette ambiance ouatée, protégée du monde. Il serait si facile de tout oublier. Ne quitter mon lit que pour attendre, derrière les rideaux épais, le retour de la neige. Aux infos, on ne parle que de ça. Cette nuit, en Europe, la température est descendue en dessous de zéro, le degré d'humidité est bon: ça ne devrait plus tarder. Le présentateur passe ensuite à l'autre sujet d'importance. À savoir: les éliminatoires pour la version européenne du concours de Slamb de l'Étoile, qui auront lieu aujourd'hui à la Maison Baum. L'année dernière, précise-t-il, le Slamb de l'Étoile a rassemblé plus de 70 millions de téléspectateurs. Je sens mon estomac se révolter: 70 millions de spectateurs, cela veut dire 70 millions de paires d'yeux braqués sur moi. Et au milieu, ceux de ma mère. Briss coupe le son et me regarde. J'essaie de lui sourire, mais je pense que ça donne une sorte de rictus. Elle me prend dans ses bras.

— Allez, dit ma coach, assez lambiné. Il est temps de nous préparer.

Quand nous descendons, le hall de l'hôtel, imposant dans sa majesté «à l'ancienne», est presque désert. À part nous, il n'y a qu'une autre fille de notre âge, accompagnée d'une Lasting de près de cent ans, à la peau de bébé et aux cheveux argentés. La femme est grande, aristocratique, elle me fait immédiatement penser à l'arrière-arrière-grand-mère de Briss. Mon arrière-arrière-grand-mère à moi, Mina, je ne la connaîtrai jamais. Quand le monde a été divisé en deux classes sociales distinctes, elle s'est retrouvée du côté des Vulnérables. Mais chez les Lastings, cette génération, née un peu avant ou après l'an 2000, a obtenu une version du sérum alors que la plupart des individus avaient passé, et de loin, l'âge fatidique des dix-huit ans. La constitution exceptionnelle de certaines «élues» a permis ce petit miracle de la science. Les femmes comme elles ne vivront sans doute pas quatre cents ans, au mieux cent soixante-dix, cent quatre-vingts ans. On les appelle toutefois les Éternelles (pour Grands-Mères Éternelles). Je dis «elles» car cette version du sérum n'a presque jamais marché sur les hommes. Il doit exister au monde une petite dizaine seulement de Grands-Pères Éternels, alors qu'il y a 272 Grands-Mères Éternelles. Dans le hall, la jeune fille qui accompagne l'Éternelle est une Vulnérable comme moi. Il est évident qu'elle est là pour participer au concours, et il est tout aussi évident que l'Éternelle est son sponsor, tout comme Briss est le mien. Je ne peux m'empêcher de me poser des questions à son sujet. Quelle est son histoire? Quels sont ses liens avec l'Éternelle? La fille a des cheveux noir corbeau coupés très court sur la nuque, de grands yeux noirs et un tatouage dans le cou représentant un phénix. Elle me jette un drôle de regard tandis que Briss m'entraîne dans les portes à tambour en murmurant «pas malin le tatouage, si elle a l'intention de vivre quatre cents ans». Et moi, alors? Est-ce que j'ai vraiment l'intention de vivre quatre cents ans? L'hôtel est surchauffé. C'est donc avec soulagement que j'accueille l'air piquant du petit matin, saisissant et délicieux. Briss inspire une grande bouffée glacée et je la sens frémir d'impatience à mes côtés. L'éclairage public, orangé, contraste avec la teinte bleutée de l'aube. Avant 6 heures, le règlement interdit aux concurrents et à ceux qui les accompagnent de poser le pied sur l'esplanade. Tant que nous restons sur le tapis rouge devant l'hôtel, tout va bien. Derrière des cordons laser gardés par des officiers de sécurité, des centaines de jeunes gens attendent dans un silence fébrile que les autorités ouvrent la place. Alors, ils pourront se mettre à courir vers les portes de la Maison Baum. Briss scrute son IA de poignet. Notre point de départ privilégié nous donne une toute petite avance sur les autres. Sur le perron de l'hôtel, gardé par un portier impassible, nous sommes rejointes par l'étrange Phénix et sa coach aristocratique. Elles semblent toutes deux faire preuve d'un calme surnaturel. Soudain, on entend un frémissement de l'autre côté des cordons, suivi d'une clameur, douce et joyeuse. Quelqu'un tend le bras vers le ciel pâle. Nous levons les yeux:

il neige ! De gros flocons blancs tombent, légers et délicats. Ils tanguent dans le ciel mousseux, puis semblent hésiter un instant avant de toucher le sol et de disparaître. Je regarde Briss, elle a les larmes aux yeux.

— C'est un signe, me murmure-t-elle à l'oreille.

À 6 heures moins quelques secondes, la grand-mère immortelle pose un baiser sur les cheveux de la fille au phénix. Briss me prend la main. À 6 heures pile, les réverbères s'éteignent et les six coups d'un carillon cristallin figent le passage du temps. La fille au phénix lance un regard d'amour à la femme aux cheveux blancs, Briss exerce une légère pression sur ma main. Les policiers actionnent le cordon électrique et Briss murmure « go ». Dans un petit jour naissant brouillé par des nuages de flocons cotonneux, une nuée de jeunes Vulnérables, tous âgés de treize à quinze ans, s'élancent comme moi vers les portes de la Maison Baum. Je cours sans peine, dans le tout petit matin, sur le sol glissant, de la neige plein les yeux. J'ai peur et je n'ai plus peur à la fois. Ma meilleure amie ne me lâche pas. Elle court à mes côtés.

Chapitre 3

Les épreuves éliminatoires sont les dernières que je devrai affronter seule. Ensuite, si je suis sélectionnée, j'aurai droit à un accompagnateur (coach, membre de la famille…) et Briss restera avec moi. Mais aujourd'hui, nous devons nous séparer devant les portes de la Maison Baum. Nous sommes arrivées parmi les premières sur le perron et il paraît que c'est une bonne chose. Ce n'est écrit nulle part dans le règlement officiel, mais on dit partout sur le Réseau que cela permet de gagner d'entrée des points supplémentaires. Les fameuses règles « implicites », celles qui ne sont écrites nulle part mais qui existent quand même. Briss ne cesse de me parler, sans doute pour m'empêcher de penser :

— N'oublie pas : les éliminatoires ne sont pas retransmises, mais elles sont filmées. À partir de maintenant, tous tes faits et gestes seront observés. Donc : n'aie jamais l'air inquiète, perdue ou décontenancée. Parle le moins possible. Reste mystérieuse. Fonce, je suis avec toi.

Ce ne sont pas les épreuves qui me font le plus peur. Ce que j'appréhende depuis des jours, c'est de me retrouver au milieu de tant de monde, et surtout au milieu d'adolescents Vulnérables. Ils sont comme moi et pourtant je ne les connais pas. J'ai toujours vécu à l'écart. À cause du travail de ma mère, je n'habite pas dans les mêmes quartiers que ceux de ma classe ; je suis scolarisée à domicile et je prends des cours en réseau avec des gens dans la même situation que moi, des Vulnérables vivant dans les quartiers des Lastings. Mes seuls vrais amis sont des Lastings, et d'ailleurs mes vrais amis se comptent sur les doigts d'une main : il y a Briss bien sûr, ses cousins Paul et Jonas, et son frère Élias, à qui ma mère donne des leçons pour tenter de lui faire récupérer le niveau (il a une petite tendance à rêvasser). Les jeunes que je vois ici se connaissent, même quand ils ne se sont jamais rencontrés. Ils vivent dans les faubourgs propres et nets que j'ai observés par la fenêtre du train. Ils ont reçu la même éducation et le même enseignement, ils regardent les mêmes programmes du Réseau… J'ai mal au cœur. J'ai le sentiment que tout le monde m'observe. Et en même temps, j'ai la sensation désagréable que je n'existe pas. Que je suis à côté, faussement là, étrangère.

Les deux lourdes portes à caissons s'ouvrent sur un vaste vestibule blanc, nu, avec un double escalier en marbre menant à un balcon courant. Le hall baigne dans une lumière diffuse couleur lune.

J'avance jusqu'à un comptoir où une hôtesse vérifie mon identité (deux vérifications, l'une grâce à ma pupille et l'autre par un prélèvement d'ADN) avant de me tendre une tablette (tous nos instruments personnels sont interdits). Je personnalise ma nouvelle IA par reconnaissance digitale et j'attends que l'hôtesse, pianotant sur son clavier, m'attribue un numéro.

— Voilà, me dit-elle avec un sourire de clone. À partir de maintenant, on t'appellera par ton pseudo, composé de ton prénom et de ton numéro.

Sur l'écran de ma tablette, mon pseudo vient d'apparaître. Dans un premier temps, je crois que c'est un genre de canular, ou une hallucination. Mais il semblerait que ce soit juste un hasard.

— Sophìa 2015 ? je demande, ébahie.

— Oui. 2 parce que tu es au comptoir n° 2. 015 parce que tu es la quinzième candidate par ordre de présentation. Mais tu peux le changer, si tu veux. Pour personnaliser ton pseudo, il faut adresser une demande dès demain matin sur le site officiel à l'adresse suiv…

Je ne l'écoute plus. Sophìa 2015 ? Est-ce vraiment une coïncidence ? Je voudrais courir dehors pour raconter ça à Briss. Elle croit aux signes et ça, c'est un signe, non ? 2015 : mon nombre fétiche, mon année de référence, celle qui me fait rêver…

*

Je suis Sophìa 2015. Des taches de couleur dansent devant mes yeux et l'espace d'un instant, j'ai peur de ne pas tenir sur mes jambes. Petit coup d'émotion. Je suis Sophìa 2015 et j'attends dans le hall avec les autres, dans un état de trouble indicible. Il faut absolument que j'arrive à me calmer et à me concentrer. Ma tablette, fournie par l'organisation, est configurée en réseau fermé. Elle ne mentionne ni la date ni l'heure. Je ne sais pas depuis combien de temps je suis ici. Je cherche une horloge. Il n'y a aucune horloge. En revanche, au-dessus du grand escalier, je découvre un rond de lumière qui semble égrener les secondes : des petits points lumineux qui apparaissent et disparaissent en dessinant un cercle virtuel. Soixante ponctuations. Seulement les secondes. Le temps s'écoule dans une boucle sans fin, sans jamais donner l'heure. Tous les six tours, soit six fois soixante secondes, l'horloge égrène soixante et une secondes avant de reprendre le cycle. Pourquoi cette seconde supplémentaire toutes les six minutes ? Pour nous empêcher de compter ? Pour nous égarer ? Nous faire réfléchir ? Les autres ne semblent pas y prêter attention et je décide de ne pas m'en préoccuper non plus. Je ne veux pas devenir cinglée. Je choisis de concentrer mon attention sur les ados massés dans le hall. Il y a six centres de présélection dans tout le pays, attribués en fonction de notre adresse. Ici, aujourd'hui, nous sommes une centaine, tous âgés de treize à quinze ans, tous intelligents (notre dossier scolaire mentionne notre QI et il faut au moins 142 pour participer). Notre vrai point commun toutefois, c'est que nous sommes des Vulnérables. Il y a un peu plus de filles que de garçons, 30 % de plus je dirais…

Mais je m'aperçois que je n'ai pas parlé du Slamb de l'Étoile. Comme son nom l'indique, c'est un concours de Slamb. Il faut faire preuve de vivacité d'esprit, de style, montrer qu'on sait briller en improvisant sur un sujet. « Mais le charisme et la beauté font partie des critères de sélection non officiels », a précisé Briss. Résultat, sur les dix mille personnes qui ont fait la demande, les six cents jeunes gens sélectionnés sur l'ensemble du territoire sont tous beaux et bien élevés. En revanche, ils ont une petite tendance à se ressembler. Ce n'est pas l'originalité qui domine. Il y a pourtant une exception : un garçon, qui n'arrête pas de me regarder. Il a fait son entrée bien après la grande ruée et j'ai trouvé ça plutôt malin. Alors qu'il est dit partout que les trente premiers seront d'emblée favorisés, lui a choisi de se démarquer et de se pointer après tout le monde. Une entrée tout en désinvolture, mais très remarquée ! Surtout par les filles. Peau noire, cheveux noirs, corps athlétique, il est vêtu de cuir, à l'ancienne. Avec la fille au phénix, il est l'un des rares candidats à se distinguer par son apparence. Moi aussi, je sors un peu du lot. Mon jean, mon T-shirt en coton et mes baskets *vintage* (année 2016 – cadeau de la mère de Briss pour mes quatorze ans) me donnent l'air déguisée, genre ancien temps. D'habitude j'aime ce style. Mais d'habitude, je n'ai pas à me fondre dans un groupe constitué d'ados de mon âge, tous habillés de tenues pastel en tissu technologique antitranspirant, antibactérie, antifroid, antichaud…

Au bout d'un temps indéterminé, on nous fait enfin entrer dans une pièce rectangulaire dont les murs latéraux sont percés de rayonnages vides. Tout au bout de la pièce, une estrade en bois, délimitée par une balustrade. On y accède par une volée de marches. On dirait que nous sommes dans une ancienne bibliothèque, une bibliothèque sans livres, qui fait écho à l'horloge sans heures. Nous choisissons notre place parmi des rangées de chaises couvertes de velours rouge. La lumière est saturée. Les blancs sont trop blancs, et du coup le rouge des fauteuils est trop intense. Je m'installe au bout d'un rang, le dos droit, assise tout au bord de ma chaise. Je veux pouvoir m'enfuir si je me sens mal, je veux pouvoir partir en courant, me précipiter sur la place, respirer l'air frais, tellement frais et nouveau, sortir en trombe du bâtiment et rejoindre Briss à l'hôtel ; on déjeunerait, on papoterait, couchées sur le lit confortable, on irait visiter la vieille ville. Sans nos parents, sans chauffeur, sans garde du corps…

Oui, je laisserais tomber… Je resterais à jamais une Vulnérable. Cent ans de vie, c'est bien déjà. Je choisirais un métier de Vulnérable, peut-être professeure comme ma maman, je trouverais un garçon à épouser et j'irais vivre dans l'un de ces immeubles que j'ai vus défiler par la fenêtre…

Deux rangs devant, quelques sièges plus à droite, se tient le garçon à la peau noire. Il se tourne vers moi et me fixe. Puis il lève les yeux vers le mur. Je suis son regard et je remarque, entre les rayonnages vides, des disques blancs cerclés d'or. Comme celle du hall, ces horloges n'indiquent que le passage des secondes. Les aiguilles des heures et des minutes ont été supprimées, ainsi que les chiffres sur le cadran. Il ne reste qu'une trotteuse courant sur une pleine lune couleur crème. Le message est le suivant : ici, le temps ne s'est pas arrêté. Il tourne sur lui-même. Je cherche des yeux la fille au phénix, mais je ne la trouve pas. Je me demande combien de candidats, dans cette salle, sont comme moi : combien ont été contactés directement par l'Organisation. En principe, c'est au postulant de faire sa demande. Son dossier, composé de son parcours scolaire, de son QI et d'un test ADN, est alors étudié en vue d'une présélection. Mais, à de très rares occasions, comme pour moi, l'organisation devance l'appel, elle contacte elle-même un candidat. S'il accepte, il doit alors se soumettre aux mêmes tests que les autres. J'ai été extrêmement surprise de recevoir le courrier.

J'ai toujours été une très bonne élève (à part ces derniers mois), mais tout de même… Pas à ce point-là ! Briss prétend que c'est à cause de ma situation particulière. Les Lastings ont tout intérêt à intégrer les jeunes ayant vécu parmi eux. Surtout s'ils peuvent apporter quelque chose au gouvernement. J'en suis à me demander ce que je pourrais bien « apporter au gouvernement » quand j'entends un bruissement dans la salle. Sur les écrans de nos tablettes apparaissent alors des cercles représentant les mêmes horloges à secondes : la trotteuse, parfaitement coordonnée aux horloges murales, accomplit sa boucle infinie.

Soudain, tout le monde se lève car le jury, le célèbre jury, vient de monter sur l'estrade. Il est composé de trois femmes et de deux hommes. Parmi les femmes, Éléonora. C'est une Last1. Blonde, cheveux lisses, visage entièrement refait (mais bio !), c'est l'adjointe de la ministre de la Culture (en réalité, c'est aussi sa fille). Je la connais pour l'avoir vue à la télévision, Briss la connaît parce que leurs mères sont amies : une truffe parfaitement stupide, selon elle. Les deux autres femmes sont la présentatrice vedette et une spécialiste du droit des générations, prof à l'Université Lasting, souvent invitée des programmes que je ne regarde jamais. L'un des deux hommes est Basile Anatolesöne Last4. C'est un ancien artiste, l'inventeur du Slamb. Il a échangé son immortalité contre les droits de son art. Pas exactement la grosse classe, si vous voulez mon avis. Bon, en même temps, on peut le comprendre. Mais le clou du spectacle, celui que tout le monde attendait et dont l'entrée provoque une vague de murmures et de soupirs, c'est Alexander Alexandersöne Last1.

Alexander fait partie de l'une des grandes familles de Lastings, rang n° 1. C'est un Éternel. L'un des très rares Grands-Pères Éternels de la planète. Il a reçu le sérum à soixante-quatre ans et il n'en est pas mort. Un cas exceptionnel. C'est lui qui a mis en place ce concours. Lui qui a eu l'idée de proposer une passerelle, pour que de jeunes Vulnérables aient la chance de passer de l'autre côté. Une idée que tout le monde a trouvée géniale : et si, une fois par an, deux jeunes gens passaient du statut de pauvres humains à celui de Dieux immortels ? Et si, une fois par an, deux Vulnérables, destinés à une vie monotone et brève, rejoignaient le clan de ceux qui possèdent le plus grand des privilèges : le temps ? Deux personnes chaque année sur des millions. Certes, ils en paient le prix. Ils doivent tout laisser derrière eux : leur famille, leurs parents, leurs amis. Mais il faut bien quelques sacrifices pour accéder à l'éternité, n'est-ce pas ? Moi, je ne suis pas très à l'aise avec cette idée. D'ailleurs je ne suis pas très à l'aise avec toute l'organisation de notre société. Mais voilà des sentiments qu'il va me falloir apprendre à refouler. Car pour gagner, il faut se mettre à nu. Ce qu'ils veulent voir de nous pour nous accepter dans leur monde, ce n'est pas notre intelligence : en réalité, ce qu'ils vont scruter et analyser, ce sont nos pensées.

★

Le jury s'installe sur des chaises disposées en arc de cercle, tandis qu'Alexander Last1 reste debout au milieu sur la scène. Je sais qu'il va nous gratifier de l'un de ses discours pompeux dont il a le secret. Tout de blanc vêtu, ses longs cheveux argentés auréolant un visage lisse et poudré, il sourit et lève les mains, paumes vers le ciel. Les murmures se taisent.

— Le temps, commence-t-il d'une voix vibrante. Le temps, ce don le plus précieux.

Une courte pause pour bien laisser le sujet nous pénétrer.

— Le temps… Voilà pourquoi vous êtes là. Voilà ce qui vous fait courir, rêver, chanter. Le temps.

Je me demande s'il va se lancer dans une définition scientifique, ce qui aurait le mérite de m'intéresser. Il continue, sur un ton moins solennel, plus complice, genre « ami qui va vous donner un conseil ».

— Une question doit vous habiter pendant toute la durée de ces épreuves. Une et une seule : ce temps, à quoi l'utiliserez-vous ? Au service de quoi mettrez-vous la puissance magnifique de votre formidable cerveau, doué de huit principales formes d'intelligence, comme vous le savez ?

Frissons et murmures dans la salle. Chacun d'entre nous a révisé les huit types d'intelligence et la façon de les activer. Pour ma part, je ne me suis pas beaucoup entraînée, car pour l'instant je n'y croyais pas vraiment. Mais si je veux passer quelques étapes, il va falloir que je m'y mette. Les secondes courent sur les horloges murales, égrenant un temps condamné à ne pas passer justement, à tourner en boucle. Alexander continue :

— Aujourd'hui, vous êtes réunis ici, dans ce lieu chargé d'histoire, pour les épreuves éliminatoires. Aux quatre coins du pays, ou plutôt devrais-je dire aux six coins du pays, des adolescents comme vous tentent leur chance. Ce qu'ils désirent ? Ils désirent participer au Concours National du Slamb de l'Étoile. Peu d'entre vous seront élus. Ce soir, tous autant que vous êtes, vous rentrerez chez vous, touchés ou non par l'appel du destin. Sachez que cet appel, vous y répondrez quoi qu'il arrive. Car ne l'oubliez pas, vous avez été jugés dignes d'être parmi nous aujourd'hui. Vous êtes l'élite. Et même ceux pour qui l'aventure s'arrêtera là en sortiront grandis et fiers d'avoir été choisis.

Ma tablette émet une lueur et un message s'affiche, dans la typo clignotante des lignes de codage : « C'est du grand n'importe quoi, non ? » Je lève la tête, surprise : quelques rangs devant moi, le garçon intrigant se dévisse la tête pour croiser mon regard et me faire un clin d'œil. Je rougis et fixe ma tablette. Le message a disparu.

— Grâce à vos capacités exceptionnelles, vous êtes promis à de belles études ! Et ceux qui rentreront chez eux sans avoir été choisis sauront trouver le moyen de servir autrement notre pays et notre monde. Les autres ? Les autres se lanceront dans une quête exaltante. Mais attention ! Ce sérum que vous voulez gagner, cette immortalité que vous appelez de vos vœux et pour laquelle vous allez vous battre, cette immortalité, ce n'est pas pour vous que vous la briguez.

Nouveau message sur ma tablette : « Alexander le Grand à la conquête de nos esprits. » Cette fois, il ne se tourne pas vers moi. Pourtant, en fixant sa nuque, je jurerais le voir sourire. Moi, ça ne me fait vraiment pas rire. Les hôtesses/clones n'ont pas l'air d'avoir remarqué quoi que ce soit. Mais c'est risqué. Nous pourrions nous faire éliminer dans la seconde. Et puis comment a-t-il fait pour pirater mon IA ? Alexander continue sur le même ton :

— Non, ce n'est pas pour vous, mais pour votre pays que vous vous battez. Comme vous le savez, l'immortalité s'accompagne de grandes responsabilités. Elle s'accompagne aussi de grands sacrifices. Si vous gagnez, vous devrez consacrer vos quatre cents ans d'existence à servir votre pays. Si vous gagnez, vous devrez laisser derrière vous vos amis et votre famille, votre ancienne vie et tout ce qui a constitué votre quotidien jusqu'à aujourd'hui. Vous le savez déjà, mais j'ai le devoir de vous le répéter.

Murmures dans la salle. Alexander savoure son effet.

— Ce que vous ne savez peut-être pas, c'est que le sérum, quand il est injecté aux Vulnérables, a des effets secondaires.

Ce que les Vulnérables savent du sérum, c'est ce que le Réseau leur raconte. Ça, et les innombrables rumeurs. On dit beaucoup de choses, mais il est impossible de démêler le vrai du faux. Briss prétend que tout le monde ment à ce sujet.

— Chez les Vulnérables, le sérum gèle très souvent le sentiment amoureux. Il gèle aussi la libido. Vous savez tous ce qu'est la libido, n'est-ce pas ? C'est ce qui vous fait éprouver du désir sexuel. Ne ricanez pas ! Je sais que vous êtes à un âge où tout cela commence à vous travailler. C'est tout naturel et vous ne devez pas en avoir honte.

Je fixe la nuque de mon nouvel « ami ». Un commentaire sur le sujet ? Apparemment pas.

— Eh bien, c'est mon devoir de vous prévenir. Le sérum peut vous priver de libido. Il peut aussi vous priver de sentiments amoureux. Alors, vous n'éprouverez pas le besoin de vous marier. Votre seule envie sera de vous consacrer pleinement à votre mission. Il arrive pourtant que des néo-Lastings souffrent de solitude. En ce cas, il vous sera permis de choisir parmi vos pairs un compagnon ou une compagne de route pour les quatre cents ans que vous passerez sur cette Terre. Il est rare que les néo-Lastings se reproduisent et enrichissent notre monde de nouveaux individus, mais ce n'est pas impossible et ce n'est pas exclu. Vous ne renoncerez pas forcément à avoir un enfant. Mais cela risque de ne plus faire partie de vos priorités. Il faut que vous le sachiez. Surtout vous, mesdemoiselles. Je sais que chez certaines filles, le sentiment maternel, l'envie d'avoir un enfant est très fort.

Je trouve sa remarque bizarre. Pourquoi les filles devraient-elles être les seules à désirer des enfants ? Alexander poursuit :

— Vous devez bien comprendre ce que je suis sur le point de vous dire : vous ne savez PAS comment vous réagirez face au sérum, face à l'absence de vos proches, de votre famille, face au vertige de votre immortalité. Vous y avez longuement pensé, tous les soirs dans l'intimité de votre chambre. Vous en avez rêvé. Vous en avez parlé avec vos proches. Vous croyez en avoir pesé toutes les conséquences et vous vous croyez prêts !

Alexander ménage une pause et balaie du regard l'assemblée de jeunes gens troublés. Le silence épais vibre autant qu'une onde de son. Je sais qu'on nous observe. Je sais que chaque frisson, chaque battement de cils est filmé et analysé. Que faut-il faire ? Accepter sa peur ? Montrer son trouble ? Avoir l'air impassible ? Je cherche désespérément la règle implicite et je ne la trouve pas.

— Eh bien, laissez-moi vous le dire : vous n'êtes PAS prêts ! Et il n'y a AUCUN moyen pour que vous le soyez !

Alexander fait quelques effets de manche, et il se tourne vers une petite table couverte d'une nappe blanche sur laquelle reposent un verre et une carafe en cristal. Religieusement, en prenant tout son temps, le grand gourou boit un verre d'eau.

— Vous voilà prévenus.

Il quitte la scène et Miss Biotox, la ministre, prend la parole, avec un sourire qui se veut sans doute rassurant :

— Nous allons vous laisser libres de déambuler dans le bâtiment pour la pause déjeuner. Ceux qui veulent abandonner sont autorisés à le faire dès à présent. Sortez, on ne vous retiendra pas. De l'autre côté des portes de cette noble demeure, vous n'avez que quelques pas à faire pour retrouver vos amis, votre famille… votre insouciance, l'inestimable légèreté de votre innocence.

Les ados massés dans la salle échangent des regards. Rien à cet instant ne leur semble léger ou innocent.

— Je suis certaine que vous êtes impatients de voir la neige. A-t-elle continué à tomber ? Couvre-t-elle le sol gelé d'un tapis blanc et virginal ?

Elle sourit de ses lèvres roses parfaites, bat de ses cils interminables, tend ses mains délicates. Mais ses grands yeux bleus n'expriment rien. À vrai dire, elle me fait un peu peur. Tout en elle est tellement maîtrisé, artificiel, qu'on ne sait plus ce qui est vrai et ce qui est faux. Elle continue, sur un ton qui se veut bienveillant :

— Comme je vous comprends… Je tiens à vous répéter que l'Organisation ne vous laissera pas tomber. Pendant toute la durée des épreuves, que vous alliez ou non à la victoire, votre résistance, la force de votre esprit, vos facultés d'adaptation seront durement éprouvées. Vous aurez à tout moment le choix de changer d'avis et d'abandonner. Mais sachez que quoi qu'il arrive, à partir de maintenant, l'Organisation sera toujours là pour vous soutenir, ensuite, dans votre vie et dans vos études. Vous êtes de formidables citoyens. Le monde et votre pays vous admirent et comptent sur vous. L'Étoile compte sur vous. L'Étoile vous aime. *Je* vous aime… Bon appétit.

Mon écran s'éclaire : « Amen » clignote deux ou trois fois avant de disparaître. Je ne peux m'empêcher de serrer les dents.

Chapitre 4

Cette pause déjeuner est un calvaire. De petits groupes se forment, les ados parlent entre eux, assis en grappes sur les escaliers de marbre qui mènent aux étages supérieurs. Alors que moi, je suis toute seule. Je ne sais pas où me mettre. Mes membres sont raides, mon esprit engourdi. J'en suis à chercher comment me donner une contenance quand un éclair déchire ma vision et je ressens une douleur aiguë au-dessus des yeux, comme une migraine fulgurante. J'éprouve tout à coup un besoin urgent de respirer. La douleur a disparu aussi soudainement qu'elle est venue, mais mon cœur bat à toute vitesse et d'une manière irrégulière.

Je décide de faire le tour du vaste bâtiment à la recherche d'une fenêtre. Je voudrais juste une petite ouverture, une lucarne qui me permettrait de prendre une bouffée d'air. Je monte jusqu'au deuxième niveau, mais un cordon m'empêche d'aller plus haut. En revanche, bonne surprise, les toilettes sont vides et je n'ai pas besoin de faire la queue.

Je passe longuement mes poignets sous l'eau froide en essayant de reprendre mon souffle. Je ne sais pas ce qui m'est arrivé, tout ce que je sais, c'est que ça m'a laissée KO. Je ne ressens plus qu'une légère nausée. Je mets ça sur le compte du manque de sommeil et de l'émotion. Sans doute une petite crise d'angoisse. Et peut-être d'hypoglycémie également. Autant aller manger tant qu'il reste quelque chose. Je redescends au rez-de-chaussée. Dans une grande salle parquetée, ornée de deux cheminées blanches, de longues tables ont été couvertes de nappes immaculées. Je trouve une chaise libre et je cherche autour de moi un visage connu. Une hôtesse/clone m'apporte une assiette, un mélange de légumineuses et de protéines animales (du poulet ?), le tout parfumé au curry.

— Au moins, c'est de la vraie bouffe.

La fille au phénix vient d'atterrir à côté de moi, elle s'est laissée tomber sur le banc en me faisant sursauter. Elle pose sur la table une barquette contenant son dessert : une salade de fruits et un gâteau. Un vrai gâteau apparemment, avec un glaçage.

— Alors, tu tiens le coup ?

Je bafouille quelque chose comme « oui merci ça va et toi ? ». Je cherche un truc à dire qui pourrait me faire passer pour une fille cool/sûre d'elle/parfaitement à l'aise. Mais visiblement, j'ai buggé. Mon cerveau tourne sur lui-même à la manière d'un disque dur en panique. Comme les horloges qui tournent en rond sur les murs, il mouline la même question : que ferait Briss à ma place ? Que ferait Briss à ma place ? Que ferait Briss à ma place ?

— T'en veux ?

La fille me tend une cuillère de gâteau.

— Hein ? Euh, non. Merci.

Briss serait charmante. Elle offrirait son plus joli sourire, elle ferait en sorte que la fille au phénix se sente importante, écoutée, comprise. Ou alors tout le contraire : elle lui ferait bien sentir sa supériorité, lui opposerait un mépris dénué de toute émotion, genre « oh, vous pouvez bien exister si ça vous chante, de toutes les façons ça ne me concerne pas ».

— Fais gaffe à ce mec. C'est un vrai dingue.

— Pardon ? Quel mec ?

— Swann. Le *mélas*, le noir.

La fille a utilisé le terme *mélas*, soit « noir » en grec ancien. Elle a forcément reçu une éducation Lasting. Elle me teste. Je bafouille.

— Il s'appelle Swann ? Tu le connais ?

— J'ai vu qu'il t'envoyait des messages. Je te préviens, je pense que c'est un Affranchi, ne lui fais pas confiance.

— Un Affranchi ? C'est quoi un Affranchi ?

Là, je suis complètement perdue. Elle ne répond à aucune de mes questions, semble savoir des choses que j'ignore complètement, et en particulier que le type nommé Swann m'a envoyé des messages. Si elle s'en est aperçue, alors l'Organisation aussi. D'ailleurs, le gars a disparu.

Il a peut-être abandonné. Sa référence à Alexandre le Grand prouve qu'il connaît l'Antiquité, l'une des périodes « autorisées » par l'Étoile.

— Tu as goûté le gâteau ?

Comment pourrais-je avoir goûté le gâteau, je n'ai pas eu l'occasion de commencer mon plat. Phénix mouille son index et mange les dernières miettes dans les coins de sa barquette.

— Goûte le gâteau. Il y a du beurre dedans. Tu savais, pour cette histoire de libido ? Le gâteau, c'est fait exprès, pour nous donner un petit aperçu des privilèges qui vont avec les privilèges.

Elle parle trop, ça me fait mal aux sinus. Je voudrais juste qu'elle arrête cinq minutes de monologuer dans mon oreille gauche.

— Mais ça ne doit pas t'empêcher d'en profiter. J'entends parler du mérite depuis toujours. Les privilèges vont avec le mérite. Le gâteau va avec le mérite.

— Tu peux arrêter de parler, s'il te plaît ? Ça me fait mal à la tête.

Puis j'ajoute, car j'ai peur de lui avoir fait de la peine :

— Désolée.

Phénix me regarde. Elle me fixe droit dans les yeux, et ce que je vois dans son regard, qui se veut dur et insensible, c'est de la détresse. En une fraction de seconde, je perçois une douleur qui me brise le cœur et l'âme. Quatre cents, quatre mille ans de détresse.

— Tu es intelligente, me dit-elle en se levant. Mais tu ne sais rien.

Elle me plante là. Heureusement, une gentille hôtesse au sourire de clone m'apporte une part de gâteau au chocolat. Avec de la vraie farine. Et du beurre.

★

Nous passons les heures suivantes sur les épreuves éliminatoires, dans la bibliothèque aux murs vides et aux étagères inutiles. Instinctivement, je me suis réinstallée à la même place qu'avant le déjeuner. Les tests portent sur des sujets de logique, de culture générale, de calcul. Les questions apparaissent sur un écran, projeté au-dessus de l'estrade. Chacun de nous doit répondre sur sa tablette. À chaque question, les horloges murales se placent quelque part sur le cercle et il nous faut avoir terminé avant que la trotteuse se retrouve à la verticale, position midi. Le *mélas* a refait surface après la pause, et il a repris plus ou moins la même place, quelques rangs devant moi. Il m'a gratifiée d'un petit clin d'œil avant de s'asseoir. Je me demande où il avait disparu. J'ai enfin localisé la fille au phénix, trois rangs derrière moi. Les épreuves sont tellement simples que je doute de moi. Y aurait-il une question implicite qui m'échappe derrière chaque question? Et puis la remarque de Phénix me tourne dans la tête. *Je ne sais rien*. Qu'a-t-elle voulu dire ? Qu'est-ce que je devrais savoir ? Je veux bien croire que je ne sais rien. Mais Briss elle, elle sait. Ou alors elle sait des choses qu'elle ne m'a pas dites ? Pourquoi ? Parce qu'elle pense que je les sais déjà ? STOP ! Si je continue, je vais devenir folle.

La dernière série de tests interroge notre mémoire et la vitesse à laquelle nous sommes capables de restituer des formes complexes et d'associer des images. Un jeu d'enfant. Ensuite, les murs diffusent de nouveau de la lumière dans la salle. Alexander Last1 n'est plus là. La présentatrice vedette du Canal Europe s'avance au milieu de la scène. Elle prend la parole avec son sourire de présentatrice. Sa voix fait de jolies vagues dans les airs, une modulation envoûtante. Elle nous félicite pour notre participation. Elle nous répète combien notre pays est fier de nous. Combien nous sommes l'élite de notre continent. Et combien l'Étoile nous mérite. Elle nous dit aussi combien de candidats vont repartir bredouilles à la fin de la journée : quatre-vingt-cinq. Pour quatre-vingt-cinq d'entre nous, ce sera *game over*. Un gros écrémage. Je chasse une pensée malveillante qui tente de se frayer un chemin dans les couloirs de ma conscience : *Faites que je perde. Faites que je sois éliminée.* Mais je sais que je ferai partie des quinze candidats qui sortiront d'ici en postulants Lastings. Ne me demandez pas comment je le sais. Je le sais, c'est tout.

— Nous allons vous appeler et vous viendrez, un par un, retirer votre certificat de participation, annonce Miss Biotox, la ministre. Vous pouvez garder les tablettes, c'est un cadeau de l'Organisation. Une fois chez vous, vous pourrez les configurer au réseau de votre choix. Attention, nous allons vous appeler par vos pseudos. Vous n'êtes pas encore habitué… Si vous rêvassez, vous risquez de rater votre tour.

Justement, je rêvasse. Je pense à Briss, toute seule, dehors. À l'abri d'une colonne, Briss m'attend depuis des heures. Je le sais. Nous sommes convenues de nous retrouver à l'hôtel, mais elle ne me laissera pas traverser la place sans elle, quoi qu'il arrive. Et donc elle aura passé sa journée à m'attendre dans le froid. Est-ce qu'il neige ? Est-ce que son petit bonnet vert est mouillé ? Est-ce qu'elle a faim ?

Miss Biotox égrène les noms des candidats, qui se dirigent vers les sorties est ou ouest, selon les indications apparaissant sur leur tablette. Je sais que certains sont d'ores et déjà éliminés. Je ne sais pas ce que doivent faire les autres. C'est l'un des mystères savamment entretenus par l'Organisation.

— Sophìa 2015.

— C'est moi !

C'est limite si je n'ai pas crié en levant le bras. Je me lève d'un bond (bravo pour la désinvolture) et je marche d'un pas raide vers la sortie est. Sur ma tablette, un message indique que je dois me diriger vers le fond du couloir, direction « dix heures ». Sur le mur, une flèche indique « dix heures » dans une typo *vintage*. Au bout du couloir, devant une porte close, je retrouve Swann, le *mélas*, qui attend avec un petit groupe de cinq ou six autres candidats.

— Tiens tiens, mademoiselle Sophìa 2015 a passé brillamment les éliminatoires.

— Euh, je ne sais pas encore.

— Ben si, sinon tu ne serais pas là.

— Il reste une épreuve, si je ne m'abuse.

Comme la fille au phénix, il ne répond jamais à ce que vous venez de dire. Il change de sujet au gré de ses pensées.

— Tu vas modifier ton pseudo ?

— Pourquoi je ferais ça ?

— Tu vas garder Sophìa 2015 ? C'est pas terrible…

Je décide de faire comme lui, de ne pas répondre, ou plutôt de répondre par une autre question.

— Toi, tu vas changer ?

— Au fait, je m'appelle Swann, dit-il en me tendant la main.

Il a un sourire incroyable. Un sourire qui éclaire la pièce. Un sourire qui vous descend le long du dos. Je n'ai jamais rien vu de tel. Mais bon. Il faut avouer que je n'ai pas vu grand-chose. Tout le monde nous regarde. Ça ne m'est jamais arrivé d'être à ce point au centre de l'attention.

— Fous-lui la paix.

C'est la fille au phénix. Elle s'est placée entre Swann et moi et elle le fusille du regard.

— De quoi je me mêle, l'Aristo. Toi, fous-lui la paix.

La fille au phénix m'entraîne un peu à l'écart en me serrant le bras. Je n'aime pas trop qu'on me touche et je me dégage en lui demandant :

— Tu le connais ?

— Reste loin de lui. Au fait, me dit-elle en faisant ce qui se veut probablement un sourire, je m'appelle Clémence.

— Clémence ?

— Oui. Un vieux prénom français. Mais tu peux m'appeler par mon pseudo. Je préfère, en fait.

Je n'ai pas besoin de lui demander quel est son pseudo. Elle me le dit quand même :

— Moi, c'est Phénix.

Je lui tends la main, dans un geste qui me semble immédiatement ridicule et maladroit.

— Moi, c'est Sophìa. Mais mes amis m'appellent So.

*

Nous nous retrouvons dans une petite salle aux murs crème, meublée de fauteuils en cuir. La lumière est plus douce, plus chaude, que dans la bibliothèque. Nous sommes une vingtaine, groupés autour d'une table chargée de boissons et de pâtisseries. Plus personne ne parle. Swann est le seul qui semble détendu. Il s'empiffre. Je m'installe avec Phénix à une table basse entourée de quatre fauteuils. Personne ne vient nous rejoindre, alors nous attendons toutes les deux, en silence. Les candidats sont appelés un par un, selon un classement qui nous échappe, toutes les dix, quinze minutes environ. Puis ils disparaissent derrière une porte. Soudain, Clémence/Phénix est appelée. Elle se lève d'un bond, me lance un regard aussi intense que bref et s'en va d'un pas rapide. J'attends mon tour en essayant de rester concentrée. Nos tablettes connectées en circuit fermé ne mentionnent toujours pas l'heure et les horloges continuent de marquer un temps bouclé et infini. Je suis complètement désorientée, ce qui est probablement le but recherché. On pourrait être en milieu d'après-midi comme en début de soirée. On pourrait même être le lendemain. Je m'inquiète un peu pour Briss, j'ai peur qu'elle ait froid.

— Sophia 2015, c'est à vous.

Je jette un coup d'œil à Swann qui m'encourage d'un sourire. Mon cœur bat nettement trop vite. Je suis certaine que des capteurs thermiques enregistrent notre température, et que la poignée de main de l'hôtesse qui me fait passer de l'autre côté de la porte sert en fait à mesurer mon pouls. Toutes ces données sont scannées et mémorisées pour la sélection. J'essaie de garder mon calme, de ralentir mon rythme cardiaque. À la suite de l'hôtesse, je traverse plusieurs salles vides et blanches, et je me retrouve dans un petit salon ovale, face à Alexander. Je ne sais pas si la haine et la crainte que cet homme m'inspire, d'une manière tout à fait irrationnelle, sont mesurables. J'essaie de rester neutre. Comme me l'a conseillé Briss, je me contente de vivre l'instant pour moi et pour moi seule, de ne faire qu'un avec l'univers. J'essaie de sentir sous mes pieds la course de la Terre. J'essaie de me souvenir que notre planète est un gros navire, qui nous permet de voyager dans le temps et l'espace. Notre destination est inconnue, mais le voyage n'en est pas moins beau.

Alexander ne dit rien, il m'observe avec un drôle de sourire, un peu moqueur, un peu admiratif aussi. À cet instant, je suis certaine qu'il peut lire dans mes pensées et mon cœur s'accélère. Il me fait signe de m'asseoir en face de lui. L'hôtesse/clone pose alors sur ma tête un casque avec quatre capteurs, deux sur les tempes, un sur le front et l'autre juste à la naissance de la nuque.

— Ça va ? demande-t-elle. Ça ne fait pas mal ?

Je réponds que ça va. Je sais que notre cerveau va être mis à nu. C'est même tout le principe du jeu. Je m'y suis préparée.

— Ce n'est pas l'encéphalo qui sera utilisé pour le jeu, ne t'inquiète pas. C'est une version plus simple. Juste pour vérifier que tout va bien.

Je me demande ce que ce « tout va bien » signifie exactement. Mais je fais un petit sourire poli, genre « oui oui bien sûr je comprends ». L'hôtesse/clone quitte la pièce, me laissant seule avec Alexander.

— Sophia 2015 ! Je suis ravi de faire ta connaissance, me dit-il. Tu as brillamment réussi les tests et c'est un honneur pour nous de t'avoir aujourd'hui. J'espère sincèrement que nous partagerons l'éternité.

— Vous y allez un peu fort, quatre cents ans, ce n'est pas l'éternité.

Cette réponse m'a échappé. Alexander pince légèrement ses lèvres refaites. Est-il surpris, contrarié ?

— C'est très juste. Seulement, si tu deviens une Lasting, nous pourrons accomplir de grandes choses ensemble, et donc gagner un petit bout d'éternité.

— Désolée.

— Ne t'excuse pas. Ne t'excuse jamais.

Je suis sur le point de m'excuser de m'être excusée, mais par bonheur, je me retiens. Alexander ne dit rien. Il m'observe. Me fait mariner. Enfin, il m'explique ce qu'il attend de moi.

— Je vais te poser trois questions. Tes réponses activeront certaines zones de ton cerveau et nous pourrons ainsi avoir un aperçu de ton potentiel. Cela peut chauffer un peu, ne t'inquiète pas.

J'essaie de ne pas couper totalement ma respiration. J'ai besoin que mon cerveau soit irrigué. Maintenant plus que jamais. Le capteur sur ma tête vibre légèrement.

— Si tu devais choisir un mot, un seul, pour me dire pourquoi tu veux devenir une Lasting, quel serait ce mot ? Attention. Tu as soixante secondes pour réfléchir. Dans soixante secondes, tu entendras un signal et tu pourras parler.

L'horloge à secondes murale se met en route. Je fixe la trotteuse et mon cerveau se met à mouliner. Ce mot qu'on attend de moi, bien sûr, c'est le temps. Mais c'est trop facile. Il sait que je vais répondre « le temps ». C'est trop évident. Il faut que je sois plus créative, que je le surprenne. Ou alors faut-il que je sois sincère ? Je panique. Je ne trouve rien d'autre. La seule chose qui me vient à l'esprit quand je pense au sérum c'est Briss, Briss, Briss. Briss justement me hurle à l'oreille que je ne dois SURTOUT PAS être sincère. Je dois comprendre ce qu'il attend de moi. Sauf que je ne sais pas ce qu'il attend de moi. Je vérifie sur ma tablette la position de la trotteuse. Il reste cinq secondes. Qu'est-ce qu'on attend de moi ? Je sais ce qu'on attend de moi, j'ai révisé les mots-clefs : bien commun, honneur, pays, dévouement, action… Au moment où le carillon retentit, je revois mon entrée en matière et je décide de jouer le tout pour le tout. De faire référence à notre échange, même si je l'ai contrarié. Alexander a la tête baissée, il regarde ses mains. Ses grandes mains blanches, dont la texture semble étrangement veloutée. Je réponds en lui souriant :

— L'éternité.

Il est surpris. Il lève la tête, semble hésiter, et me dit :

— Pas mal. Mais c'est un peu contradictoire avec ce que vous m'avez dit précédemment. Je vais donc vous poser une question qui n'est pas prévue au programme. Donnez-moi votre définition de l'éternité, *dans ce contexte*. Je ne veux pas la définition scientifique ni philosophique. Je veux cette éternité-là. Celle que nous pourrions accomplir ensemble.

Je regarde l'horloge.

— Non non ! me dit-il. Vous n'avez pas à attendre soixante secondes. Dites-moi ce que vous en pensez, maintenant. Sans réfléchir.

Je me lance. Je suis la première surprise, car l'exercice me plaît. Je n'ai plus peur. Juste envie. Envie de l'épater. Envie de jouer avec les ressources extraordinaires de mon esprit.

— Dans sa définition première, je dirais que l'éternité, c'est le temps associé à l'infini. Mais si nous revenons à notre discussion, vous aviez précisé que l'éternité serait ce que nous pourrions accomplir pendant ce temps qui nous sera donné. La trace que nous laisserons au monde. Et donc, dans cette perspective, l'éternité, pour nous pauvres humains, ce n'est pas le temps plus l'infini, mais le temps, plus la mémoire.

Ouille. J'ai touché un point sensible. La mémoire, c'est ce que l'Étoile a du mal à assumer. Tous ces pans de notre histoire effacés…

— Le temps, plus la mémoire. Pas mal…

Il marque une pause puis poursuit, sèchement :

— Passons maintenant aux trois questions prévues au programme.

Je me crispe. Il avait parlé de trois questions. Il m'en a posé deux, et voilà qu'il m'en reste trois. C'est injuste. Alexander remarque ma contrariété.

— Vous ne croyiez tout de même pas que vous alliez vous en tirer comme ça ? Vous savez, mademoiselle Sophia 2015, votre excellence ne vous protège pas, elle vous oblige. Bien. Première question : qu'est-ce qui vous fait peur ? Deuxième question : qu'est-ce que tous les hommes ont en commun ? Troisième question : quel est le sujet du Slamb de l'Étoile ?

Et il ajoute d'un air blasé :

— Vraiment. C'est trop facile.

C'est évident qu'il n'y a qu'une seule réponse pour les trois questions. C'est une énigme. Je suis sur le point de répondre « le temps ». Pourtant, je sens que c'est une erreur. Un piège. Sauf que toute notre conversation a tourné autour de cela, et c'est le premier mot que me propose mon cerveau. Du coup, je rétropédale. Soyez sympas, mes neurones, rembobinez. Mon cerveau marche au ralenti. C'est sûrement la fatigue. J'ai maintenant du mal à me souvenir des trois questions. Alexander lève la tête. Il pensait que je répondrais du tac au tac. C'est vrai que c'est facile, mais c'est quoi la question ? Ah oui : « Qu'est-ce qui me fait peur ? » Je ne sais pas moi… La solitude ? L'amour ? Rouler une pelle à un garçon ? La maladie ?

— L'oubli.

— Merci, mademoiselle, dit Alexander d'une voix glaciale. On vous rappellera.

Chapitre 5

— L'oubli ! Tu as répondu « l'oubli » ?

Briss est furieuse, elle tourne en rond dans notre chambre. Je ne l'ai jamais vue aussi en colère. Je ne l'ai jamais vue en colère tout court.

Moi, je voudrais disparaître dans la moquette, ou me fondre dans la neige, devenir l'un de ces petits flocons blancs qui flottent de l'autre côté de la fenêtre et meurent sur le sol en se mêlant à leurs semblables. Je retiens mon souffle en espérant qu'elle va me pardonner. J'ai été nulle, j'ai été bête, je n'ai pas compris les règles « implicites ».

— Mais qu'est-ce qui a bien pu te passer par la tête !

— Je ne sais pas. Je n'arrivais pas à réfléchir aux trois questions à la fois. Du coup, je ne pensais qu'à ce qui me faisait peur. C'est sorti tout seul.

— Mais je ne comprends même pas où tu es allée chercher ça. Tu réfléchis trop ! Ce sont des réponses simples qu'on attend de toi.

— Je sais ! C'était TROP simple. Ça me paniquait. J'avais toujours l'impression qu'il fallait que je trouve mieux. Ce n'est pas ma faute aussi, je croyais qu'ils voulaient des gens intelligents.

Briss est sur le point d'exploser, tellement je l'énerve. Elle se calme et me répète d'une voix blanche, comme une maman s'adressant à un enfant qui ne veut rien comprendre :

— So, une bonne fois pour toutes, on n'attend pas de toi que tu sois intelligente. C'est de la com' tout ça. De la propagande. Pro-pa-gande, tu comprends le mot ? Des mensonges.

Soudain, elle se met à chuchoter :

— Les gens trop intelligents sont dangereux. Tu ES dangereuse. « L'oubli », c'est exactement ce qu'ils cherchent à nous faire oublier.

— Alors, j'aurais dû répondre quoi ?

— Oh, mon Dieu ! J'y crois pas ! C'est une blague, là. C'est pourtant évident. C'est simple, quand même.

— Je ne trouve pas !

— « Le temps » ! Voilà ce que tu aurais dû répondre. « Le temps ».

— Mais… ça ne répond pas à la deuxième question. « Qu'est-ce que tous les hommes ont en commun ? »

— Ben si, justement !

— Mais enfin Briss… Le temps, vous en avez quatre fois plus que nous.

— Oui. Mais c'est le même.

*

Dans le train, je n'arrête pas de penser à ce que Briss m'a dit. Le même temps. En plus grande quantité. Si le temps est relatif, alors le temps que nous avons est-il le même selon la quantité dont nous disposons ? Je tourne et retourne cette question dans ma tête. Il y a une équation pour ça. Il y a forcément une équation pour ça. Elle est simple, en plus, mais mon cerveau fonctionne au ralenti. Lorsque nous sortons de la gare Vienna Central, le chauffeur de la famille nous attend dans le vaste hall réservé aux Lastings. La voiture glisse doucement dans les rues couvertes d'une fine poudre blanche qui accroche et reste collée aux roues. Sous ce voile de neige, tout semble irréel et nouveau. Nous faisons le trajet serrées l'une contre l'autre dans la voiture. Briss n'est plus fâchée. Elle est juste triste. Je ne vais peut-être pas être sélectionnée. J'ai réussi à tout gâcher. Elle commence à envisager d'être séparée de moi. Pour toujours. Et à jamais. L'éternité sans moi.

La voiture nous dépose en bas de l'immeuble et mon amie me serre dans ses bras. Ses parents possèdent tout le bâtiment, une vaste résidence bâtie au XXe siècle, avant la Seconde Guerre mondiale. Sa famille occupe la partie en façade, donnant sur l'avenue. Je vis avec ma mère dans l'aile des domestiques, de l'autre côté de la cour intérieure.

Nous habitons un petit appartement aux fenêtres ovales, avec un salon agrémenté d'une fenêtre en surplomb donnant sur la cour. C'est là que ma mère lit et relit les ouvrages précieux qui fondent sa connaissance. Les domestiques, quand ils ne sont pas des clones, sont généralement des gens sans famille, pour éviter aux enfants le désagrément que je subis : être élevé dans un milieu qui n'est pas le sien. Mais il y a des exceptions. Par exemple, pour ceux qui possèdent des talents un peu particuliers, comme ma mère. Elle a le savoir, elle connaît plusieurs langues, elle a lu les livres… et cela, dans le monde des Lastings, ce n'est pas rien. Quoi qu'en dise Briss. Ma mère en est la preuve. Mais alors… à quoi je sers, moi, dans cette histoire ? Pour la première fois depuis ma sélection, je commence à me poser des questions. Pourquoi sont-ils venus me chercher ? Pourquoi moi ? J'ai la désagréable sensation qu'on ne me dit pas tout, que quelque chose m'échappe. Qu'on se sert de moi. Et si Briss avait raison (Briss a TOUJOURS raison) : si j'étais vraiment dangereuse ?

L'appartement est vide quand je rentre. Je pose mon sac dans ma chambre et je m'allonge sur mon lit. J'ai mal à la tête et très envie de tout abandonner. Je suis si bien chez moi. J'adore ma vie. Ma chambre. Mes affaires. Ma mère. Mon petit univers rassurant et paisible. Je me lève et je vais dans la cuisine pour mettre le couvert. Nous possédons une petite table sous la fenêtre. Il y a un érable dans la cour, qui a résisté aux changements climatiques. Souvent, ma mère ramène des choses auxquelles seuls les Lastings ont droit : du beurre, de la viande. J'ouvre le garde-manger et j'y trouve des légumes. Je fais chauffer de l'eau sur le feu, à l'ancienne. Au distributeur général, dans le couloir, j'entre mon code et je prends deux doses de pâtes complètes. Je coupe quelques courgettes et des tomates cultivées par le père de Briss dans le potager de la maison. Je fais revenir une pastille d'huile végétale. Pas question de toucher au stock d'huile d'olive, réservée pour les grands jours. La neige s'est arrêtée assez vite, mais il fait froid et humide, il fait gris, *gris Paris*. Je m'assieds à notre petite table sous la fenêtre et je regarde dans la cour le grand arbre centenaire et le va-et-vient du personnel de maison.

Je vois arriver Élias, le petit frère de Briss, un ballon entre les jambes. Il relève la capuche de son sweater et fait jouer la balle entre ses pieds. Son haleine forme de la buée en sortant de sa bouche. Il doit sentir que je l'observe car il lève la tête vers moi. Je lui fais un petit signe auquel il répond avec un grand sourire. J'adore le sourire d'Élias car il surgit sur son visage d'un coup, comme une détente, un éclat, et il disparaît aussitôt. Mais en une fraction de seconde, vous avez ressenti la force de sa confiance. Comme si vous étiez venu au monde juste pour l'aimer et veiller sur lui, qu'il le savait et prenait la peine de vous remercier en irradiant. J'entends la porte qui s'ouvre et ma mère qui appelle :

— Sophìa, ma chérie, tu es là ?

— Dans la cuisine !

Elle apparaît dans l'encadrement de la porte, et je suis tellement, mais alors tellement heureuse de la voir. Ma mère est menue, jolie et souriante, avec des cheveux bruns aux reflets roux, coupés court, et des yeux noisette tirant sur le vert au soleil. Elle est toujours chargée d'une pile de livres et de cahiers, avec sa tablette perchée au-dessus dans un équilibre précaire. Comme si personne ne s'était jamais donné la peine d'inventer le sac. Elle pose tout son fatras sur la table et me prend dans ses bras.

— Oh ma Sophìa, ma toute petite Sophìa, je suis désolée de ne pas avoir été là pour t'accueillir.

— Je viens d'arriver, maman, ce n'est pas grave. Tu étais avec Élias ?

— Oui. Vraiment, le pauvre garçon ne comprend rien au grec ancien.

— Maman, tout le monde n'est pas fait pour le grec ancien. Ce n'est pas si grave.

— Lui, c'est un Lasting. Il DOIT être fait pour le grec ancien.

— Tu vas le sortir de là, j'en suis sûre !

— Oh, tu as fait des pâtes ! Un vrai dîner. Je meurs de faim.

Elle s'assied à table et nous sert de l'eau. L'eau potable est précieuse dans notre monde. Après les inondations, par une cruelle ironie, c'est ce qui a le plus manqué. Ma mère n'était pas encore née quand les hommes se sont mis à s'entretuer pour l'eau, mais elle en a gardé de drôles de manies : elle la verse dans les verres, jusqu'au petit trait qui indique la contenance. Elle fait ça avec le plus grand soin. Concentrée. Toujours la même quantité. Elle dépense une bonne partie de ses points citoyens pour que nous ayons de l'eau de source pure, non contaminée, et donc non décontaminée. Mais elle y ajoute quand même des gouttes vitaminées – calcium, et je ne sais quoi encore. Bref, tout un truc. Alors oui, ces gouttelettes de pluie qui coulent sur la vitre sont un miracle.

— Tu as vu ? La neige ? C'était beau, hein ?

— C'était magique.

— Et ton voyage à Berne. C'était comment ?

J'évite de répondre. Nous mangeons en silence. La nuit tombe sur le sol glacé. C'est si beau que j'ai envie de pleurer. Je voudrais que ce moment-là dure une éternité, que le temps s'arrête. Je voudrais avoir quinze ans pour toujours. C'est bien, quinze ans. On apprend des trucs, on tombe amoureux, on a une meilleure amie qui vous aime. On est là, avec sa mère, dans la cuisine. Rien ne peut vous arriver. Rien sauf le temps. Dans une fraction de seconde, puis une autre, je ne serai déjà plus celle que je suis, je vais grandir, et il va bien falloir que je trouve un moyen pour devenir moi-même.

— Dis, maman. Tu dirais quoi si je voulais le sérum ?

Ma mère arrête immédiatement de manger. Elle déglutit. Elle devient pâle comme le ciel gris blanc de cet après-midi.

— Sophìa. Tu ne vas pas faire ça.

— Mais si je le faisais, tu dirais quoi ?

Elle ne répond pas. Elle est incapable de répondre. J'essaie de la convaincre, dans un élan désespéré.

— Je pourrais tenter ma chance ! Et ensuite, je pourrais négocier pour que tu l'aies aussi, le sérum.

— Sophìa. Écoute-moi bien. Tu ne dois pas faire ça. Ne pose pas de questions. Le sérum, je n'en voudrais pour rien au monde.

— Mais pourquoi ? Pourquoi ? Ils ont quatre cents ans et nous cent ! Tu trouves ça juste ?

— Ma chérie, il faut que tu m'écoutes. L'important, ce n'est pas le temps qu'on a, c'est ce qu'on en fait.

— N'importe quoi !

Je me lève d'un bond et je me précipite dans ma chambre en prenant bien soin de claquer la porte derrière moi. Je suis furieuse. Contre elle, contre moi. Contre le monde entier. Je m'endors en pleurant sur mon lit. Quelques heures, ou quelques minutes plus tard, ma mère frappe à la porte. Elle vient s'asseoir à côté de moi et écarte sur mon front les mèches de cheveux collées par mes larmes. J'ai dû beaucoup pleurer car mon oreiller est trempé. Ma mère me fait un bisou sur les paupières. Je vois que ses yeux sont rouges. Elle aussi a pleuré.

— Je crois qu'il faut qu'on parle.

Je boude, mais je sais qu'elle a raison. Au fond, j'attends qu'elle me guide. Si seulement elle pouvait me dire quoi faire, tout résoudre d'un coup de baguette magique de maman. Il suffirait d'obéir pour que tout s'arrange. Le problème, c'est que je ne suis plus une petite fille, et je sais que ça ne va pas être aussi simple que ça.

— Je comprends que tu sois désemparée. Nous avons vécu dans un monde qui n'est pas le nôtre, et du coup tu as envie d'avoir ce qu'ils ont.

— Mais… Tout le monde a envie d'avoir ce qu'ils ont !

— Attends une minute, tu veux ? Sinon je vais perdre le fil. En plus tu as Briss, et tu sais que tu vas perdre ta meilleure amie. Et ça, c'est terrible. Mais il faut que tu saches que des amies, tu en auras d'autres.

Là, j'ai un peu de mal à la croire. Ma mère est l'une des personnes les plus solitaires que je connaisse. Elle n'a plus que moi comme famille, et sa seule amie, c'est Elena, la mère de Briss. Et d'ailleurs, ce n'est même pas son amie, c'est son employeur.

— Me faire d'autres amies ? Où ? Comment ? Les seuls Vulnérables que je fréquente, c'est en virtuel, en réseau, quand on prend des cours ensemble. Je vais faire quoi, moi ? Rencontrer qui ? Tomber amoureuse de qui ?

— Je suis en train de négocier avec les parents de Briss pour que tu puisses entrer à l'Université Lasting.

— Mais je ne veux pas entrer à l'Université Lasting ! Tous les gens que je rencontrerai là-bas seront des Lastings.

— Non, ce n'est pas vrai. Il y aura d'autres Vulnérables. Et puis on s'en fout ! On s'en fout de vivre cent ou quatre cents ans. Ça a toujours été comme ça. Les êtres humains se rencontrent, ils s'aiment, et ils prennent le risque de se perdre.

Je sens que sa gorge se serre. Toutes les deux, nous pensons à mon père. Du temps, il n'en a pas eu beaucoup.

— Mais... Tu n'aimerais pas savoir que je vais vivre quatre cents ans ?

— Non, So. À quoi bon vivre toutes ces années si c'est pour ne rien faire, ne pas s'aimer, ne pas se comprendre, dominer les autres... Tout ce cirque, là, qui n'a aucun sens !

— Mais on n'est pas obligé ! Je pourrais vivre quatre cents ans, et aider les autres, aimer, faire comme toi, enseigner...

— Ce n'est pas comme ça que ça marche. Le sérum a un prix.

— Quel prix ?

— Écoute-moi, Sophìa, ma petite So, ma sagesse, mon amour. Tu dois m'écouter. On n'a aucun recul sur ce fichu sérum. On n'est même pas sûr de ce qui va arriver quand les gens vont commencer à avoir plus de cent cinquante ans.

— Mais regarde, ils sont en pleine forme !

— Les êtres humains n'ont jamais vécu sur des échelles aussi grandes. Même s'il n'y a aucune séquelle physique – ce qui n'est pas prouvé –, il y aura peut-être des troubles, des débordements. On n'a pas d'expérience, on ne sait pas comment ils vont gérer les relations.

— Mais ça vaut le coup d'essayer !

— Tu trouves ? En laissant de côté la majeure partie de l'humanité ?

Je me renfrogne. Elle n'a pas tort.

— Nous avons une belle vie, une bonne vie. Un peu compliquée, car nous n'appartenons à aucun groupe. Mais c'est ça qui est bien, justement. Je te consacre mon précieux temps, à toi, et au savoir, à l'enseignement. Je préfère mes cent ans aux quatre cents ans de… Gertrud, tiens ! Qui n'a jamais rien fait, qui est méchante, même avec ceux qu'elle aime.

Je me remets à pleurer.

— Je sais que c'est dur pour toi, l'idée de perdre Briss. Mais peut-être que vous vous retrouverez. Encore une fois, on ne sait pas de quoi l'avenir sera fait.

— Je ne veux pas la retrouver dans ces conditions.

— Je sais, dit ma mère.

Ma mère me prend dans ses bras et elle me serre fort contre elle, très fort. Elle m'embrasse les cheveux. Et tout doucement, elle répète :

— Je sais.

Chapitre 6

Cette nuit-là, je fais un cauchemar. Cela m'arrive de plus en plus souvent, ces derniers temps. Dans mon rêve, je suis dans un couloir. Il fait sombre, et pourtant, je sais à peu près où je vais. J'avance prudemment, à tâtons. J'ai un peu peur, sauf que je ne sais pas pourquoi. Soudain, il y a une grande lueur. Le couloir s'est fractionné en un millier de tunnels qui s'ouvrent devant moi, et qui forment comme un réseau de capillaires sanguins. Je ne sais plus ce que je fais là. D'ailleurs, je ne sais plus rien. Je ne sais plus ni comment je m'appelle, ni où je suis, et mon cœur bat à tout rompre. Je suis terrifiée et je ne sais absolument pas ce qui me terrifie. J'entends mon cœur battre dans mes oreilles, fort, de plus en plus fort. Je voudrais crier, mais j'ai oublié comment on fait. Je vois mon cerveau de loin. Il chauffe, il change de couleur, il bat au rythme de mon cœur, et je sais, je sais qu'il va exploser. Je me réveille en sueur. Je n'arrive plus à respirer. Doucement, je reprends mon souffle, sauf que la terreur est encore là, présente dans mon ventre et dans les battements de mon sang qui cogne dans l'artère de mon cou. Je me calme en me répétant que tout va bien, que je suis en sécurité dans mon lit. Le rêve s'éloigne, devient flou. En revanche, le sentiment de peur ne passe pas. Il forme une boule au milieu de mon estomac. Et cette boule au creux de mon ventre est ce qu'il y a de plus concret à ce moment-là. Rien n'existe autant que cette peur dense, en forme de caillou. Ça, et une douleur sourde derrière les yeux.

Au petit déjeuner, j'ai du mal à manger. La migraine va et vient, elle hésite. Ma mère me rejoint. Elle m'embrasse et pose sur la table de la cuisine un petit paquet enveloppé dans du papier. Le papier, en lui-même, est déjà un cadeau : un beau grammage ancien, avec des arabesques, des fleurs exotiques aux couleurs douces, des roses, des vert pâle, du doré.

— Bon anniversaire, ma chérie.

Ah oui. C'est vrai. Je l'avais presque oublié. Aujourd'hui, j'ai quinze ans. Le voyage avec Briss, soi-disant pour visiter le musée des Antiques à Berne, était un cadeau commun de la part de ma mère et des parents de Briss. Je défais le papier tout doucement, en prenant soin de ne pas l'abîmer…

— Ça, c'est mon cadeau, dit ma mère. De toi à moi. Pour te rappeler que ce qui compte, c'est ça. C'est nous dans le temps. Dans la continuité du temps.

— Qu’est-ce que c’est?

— Ce sont des *matriochkas*. Des poupées russes, très anciennes. Regarde. Cette poupée-là, tu l’ouvres, et dedans, il y a une autre poupée, et encore une autre.

J’aligne sur la table les cinq petites femmes en forme d’œuf. Elles sont en bois, peintes dans des couleurs vives. Ventres bombés, visages ronds encadrés d’un fichu coloré. Des bouches en cœur et de grands yeux bleus. Ma mère, légèrement, pose le doigt sur chacune d’elles et les nomme, de la plus grande à la plus petite :

— Mina, Garance, Natacha, moi… et toi !

J’ai les larmes aux yeux. Je prends la toute petite poupée, la dernière. Celle qu’on ne peut pas ouvrir pour y mettre une nouvelle poupée, encore et encore et toujours. Je me sens bizarre. J’ai froid. J’ai peur que tout s’arrête avec moi.

— J’ai l’air si fragile.

— Au contraire. Tu es la plus forte de toutes.

J’essaie de faire de cette journée une journée normale mais je ne suis pas dans mon assiette. J’ai envie de vomir et mal à la tête. Je me connecte à mon institut en ligne et je regarde la liste des cours disponibles. On doit assister au moins à trois cours par jour, et il faut au moins cinq inscrits pour qu’un cours ait lieu. Aujourd’hui, pas question de faire des trucs que je n’aime pas. Je prends Espace-Temps de 9 à 11, puis Maths de 11 à 12, et enfin, de 14 à 15, Langues Mortes (aujourd’hui c'est Italien). Après le cours de Langues Mortes, je retrouve Max, un garçon que j'aime bien et avec qui je discute parfois en interclasse. Le logiciel permet de se connecter aux autres élèves, y compris individuellement, tout en restant sur le site. Voilà deux mois que j'attends que Max me demande mes coordonnées personnelles. Je sais qu'il vit à Vienna lui aussi. Le voici à l'écran, une fleur à la main. Il me la tend (virtuellement) en lançant :

— Joyeux anniversaire !

— Oh, tu y as pensé ! C'est joli ! C'est quoi comme fleur ?

— Du muguet. C'est très rare.

— Du muguet ? Connais pas. Merci beaucoup en tout cas, ça me fait très plaisir.

Le père de Max est jardinier, pour un Lasting rang n° 1. J'attends. Max hésite. Je sens qu'il est sur le point de se lancer, genre « est-ce qu'on pourrait se voir ? Je voudrais t'offrir cette fleur en vrai »... Mais finalement, il demande, d'un air détaché :

— Alors, tu fais quoi, pour ton anniversaire ?

— Il y a une petite fête chez Briss avec ses parents, ma mère, tout ça...

— Cool. Un gâteau ?

— J'espère bien !

— Bon. Je dois y aller. On se connecte demain ? Tu viens en cours ?

— Je ne sais pas ! J'ai quinze ans maintenant... Je devrais peut-être m'enfuir pour aller découvrir le monde.

— T'enfuir dans l'espace-temps ?

Il me fait un clin d'œil. Je souris. On se dit au revoir et on raccroche. Quelques secondes plus tard, je reçois un gif avec les petites clochettes du muguet qui se balancent. J'essaie de calculer quelques courbures d'espace-temps, en attendant l'heure de la fête. Mais j'ai du mal à me concentrer tellement la tête me fait mal. Je m'observe dans le reflet de ma tablette. Je suis pâle avec des cernes bleu-gris sous les yeux.

En fin d'après-midi, n'y tenant plus, je me prépare pour aller retrouver Briss. Mais au moment de sortir, je tombe nez à nez avec Éléonore, l'arrière-arrière-grand-mère de Briss. Éléonore a cent six ans, c'est une Éternelle. Elle a reçu le sérum à l'âge de cinquante-sept ans et ça lui a très bien réussi. Contrairement à son mari qui, lui, n'y a pas résisté. Elle a de longs, très longs cheveux argentés, noués en chignon sur le sommet de la tête. On dirait une reine. Sa peau de bébé, très pâle, contraste avec ses habits, toujours noirs. C'est fascinant. Ça ne cesse de me fasciner. Elle est comme vieille et jeune à la fois. Ses yeux ont l'air d'avoir tout vu mais sans perdre leur innocence. Ma mère dit que c'est un être rare. Qu'elle était exceptionnelle avant même de recevoir le sérum. Sauf que là, présentement, elle se tient debout sur le pas de ma porte et que je ne sais absolument pas quoi faire. Je dis :

— Oh !

Je suis extrêmement surprise de la trouver là. Les membres de la famille de Briss ne traversent jamais la cour. Ma mère et moi sommes régulièrement invitées chez eux et c'est déjà énorme. Il s'agit d'une infraction au règlement, le genre d'infraction que l'Étoile tolère, tant qu'on ne fait pas de vagues. Mais jamais, jamais ils ne viennent dans la partie du bâtiment réservée aux Vulnérables. Ce serait s'abaisser, mais ce serait aussi et surtout violer notre intimité, l'un des rares privilèges que nous accorde notre rang. Éléonore est très grande et ses vêtements sombres forment une silhouette un peu inquiétante sur mon palier. Je ne sais absolument pas ce que je suis censée faire. Je bafouille :

— Vous voulez entrer ?

— Je veux bien, merci.

Elle se glisse chez moi, comme un chat, et jette rapidement un coup d'œil autour d'elle.

— C'est très joli... Je ne m'attarde pas. Je voulais te remettre ceci.

De sa main gantée, ornée de bagues et de bijoux, elle me tend une photo. Un petit format carré, environ 10 × 10 cm. Le tirage, bien qu'imitation « vieillot », est récent. Je le vois à la qualité des couleurs.

— Qu'est-ce que c'est ?

— Mon cadeau. Pour tes quinze ans.

Le cliché représente une place rectangulaire, avec une statue en son centre. La statue est de très grande taille : un socle rond surplombé d'une figure féminine, enveloppée dans une sorte de drap, et brandissant une branche de je-ne-sais-quoi. Je ne distingue pas les détails car la photo a été prise de haut, de très haut. Il me semble reconnaître, grâce aux immeubles autour de la place, l'architecture parisienne. Mais je projette peut-être mes désirs. La place est noire de monde, jusque dans les rues qui rayonnent. La foule est tellement dense, au pied de la statue et alentour, qu'il n'y a plus un seul centimètre carré de libre.

— C'est Paris, n'est-ce pas ?

— Oui. C'est Paris. Il s'agit de la place de la République, il y a exactement quatre-vingt-dix ans, jour pour jour. Le 11 janvier 2015. Je voulais te l'offrir pour ton anniversaire. Mais il ne faut en parler à personne. Il est évident que je n'ai pas le droit de posséder cette photo, et encore moins de te la donner.

— Il y avait toujours autant de monde ?

— Non. C'était un jour particulier.

— Pourquoi ?

Elle sourit, mais ne répond pas. Je regarde à nouveau la photo.

— Ton arrière-arrière-grand-mère, Mina, est quelque part dans la foule.

— Comment le savez-vous ?

— Parce que tout le monde était là.

— Pourquoi ?

— Je n'ai pas le droit de te le raconter. Tu sais que ça fait partie des périodes interdites.

— Je sais.

Je me dis que le 11 janvier 2015, Mina a quinze ans. Je la cherche dans la foule. Mais naturellement, je ne la trouve pas.

— Un jour, peut-être. Un jour, je te raconterai. Pas aujourd'hui.

Je la regarde, éperdue. Elle me fait un cadeau incroyable. Une pièce du puzzle, un petit morceau de mon passé. Mais ce qu'elle m'offre ouvre un autre gouffre, plus grand encore. Car maintenant, j'ai envie d'en savoir plus. C'est le principe de la connaissance, m'a expliqué un jour ma mère. Plus tu en sais, et plus tu comprends l'étendue du mystère. C'est vertigineux.

— Joyeux anniversaire, Sophìa.

Je baisse la tête et je presse mon front contre sa main. Je serre les mâchoires pour ne pas pleurer. Elle émet une sorte de petit grognement, sans doute désapprobateur : chez les Lastings, il est mal vu de s'épancher. À moins qu'elle-même ne craigne de céder à l'émotion.

— Nous vous attendons dans une demi-heure dans le petit salon du bas…

— J'arrive.

— Sophìa…

— Oui ?

— C'est bien compris, hein ? C'est notre secret.

— Promis.

— Bien. Je compte sur toi.

Elle ouvre la porte et sans un bruit, se glisse à l'extérieur. Je reste là un temps incertain, à scruter la photo, à la recherche de quelque chose. Quoi ? Je n'en sais rien. Un signe. Un indice. Mais je ne trouve rien.

*

Quand je traverse la cour pour me rendre de l'autre côté, la nuit est en train de tomber. Le froid m'attaque directement à l'estomac et forme comme une balle remplie de vide au fond de mon ventre. Mes épaules se tendent. Mon mal de tête augmente. Peut-être que je ne résiste pas si bien que ça, finalement. Peut-être que j'aurais eu besoin de la préparation. En arrivant, je croise Briss dans le couloir. Elle a les yeux rouges et son air buté de princesse contrariée. Cet anniversaire, elle n'a pas envie de le fêter : dans un an, nous serons séparées. Nous avons grandi avec cette idée mais aujourd'hui, pour la première fois, c'est concret. Nous nous tenons par la main et entrons dans le petit salon. Tout le monde nous attend. Tout le monde, c'est-à-dire Gram, le père de Briss, Elena, sa mère, Gertrud, sa grand-mère et Éléonore, son arrière-arrière-grand-mère. L'arrière-grand-mère de Briss, Livia, est morte il y a deux ans. Elle avait refusé le sérum. Elle ne voulait pas survivre à son mari. C'est l'un des tabous de la famille. Interdiction d'en parler. Qu'une femme de la lignée ait pu se montrer aussi faible est intolérable, indicible, impardonnable. Ma mère dit qu'elle a choisi, et que nous devrions respecter son choix. Mais chez les Lastings, on ne choisit pas son destin. On l'embrasse. On l'honore. C'est la seule chose à laquelle on se soumet.

Élias, avec son air d'être là sans y être, se dandine d'un pied sur l'autre. Et ma mère, toute jolie dans une simple robe noire en velours, sourit bravement. Nouva, la cuisinière, apporte un gâteau au chocolat, avec des griottes et une crème fouettée. Je ne veux même pas savoir où ils ont trouvé les ingrédients pour faire ce gâteau. Tout ce que je sais, c'est qu'il va être bon, car Nouva est une cuisinière exceptionnelle. Les parents de Briss refusent d'avoir des clones comme domestiques. Ils préfèrent – disent-ils – être au contact des Vulnérables. On les a beaucoup critiqués à ce sujet, mais je pense qu'ils sont sincères. Ils aiment les gens, ils aiment le vivant. Ils aiment quand ça pousse, quand ça respire. Gram, le père, adore les plantes, le jardin, il cultive sa propre huile d'olive et de cameline. La maman de Briss n'est presque pas refaite, et ça, je peux vous le dire, c'est très rare! Elena coupe le gâteau pendant que Gram nous sert un champagne moléculaire (selon Éléonore, c'est presque aussi bon que le vrai, et, comme elle est la seule à avoir bu du vrai champagne, on est bien obligé de la croire sur parole). Puis il lève son verre et tout le monde crie:

— Joyeux anniversaire!

Je trinque, sauf que la migraine me vrille les yeux, et j'ai du mal à avaler ne serait-ce qu'une gorgée tellement j'ai mal au cœur. Je mets ça sur le compte des émotions et je tente de cacher mon malaise. Les gens qui sont rassemblés dans cette pièce sont, étrangement, ma seule famille. Ils sont tout ce que j'ai, mon seul monde, tout mon amour. Je ne veux pas gâcher leur plaisir, le bonheur qu'ils ont à me faire la fête. Briss est toujours renfrognée. Elle boude ostensiblement. Élias se dandine en essayant d'avoir l'air désinvolte, ma mère sourit béatement... Ce n'est facile pour personne, cette histoire, il faut bien le reconnaître. Gram se lance dans un discours :

— Je lève mon verre à notre adorable Sophia ! Tu fais partie de la famille désormais. Quand tu es arrivée chez nous, tu avais quoi... sept ? Huit ans ?

— Huit ans, précise Elena.

— Huit ans. Et maintenant, regarde la belle grande jeune fille que tu es devenue. Nous sommes fiers de toi.

— Merci.

Je tangue un peu.

— Tu es très intelligente, tes résultats sont exceptionnels, je suis certain que nous allons trouver des solutions pour gommer les frontières qui nous, hum, séparent. Bref, je bois à ton avenir.

À ces mots, Briss, n'y tenant plus, s'écrie :

— Papa ! Comment oses-tu dire ça ?

— Eh bien, quoi ?

— Vous êtes des monstres, vous savez bien qu'elle n'a pas d'avenir !

— Comment ça, Briss, enfin, ne dis pas une horreur pareille ! Bien sûr qu'elle a un avenir !

— Vous ne comprenez rien à rien ! Je vous déteste !

Là-dessus, ma meilleure amie sort de la pièce en courant. Sans doute pour faire diversion, ou parce qu'il juge que c'est enfin le bon moment, Élias me tend son cadeau : un petit pliage en papier, l'un de ses hobbies. Je reconnais la forme stylisée du seul symbole de Paris qui ait survécu dans l'imaginaire commun, le seul également qui soit autorisé.

— C'est une tour Eiffel, dit Élias.

— Je sais, c'est très beau…

— Joyeux anniversaire, So.

J'ai la tête qui tourne et toute la scène se déroule au ralenti. Je tente un vague sourire. J'articule :

— Merci.

Ma propre voix me semble lointaine, déformée. Je brasse l'air dans un dernier effort pour ne pas sombrer et je m'écroule, inconsciente.

Chapitre 7

Je sens qu'on me porte, qu'on m'allonge, qu'on pose une couverture sur moi. J'entends dans une semi-conscience les voix autour de moi. Quand je me réveille, je suis étendue sur le sofa du salon. Ma mère, Briss et Youri, le médecin de famille, sont penchés sur moi. Ma mère est très inquiète. Je l'entends à sa voix quand elle dit :

— Elle n'est jamais malade.

C'est vrai. Je ne suis jamais malade, personne n'est jamais malade ! Car toutes les maladies ont été éradiquées par le Vaccin Universel. Toutes, sauf une. Mais ça ne peut pas être ça. Je me redresse un peu et Elena me pose un coussin derrière la nuque. Ma tête est moins douloureuse. Je sens au creux de mon cou la petite blessure laissée par la prise de sang. Youri verse quelques gouttes sur un capteur. L'analyse prend huit secondes. Le signal est vert : pas d'infection. Aucun virus détecté. Youri me pose des questions, m'ausculte les oreilles, les yeux, le cœur.

— C'est le froid, dit finalement le médecin en se relevant. On savait qu'il y aurait des réactions. Je pense qu'elle a juste besoin de repos.

— Vous êtes sûr? demande Briss d'une voix rendue plus aiguë par la panique.

J'ai la tête lourde et envie de dormir.

— On va la laisser se reposer.

Je les entends discuter un peu plus loin, sans discerner précisément ce qu'ils disent. Les adultes sont tendus, j'entends la colère et l'inquiétude dans leur voix. Briss proteste. C'est sûr, ils sont en train de l'interroger sur notre petite escapade. C'est ma faute. Tout est ma faute. Elle va se faire punir à cause de moi. Je replonge. Lorsque je me réveille, je suis dans mon lit. Je reste éveillée quelques minutes puis je sombre à nouveau dans le sommeil. Je fais des rêves étranges, sans cohérence : des couleurs, des lambeaux de phrases. Dans un de ces rêves, Alexander Last1 me parle d'éternité. Swann me souffle dans la bouche et je vois des millions de fleurs, ou de papillons – je ne sais plus –, exploser dans ma tête. Je me réveille en sursaut. Ma chambre est noire et ma mère dort dans le fauteuil à côté de mon lit. Je me rendors. Puis je me réveille à nouveau. Il fait jour. Je me sens mieux et je parviens même à me lever. Je rejoins ma mère dans la cuisine. Elle est pâle, mais heureuse de me voir debout.

— Comment ça va?

— Mieux, beaucoup mieux.

— Ouf.

Elle me sert un thé noir, très chaud et très sucré. Elle me regarde le boire doucement, à petites gorgées. Elle me tend les vitamines prescrites par Youri. Elle a acheté des vêtements antifroid.

— Ça va ?

— Très bien.

Je mens, et ça se voit.

— So, il faut que tu me dises ce que vous avez fait avec Briss exactement. Par où vous êtes passées, où vous avez dormi.

— Maman !

— Elena est furieuse. Briss ne veut rien dire. Elle est consignée dans sa chambre jusqu'à nouvel ordre.

— Maman, je suis fatiguée.

— Pardon, oui c'est vrai. Désolée, ma chérie.

Je bois quelques gorgées de thé brûlant. Je sens à quel point ma mère fait des efforts pour ne pas poser de questions, pour ne pas me harceler. Les muscles de son cou sont tendus. Elle a les traits tirés. Je finis par lâcher :

— On était à la Maison Baum. Pour les éliminatoires, c'est tout. Je ne voulais pas te le dire avant d'être qualifiée.

Ma mère déglutit. Elle est blême. Elle est sans voix, alors c'est moi qui parle. Je dis :

— Je sais.

— Tu sais quoi ?

— Je sais que j'aurais dû t'en parler.

Ma mère tente un sourire. Elle veut me rassurer. Me rassurer sur son amour. Quoi que je fasse, elle m'aimera toujours.

— Je pense que je suis disqualifiée de toutes les façons, j'ai répondu n'importe quoi à la dernière question.

— Ça m'étonnerait.

— Pourquoi «ça t'étonnerait»?

— So, tu ne sais pas tout! Et tu fais comme si tu savais tout. Tu as été élevée dans un cocon. Tu ne connais rien de ce qu'il y a dehors.

Elle a raison. Je repense à la fille au phénix. «Tu es intelligente mais tu ne sais rien.» Par exemple, je ne sais pas du tout ce qui m'arrive. Je ne suis pas censée être malade.

Personne n'est censé être malade. Je tourne cette vérité dans ma tête: les maladies ont été éradiquées par le Vaccin Universel. Toutes. Sauf une. Sauf que ça ne peut pas être ça. Le froid? Pourquoi le froid me ferait-il ça? Je ne me sens vraiment pas bien. Y a un truc qui cloche.

— Maman, peut-être que tu pourrais m'expliquer certaines choses, alors. Ça me permettrait de mieux comprendre…

Ma mère soupire et me regarde tristement. Je sens que c'est compliqué pour elle.

— Je dois aller travailler.

— OK.

— J'ai rendez-vous au ministère aujourd'hui. Ensuite Élias, ensuite je rentre.

Elle se reprend et ajoute vivement :

— Mais je peux annuler Élias ! Elena comprendra.

— N'annule pas Élias. C'est de l'autre côté de la cour. Je survivrai.

— C'est vrai ?

— Bien sûr !

— Bon. Youri a écrit à l'institut, tu n'as pas besoin de te connecter.

— Merci. Écoute, va travailler tranquille, je me sens déjà mieux. Et je ne vais pas me sauver. Je vais rester là. Faire deux trois équations, regarder le Réseau.

— Lire ?

— Lire, si tu veux…

Elle semble respirer un peu.

— Bon. Repose-toi, on reparle de tout ça ce soir.

— Merci, maman.

— Ça va aller ?

— Bien sûr. T'inquiète pas.

— Je ne m'inquiète pas, chérie.

Tu parles. Elle est terrifiée. Le problème, c'est que moi aussi. Et je ne sais toujours pas pourquoi.

Toute la matinée, j'essaie de me connecter avec Briss. Je tente tous ses canaux. Même notre ancienne messagerie pirate, celle de notre enfance, quand on jouait à avoir des secrets, des choses que les parents ne sauraient jamais. Aucune ne répond. De l'autre côté de la cour, les rideaux de sa chambre sont fermés. Quand je jette un œil dehors, je croise le regard de Gertrud, plantée comme un piquet à la fenêtre du Grand Salon du bas. De toute évidence, nous sommes surveillées.

Pour le déjeuner, ma mère m'a laissé des céréales multivitaminées et des chips de protéines. De toutes les façons, je n'aurais pas le courage de me faire « de la vraie bouffe », comme dit Phénix.

Je mange dans mon lit, en regardant des programmes du Réseau. C'est nul, mais ça fait passer le temps. Les adultes doivent être en train de chercher des solutions pour nous séparer, Briss et moi. Nous empêcher de continuer. J'espère qu'ils ne vont pas envoyer Briss dans l'Alberta, chez ses cousins.

Je prends une décision : je vais jurer cracher, promettre à ma mère que j'arrête. Et je vais tenir ma promesse, même si je suis sélectionnée. Il faut juste que j'en parle à Briss et qu'elle soit d'accord. Elle n'a pas le choix. C'est la seule solution. Sinon, ils l'enverront dans l'Alberta. Sinon, ma mère ne me pardonnera jamais. Un peu calmée, je m'endors à nouveau. La tête me fait moins mal mais j'ai encore les jambes en coton et je me sens vaseuse. Je suis réveillée par un petit bruit sur ma tablette, comme un frottement. C'est une ligne de texte, apparue directement sur l'écran, sans passer par l'une de mes messageries. Elle dit :

« Fais un sac. Deux pantalons, deux hauts, cinq sous-vêtements. Froid. »

Je ne sais pas comment répondre. J'entre dans le programme source de mon IA pour tenter de découvrir d'où vient le message, mais un autre apparaît.

« Dépêche. Arrête de réfléchir. On n'a pas le temps. »

Je me lève difficilement. Je trouve qu'il fait froid dans la chambre. Je prends le sac que j'ai laissé hier à côté de mon bureau, j'ajoute un pantalon, quelques hauts, des culottes. Je mets aussi les vêtements antifroid tout neufs, achetés par ma mère. Et les chaussures bizarres, avec de grosses semelles. Puis je m'assieds sur mon lit pour réfléchir et reprendre des forces. Pourquoi est-ce que je suis si fatiguée ? Mon regard se pose sur une photo de ma mère et moi. Elle date de l'année dernière, pour mon anniversaire de quatorze ans. Je la glisse dans mon sac, avec celle offerte par Éléonore, les matriochkas et la tour Eiffel d'Élias. J'attends. Un autre message arrive sur ma tablette.

« Sous-sol. Sortie de secours derrière la lingerie. Fais vite, pour l'instant, il n'y a personne. »

Puis :

« Laisse la lumière allumée dans ta chambre. »

Je prends mon sac et je sors de l'appartement. Quelques pas et je suis déjà épuisée. Je me dirige comme un zombie jusqu'à l'ascenseur qui mène au sous-sol. Une fois en bas, je tourne à gauche, puis à gauche encore. Heureusement, je ne croise personne. Je laisse la porte de la lingerie sur la droite et je suis les ronds lumineux jusqu'au bout d'un long couloir. Au fond, la porte blindée s'ouvre dans un déclic au moment où je m'en approche. Tout d'un coup, je me retrouve à l'air libre. Il est 17 heures environ et il commence à faire nuit. Il neige à nouveau à gros flocons et je vois à peine deux mètres devant moi. Soudain, on me prend par le bras, quelqu'un que je ne connais pas, et qui m'entraîne au bout de la ruelle. Je marche ainsi, à moitié poussée, à moitié portée. C'est un garçon, il a la tête dissimulée sous un bonnet et une capuche. De toutes les façons, on ne voit rien, il fait trop sombre et la neige tombe tellement fort que j'en ai plein les yeux. Il prend mon sac. Il me tient fermement mais sans brutalité. Ensuite, nous tournons à gauche, puis à droite. J'ai froid, je claque des dents. Il me demande :

— Ça va aller ?

— Oui.

Nous arrivons dans une rue plus étroite, bordée de petits immeubles ; là, un van électrique nous attend. C'est un vieux modèle. Sans autopilotage. La silhouette ouvre la porte et me pousse à l'intérieur. Tremblante, nauséeuse et épuisée, je me laisse tomber sur la banquette arrière. J'entends une portière claquer, une autre s'ouvrir et se fermer. Je suis trop fatiguée pour avoir peur. Le van démarre et je regarde enfin le visage de mon sauveur. La stupéfaction me coupe le souffle : la tête penchée, un sourire inquiet sur le visage, Swann, le *mélas*, me dévisage. Il ôte son bonnet et secoue ses cheveux pleins de neige. Je sens un frisson glacé me parcourir la colonne vertébrale. J'étais certaine que Briss avait tout organisé. Mais lui, que fait-il là ? Qu'est-ce que c'est que cette histoire ? Instinctivement, je cherche le bouton d'ouverture de la porte. Verrouillée. La panique déferle comme une vague. Swann me prend la main.

— Calme-toi, tout va bien. Elle arrive.

Le véhicule s'arrête quelques rues plus loin. Nous attendons en silence, des secondes qui me semblent une éternité. La porte s'ouvre enfin et, à mon immense soulagement, Briss s'engouffre dans l'habitacle et se laisse tomber sur la banquette en face de moi. Son bonnet est trempé, ses joues roses. Elle sourit en soufflant dans ses mains pour les réchauffer. Dans un dérapage, nous repartons. Je suis trop sonnée pour réagir. Swann nous regarde avec son air de ne pas y toucher. Comme il est à quelques centimètres de moi, et malgré mon état pitoyable, je sens un courant qui passe de sa cuisse à ma cuisse. Comme un échange d'électrons. Ce type est carrément dangereux, me dis-je. Il provoque en moi d'étranges réactions chimiques. Briss enlève son bonnet et se passe la main dans les cheveux.

— Salut ! Tu es Swann ?

— Oui. Et toi Briss, j'imagine. Briss la Parfaite.

Je les regarde, interloquée.

— Vous… vous ne vous connaissez pas ?

— Pas vraiment, répond Briss. Mais on a un ami commun.

Je me tourne vers Swann. Il me fait un clin d'œil.

— C'est qui, votre ami commun ?

— Tu vas le rencontrer. Ça va, toi ?

— Euh, je sais pas. Je me sens encore vaseuse. Et désorientée. J'ai essayé de te joindre toute la journée. Mais impossible d'accéder à tes messageries.

— Je sais, ma mère a investi dans un nouveau brouillage. Très efficace. J'ai passé la journée à le pirater. Et Gertrud était en embuscade.

— Oui, j'ai vu.

Je ne demande même pas comment elle a fait pour sortir. Briss a toujours un plan. Souvent, son plan inclut l'aide de son frère Élias, qui se prête bien volontiers à l'aventure, même si c'est lui qui paie les pots cassés. Il s'en fiche. En cela, il est bien un Lasting. En règle générale, et quel que soit le sujet : il s'en fiche.

— Briss, on fait quoi, là ?

— On va jusqu'au bout.

— Je ne suis pas certaine de vouloir aller jusqu'au bout. D'ailleurs, je ne sais même pas ce que ça veut dire.

Un silence pesant s'installe dans la voiture. Swann sifflote. C'est agaçant. Briss lui demande :

— Tu es sûr que le van ne peut pas être tracé ?

— Certain.

— Et le chauffeur ?

— On peut lui faire confiance. À 100 %.

Briss marque une petite pause. Puis, comme à regret, elle ajoute :

— Merci.

— Pas de quoi. Mais t'emballe pas trop. Ces modèles n'ont pas été conçus pour le froid. J'espère que la batterie va tenir.

Je regarde dehors. Nous avançons doucement dans un brouillard de neige fondue. Il fait sombre et les éclairages de la ville diffusent une drôle de lumière sale. Je ne saurais pas du tout dire dans quelle direction nous allons, mais nous nous éloignons du centre. Soudain, je me mets à paniquer. Je cogne à la vitre pour attirer l'attention du chauffeur. Je veux qu'il fasse demi-tour.

— So, So, regarde-moi. On n'a pas le choix.

Je me tourne vers mon amie.

— On a toujours le choix ! Je… Je veux arrêter. J'allais t'en parler. Je ne veux pas faire ça à ma mère. Et même à toi ! Ils vont t'envoyer dans l'Alberta si on continue.

Puis, cognant à la vitre :

— Arrêtez, faites demi-tour !

— So ! SO !

— Quoi ?

J'ai hurlé. Briss m'attrape fermement les mains, et je sens sa détermination à ne pas me lâcher.

— Dis-moi comment tu te sens.

— Très fatiguée. Mais… ma mère ? Elle est au courant ?

— C'est Élias qui va gérer. Il va passer un mauvais quart d'heure mais bon, ça n'a pas eu l'air de le déranger. Et il ne dira rien. Il ne sait pas où on va.

— Moi non plus. Et je n'aime pas ça. On rentre quand ?

— Ça va dépendre. Je vais tout t'expliquer. Il faudrait juste que tu te reposes un peu.

— Pourquoi ?

— Écoute, So. Je t'en supplie, fais-moi confiance. Je te demande juste un jour ou deux.

— On va se faire tuer. Et ta mère ne me le pardonnera jamais. La mienne non plus, d'ailleurs.

— Elle te pardonnera. Elle te pardonne toujours tout. La mienne, en revanche…

Elle sourit. Et pour la première fois depuis des heures, j'ai envie de rire. Comme quand nous étions petites. Complices, nous faisions des bêtises et j'avais toujours peur de me faire gronder. Alors que ça n'arrivait jamais ! Quand je désobéissais, ma mère prenait son air un peu surpris, comme si elle se souvenait tout à coup que j'étais une enfant et que les enfants font des bêtises. Mais jamais elle n'était fâchée. Alors que Briss… Briss était toujours partante. Sauf qu'elle, elle devait ensuite supporter des heures de punitions, assorties de discours interminables sur son rang dans la société, sa place au sein de la famille, sa responsabilité en tant que future Lasting…

— Deux jours, me dit-elle avec un regard suppliant. Dans deux jours, si tu veux toujours laisser tomber, alors on laissera tomber. Mais accorde-moi juste ces deux jours. Je voudrais te présenter quelqu'un. Quelqu'un de très important pour moi.

Soudain, la voiture ralentit, les lumières baissent dans l'habitacle, et nous nous arrêtons complètement. L'éclairage de secours se met en marche. Je ne sais absolument pas où nous sommes. Dehors, le paysage ressemble à une photo en noir et gris. Swann ouvre la vitre qui nous sépare du chauffeur.

— On est à plat ?

— Oui.

— Merde.

— J'ai une batterie de secours, mais elle est aussi vieille que la caisse. Je l'ai bidouillée avant de partir, on va voir.

Les deux garçons sortent du véhicule et un vent glacial s'engouffre dans l'habitacle. Briss me couvre avec le plaid en laine qu'elle a apporté.

— Reste au chaud. Ils vont régler le problème.

— Briss…

— Oui ?

— Où on va ?

Briss soupire et avoue enfin :

— Chez mon frère.

— Élias ?

Je n'y comprends plus rien.

— Non. Mon autre frère. Ulysse.

Chapitre 8

Pendant près de trois heures, nous avançons aussi vite que le permet le sol glissant, sur des voies heureusement désertes. Obéissant à Briss, je dors la plupart du temps. Elle m'a suppliée de me reposer et m'a promis de tout m'expliquer une fois que nous serons arrivés. Terrassée de fatigue, j'ai renoncé à savoir où nous allons. Il fait froid dans l'habitacle, car il faut économiser la batterie et Swann a réglé le chauffage au minimum. Mais grâce à Briss, nous disparaissons sous une pile de couvertures en laine. De temps en temps, j'ouvre les yeux et regarde par la fenêtre le paysage enneigé, avant de replonger. Lorsque je me réveille vraiment, en sursaut, j'ai la tête sur l'épaule de Swann. En face de moi, mon amie regarde par la fenêtre, anxieuse. Je m'excuse en me dégageant. Swann me rassure :

— C'est rien. Ça va ? Tu te sens mieux ?

— Oui, beaucoup mieux.

En fait, je me sens carrément bien. J'ai l'impression d'avoir retrouvé mon état normal. Comme si la chose qui avait empoisonné mon sang était enfin partie.

— J'ai faim ! dis-je, un peu surprise.

— Ah ! Tant mieux, répond Briss, ravie. Le souci, c'est que je n'ai rien apporté. Je n'ai pas eu le temps. Mais on arrive bientôt, tu mangeras sur place.

Swann sort de son sac un paquet de chips de légumes et nous grignotons en silence. Sur mon IA de poignet, il est plus de 20 h. Ma mère doit être rentrée depuis un moment déjà. En un éclair, j'imagine sa peur, son inquiétude, sa tristesse, et mon cœur se serre à faire mal. Je chasse ces idées noires immédiatement. Si je veux tenir, il vaut mieux ne pas m'y attarder. Il sera toujours temps d'y penser plus tard. Le paysage est plus clairsemé désormais. Malgré la nuit, je peux voir que nous avons quitté depuis longtemps le centre historique de Vienna, et même la mégapole. Pas un seul immeuble, mais quelques arbres, des forêts d'éoliennes, de vieux bâtiments en ruine… Un paysage de plaine, triste et désert.

— On est où ?

— Nord-est. Province de Berlin. Dans la partie inoccupée… enfin, pas tout à fait. En réalité, nous sommes sur la route qui mène aux Lacs.

Les Lacs abritent quelques résidences secondaires et des bâtiments secrets du gouvernement. C'est une zone très difficile d'accès.

— Comment on va entrer ?

— On n'entre pas, répond Swann, on contourne.

Je cherche mon IA dans mon sac. Mais je ne parviens pas à l'allumer. Pourtant, elle était chargée.

— Désolée, me dit Briss. J'ai été obligée d'endormir tous les appareils. Sinon, on pouvait nous repérer. Swann a piraté ton IA personnelle. Tu es intraçable !

— On peut faire ça ?

— On peut tout faire. C'est même assez facile en réalité. Les gens ont tellement intégré le fait d'être surveillés qu'ils ne se demandent même plus comment s'y soustraire.

Je soupire et je renverse la tête en arrière, sur le dossier de la banquette.

— Briss, j'espère que tu sais ce que tu fais.

Mon amie cherche ma main sous les couvertures.

— Je sais toujours ce que je fais.

*

J'ai dû m'assoupir à nouveau, car lorsque j'ouvre les yeux, la voiture est arrêtée au milieu d'un chemin de terre isolé. Il fait nuit. Autour de nous : le brouillard.

— Tu as pris des affaires pour le froid ? me demande Briss en fouillant dans mon sac.

Elle en sort une sorte de veste à capuche épaisse et un peu gonflée, achetée par ma mère et que je n'ai jamais portée.

— Ah, c'est très bien, ça. C'est chaud et imperméable. Mets-la.

Swann est sorti et il parle avec notre chauffeur. Je vois leurs silhouettes floutées par la neige. Swann ouvre à nouveau la portière, pendant que Briss rassemble nos affaires.

— La batterie est morte. On doit finir à pied.

— C'est loin ? demande Briss.

— Un kilomètre environ. Mais ça ne va pas être facile. Il fait froid et humide, et le chemin est boueux. Laisse les couvertures dans le van, de toutes les façons, il va falloir revenir le chercher. C'est trop risqué de le laisser là.

— So, me demande Briss. Tu es sûre que ça va aller ? Tu peux marcher ?

— Bien sûr ! Je ne suis pas malade !

— Allez, on y va, dit notre chauffeur en tapant dans ses mains. Il ne faut pas traîner. On est loin des sentiers battus, mais il ne faudrait pas nous faire repérer.

Il prend mon sac.

— Donne-moi ça. Au fait, je m'appelle Vandal.

Il me fait un drôle de petit sourire, qui creuse une fossette au-dessus de sa joue droite. Sous son bonnet, je ne vois que sa peau et ses yeux, étrangement clairs. L'espace d'un instant, son regard rebondit dans mon ventre, comme un léger coup donné à tous mes sens.

— On reste groupés, dit Swann.

Il a chargé sur ses épaules le plus d'affaires possible et il aide Briss à passer par-dessus une ornière de boue. Notre petite troupe se met alors en route sur le chemin désert, une ligne parfaitement droite qui se perd devant nous, happée par la brume. Vandal ouvre la marche. Ensuite Briss et moi, main dans la main, et pour finir Swann, qui avance sans regarder devant lui, les yeux sur sa tablette. Il essaie de la configurer pour envoyer un message à ceux qui nous attendent. Au loin, sur notre gauche, on aperçoit les pales blanches des éoliennes, éclairées par la lune. Fantomatiques, elles brassent des nuages de neige cotonneuse.

— J'espère vraiment qu'ils savent où on est, dis-je avec un sourire, pour faire une blague.

Briss me sourit en retour, mais je vois bien qu'elle est inquiète. Au bout d'un quart d'heure de marche environ, la route se prolonge par une sorte de ponton rectiligne, s'avançant au milieu d'une vaste étendue d'eau. Et là, tout à coup, j'ai peur. La mer, pour les gens de mon âge, ce sont des récits terrifiants de villes entières emportées par des éboulements de terrain, des tsunamis, des enfants accrochés à des branches dérivant avant de disparaître sous les yeux de leurs parents.

— Ne t'inquiète pas, dit Briss, ce n'est ni la mer ni l'océan, c'est un lac. Un lac artificiel créé après la montée des eaux dans une ancienne cuvette minière. C'est l'œuvre d'un milliardaire de l'époque. Il avait bâti une sorte de presqu'île au milieu pour y installer une usine.

— Une usine de quoi ?

Briss se retient de rire.

— Tu vas pas me croire.

— Dis !

— De bateaux ! Il voulait sauver l'humanité, alors il a construit des bateaux !

Briss a lâché ça comme une blague et, sans doute à cause de la tension et de la fatigue, nous éclatons de rire. Je ris tellement que j'en ai les larmes aux yeux. Quand je reprends mon souffle, je parviens à articuler :

— Évidemment. J'aurais dû m'en douter. Il est devenu quoi, ce milliardaire ?

— Il a tout vendu pour s'acheter l'une des premières versions du sérum.

— Ah oui ? Et l'humanité, alors ?

— Faut croire qu'il s'en est foutu, finalement. Et il est mort ! (Nouveau fou rire impossible à contenir.) Il... Il n'a pas survécu... Et son usine est restée à l'abandon.

Vandal s'arrête et se tourne vers nous.

— On fait trop de bruit ? demande Briss.

— Non non, c'est OK. Je suis juste content de voir que vous arrivez à vous marrer. On approche. Mais on va devoir rester cachés quelques minutes.

Devant nous, le ponton s'arrête net face à une grille en fer, très ancienne, un peu inquiétante. De part et d'autre de l'immense portail, un mur de plusieurs mètres de hauteur se perd lui aussi dans le brouillard.

— C'est l'île, dit Briss. On y est.

Vandal nous indique un petit bâtiment à gauche de l'entrée, qui ressemble à une caserne de gardien. Il se connecte et ouvre la porte. Nous pénétrons dans une petite pièce carrée, totalement vide, humide et froide. Les murs sont couverts de graffitis délavés et rongés par le temps.

— On va attendre là. Il faut dix bonnes minutes pour traverser la cour jusqu'à la maison et c'est bientôt l'heure du satellite de surveillance. C'est plus prudent de rester à couvert.

— Un satellite ?

— Oui, notre site est totalement clandestin, tu t'en doutes. Alors, nous évitons de sortir à l'heure de passage des satellites. Comme ça, le site a l'air désert.

— Et pour les capteurs de chaleur ? demande Briss à ma grande stupéfaction, car je ne connaissais même pas l'existence des « capteurs de chaleur ».

— Aleteya a calculé des brouilleurs. Pour ça et pour toute notre activité électronique. Cependant, nous évitons d'avoir des animaux sur place. Pas de vaches, pas de chèvres…

— Pourquoi vous voudriez des vaches ? je demande, éberluée.

— Pour le lait.

— Ah.

Je marque une pause. Mon cerveau tente de reconstituer les informations que l'on a pris soin de ne pas me donner.

— Et donc, vous vous privez de lait…

— Non ! Contrebande ! dit Swann avec un petit sourire. Ça, c'est mon domaine.

— Et qui est Aleteya ?

— Notre responsable informatique. Elle gère notre réseau. Et elle travaille avec moi sur le piratage, répond Vandal.

— Aleteya… Ça veut dire « vérité » en grec.

Vandal me sourit.

— Exactement. Nous sommes des pirates de la vérité.

— Ou du mensonge, ajoute Swann.

— C'est selon…

La tablette de Swann émet une légère vibration et il se tourne vers Vandal.

— La route est libre.

Nous marchons dix ou quinze minutes au milieu d'entrepôts abandonnés. Nous passons devant des bâtiments de briques rouges et de vastes hangars abritant d'immenses carcasses de navires en décomposition. Enfin, nous découvrons une grande bâtisse, qui a dû être très belle. C'est une sorte de manoir, à l'architecture alambiquée, avec des ailes et des tourelles. Le style est un peu rococo, genre villégiature de bord de mer, avant les

Grandes Eaux, bien sûr. Pas une seule lumière ne perce par les fenêtres opaques. La porte principale s'ouvre et un jeune homme descend les quelques marches du perron en pierre pour venir à notre rencontre. Il est roux, comme Briss, mais ses cheveux sont plus foncés que ceux de mon amie. Et ils sont moins raides aussi, plus épais et ondulés. Quelque chose dans son allure nonchalante, dans sa beauté insolente, me fait penser à Élias. Il porte des vêtements à l'ancienne : jean, sweat à capuche… Il s'avance vers notre petit groupe et se plante devant Briss. Je n'ai jamais vu mon amie dans un état pareil. Elle tremble et le regarde avec un air à la fois effrayé et éperdu, comme si elle se trouvait devant Zeus en personne. Soudain, il la prend dans ses bras et elle fond en larmes. Je devine qu'il s'agit du fameux frère que je ne connais pas. Briss pleure ainsi pendant quelques minutes et nous, nous attendons, grelottant dans la nuit gelée.

D'un signe de tête, notre hôte met fin aux retrouvailles et nous invite à entrer. Nous traversons un vestibule, une immense cuisine, et nous arrivons dans la pièce principale. C'est une sorte d'immense véranda aux vitres opaques, donnant sur une terrasse suspendue au-dessus du lac. Elle est occupée d'un côté par un coin salon – de grands canapés dépareillés, des tables basses couvertes de tablettes, de câbles, de claviers –, de l'autre par des bureaux chargés de matériel informatique. Une fille lève les yeux d'un écran pour nous regarder.

Elle est menue, avec des cheveux très blonds, presque blancs, coupés en un carré court un peu fouillis. Elle a des yeux presque inquiétants, envahis par un iris très bleu et très présent. Elle a des allures de chat sauvage et, dans le cou, un tatouage représentant un alpha grec. Elle ne prend pas la peine de nous saluer et retourne à son clavier virtuel. Le frère de Briss nous indique le coin salon. J'en profite pour observer un peu mieux Vandal. Lui aussi est vêtu à l'ancienne, avec un sweater à capuche NYC. Il n'est pas exactement beau, avec son visage irrégulier, son regard trop vif et ses cheveux indomptables, mais quelque chose dans sa dégaine, dans sa démarche à la fois indolente et sûre de lui, me bouleverse. J'interroge Briss du regard. Son frère n'a pas dit un mot. Briss tremble encore un peu quand elle s'adresse à lui :

— Ulysse ? Je te présente Sophìa. So, voici mon frère, Ulysse.

— Un frère caché, donc… Je pensais connaître toute la famille.

Ulysse me toise sans gentillesse.

— J'espère que tu as une bonne raison de venir ici. Ma sœur prétend que tu as besoin d'aide.

Je ne sais pas quoi répondre. Je ne savais même pas que j'avais besoin d'aide. Mais Briss a l'air tellement déconcertée que je préfère me taire. Vandal intervient et prend notre défense :

— Ulysse, elles sont là maintenant. Si on écoutait ce qu'elles ont à nous dire ?

Briss sourit avec une modestie que je ne lui ai jamais vue, un air soudain de petite fille. Elle continue les présentations…

— Tu connais déjà Swann.

— Oui, je n'ai pas très bien compris ce qu'il fait dans cette histoire mais je suis sûre que tu vas m'expliquer.

— Vous voulez un truc chaud, du thé par exemple ? nous interrompt Vandal.

Sans attendre la réponse, il s'approche d'un petit bar improvisé sur des planches de bois et fait chauffer de l'eau dans une bouilloire qui semble dater du siècle précédent. Nous nous laissons tomber dans les canapés en cuir, qui s'enfoncent sous notre poids. Ulysse demande à sa sœur de le suivre et je les vois s'éloigner pour aller parler à l'autre bout de la pièce. Je n'entends pas ce qu'ils se disent mais Ulysse semble furieux, et Briss bouleversée. Swann ne lâche pas sa tablette, Vandal s'approche de moi avec une tasse fumante et des petits pains ronds posés sur une assiette. Je me jette dessus, affamée.

— Tu peux te reconnecter si tu veux. On a un réseau sécurisé.

— Euh, Briss a « endormi » ma tablette, dis-je, en crachant des miettes de petit pain.

J'ai dit « endormi » avec une légère hésitation. Je ne connais pas bien le vocabulaire des hackers. Vandal éclate de rire.

— Donne, je vais te la « réveiller », dit Swann.

— Ah ? Merci.

Je lui tends mon IA, même si je n'ai pas tellement envie de l'allumer, de lire les messages apeurés de ma mère. Ça me fait trop mal de penser à elle. Du coup, je me concentre sur la fossette de Vandal.

— Alors comme ça, tu es une amie de Briss ? demande-t-il sans détourner le regard.

Je rougis.

— Oui.

— Vulnérable ? Comment ça se fait ?

— Ma mère travaille pour ses parents.

— Ah.

— Et toi ?

— Ah ben moi, comme tout le monde ici. Je suis un Affranchi.

C'est la deuxième fois en deux jours que j'entends parler des Affranchis, mais je ne sais toujours pas ce que cela signifie. Swann daigne lever la tête de son IA.

— Elle ne sait pas ce que c'est. Elle est un peu… innocente.

— Innocente ? Je ne suis pas innocente !

— Franchement, ma belle, tu ne connais pas grand-chose.

Je rougis violemment. Vandal se laisse tomber à côté de moi.

— T'inquiète, on s'en fout. On nous appelle des Affranchis parce que la plupart d'entre nous ont refusé le sérum.

— Quoi ?

— On ne voulait pas de ce privilège, alors on est partis de chez nous.

— Mais... c'est absurde !

— Pas tant que ça.

— Et vous êtes nombreux ?

— Ici, sur ce site, nous sommes une petite dizaine. Tu connais Swann, moi, Ulysse. Là-bas, c'est Aleteya, dont je t'ai déjà parlé. Tu rencontreras les autres demain. Ulysse voulait d'abord vérifier qu'on pouvait te faire confiance. Tu représentes un risque.

— Quel risque ?

— Tu pourrais nous dénoncer.

— OK. Aleteya, elle n'a pas peur que je la dénonce ?

Vandal me sourit et je rougis (une fois de plus) comme une idiote (que je suis).

— Aleteya n'a peur de rien.

— Et toi ?

— Moi ?

Il se lève et commence à débarrasser les assiettes et les verres vides qui encombrent la table basse.

— Moi, je suis toujours content de rencontrer de nouvelles personnes. J'en ai un peu marre d'être coincé ici avec ces zombies.

Swann ne prend même pas la peine de le regarder. Toujours penché sur sa tablette, il se contente de lui faire un doigt d'honneur. Briss revient avec son frère. Je vois qu'elle a pleuré. Lui est un peu moins hostile, en revanche.

— Briss m'a parlé de toi, me dit-il. Il paraît que tu es OK. Et que tu as des soucis.

Je lève à nouveau vers Briss un regard interrogateur.

— Elle ne sait pas, dit Briss.

Alors là, je m'énerve. J'en ai marre de tous ces secrets, toutes ces choses que je devrais savoir et que je ne sais pas. J'ai l'impression que tout le monde me prend pour une idiote. D'autant qu'apparemment, ce que j'ignore et que je devrais savoir me concerne au premier plan.

— Je ne sais pas quoi, Briss ? Tu pourrais m'expliquer, s'il te plaît ? J'en ai marre, là. Il y a deux jours, je vivais très bien. Mais depuis ce fichu concours, tout va de travers ! Et tu ne m'expliques rien. Tu es ma meilleure amie ! Tu n'es pas censée m'enlever, me cacher des trucs !

Briss me prend dans ses bras pour me calmer. Elle me serre contre elle, puis elle m'aide à me rasseoir sur le canapé.

— So, je veux que tu te fasses examiner.

— Quoi ?

— Tes malaises, tes pertes de mémoire…

— J'ai déjà vu un docteur…

— Je veux te faire ausculter par un médecin indépendant. C'est pour ça qu'on est là.

— Je n'y comprends rien. Youri n'est pas… indépendant ?

— Je n'en suis pas sûre. Mais ce que je sais, c'est que si tu as ce que je crois, ils attendront que ce soit irrémédiable. C'est ce qu'ils font aux Vulnérables. Tu ne pourras plus passer le concours, et ce sera trop tard. Nous, ici, on peut établir un vrai diagnostic, et faire ce qui s'impose.

— Mais… et si je n'ai rien ?

— Si tu n'as rien, on oublie tout, on rentre.

Je regarde Swann. Il sifflote en regardant ses pieds. Ulysse attend, les bras croisés… Seul Vandal soutient mon regard. Il plonge ses yeux purs comme le ciel dans les miens. *Ne t'inquiète pas*, me disent ses yeux. *On s'occupe de tout.*

— Mais je pense que tu as quelque chose, poursuit Briss.

— Tu vas me dire, à la fin !

— Je pense que tu as la maladie de Turgot.

C'est alors qu'un éclair fulgurant me lacère le lobe frontal. J'ai le souffle coupé par la douleur et un spasme violent me déchire la poitrine.

Je m'évanouis.

Chapitre 9

Je me réveille dans une petite chambre carrée, aux murs nus. Un vieux tissu rose, ou vaguement rouge, laisse passer un rayon de pâle soleil par la seule fenêtre de la pièce. Briss dort à côté de moi sur un matelas posé à même le sol carrelé. Les motifs géométriques de la céramique fanée ont dû être très beaux. La chambre est spartiate, vieillotte, mais propre. À côté de mon lit, sur une caisse en bois qui sert de table de chevet, je trouve une bouteille d'eau vitaminée et un petit flacon rempli de pilules grises. Je me lève et me dirige vers la lumière : tout ce que je vois par la vitre, c'est le lac, et de grands oiseaux blancs qui planent en faisant des ronds dans le ciel. J'ouvre la fenêtre et un air chargé d'une odeur de sel me gifle la figure.

— Ferme cette fenêtre ! dit Briss en se réveillant. Ça caille !

— Tu ne trouves pas que la lumière est différente ?

— Différente de quoi ? demande Briss en bâillant et en regardant l'heure sur son IA.

— De celle que nous connaissons. Ça doit être le changement de saison. C'est joli. Plus pâle… Pas tout à fait la même couleur.

Briss me tend la bouteille d'eau et les cachets.

— Il faut que tu prennes ça.

— C'est quoi ?

— Des vitamines et des antidouleurs. C'est en attendant.

Briss insiste doucement :

— Tu peux me faire confiance, So.

J'hésite avant de rétorquer :

— Je ne savais pas que tu avais un autre frère.

— Je sais, soupire mon amie. Je suis désolée de t'avoir menti.

— Ce n'est pas un mensonge, c'est pire ! C'est énorme. Je croyais qu'on était amies.

— Je ne pouvais pas en parler. Personne ne devait savoir. C'était interdit, tabou.

Je m'assieds sur le lit et j'avale l'une des pilules. Briss continue :

— J'avais sept ans quand il est parti. C'était un peu avant que tu arrives. D'abord, ils l'ont envoyé dans un camp/école, à la frontière avec la Russie.

— Pourquoi ?

— Il était difficile. Il piquait de grosses colères, ne travaillait pas, remettait tout en cause. Mais moi, je l'adorais. Il s'occupait toujours de moi, il me rendait intelligente. C'est lui qui m'a appris tout ce que je sais en codage.

Elle marque une pause. Je mesure à quel point cela a dû être difficile pour elle. De vivre ça, mais aussi de ne pas m'en parler.

— Ils l'ont envoyé au loin du jour au lendemain. Je n'avais plus le droit de le voir. Je n'avais pas le droit de parler de lui.

— C'est horrible.

— Oui…

— Tes parents ont fait ça ? Ils t'ont fait ça, à toi ?

— T'imagines ?

Ils ont raison. Tout ce que je croyais savoir, tout ce que je ne sais pas…

— Au début, il m'écrivait, poursuit Briss. Il m'aidait à configurer des messageries secrètes. C'est comme ça que j'ai appris. Et quand il a eu quatorze ans…

Elle a les larmes aux yeux.

— Un jour, ma mère est arrivée au dîner, elle était verte. Vraiment verte. On aurait dit qu'elle allait tomber en cendres sur place, au milieu du salon. Elle a juste dit : « Il s'est sauvé… Ils l'ont laissé s'échapper. »

Briss déglutit péniblement. Elle a une boule dans la gorge à l'évocation de cette période de sa vie.

— Et après ça, on n'en a plus parlé. Je ne l'ai jamais revu. Ses messages ont cessé.

— Comme ça ? Tout d'un coup ? Vous n'en parliez plus…

— Je sais, c'est dingue. J'ai cru qu'il était mort. Le pire, c'est que je n'osais pas demander. Je n'osais même pas en parler. J'avais peur de la réponse, je crois. Ou alors j'avais peur que ma mère ne s'effondre. Qu'elle ne puisse pas le supporter…

Elle marque une pause avant de poursuivre :

— Et puis, le jour de mes douze ans, j'ai reçu un message crypté. C'était Ulysse. Il me disait qu'il allait bien, et qu'il me donnerait des nouvelles de temps en temps. Moi, je ne devais jamais essayer de le contacter. Sauf en cas d'extrême urgence. Et je devais passer par un ordinateur public.

— Mais on n'a jamais accès aux ordinateurs publics !

— J'ai pris celui de l'hôtel.

— Il doit être surveillé !

— Je sais, mais ne t'inquiète pas. L'adresse contenait un virus intégré. Pas moyen de remonter au message.

On entend alors un léger coup contre la porte.

— Je peux entrer ?

Ulysse. Son beau visage, aux traits racés, son grand corps long et dense… Il pose sur le lit un plateau avec deux tasses et des drôles de petits gâteaux ronds et chauds, parsemés de graines noires.

— Pains au sésame maison. Vous verrez, on mange mieux chez les Affranchis que dans le reste du pays.

Je croque dans le petit pain, qui est délicieux.

— Mmmmmm…

Briss ne peut détacher son regard du visage de son frère. Elle l'observe avec adoration, les yeux écarquillés, l'air béat. J'éclate de rire et, la bouche pleine, je parviens à dire :

— Briss te regarde comme si tu étais Zeus en personne !

Il sourit, pour la première fois depuis que je suis arrivée. C'est un tout petit sourire, qui reste sérieux, genre « si vous croyez qu'on est là pour se faire des câlins vous vous trompez ». Mais c'est un sourire quand même, et je vois un éclat de tendresse dans ses yeux quand il regarde sa sœur. Je fais passer le petit pain avec une gorgée de thé chaud. Dehors, la lumière a soudain décliné et une averse éparse éclate contre les carreaux. Ce sont peut-être les cachets, mais tout d'un coup je me sens bien. Au chaud. Bien au chaud dans la maison. Bien au chaud avec mon amie, entourée de ces Affranchis dont je viens de découvrir l'existence.

*

Ulysse nous guide dans une enfilade de longs couloirs ouvrant sur d'autres petites chambres comme la nôtre. Tout en marchant, il nous explique qu'ils connaissent un médecin, une certaine Vita, qui vit dans la province de Cologne avec une Vulnérable. Ils l'ont contactée, elle a accepté de venir, mais ça peut prendre quelques jours.

Organiser le transfert, la couverture… c'est très long.

— C'est une Vulnérable ?

— Non, c'est une Affranchie.

— Qui vit parmi les Vulnérables ?

— Oui, tous les Affranchis n'ont pas rejoint la clandestinité. Certains ont tout simplement refusé le sérum et ils sont partis vivre au milieu des Vulnérables. Souvent par amour.

— Je ne savais pas.

La salle commune est plus animée que la veille. Visiblement, Ulysse a jugé que nous n'étions pas dangereuses et d'autres Affranchis sont là, en train de déjeuner, de lire ou de travailler sur les ordinateurs.

— Je vous présente ma sœur, Briss, et son amie Sophìa, dit Ulysse en s'adressant à tout le monde. Elles vont rester avec nous quelques jours, peut-être plus si nécessaire. Briss, Sophìa, je vous présente Majda, Jolan et Jeanne. Vous connaissez déjà Aleteya et Vandal.

— Bonjour, je… En général, on m'appelle So…

Derrière son ordi, Vandal me fait un petit coucou assorti d'un sourire qui creuse sa fossette. Il est penché sur son écran avec Aleteya. Elle me jette un regard pas très sympa, mais où je décèle plus de méfiance que d'animosité. Moi, je suis plutôt bien disposée à l'égard de tous ceux qui se trouvent dans cette pièce. Pour commencer, ils m'accueillent, alors même qu'ils ne me connaissent pas. Mais surtout, je suis très admirative. Ce sont tous des enfants de Lastings, qui ont refusé le sérum, et qui se battent pour que la société soit plus juste. Ils se battent pour nous, pour les Vulnérables ! Je suis sidérée par leur courage.

— Salut, dit Swann en venant à notre rencontre. Comment va notre malade, ce matin ? Pas trop fatiguée, pas trop stressée ?

Il a dit ça avec son petit air sarcastique habituel, mais je sens qu'il est sincère, alors je réponds :

— Je me sens beaucoup mieux. J'ai même retrouvé mon appétit.

— Je vous fais visiter l'Usine ? Ulysse doit s'occuper de la logistique pour la venue de Vita.

— OK, dit Briss, un peu triste de voir son frère s'éloigner.

Nous suivons Swann dans la cour où la voiture nous a déposés la veille au soir. Le voyage entre veille et sommeil, la traversée des paysages inconnus, le froid, la marche forcée sur le chemin boueux... Tout cela me semble déjà très loin. Comme un mauvais rêve dont les effets s'estomperaient doucement. Sous le pâle soleil de cette matinée, qui alterne avec de brusques averses glacées, la cour de l'ancienne usine semble moins triste, malgré les murs pourrissants couverts de graffitis. Heureusement que nous avons nos vêtements de froid, car à l'ombre, la température reste désagréable. Ce n'est pas un froid piquant comme celui qui nous a cueillies à notre descente du train. C'est un froid humide et triste, qui passe sous la peau, entre dans les veines. Swann nous fait pénétrer dans un hangar gigantesque, et nous guide immédiatement vers une sorte de petit bureau aménagé entre quatre murs en préfabriqué.

— Ici, c'est le hangar K, le domaine de Viktor, notre cuistot/jardinier. C'est à lui que tu dois les petits pains de ce matin. Et ton infusion également. Il arrive même à faire pousser une espèce de café mutant presque aussi bon que le vrai.

Nous retrouvons Viktor devant son équipement : un microscope électronique relié à un ordinateur. Il étudie des schémas de parcelle et nous accueille avec un grand sourire.

— Eh, salut ! J'ai entendu parler de vous. Bienvenue à l'Usine.

— L'Usine ?

— C'est comme ça qu'on appelle notre petit campement sur l'île, précise Swann.

— Et qu'est-ce que vous *fabriquez* dans cette « usine » ?

— Un peu de tout… De la vie.

— Tu travailles sur quoi ? demande Briss, qui adore les sciences, et surtout, comme son père, les sciences naturelles.

— Je cherche à exploiter au mieux l'espace dont nous disposons en créant des cultures qui se protègent et se favorisent les unes les autres.

— Ah oui, mon père fait ça aussi.

— C'est vrai? Tu veux que je te montre? J'ai développé un algorithme…

Swann se racle la gorge pour interrompre son ami.

— Briss, tu veux peut-être rester un peu ici avec Viktor pendant que je montre le reste de l'île à Sophia?

Briss est tiraillée entre l'envie de voir les travaux de Viktor et la peur de me confier à Swann, en qui elle n'a pas du tout confiance.

— Tu es sûre que je peux te laisser toute seule avec ce voyou?

J'éclate de rire.

— Certaine! Éclate-toi avec les plants de courgette pendant que je visite le reste du château.

— Usine.

— De l'Usine, pardon.

Briss redevient soudain sérieuse.

— Si tu as mal à la tête, que tu ne te sens pas bien, tu m'appelles tout de suite, OK?

— OK.

Comme je sors du hangar avec Swann, j'entends Viktor s'extasier sur le fait que le père de Briss arrive lui aussi à cultiver son propre café.

— Derrière, m'explique Swann, il y a un hangar plus petit, que Viktor a complètement transformé. Il y a installé un moulin, un four, de grands séchoirs pour les pâtes et les insectes. Là, sur ta droite, ce sont nos chambres froides. Le plus difficile, c'est d'éviter de nous faire repérer par les satellites. Nous avons des brouilleurs pour notre activité électronique, mais on doit absolument laisser les bâtiments dans leur jus. Il faut qu'ils aient l'air abandonnés. Et tu ne t'inquiéteras pas: à chaque passage du satellite, tout s'éteint. On est dans le noir pendant quatre minutes. Tu verras, on finit par s'habituer.

Comme nous nous retrouvons à l'air libre, je plisse un peu les paupières car la luminosité me fait mal aux yeux. Swann me demande si je vais bien. L'un des oiseaux blancs que j'ai vus ce matin par la fenêtre pousse une sorte de cri aigu et rauque.

— C'est quoi, ces oiseaux?

— Ce sont des mutants. Après les Grandes Eaux, des survivants des mouettes nourris aux déchets radioactifs.

— Ils sont beaux, pourtant.

— Ouais, bof. Beurk. Et on ne peut pas les manger.

— Et ici, c'est complètement décontaminé?

— Oui, ne t'inquiète pas. Tu es sûre que ça va?

— J'ai mal aux yeux, mais ça va.

— On ferait mieux de rentrer.

— Nan, nan, fais-moi visiter.

Il semble hésiter une seconde puis me dit:

— Ça te dirait de voir le lac?

Sans attendre ma réponse, il vérifie sur son IA la situation du satellite et me prend par la main. Il m'entraîne dans un dédale de containers. Nous traversons d'autres hangars, dont certains sont encore occupés par des carcasses de bateaux. Puis, par une petite échelle rouillée, nous grimpons le long d'un bâtiment gris et carré, l'ancien bureau des ingénieurs, jusque sur le toit, équipé de vieilles chaises longues en métal. De là, on a une vue incroyable sur la vaste étendue d'eau. Au loin dans la brume, on distingue une ligne floue et blanchâtre : l'autre rive, mystérieuse, inconnue.

— On n'a pas le droit de venir ici, mais ce que tu vois au loin, ce sont les Territoires du Nord, côté mer. Pas de danger qu'on nous surveille.

— La mer est loin ?

— Dix kilomètres à vol d'oiseau.

— C'est pour ça que l'air sent le sel ?

— Ouip !

Je sens sur mon visage le vent chargé d'embruns. Swann s'assied par terre et sort de sa poche une sorte de petit stylo qu'il porte à la bouche. Il aspire et recrache une fumée dégageant une odeur un peu âcre. Puis il me tend le stylo.

— Tu en veux ?

— Qu'est-ce que c'est ?

— Ah oui… j'oubliais, Madame Je Ne Sais Rien de Rien. C'est de la morphéothyle.

Je sais ce qu'est la morphéothyle. C'est une espèce d'opium de synthèse.

— De la drogue, quoi.

— Oui, enfin, c'est hyper bien foutu. Ils ont éliminé tous les effets négatifs, plus de manque, ça ne crame plus les neurones…

— Ah bon ? Et qu'est-ce qu'il reste ?

— Ça détend et ça stimule. Il suffit de ne pas en abuser. Une seule fois par jour. J'adore venir ici et regarder le lac en prenant ce truc. Ça m'aide à oublier.

— Qu'est-ce que tu veux oublier ?

— Ça, Madame Je Ne Sais Rien, c'est mon secret. Et on ne se connaît pas assez pour que je t'en parle.

Dans le ciel d'un blanc sale, les oiseaux mutants poussent des cris rauques, et nous les observons tracer des trajectoires mystérieuses au-dessus du lac. Swann tire sur sa fumeuse. Soudain, il regarde son IA de poignet et pousse un juron.

— Merde ! Il faut qu'on y aille.

Il se lève d'un bond.

— Quoi ? Le satellite ?

— Non ! La bouffe ! On va rater le déjeuner !

Chapitre 10

La cuisine est l'une des pièces les plus agréables de l'Usine. Une vaste pièce rectangulaire, avec des meubles aux tons clairs, plusieurs fours, de grands frigos encastrés dans le mur et une table centrale en bois. Briss, les joues roses, aide Viktor à cuire des pains de légumes. Ça sent hyper bon et il fait chaud. Vandal, quant à lui, est en train de remplir des petits bocaux d'insectes séchés en les classant : les caramélisés, les frits, les salés… Aleteya, la fille blonde, est là aussi, assise à table, le nez dans un mini-ordinateur d'un type inconnu pour moi.

— Vous ne vous êtes jamais fait repérer ? demande Briss.

Aleteya lève le nez de son écran.

— En réalité, dit-elle, je crois que l'armée s'en fout. Ils savent sans doute qu'il y a des squatteurs ici. Ils se doutent bien que les Affranchis vivent dans ce genre d'endroit. Mais ils ne vont pas perdre leur temps à nous surveiller.

— Ce qu'il faut vraiment dissimuler, ce sont nos activités informatiques, dit Vandal. S'ils savaient ce que nous faisons…

Aleteya le fusille du regard.

— Alé, on peut leur faire confiance, dit Vandal, sur un ton d'excuse.

Elle ne répond pas, mais elle replonge dans son écran en fronçant les sourcils, l'air en colère. Et lorsque je propose à Vandal de l'aider à terminer ses bocaux, elle se lève d'un coup, en faisant crisser les pieds de sa chaise, et elle quitte la pièce. Vandal me fait un petit sourire emmerdé, genre « fais pas attention ».

Un silence gêné s'installe. Viktor sifflote en sortant son pain de légumes du four. Swann mange des chips d'insectes au lieu d'aider à les mettre en bocal, en regardant des vidéos sur sa tablette.

— C'est ta copine ? demande Briss.

— C'est pas comme ça que ça se passe, chez les Affranchis, répond Vandal d'un ton tranchant.

Swann lève le nez de sa vidéo, visiblement amusé. Viktor commence à mettre la table.

— Ah bon ? demande Briss. Et ça se passe comment, alors ?

— Personne n'appartient à personne, répond Vandal.

Swann pousse un drôle de cri, comme un petit rire de victoire, et il jette une chips de criquet sur Vandal.

— Là, mon pote, tu fais très fort.

— Swann ! le gronde Viktor. Tu veux bien arrêter de jouer avec la nourriture et mettre la table, s'il te plaît.

Swann se lève de mauvaise grâce et Viktor ajoute :

— Ça te rend con, ce truc que tu vapotes.

— Oh, ça va !

Vandal scelle un dernier bocal, la tête baissée. Briss me fait un clin d'œil. Viktor sonne la cloche indiquant que le déjeuner est servi.

Nous mangeons tous ensemble, Briss, Viktor, Vandal, Swann, Clélia, Maroon, Jeanne. Et moi. Ulysse n'est pas là, il a prévenu qu'il est encore trop occupé avec les préparatifs pour le voyage de Vita. Quant à Aleteya, elle n'est pas revenue, et je trouve que Vandal n'est pas très sympa. Il pourrait quand même aller voir si elle va bien. En même temps, j'adore être à côté de lui dans cette cuisine, la chaleur du four dans mon dos. Le pain de légumes de Viktor est hyper bon, et nous buvons de l'eau désinfectée et aromatisée avec une plante que je ne connais pas. Heureusement que Viktor et Briss parlent potager, car Swann est perdu dans ses pensées, Vandal a l'air de faire la tête et moi je ne sais pas quoi dire. Je voudrais tellement lui poser des questions sur ces choses que le gouvernement ne devrait absolument pas savoir. Mais je n'ose pas. À un moment donné, je lui demande de me passer la carafe d'eau et il me fait un de ses petits sourires à fossettes qui me fait perdre mes moyens. Une pluie neigeuse bat sur la verrière au-dessus de nos têtes.

Soudain, la porte de la cuisine s'ouvre et Ulysse entre avec un autre gars, un type que je n'ai jamais vu. Ils sont trempés et quelques flocons demeurent accrochés dans les cheveux d'Ulysse.

— Ça caille ! dit le type qui est avec lui. Salut !

— Bonjour, dit Briss, dont le visage s'est à nouveau éclairé à la vue de son frère.

Ulysse enlève sa veste à capuche et la pose sur le dossier d'une chaise, près d'un radiateur en fonte. Viktor se lève pour prendre deux assiettes et servir les deux arrivants.

— J'ai fait du café, vous en voulez ?

— Avec plaisir !

C'est le type inconnu qui a répondu. Il est plutôt petit, avec un drôle de visage où se mêlent des traits indiens, la peau mate, les cheveux noirs tombant en baguettes.

— Briss, Sophìa, je vous présente François, un Français, dit Viktor.

Je bondis.

— C'est vrai, tu es français ?

— Ben non, plus personne n'est français, je te rappelle.

— Oui, ça, je sais ; mais tu as des origines françaises ? (J'ai dit tout ça d'une seule traite, et je sais bien que je suis ridicule, que je parle comme une petite fille qui va rencontrer son avatar préféré.)

— So voudrait retrouver des informations sur son arrière-arrière-grand-mère Mina, qui vivait à Paris, explique Briss.

— J'ai des origines françaises, nord-africaines et mongoles, répond François, d'un air un peu pédant. Mais ma mère a toujours fait tout un plat de nos gènes français. D'où mon prénom.

— Je savais que je provoquerais un débat en le présentant comme ça, dit Viktor avec un sourire coquin. J'adore le lancer là-dessus. Et puis François le Français, c'est irrésistible.

— Je suis européen, en réalité. Mais avant tout, je suis un Affranchi. Nos origines ne comptent pas. Ce qui compte, c'est qui nous sommes.

— Je ne suis pas d'accord, dis-je. J'ai des origines françaises aussi, et… j'en suis fière.

— Pourquoi ? Fière de quoi ?

— Je ne sais pas… En tout cas, ce qui est certain, c'est que nous sommes AUSSI tout ce que nous avons été. C'est une vérité historique ET scientifique. Le passé, c'est important. Le passé est partout, dans nos cellules, et dans les replis de notre mémoire.

— Parce que notre mémoire a des replis, maintenant ? Notre mémoire est dans notre hippocampe.

— Fiche-lui la paix, tu veux ? Et bois ton café, intervient Ulysse.

Je suis surprise qu'il prenne ma défense. D'ailleurs, je m'en veux. Je me suis comportée comme une idiote. Je sais très bien où se trouve la mémoire dans notre cerveau. C'est l'un des savoirs de base du quatrième degré ! Ulysse et François s'installent autour de la table et Viktor leur sert une tasse de son espèce de faux café qui sent hyper bon.

— Sophìa, me dit Ulysse. J'ai des nouvelles de Vita. Elle n'a pas pu se procurer de véhicule et elle est surveillée. Elle veut bien venir, mais il va falloir aller la chercher.

— OK.

— Ça va prendre un peu plus de temps que prévu. Swann, c'est toi qui vas t'en charger, tu pars avec François. On a réparé la voiture d'hier, elle fonctionne, la batterie est beaucoup plus efficace.

— Je ne peux pas, proteste Swann. On a reçu nos convocations, So et moi. Je dois préparer le Slamb, c'était ça, le plan !

— Le plan a changé. On n'a pas le choix. Vita doit éviter de se faire repérer. Elle refuse de prendre le train.

Puis, se tournant vers moi, Ulysse ajoute :

— J'ai prévenu ta mère, du coup elle va prévenir la mère de Briss, enfin, la mienne... les mères, quoi.

— Qu'est-ce que tu leur as dit ? demande Briss.

— En fait, j'ai envoyé un faux message de la part de Sophìa.

— Un faux message ?

Je me lève d'un bond.

— Oui.

— Et on peut savoir ce que je suis censée avoir écrit ?

Ulysse se tourne vers sa sœur, qui l'encourage du regard.

— Elle a bien le droit de savoir ce qu'elle a dit à sa mère, non ?

Il ouvre sa tablette et lit le message à voix haute, d'un ton un peu mécanique, sans émotion :

Maman, je suis désolée. Je dois participer à ce concours. Et je sais que si nous restons, vous nous en empêcherez. C'est pour cela que nous devons partir avec Briss. Mais ne vous inquiétez pas, nous allons bien. Et nous vous donnerons régulièrement des nouvelles. Je sais que tu te sens trahie, mais ce n'est pas ça. J'ai juste besoin de vivre cette aventure. Crois en moi. J'ai besoin que tu y croies pour y arriver. Je t'aime. So.

Quand il arrête sa lecture, j'ai les larmes aux yeux. Je déglutis péniblement. Je sens que si je bouge, si je fais quoi que ce soit, je vais éclater en sanglots. Plus personne ne dit rien. Je respire un bon coup, mais ma voix tremble quand je demande :

— Comment tu as fait ça ? C'est exactement ce que j'aurais pu écrire.

— J'ai passé d'anciens messages dans un logiciel de copie de style, en gros. Et j'ai un peu retravaillé à l'instinct.

— Un logiciel.

— Ouais.

— Et tu n'aurais pas pu me demander ? Tu ne crois pas que ça aurait été plus simple ?

Briss retient son souffle. Elle sait que le sujet «maman» est très sensible chez moi. Ulysse ne répond pas. Un ange passe. Ulysse reprend :

— J'ai aussi créé quelques faux indices laissant croire que vous partiez vers l'ouest. Nos deux mères vont vous chercher là-bas, alors que... Alors que vous êtes là. Avec nous, quoi... Ça nous laisse un peu de temps.

— Je trouve quand même que tu aurais dû m'en parler. C'est ma mère ! C'est ma vie ! C'est moi qui suis malade.

Ulysse se lève et me toise de toute sa hauteur.

— Écoute, j'ai pas demandé à t'aider, alors si tu n'es pas contente, tu peux toujours repartir.

Briss intervient d'une voix douce :

— Ulysse, calme-toi. So aime beaucoup sa mère, c'est pas comme chez nous. Elles se disent tout. C'est... compliqué pour elle.

— C'est compliqué pour tout le monde, rétorque Ulysse.

Moi je ne dis rien, car je sais que si je parle, je vais pleurer, et je ne veux pas pleurer.

— Bon, dit Swann, je ferais mieux de bouger. Je vais préparer mon sac, on se retrouve dans vingt minutes pour l'itinéraire.

— D'accord, répond François. Hangar 12 dans vingt minutes.

En passant derrière ma chaise, Swann pose une main sur mon épaule et dit à Vandal :

— Je te la confie, prends soin d'elle.

— Je crois qu'elle peut très bien prendre soin d'elle-même, réplique Vandal.

Je ne sais pas trop si cette réponse me réjouit ou me rend triste. Certes, cela veut dire qu'il me trouve forte. Ou alors, cela veut dire qu'il ne veut pas prendre soin de moi.

— Si quelqu'un doit prendre soin de So, ici, c'est moi, tranche Briss. Allez, ouste ! Va chercher ce foutu docteur.

Swann se met au garde-à-vous avec une moue comique. À ce moment-là, une douleur me perce les tympans et je plisse les yeux en portant les mains à mes tempes. Briss me prend dans ses bras et elle se tourne vers Swann.

— Swann ! Il n'y a pas une minute à perdre ! Dégage.

Sans broncher, Swann quitte la pièce, talonné par Ulysse. Inquiet, Viktor m'apporte un verre d'eau vitaminée. Briss me soutient et m'accompagne jusqu'à notre chambre, où je m'endors aussitôt.

⋆

Je me réveille une heure plus tard et il me faut quelques minutes pour reprendre mes esprits. Briss a laissé un petit mot sur le cube/table de nuit : « Je suis dans la salle commune, appelle si tu as besoin. » Elle a aussi laissé un livre, un vrai livre au papier jauni, qui date d'avant le déluge. Bien avant. Elle a dû le trouver ici. Je lis la quatrième de couverture (une histoire de gens coincés dans un hôtel en bord de mer) mais mes yeux me font mal. Dans mon sac posé à côté du lit, j'attrape le cadeau de ma maman. Les poupées emboîtées. Je les ouvre et les dispose une à une sur la table de nuit. Je pose aussi la photo de nous deux, et la tour Eiffel d'Élias. Tout mon monde tient désormais dans ces quelques objets. Je ne possède rien d'autre. D'ailleurs, je n'ai jamais rien possédé d'autre. Je repose ma tête douloureuse sur l'oreiller. La porte s'ouvre doucement. C'est Briss. Elle vient s'asseoir à côté de moi sur le lit.

— T'as vu, je t'ai trouvé un livre!

Je lui prends la main et la serre fort. Elle est tellement gentille avec moi, ma Briss. Elle m'a toujours protégée. Je ne comprends pas bien pourquoi, d'ailleurs. Autant le lui demander.

— Briss?

— Oui.

— Pourquoi tu fais tout ça pour moi?

— Pourquoi? Je ne sais pas. C'est ce qu'on est censé faire avec les gens qu'on aime, non?

— Tu as raison.

— La vraie question, si tu veux mon avis, c'est: comment est-ce que je sais un truc pareil? D'où ça me vient? Ce n'est pas exactement ce qu'on nous apprend dans ma famille.

— Roooh, tu exagères.

— Tu trouves? Je ne sais même pas si ma mère m'a un jour dit quoi que ce soit à propos de l'amour. C'est limite un mot tabou. Regarde Ulysse, il ne comprend pas pourquoi son faux message à ta mère t'a rendue triste.

— Mais toi, il t'aime.

— C'est vrai.

— Tu vois. C'est inné, ces trucs-là. L'amour, la compassion, on les a en nous.

— Ouais…

Dehors, le ciel alterne entre des moments de soleil et des giboulées violentes qui claquent contre les carreaux, avec des grondements effrayants dans le ciel.

— Dis… tu crois que j'ai la maladie de Turgot ?

— J'en ai peur.

— Mais je ne comprends pas, je n'ai pas reçu la version bêta du vaccin.

— Je ne sais pas… C'est bizarre, ce truc. Peut-être qu'on peut l'attraper aussi avec la version ultérieure. Vita en saura plus.

J'attends un peu et je demande, même si je connais déjà la réponse :

— C'est quoi le remède ?

— Le sérum.

— Il n'y en a pas d'autre ?

— Non.

— Sauf qu'ils ne voudront jamais me le donner.

— Non. Et ils le découvriront tout de suite, pendant les épreuves, que tu es atteinte. Ça se verra au scanner. Et là, tu seras éliminée.

— Alors, c'est foutu. Je vais tout oublier. Je vais devenir une coquille vide. Un être sans mémoire. Sans histoire. Sans nom.

— On va trouver une solution. C'est pour ça que je t'ai emmenée ici. Mais d'abord, un problème après l'autre. On attend Vita. Et on voit si elle confirme le diagnostic. Ensuite, on avise.

— J'ai la trouille.

— Je sais. Mais rassure-toi. Il est hors de question que je te laisse perdre la mémoire et devenir zinzin.

Chapitre 11

Assise dans un canapé du coin salon, dans la salle commune, je fais semblant de lire. Fatiguée et migraineuse, je n'arrive pas à me concentrer. Je me demande quand cette fichue doctoresse va arriver. Plongée dans le Réseau, Briss cherche toutes les informations possibles sur la maladie de Turgot. Moi, je préfère attendre. À ce stade, il vaut mieux ne rien savoir, ça m'évitera de cogiter dans tous les sens. Cachée derrière la couverture de mon livre, j'essaie d'observer Vandal sans qu'il me voie, mais chaque fois que je lève les yeux vers lui, il est en train de me regarder. Aleteya a disparu. On ne peut pas dire que ça me désole. Comme il me sourit, je pose ma tablette et le rejoins.

— Salut.

— Salut.

— Tu fais quoi ?

— Ça t'intéresse ?

— Oui.

— Alors prends une chaise.

Je m'installe à côté de lui.

— Je pirate les archives… Ensuite je sélectionne…

— Attends attends attends, là… Tu es en train de me dire que tu pirates les archives scellées de l'Étoile ?

— Oui. Ce n'est pas si compliqué, tu sais, c'est un peu ma spécialité.

Il tape des lignes de code qui font apparaître des données chiffrées et tout en travaillant, il m'explique :

— J'entre les données dans un logiciel de déchiffrement… Je sélectionne certains formats…

D'après ce que je vois sur l'écran géant de son super ordi, il ne garde que les formats qui correspondent à de l'image, fixe ou animée.

— Tu ne prends que les images ?

— Images et vidéos.

— Dans les archives de l'Étoile ?

Je n'arrive pas à y croire.

— Oui. Je m'intéresse tout particulièrement aux événements qui ont précédé les Grandes Eaux. Les années juste avant.

— C'est totalement interdit !

— Je sais. Mais on s'en fout, non ?

— Et tu as découvert des trucs ?

— Bien sûr. Même si en réalité, je ne cherche pas exactement à obtenir des informations… historiques. Je fais plutôt des tableaux. Des tableaux en mouvement. Des mosaïques. C'est un travail, disons… artistique ? Sur la mémoire. Mais je pense que ce qui ressort de mes tableaux donne une idée de ce qui est arrivé. Peut-être pas si loin de la vérité.

— Je peux voir ?

— Ici, on est sur l'ordinateur d'Aleteya. Le mien n'est pas équipé pour passer le pare-feu du gouvernement.

— Aïe. Tu vas te faire engueuler.

Il rigole.

— Mais non ! Elle me le prête. Regarde. Une fois que j'ai ma sélection, je fais défiler les images… Ensuite je transfère le tout sur le poste de mon atelier. Et c'est là que le vrai travail commence : je peux faire un nouveau tri, et me mettre à travailler la matière.

Fascinée, je regarde Vandal se balader dans le stock d'images. Rapidement, son œil sélectionne ce qui l'intéresse. Il le classe alors à droite de l'écran et jette le reste.

— Les images étaient stockées en fonction des serveurs utilisés par les opérateurs. Ce qui fait que sur une même période, par exemple entre mai et septembre 2039, je peux me retrouver avec des images enregistrées dans le cloud à Kinshasa ou à Paris.

— Paris ? Tu as des images de Paris ?

— Bien sûr. En ce moment, je bosse sur les années 2037 à 2039. Mais mes recherches portent principalement sur l'année 2049. Juste avant les Grandes Eaux.

— Tu accepterais de me montrer?

— Si tu veux. J'ai encore besoin de cinq minutes. Alé me laisse son ordi jusqu'à 50. Je dois optimiser.

Je me tais pour le laisser travailler, et j'en profite pour observer ce qu'il arrive à faire remonter du passé: je vois apparaître et disparaître, à toute vitesse, des photos, des images de synthèse, des extraits de jeux vidéo, des plans fixes, serrés, larges, des foules et des portraits, des sourires et des horreurs. Je me dis que c'est une drôle de fenêtre. Une fenêtre ouverte non pas sur l'extérieur, mais sur un paysage mental, historique, un paysage d'archives. Vandal active quelques touches sur son clavier – il travaille avec un vieux clavier à l'ancienne, pas un clavier virtuel. Il ouvre un dossier noté 2049. Dedans, il cherche un autre dossier appelé GE. Il y stocke certaines des photos sélectionnées.

— C'est quoi, GE?

— Ce sont tous les éléments liés aux guerres pour l'eau, en 2049. C'est l'un de mes sujets.

Il place le dossier dans une messagerie interne et entre une ligne de code sécurisée pour se l'envoyer.

— J'ai fini! Tu veux voir mon atelier?

— Avec plaisir.

Soudain, il a l'air un peu ennuyé.

— Tu es sûre que je ne t'embête pas avec mes trucs? Tu as peut-être besoin de te reposer.

— Non ! Je veux dire oui ! Il faudrait sans doute que je me repose, mais j'ai très envie de voir ton travail.

Briss me regarde d'un drôle d'air tandis que je quitte la salle commune avec Vandal. Je lui fais un petit signe de la main, avec un sourire pour la rassurer. Dans le couloir, nous croisons Aleteya, qui évite consciencieusement mon regard.

— La Centrale est libre ! dit Vandal.

— Merci. Je dois surveiller les satellites. Tu vas lui montrer ton travail ?

— Oui.

— OK.

Elle tourne les talons et nous laisse en plan. Cette fille n'est pas franchement sympathique, et pourtant, je ne sais pas pourquoi, je l'aime bien.

— Elle fait la tête ?

— Mais non ! Pourquoi elle ferait la tête ?

— Je ne sais pas.

— Ne t'inquiète pas. Aleteya est un drôle d'oiseau. Elle a vécu des trucs chelous et elle est un peu bizarre. Et puis elle est trop intelligente, c'est pas facile, son cerveau ne fonctionne pas comme le nôtre. Mais c'est une fille bien. Et surtout, elle est très indépendante. Elle tient à sa liberté, et elle respecte celle des autres.

Je pense que même les gens indépendants peuvent avoir le cœur brisé, mais je ne dis rien. Après tout, qu'est-ce que je sais de leur relation ?

D'ailleurs, je ne sais rien de rien, n'est-ce pas? C'est ce qu'on ne cesse de me répéter.

— Ça me fait plaisir que mon travail t'intéresse. D'habitude, les gens trouvent ça chiant. Les filles, encore pire. Elles préfèrent la musique, ou même le jardin, tiens. Avec son potager, Viktor a plus de succès que moi.

J'éclate de rire et, en rougissant, je bafouille :

— Ça m'étonnerait.

Vandal a un petit sourire de beau gosse satisfait et je regrette d'avoir été aussi bête. En même temps, ce n'est pas ma faute si je ne sais pas m'y prendre avec les garçons : je n'en connais aucun. À part Élias, bien sûr, et les mecs virtuels de mon académie en ligne.

— Vous invitez beaucoup de gens ici ?

— Non, pas tellement. De temps en temps, on reçoit d'autres communautés d'Affranchis, mais on vit quand même un peu repliés sur nous-mêmes. L'avantage, c'est que je peux me concentrer sur mon travail.

— Mais pourquoi vous faites tout ça ?

— Comment ça ?

— Désolée, je ne comprends vraiment pas pourquoi vous avez refusé le sérum.

Vandal s'arrête une seconde, comme s'il allait répondre. Puis il se ravise. Il prend une grande inspiration et finalement, il me dit :

— Je crois que c'était juste pas possible d'accepter.

Il ouvre une ancienne porte de service et nous nous retrouvons à l'air libre, dans une petite cour carrée que nous traversons en courant, cachés sous nos capuches pour nous abriter du crachin glacé.

— C'est une ancienne cabane de gardien, dit Vandal en ouvrant la porte de son atelier, un modeste bâtiment en pierre, collé au mur d'enceinte.

Il m'invite à entrer. Une unique pièce, avec vue sur le lac, à travers un mur percé d'une large fenêtre rectangulaire. Une grande table couverte d'ordinateurs et de matériel informatique. Mais il y a aussi un petit coin salon, un lit couvert de tissus colorés, une table basse avec une bouilloire, un four, quelques tasses. Un tissu blanc assez rigide permet de masquer toute la longueur de la baie vitrée.

— C'est là que je projette mes mosaïques, dit Vandal.

Nous ôtons nos sweaters humides et il me montre son lit, qui sert de canapé.

— Assieds-toi, si tu veux.

Il fait chauffer de l'eau, pose la main sur un radiateur en fonte pour vérifier qu'il fonctionne.

— C'est génial, ce temps. J'adore la pluie.

Il adore la pluie… Il a dit ça en passant une main sur sa nuque, d'un air à la fois désinvolte et gauche. J'ai déjà vu ce geste, quand il ne sait pas exactement quoi faire de lui-même. Son pantalon un peu grand tombe sur ses hanches, il porte une chemise à carreaux sur un T-shirt délavé, rincé, vieux comme l'Étoile. Je cherche quelque chose à dire pour ne pas rester au milieu de la pièce comme une idiote.

— Donc tu fouilles dans tout le cloud ? L'ancien cloud…

Vandal a l'air soulagé de pouvoir parler de son travail :

— Je n'ai pas encore réussi à pénétrer dans les archives du gouvernement de l'époque. Je me demande même si ça n'a pas été détruit. Du coup, je balaie large. Dès que j'ai accès à un serveur, j'analyse tout. C'est fastidieux et monotone, mais je trouve des trucs. En fait, je fouille surtout les archives « civiles ». Ce que les gens stockaient, les réseaux sociaux. C'est ça que j'aime le plus.

— Qu'est-ce que tu cherches exactement ?

— Je ne sais pas. Pas à comprendre, plutôt à ressentir. Au début, je voulais savoir à quoi ressemblait le monde avant l'Étoile… Et puis j'ai eu envie d'en faire quelque chose, de le modeler, de le construire. De me l'approprier.

— Ouah.

— Je trouve ça beau. Toutes ces vies, ces destins oubliés. J'ai l'impression de leur redonner une place.

— C'est magnifique. Et… je peux te poser une question ?

— Bien sûr.

— Tu es remonté jusqu'à quand ?

— 2020.

— Ah, zut.

Il rigole.

— Pourquoi zut? Tu n'aimes pas l'année 2020?

— Si, mais… Il y a une année qui m'intéresse.

— Ah oui?

Vandal s'est installé à son bureau et je m'assieds gauchement sur son canapé, si bas que je me retrouve avec les genoux au niveau des coudes.

— Quelle année?

— 2015.

Il me regarde d'un air intrigué, comme s'il décelait soudain en moi quelque chose qu'il n'avait pas vu jusqu'à présent.

— OK. Je vais essayer. Je verrai ça demain. Quand j'aurai accès à la Centrale.

Nous passons l'heure suivante à regarder son travail, projeté sur la fenêtre. Ce sont des sortes de collages informatiques mélangeant des fichiers de différents formats, mixant les images fixes ou animées. Des mosaïques, comme il les appelle. Elles sont fascinantes et effrayantes à la fois. On y voit des gens de tous les styles, de tous les âges, et de toutes les couleurs: des femmes vêtues de costumes totalement improbables, de longs voiles pourpres, des cheveux bleus, des foules sales et apeurées tentant de monter sur des bateaux, des paysages dévastés, arides, des immeubles abandonnés ou détruits, des vagues gigantesques, des hommes sur des toits, brandissant des drapeaux en lambeaux. Parfois, je lui demande de mettre sur pause, pour regarder certaines images en détail : il y a une photo extraordinaire d'un éléphant nageant entre des immeubles, des portraits de femmes au visage tanné par le soleil, leurs yeux bleus ou noirs appelant au secours, ou accusant l'objectif. Il y a des enfants aussi. Des enfants morts dans des villes mortes, des enfants pleurant, ou traînant d'autres enfants par la main sur des routes désertes, des enfants emportés par les vagues. Il a raison.

Ces mosaïques nous disent quelque chose de l'époque qui a précédé les Grandes Eaux. Elles disent le chaos, la souffrance, la lutte…

Mais elles expriment aussi un désir de vie, une énergie qui semble perdue aujourd'hui.

— L'énergie du désespoir, dit-il en souriant quand je lui fais part de ce que je ressens. Je t'ai montré le plus dur. J'ai aussi des photos d'archives plus « banales », des photos du quotidien dans les grandes villes de l'époque. Attends, d'ailleurs, sur celle-là, je crois bien que…

Il balaie l'une de ses mosaïques, dont le thème semble être le couple, ou le binôme : des hommes et des femmes, des hommes et des hommes, des femmes et des femmes… se prenant en photo et souriant, confiants, juste avant le déluge.

Soudain, il appuie sur pause et agrandit l'une des photos.

— Regarde, dit-il.

En arrière-plan, derrière un couple souriant à l'objectif, on peut voir un fleuve séparé en deux par une île, des quais gris et une église en pierre, deux tours carrées… Il n'y a aucun doute.

— Tu reconnais ? demande Vandal.

— Bien sûr…

— C'est Paris.

DEUXIÈME PARTIE

Chapitre 12

Presque une semaine s'est écoulée. Une semaine, ça en fait des minutes, des secondes, des instants si précieux, tous ces petits bouts de vie, tous ces petits morceaux de mon temps, passés à attendre, attendre Vita. La mystérieuse doctoresse sera-t-elle capable de me guérir? En tout cas, elle pourra sans doute mettre un nom sur ce qui m'arrive, diagnostiquer ma maladie. Quand j'arrive à ne pas penser à la terreur que ma mère doit ressentir en ce moment (et plus qu'une pensée, c'est en réalité une boule de lave qui me broie le ventre), quand je ne suis pas assommée par des vertiges et des migraines, quand je ne suis pas, la nuit, en proie à des hallucinations et des rêves où mon âme en peine court sans espoir dans le labyrinthe de mon cerveau… Quand tout cela me laisse du répit, je profite tant bien que mal de ce séjour sur l'île des Affranchis.

Ici les journées sont à la fois libres et ordonnées, oisives et créatives, douces et pourtant empreintes d'une colère qui s'exprime dans les activités de chacun. Car les Affranchis travaillent : Viktor et Jolan (un gars discret avec une drôle de caboche un peu de travers et des yeux bleus très clairs, presque blancs) s'occupent de la nourriture. Aleteya et Vandal se chargent de l'informatique (une grosse partie du travail). Et puis il y a ceux qui créent. François fait de la musique, Jolan de la sculpture, et Jeanne passe ses journées à composer des boucles avec des sons enregistrés dans l'espace au cours des derniers programmes spatiaux. C'est Vandal qui a couvert les murs de graffitis, avec Majda, une fille que l'on ne voit jamais à part aux repas, et qui s'occupe de la partie juridique. Tous ont le même but. Ils ne disent rien mais c'est évident, omniprésent, « implicite » : leur mission, c'est de lutter contre l'Étoile. Résister à ce système injuste où certains ont tout le temps que d'autres n'ont pas. Chercher à découvrir ce qu'on nous cache, voir derrière l'écran. Pourtant, ils n'en parlent jamais. Ce soir, au dîner, j'ai essayé de guider la conversation sur le sujet, et Ulysse m'a lancé un tel regard que je me suis tue. Une fois dans la chambre, je me tourne vers Briss, qui sombre déjà dans le sommeil.

— Pourquoi on n'a pas le droit de parler du gouvernement ? Après tout, ce sont des rebelles, non ?

Briss bâille.

— Je crois que c'est une sorte de principe de survie. Ils ne savent jamais s'ils sont surveillés. Par exemple, tu pourrais être une espionne. Alors, ils ont pris l'habitude de ne pas en parler. C'est tabou. Le système, c'est le système, point.

— Bah. Je ne comprends pas. Pourquoi ils ne sont pas restés dans la société ? Pourquoi ils n'ont pas choisi de profiter de leurs privilèges pour le changer, le système ?

— C'était perdu d'avance ! Je crois que c'est une sorte de résistance… artistique. Comme ils ne peuvent pas changer le système, ils le contournent, vivent autrement. C'est leur manière de résister. Et ils savent que s'ils ne font pas trop de vagues, finalement, on les laissera tranquilles.

Je sens que Briss est fatiguée et qu'elle aimerait bien mettre un terme à cette conversation. Mais je veux parler. Je veux meubler les heures de l'avant-veille, les pires pour moi. Et comme la chose dont j'aimerais parler, je n'ose pas l'aborder… Briss passe beaucoup de temps avec Viktor en ce moment, et je me demande si elle l'a embrassé, ou même…

— N'empêche, dis-je. Je ne comprends toujours pas pourquoi les Vulnérables ne peuvent pas profiter du sérum. Le temps, c'est comme la connaissance, c'est quelque chose qui se partage très bien. Si les Vulnérables pouvaient vivre quatre cents ans eux aussi, les Lastings ne mourraient pas plus jeunes ! Je sais bien que c'est un problème de ressources. De partager les ressources. Mais il doit bien y avoir une solution !

L'Étoile a fait ses calculs après les Grandes Eaux. Et ces calculs sont implacables : il faut que certains meurent pour que les autres puissent vivre.

— Ce n'est pas ça, la vérité, dit Briss d'une voix ensommeillée. La vérité, c'est tout simplement une question de pouvoir. Il faut bien que quelqu'un ait le pouvoir. Il faut que quelqu'un domine.

— Je trouve ça absurde.

— C'est tout le système qui est absurde, répond Briss en se tournant vers moi. Absurde et délirant. Je suis désolée que tu doives subir ça. C'est injuste.

Je lui souris. Ma meilleure amie a pris des risques insensés pour moi. Elle a trahi ses parents, sa famille, sa classe… Elle a raison, bien sûr. Ce système est absurde et cruel.

Mais je pense aussi à ce que m'a toujours répété ma maman quand je me plaignais : « Le système est imparfait, Sophia, c'est le système. Tu ne dois pas te servir de cette imperfection comme d'une excuse : fais ce que tu as à faire. »

Sauf que je ne sais plus ce que j'ai à faire…

— Je ne sais plus ce qui est juste, ce qui est vrai, dis-je, autant pour moi-même que pour elle.

— C'est normal, So, répond Briss, qui abandonne toute idée de s'endormir tranquillement en rêvant de Viktor. Ici, tout est nouveau. Moi non plus, je ne sais pas si les Affranchis ont raison. Ce que je sais, c'est que je ne te laisserai pas tomber, et que tu dois être patiente. Quand on aura vu le docteur, on en saura plus.

— Tu sais, j'ai observé ton frère et ses amis, cette semaine. J'ai essayé de comprendre en quoi leurs travaux ont le pouvoir de changer le système. Je sais que ce qui compte, c'est que chacun fasse sa part, en espérant que le battement d'ailes du papillon fera trembler la montagne, un truc du genre... Mais moi, quel est mon rôle ? Je ne sais pas si je dois les aider, si je dois guérir, si je dois rentrer, ou continuer...

— Toi, tu dois attendre.

Briss plonge ses yeux dans les miens.

— Attendre, ce n'est pas « faire quelque chose ».

— Parfois, attendre, c'est résister... Tu dois tenir.

— En tout cas, je sais une chose, c'est que parmi toutes les initiatives et toutes les expériences des Affranchis, celle que je préfère, c'est celle de Vandal.

Briss sourit.

— C'est normal. Tu es amoureuse.

— Non ! C'est pas ça...

— Tu n'es pas amoureuse ?

Je n'avais pas pensé à ça... Mais maintenant qu'elle le dit...

— Si... peut-être, un peu... Mais ce n'est pas pour ça que j'aime le travail de Vandal. Son matériau, c'est la mémoire. Et la mémoire, c'est ce qui va me manquer. Plus encore que le temps, si ça se trouve.

*

Je passe une nuit terrible. J'arrive à dormir, mais mes rêves ressemblent à des montagnes russes dans un jeu vidéo. Mon esprit glisse sur des ondes multicolores qui culminent avant de plonger vers des explosions de piques acérées. Encore et encore. C'est exténuant et quand je me réveille, je suis plus fatiguée que la veille. À mes côtés, Briss dort, ses cheveux étalés sur l'oreiller comme le toupet d'un oiseau exotique. Il est très tôt. Une aube beige pointe à la fenêtre. Le paysage disparaît dans un brouillard de conte de fées. J'ai la même neige dans la tête, mon cerveau aussi est tout embrouillé, embrouillardé. J'enfile les chaussettes en tissu technique achetées par ma mère et je descends à la cuisine. J'ai soif et très envie de me faire un thé chaud. Chaud et sucré. Tout mon cerveau implore du sucre. Je descends les escaliers à pas de loup et m'apprête à tourner pour me diriger vers la cuisine. Mais en passant près de la salle commune, j'entends une conversation et je reconnais la voix d'Aleteya :

— Tu fais n'importe quoi, Vandal ! Cette fille te met la tête à l'envers. Tu ne devrais pas te détourner de ton travail…

— Je ne me détourne de rien du tout, répond Vandal.

Rien que sa voix me donne des frissons.

— Elle est malade et on va la soigner ! C'est tout ce qu'on peut faire pour elle, et c'est déjà pas mal.

Je me fige. C'est de moi qu'ils parlent.

— Ce que tu fais est trop important, poursuit Aleteya.

— Important ?

Vandal a presque crié, mais il se reprend. Cette fois il chuchote, pourtant on sent qu'il est tendu, qu'il lutte pour ne pas s'énerver.

— Important ? Tu dis n'importe quoi ! Je fais des collages, Aleteya ! Des putains de mosaïques dont personne n'a rien à foutre.

— Ce n'est pas vrai que personne n'en a rien à foutre.

— Alors que là, j'ai les moyens d'aider quelqu'un, concrètement ! De trouver ce qui lui tient à cœur. Elle va peut-être perdre la mémoire, Alé, et son truc, c'est justement le passé. Tu crois pas qu'on peut essayer de l'aider un peu ?

— Mais ton travail…

— On s'en fout de mon travail. C'est pareil ! Je change juste de période. D'habitude, je tourne autour de 2050…

— Justement, c'est là que tout a dérapé.

— On n'en sait rien. L'histoire, ça ne marche pas comme ça. Si ça se trouve, on va découvrir que c'est en 2015 que « tout a dérapé », comme tu dis.

Je fais demi-tour et contourne le salon en prenant l'autre couloir, sans faire de bruit, pour me diriger vers la cuisine. Je n'ai pas envie de les écouter se disputer à cause de moi, c'est trop compliqué. Je mets de l'eau dans la bouilloire et je m'assieds près du poêle pour me réchauffer. Vandal arrive à ce moment-là. Il semble encore troublé par son échange tendu avec Aleteya, et surpris de me voir. Je préfère crever l'abcès tout de suite.

— J'ai tout entendu, lui dis-je. Enfin, pas tout… Je suis partie.

— Ah.

— J'ai compris que vous vous disputiez à cause de moi, mais je ne sais pas trop pourquoi.

Il me regarde par en dessous. Il penche un peu la tête sur le côté avec une petite moue, comme un garçon qui vient de faire une connerie. Il se passe la main sur la nuque.

— Ce n'est pas à cause de toi. Aleteya est furax parce que j'ai utilisé son poste pour faire des recherches sur une autre année… et que je ne l'ai pas prévenue.

— Et en quoi ça me concerne ?

— Je travaille sur l'année 2015. Voilà. Je ne voulais pas te le dire. C'était censé être une surprise… Mais ça fait trois jours que j'ai arrêté mes recherches pour me consacrer à ton arrière-arrière-arrière-grand-mère.

Je sens mon cœur battre plus fort dans ma poitrine. Il a fait des recherches pour moi. Pour moi…

— C'est mon arrière-arrière-grand-mère.

— Si tu veux.

— Aleteya est jalouse? Parce que si elle est jalouse…

— Elle n'est pas jalouse. Elle… C'est juste qu'elle s'inquiète pour mon travail. Elle est très protectrice. C'est elle qui m'a tout appris.

Je pense « tu parles », mais je ne dis rien. Peut-être qu'elle s'inquiète pour son travail, mais moi je m'inquiète pour ma mémoire. Alors, si son travail se confond avec ma mémoire… Je me lève et m'approche de lui, tout près. Je n'ai pas peur, et c'est nouveau pour moi. Pas une seconde, je me dis que je vais passer pour une idiote ou je ne sais quoi. De toutes les façons, je n'ai plus le temps d'avoir peur. Je lui prends la main. J'entends son souffle court, je ressens son envie de m'embrasser. Je la sens comme une onde, c'est physique, concret, fort. Je dis :

— Merci.

— Tu me remercieras plus tard, pour l'instant je galère. Je n'arrive à rien.

Il plonge dans mes yeux. Et au moment où il se penche vers moi, Viktor fait irruption dans la cuisine.

— Salut, les amoureux !

Vandal sursaute. Je soupire.

— Vous n'êtes pas censés être des sortes de rebelles ?

Viktor répond :

— Si, pourquoi ?

Il est sur la défensive.

— Parce que je vous trouve bien matinaux pour des Affranchis.

Au bout de cinq minutes, tout le monde est dans la cuisine, alors qu'il est à peine 7 heures ! Ulysse, Vandal, Aleteya, Viktor, Jolan, Majda, Jeanne… Il ne manque que Briss, qui doit s'attarder à la salle de bains. Viktor cuisine pendant que nous mettons la table : nous sortons le miel et des céréales, le lait de soja… Viktor n'arrête pas de regarder la porte. Je sais qu'il attend Briss et quand elle arrive enfin, ses longs cheveux sentant le frais et le savon, il s'illumine. Pendant tout le petit déjeuner, il l'observe d'un air captivé sans même chercher à le masquer. Briss me sourit et me fait un clin d'œil. Aleteya prend un petit pain tout chaud, un café d'orge, et elle ressort. Ulysse n'arrête pas de regarder son IA de poignet. Il est inquiet.

— Toujours rien ? demande Vandal.

Swann et François sont partis depuis six jours maintenant, mais cela fait deux jours que nous n'avons plus aucune nouvelle d'eux.

— Rien, répond Ulysse.

— C'est normal, dit Briss pour essayer de détendre l'atmosphère. Ils ont certainement dû couper les communications pour ne pas se faire repérer.

— Tu as raison, dit Ulysse. À mon avis, encore deux ou trois jours et ils seront là.

Mais il n'a pas vraiment l'air d'y croire.

*

Après le petit déjeuner, Briss et moi sortons nous balader dans la cour. L'air frais est humide, alors Briss me propose une visite complète de l'atelier de Viktor.

— On a le droit?

— Bien sûr!

Elle ouvre la porte du HK, le plus vaste des hangars du camp. C'est là que Viktor élève et fait sécher ses insectes pour les protéines, et là qu'il entretient les immenses serres dans lesquelles il fait pousser ses légumes et ses céréales. L'eau est purifiée en circuit fermé, et l'énergie nécessaire au chauffage des panneaux lumineux est générée par un ingénieux système de fermentation d'un compost géant. En toile de fond, le chant des insectes forme une sorte de mélodie lancinante. L'harmonie des lignes dessinées par les plants dans les serres a quelque chose d'apaisant. Il fait chaud et humide et l'odeur de terre, avec un petit arrière-goût de pourriture, n'est pas désagréable. Briss m'attire vers le coin «bureau», où Viktor gère toute la partie informatique. Elle me sert un café «spécial Viktor» fraîchement passé dans une cafetière à circuit fermé.

— C'est beau, non? demande-t-elle.

— C'est extraordinaire. Viktor fait des miracles. C'est dommage qu'il ne travaille pas pour le gouvernement.

Briss s'assombrit.

— Son père... C'est lui qui a conçu les immenses serres de Golavie. Là où ils font travailler des esclaves. Je crois que Vik ne veut plus jamais avoir affaire au gouvernement. Ni à sa famille.

Une douleur me traverse le crâne. Briss pose sa main sur mon bras.

— Ça va ?

— Oui, t'inquiète...

— Ils vont revenir. J'en suis sûre. Le médecin va arriver.

Elle semble en être convaincue. Mais je sais qu'il faut quatre à cinq jours pour faire le voyage et qu'on devrait avoir de leurs nouvelles. Ce n'est pas normal.

— Ils ont sans doute été obligés de prendre des chemins de traverse, dit Briss.

Comme je n'ai pas tellement d'autre option, je décide de lui faire confiance. Je me réfugie dans la confiance de Briss, dans sa certitude que rien, jamais, ne pourra lui échapper. Je me blottis dans cette confiance de dominant. Mon avenir est très compromis et, dans le pire des scénarios, je vais mourir après avoir tout oublié. Alors pour le moment, je dois vivre au présent, puisque le présent est tout ce qu'il me reste.

— Tu es fatiguée, dit Briss, je te ramène à la chambre.

— Non ! Je voudrais monter voir le lac.

Nous grimpons sur le belvédère de Swann, là où il m'a emmenée le tout premier jour, et nous nous asseyons. Sur l'eau, la lumière est si belle... Je n'arrive pas à croire que nous sommes sur une île désaffectée, au milieu d'une zone contaminée, dans un monde triste où plus rien ne compte que la survie d'une humanité sans mémoire.

*

Après le déjeuner, je file dans l'atelier de Vandal et je m'allonge sur son canapé. J'ai déjà fait ça hier, et avant-hier, et le jour d'avant. Tous les après-midi, je m'allonge et je le regarde créer ses mosaïques de mémoire, et les projeter sur sa fenêtre/écran. Parfois, quand je l'ose, je donne un conseil ou un avis. Il ne garde que les plus belles images et élimine systématiquement les vidéos floues, mal filmées, instables. Je trouve cela dommage, car il y a parfois dans ces archives ratées des anecdotes qui me semblent raconter des choses importantes. Mais Vandal veut que ce soit beau. Il dit que la beauté nous guidera. Que la beauté est cruelle, mais qu'elle nous sauvera. Nous partageons beaucoup de choses, avec Vandal. Nous nous comprenons sans avoir à nous parler. Mais nous parlons aussi beaucoup. Quand nous parlons, c'est souvent du temps, mon sujet préféré. En physique, aucune équation n'exprime le passage du temps, sauf dans les équations où intervient la chaleur. Le sentiment que le temps s'écoule est l'une des formidables inventions de notre cerveau. Car notre cerveau a la capacité à la fois de se souvenir et d'anticiper. Notre mémoire n'est pas à sens unique. D'où notre sentiment qu'il existe un avant et un après, un passé et un futur. D'où notre besoin de connaître l'histoire, et celui de créer, pour laisser une trace. D'où mon besoin de raconter mon histoire. Toutes les histoires. Pour moi, pour tous les autres.

En ce moment, mon temps est fragmenté, dissolu, il m'échappe. Les journées se ressemblent, se mélangent, l'écoulement du temps est perturbé par mes épisodes d'inconscience et de douleur, qui alternent avec des heures où je me sens soudain étrangement guérie, normale… Mon seul repère, ce sont ces heures passées dans l'atelier de Vandal, à le regarder travailler. Quand il mixe ses archives, ses bras et tout son corps bougent au son d'une musique intérieure, que lui seul entend, mais qui ressurgit dans le rythme des images qui se succèdent à l'écran.

Cette semaine, il m'a raconté ce qu'il avait pu comprendre à force de lire et relire toutes ces archives. Tout est arrivé très vite. En quelques années. D'abord le climat. Les saisons se sont effacées, les étés sont devenus très chauds et petit à petit, les hivers ont disparu. La terre s'est réchauffée, les canicules ont succédé aux ouragans. Ensuite sont arrivées les maladies. Des épidémies ont décimé les populations les plus pauvres, en

Afrique et en Asie. On ne trouvait pas de remède, alors on a fermé les frontières. Les très riches se sont réfugiés sur de gigantesques bases navales au milieu des océans. Entre 2047 et 2050, les épidémies et les catastrophes climatiques, ainsi que les guerres civiles qui ont éclaté un peu partout, ont fait 3,5 milliards de victimes. En trois ans ! Vandal dit qu'il n'a pas pu regarder les images.

Enfin, les dirigeants se sont mis d'accord pour prendre des mesures drastiques. Avant cela, tout le monde savait ce qu'il fallait faire, mais personne n'était là pour coordonner les travaux, ou personne n'avait eu le courage de prendre les décisions. Ils ont formé les cinq pays de l'Étoile, regroupé les principales monnaies pour créer une monnaie commune, le stellar. Les dirigeants espéraient que les épidémies supprimeraient les populations les plus fragiles au profit des dominants. Mais les épidémies se sont mises à frapper aussi les enfants des privilégiés. Et les peuples opprimés ont commencé à se rebeller. Alors seulement, alors enfin, des milliards ont été investis dans la gestion des ressources et dans la recherche médicale. Une équipe pluridisciplinaire, dirigée par des médecins de plusieurs nationalités, a mis au point le Vaccin Universel. L'humanité a été sauvée. Pas sa mémoire.

— Les hommes attendent toujours les catastrophes pour agir, et se servent des catastrophes pour prendre le pouvoir et créer un nouveau monde injuste et inégalitaire, m'a dit Vandal le jour où il m'a raconté tout cela.

— Je ne sais pas, ai-je protesté. Tu ne crois pas que l'Étoile a raison ? Au moins, aujourd'hui, notre monde est en paix, et nous sommes en sécurité. Tout le monde peut vivre. Ou presque…

J'oublie un peu vite que la seule maladie qu'ils n'ont pas pu éradiquer, qu'ils ont même créée sans le vouloir, en fabriquant l'une des premières versions du vaccin, c'est la maladie de Turgot. La mienne. Celle qui détruit les circuits de ma mémoire.

— L'Étoile a tort. Et tu sais pourquoi j'en suis sûr ?

— Non.

— Parce que toi, So, tu ne peux pas vivre. Et ça, c'est la preuve scientifique que le système est pourri.

Cet après-midi, Vandal veut travailler sur l'année 2015. Alors en attendant, il me projette l'une de ses mosaïques sur les espèces disparues et je regarde, émerveillée, défiler sur le mur des insectes, des oiseaux, des mammifères… Je connais certains d'entre eux. J'ai vu beaucoup de photos d'éléphants, de lions et de girafes quand j'étais enfant. Vandal me passe en boucle des images de chevaux. Ils me faisaient tellement rêver quand j'étais petite… Je me laisse bercer par le rythme des images, mes yeux piquent, mes membres sont lourds ; je manque de repos. Tout doucement, je sombre dans un sommeil doux et profond, sans rêves. Quand je me réveille, Vandal dort à mes côtés. Nous sommes main dans la main. Je n'ose pas bouger. En fait, j'ose à peine respirer. Nos visages sont à quelques centimètres l'un de l'autre. J'observe sa peau claire, ses cheveux épais et indisciplinés... Oui, la beauté est cruelle et oui, elle nous sauvera... Soudain, il se réveille et il me regarde, et dans ses yeux, je me reconnais. Est-ce que c'est ça, être amoureux ? Se reconnaître dans le regard de quelqu'un d'autre, alors qu'on ne se reconnaît plus soi-même ?

Chapitre 13

Ce matin encore, je me suis réveillée avant tout le monde et je suis sortie doucement de la chambre pour aller lire dans la pièce commune. J'adore la lumière de l'aube sur le lac. J'aime le brouillard, la couleur du froid… J'ai toujours sur les lèvres la brûlure du baiser de Vandal. Et les papillons qui volaient sur la fenêtre de sa chambre, dans la mosaïque de mémoire, à présent, sont tous dans mon ventre. C'était un baiser doux, fragile, tendre et infini. Est-ce que ce baiser aussi, je vais l'oublier ? Ou est-ce qu'il est imprimé dans toutes les cellules de mon cerveau ? Peut-être que quand je ne saurai plus qui je suis ni comment je m'appelle, mon corps entier se souviendra de ce baiser et que je pourrai m'y accrocher pour vivre. Soudain la porte s'ouvre, me tirant de ma rêverie. Je pose le vieux roman trouvé dans l'une des chambres, celui que je faisais semblant de lire. Aleteya est devant moi, et je tremble légèrement. Cette fille me fait peur, m'intimide. Je ne sais pas comment me comporter avec elle. C'est sûr, elle va me dire de dégager, de ne plus approcher Vandal. Elle va me dénoncer aux autorités, elle va… Au lieu de ça, elle demande :

— Tu peux venir ? J'ai un truc à te montrer.

— OK…

Je me lève, ce qui me vaut un léger vertige. Aleteya me jette un regard en coin, l'air de se dire « elle va pas tomber, au moins ? ». Alors, je prends sur moi pour tenir debout. Pendant que nous traversons les couloirs de la résidence, j'ai un peu la tête qui tourne, mais je pense que c'est surtout à cause du trac. Qu'est-ce qu'elle me veut ?…

Elle me fait entrer dans une petite pièce où se trouve une grosse colonne pleine de câbles.

— C'est le poste central. Je gère tout d'ici. La sécurité de la zone, la chaleur, les satellites, tout…

— C'est… cool.

Je reste plantée là, les bras ballants.

— J'ai un peu bossé pour toi. Vandal, il allait y passer des jours depuis l'autre poste, et ça ne m'arrangeait pas. Bref, c'est un peu dangereux parce que sur l'Unité Centrale, je ne fouille jamais les Archives, c'est le meilleur moyen de se faire prendre, mais bon… Une fois, à mon avis, on ne risque pas grand-chose.

— Je ne comprends rien. Tu peux parler un peu plus clairement ?

— Je pense que j'ai trouvé des fragments du Facebook de ta grand-mère.

— Ma grand-mère ?

— Oui, enfin, pardon… de Mina.
— Mon arrière-arrière-grand-mère, Mina ?
— Voilà.
— Tu as fait QUOI ?
— J'ai retrouvé des bouts de son Facebook.
— C'est quoi *Facebook* ?
— C'était le plus gros réseau social de l'époque. Mondial. Les gens mettaient des photos, des vidéos, des petites phrases.
— Mais…
Là, pour le coup, j'ai tellement la tête qui tourne que je dois m'asseoir sur une chaise posée là, à quelques centimètres de moi.
— Comment tu sais que c'est elle ?
— J'ai aussi un peu piraté les archives généalogiques de l'Étoile.
— L'Étoile a des archives généalogiques ?
— Évidemment.
— Mais… Pourquoi on n'y a pas accès ?
— Tu es stupide ou quoi ? Ils ne veulent pas qu'on sache d'où on vient ! Surtout les Vulnérables ! Les dominants d'aujourd'hui ne sont pas forcément ceux d'hier.
— Et tu sais comment pirater ça ?
— Oulàlà ! Ça, c'est le plus facile. On l'a tous fait, ici. On s'est amusés à remonter parfois jusqu'au début du XXe siècle. Tout ce qui était numérisé, en fait. Bref, ce n'était pas le plus dur. J'ai retrouvé le nom complet de ton…
— Arrière, arrière,…

— Oui, c'est ça. Tu veux savoir comment elle s'appelait ?

Je ne réponds même pas. Bien sûr que je veux savoir comment elle s'appelait ! Je connais son prénom, mais je ne sais pas quel était son nom entier, puisque le système n'était pas le même. Aleteya continue, comme si elle m'expliquait le cheminement de son exposé de science et pas le truc le plus important de ma vie :

— J'ai un peu galéré parce que, au début, je n'avais que son nom de femme mariée… En fait, à cette époque, quand elles se mariaient, les femmes prenaient le nom de leur mari.

— Oui, ça je le savais… Elle était mariée ?

— Pas en 2015, elle n'était pas encore mariée. Elle s'appelait Mina Ziegel, du nom de son père. Ensuite, elle a épousé un violoniste mi-roumain, mi-italien. Elle s'est appelée Mina Battaglia. Ce qui voulait dire « bataille » en italien, alors du coup, je me suis demandé si ce n'était pas un pseudo.

— Mina Ziegel ?

— Oui. Voilà. Je t'ai mis ce que j'ai trouvé sur une puce. Il n'y a pas tout, hein. Mais j'ai fait ce que j'ai pu.

Je n'arrive plus à parler ni à bouger.

— J'ai formaté ta tablette. Sinon tu n'aurais pas pu lire certains documents. C'est un peu vieillot, et parfois il vaut mieux ne pas transcoder les fichiers, on les endommage.

Je n'entends plus les détails. Mes oreilles bourdonnent, j'ai les larmes aux yeux et une boule dans la gorge. Je ne sais pas quoi dire, alors j'articule :

— Merci…

Au moment de sortir, je demande :

— Je ne comprends pas… Pourquoi tu as fait ça ?

Elle hausse les épaules.

— Ne t'inquiète pas, je ne l'ai pas fait pour toi. Vandal allait y laisser toute son énergie. En plus, il a pas le niveau. Moi, ça m'a pris trois jours.

Et elle ajoute :

— Et puis… si ça peut t'aider…

Je me retrouve dans le couloir, avec la puce au creux de la main. Dans ce minuscule objet, il y a tout ce que j'ai toujours voulu savoir : qui était mon arrière-arrière-grand-mère Mina. Celle qui vivait à Paris. Qui avait quinze ans en 2015.

★

— Elle est douée, siffle Vandal, admiratif. Cette fille est vraiment trop forte.

Je pensais qu'il serait en colère, ou au moins un peu jaloux. Elle l'a carrément coiffé au poteau, humilié. Mais non. Il est épaté par ce qu'a fait Aleteya. Briss aussi est tout excitée.

— Alors, on se met où ? Tu te rends compte, on va voir des images de Paris en 2015. Ton rêve !

— On va chez moi, dit Vandal.

Dans la cour, il pleut à verse et cette fin d'après-midi a quelque chose de mélancolique. Comme une vieille histoire aux couleurs passées.

— Je suis sûre que c'est la même lumière que Paris en automne, dis-je en accueillant la pluie, le menton tourné vers le ciel.

— Ça m'étonnerait, on n'est pas tout à fait dans la même région, proteste Vandal en nous faisant entrer dans son atelier et en montant le chauffage.

— Quel rabat-joie ! s'exclame Briss.

— À toi l'honneur, dit Vandal. Branche-toi sur mon poste, ce sera plus confortable que ta tablette.

Les mains tremblantes, je glisse la petite puce sur le récepteur et les fichiers s'affichent à l'écran.

— Par contre, dit Vandal, Aleteya n'est pas très bonne en rangement. Y a des fichiers partout. Attends, je vais faire un peu de classement... Vidéos avec vidéos, photos avec photos... je vais essayer de retracer une chronologie...

Collées au convecteur de chaleur, Briss et moi patientons pendant qu'il travaille. Je sens monter une migraine, mais je ne veux pas qu'elle vienne maintenant. Je ne veux pas me retrouver terrassée, je ne veux pas avoir besoin de dormir deux heures pour m'en remettre. Ce que je veux, c'est regarder les archives de mon arrière-arrière-grand-mère. Maintenant.

— C'est dingue, dit Vandal. Aleteya a reconstitué un morceau entier de son Facebook.

— C'est-à-dire ?

— D'habitude, on ne trouve que des fragments isolés, une photo par-ci, une vidéo par-là... des posts, des messages... Mais là, j'ai tout un fil d'actualité qui court sur une période de plusieurs mois. Je ne sais pas pourquoi. L'Étoile avait dû l'archiver tel quel pour les chercheurs. On a du bol.

— Je peux voir ?

— Attends. J'ai des images de son anniversaire, là. C'est troublant.

Vandal me tend une tablette, sur laquelle il a affiché plein écran la photo d'une jeune fille. Elle sourit. Elle a l'air heureuse. Devant elle, un gâteau avec une bougie en forme de 15.

— C'est incroyable ! siffle Briss.

Et en effet, c'est incroyable : ses boucles châtains, ses yeux marron tirant vers le doré, son sourire...

— C'est toi tout craché.

Sur le mur/écran, Vandal projette le « fil Facebook » de mon arrière-arrière-grand-mère Mina. Un « fil Facebook », c'est une sorte de ruban, qui se déroule chronologiquement. Chaque élément est constitué d'une photo ou d'une petite vidéo accompagnée d'un message, auquel les autres membres du réseau ont parfois ajouté des commentaires. Des petits morceaux de vie, qui racontent beaucoup de choses. Pour nous, quatre-vingt-dix ans plus tard, il est difficile d'en tirer une véritable biographie. Ce sont plutôt des impressions, des pièces d'un puzzle qui nous échappe. Pourtant, moi, j'en déduis des choses, des informations importantes. Par exemple, je vois qu'elle aimait ses amis, je vois aussi qu'elle était heureuse, insouciante. Je la trouve belle, alors qu'elle me ressemble et que je n'ai jamais vraiment aimé mes traits. Il y a une photo qui montre tout un petit groupe de jeunes gens assis au bord de la Seine. Je sais que c'est la Seine, je l'ai lu dans un livre. On aperçoit un pont, et des quais de pierre grise, le gris Paris. Certains sont assis, d'autres en train de chahuter. Presque tous sont tournés vers l'objectif. Quelque chose dans le mouvement des corps, dans leur énergie joyeuse et libre, me rend triste et heureuse à la fois. Nostalgique. J'ai de la nostalgie pour une époque que je n'ai jamais vécue. J'observe le visage de ces jeunes gens. Ils me semblent à la fois familiers et lointains. Comme si j'avais un jour connu les dinosaures, que je les avais oubliés et que je les reconnaissais.

— Regarde, me dit Vandal, ton arrière-arrière aimait la photo. Elle avait aussi un compte Instagram.

— C'est quoi, un compte *Instagram*? demande Briss.

— C'était un autre réseau social. Plus orienté photo, au début. Je m'en suis beaucoup servi dans mes recherches.

Sur le drap blanc de la fenêtre, il se met à projeter les photos prises par mon aïeule.

— Son compte s'appelait MinaZParis. Elle photographiait sa ville.

Les images défilent et j'en ai le souffle coupé. J'en ai tellement rêvé, et c'est là : des rues si petites qu'elles semblent irréelles, des bouts de mur avec des graffitis, des parcs, des escaliers entre des rangées d'immeubles, des noms de rue, des toits de zinc gris, sous des ciels striés de rose, des stations de métro, la Seine parfois, sous un pont, sur un quai… Quelques clichés d'une cour rectangulaire entourée de bâtiments, avec la légende : retrouve-moi dans la cour #iciletempssarrête#lelycée.

Et puis une place qui revient sans cesse. C'est une vaste place rectangulaire, avec une statue au milieu : Mina l'a photographiée de jour, de nuit, sous le soleil ou sous la neige, au petit matin ou à la lumière orangée du crépuscule…

— C'est quoi, cet endroit ? demande Briss.

— Ça me rappelle quelque chose…, dis-je.

Et puis soudain, ça me revient.

— Attendez-moi là.

Je cours dans ma chambre, ouvre mon sac et en tire la photo, celle qu'Éléonore, l'arrière-arrière-grand-mère de Briss, m'a offerte pour mon anniversaire. Elle m'a fait promettre de garder le secret, alors je reste quelques instants indécise.

Est-ce que je dois encore cacher ça à mes amis ? Je décide que non.

— Regardez, c'est la même place, dis-je en les rejoignant.

Nous scrutons le cliché, format 10 × 10.

— Oui, l'angle est différent, mais c'est la même statue.

— Il y a tellement de monde.

— Et l'angle est bizarre, non ?

— La photo est prise de très haut, probablement depuis le toit, ou un étage très élevé.

La statue se détache sur une marée humaine, dont on ne distingue que difficilement les détails. L'effet de masse est impressionnant.

— Je la scanne, dit Vandal, comme ça, on pourra zoomer dedans.

— Où tu as eu ça ? demande Briss, étonnée.

— Faut que je t'en parle, justement. C'est Éléonore.

— Éléonore ? répète Briss.

— C'est elle qui me l'a offerte. Pour mon anniversaire.

Briss est stupéfaite, interloquée.

— *Mon* Éléonore ? Elle t'a donné une photo ?

— Oui. Elle m'a dit que Mina était parmi la foule.

— Mais comment pouvait-elle le savoir ?

— Elle dit que tout le monde y était, ce jour-là.

— Tout le monde ? Qui tout le monde ?

— J'imagine tous les Parisiens.

— Regardez, j'ai agrandi la photo. C'est vrai qu'il y avait du monde. On ne pouvait vraiment plus bouger.

Je cherche Mina dans chaque petit personnage immortalisé par le cliché. Mais, naturellement, mon arrière-arrière-grand-mère reste introuvable.

— Attendez, dit Vandal, en me tirant de ma rêverie. J'ai vu quelque chose qui ressemble à ça sur le Facebook de Mina.

Il retourne à son ordinateur et fait défiler le journal en suivant l'ordre chronologique.

— Je l'ai. C'est daté du 11 janvier 2015. On a plusieurs photos de la même place.

— 11 janvier ? demande Briss. C'est la date de ton anniversaire.

— Je pense que c'est aussi pour ça qu'Éléonore m'a offert la photo.

Vandal projette cinq clichés sur le drap. Là, le photographe est à hauteur d'homme, ou peut-être sur les épaules de quelqu'un. La foule est tout aussi dense, et on reconnaît la même statue, imposante, envahie de gens collés à elle comme des grappes d'un étrange fruit. Ils brandissent plusieurs pancartes qui, mises bout à bout, forment le slogan : NOT AFRAID. Mina a ajouté une légende :

« Place de la République, JE SUIS CHARLIE. » Avec la tête toute ronde d'un petit bonhomme triste.

Chapitre 14

— Qui était Charlie, à votre avis ? demande Ulysse.

Les Affranchis sont réunis dans la salle commune, et je viens de leur raconter l'histoire de la photo. Je ne dis pas que c'est Éléonore qui me l'a offerte. Mais, le cœur battant, je dis tout le reste. Le « fil Facebook » de Mina, la foule sur la place…

— Qui était Charlie, on n'en sait rien, mais on a bien l'intention de le découvrir, répond Vandal. Il y avait tellement de gens sur cette place. C'était forcément un événement important.

— Peut-être un résistant, dit Briss. Assassiné par le gouvernement ?

— Je ne sais pas… Sur les photos, les gens ont l'air plutôt joyeux.

— Oui, mais le petit bonhomme qui pleure, alors ?

— Et les pancartes « Not Afraid » ?

— C'était peut-être un grand leader religieux. Les gens étaient très religieux à cette époque, propose Viktor.

Nous passons ensuite tout le dîner à spéculer. Ce qui nous semble le plus probable, c'est que cet immense rassemblement a été organisé après la mort d'un dénommé Charlie. Probablement assassiné. D'où les slogans « Je suis Charlie » et « Not Afraid ».

Après le repas, je m'installe dans la salle commune avec mon livre. Viktor et Briss ont « des travaux agricoles » à faire. C'est, paraît-il, l'heure du séchage des criquets. C'est urgent, ça ne peut pas attendre. Je les regarde partir avec un petit sourire. Briss a changé depuis qu'elle a rencontré Viktor. Elle est plus… je ne sais pas. Elle ne peut pas être plus lumineuse, Briss est déjà tellement charismatique. Non, elle est plus dense, plus intense… Je ne peux pas m'empêcher de penser que Viktor et Briss l'ont peut-être fait. Mais alors, pourquoi ne m'en parle-t-elle pas ? Je n'ose pas lui poser la question. Je n'y arrive pas. Moi, je voudrais bien le faire. Et ce « LE faire » m'énerve. Je n'arrive même pas à le dire, à le penser. « Ce qui se conçoit bien s'énonce clairement », dit souvent ma mère. Apparemment, je ne le conçois pas clairement. Et pourtant, je voudrais tellement… Avant de plonger dans le néant.

L'objet de mes spéculations se laisse tomber sur le canapé à côté de moi, me faisant sursauter.

— J'ai passé une demi-heure sur le poste d'Aleteya. Je suis sûr que je peux trouver des infos sur les sites d'information de l'époque. Mais là, elle doit faire des mises à jour, alors j'arrête. Je reprendrai demain. Tu veux jouer un peu ?

— OK !

Nous passons le reste de la soirée sur la console commune, un très vieux modèle – il date de 2024 –, à jouer à un jeu… de construction de figures… Je sais que Vandal préférerait dézinguer des zombies, mais Briss a dit « rien de violent ou de trop rapide ». Ça pourrait faire disjoncter mes connexions neuronales. Alors, on empile des briques toute la soirée. On pourrait tout aussi bien dessiner des traits ou faire des mots croisés, honnêtement, je ne verrais pas la différence. Vandal est tout près de moi. Je sens la chaleur de sa peau, que je devine douce et sucrée, sa légère odeur de transpiration, celle plus fraîche de ses cheveux… C'est parfait. Rien ne pourrait mieux convenir pour le programme que je me suis fixé : profiter de l'instant présent.

Je me réveille contre son épaule. Si je me réveille, c'est que j'ai dû m'endormir. La pièce commune est vide, il n'y a plus que nous. Vandal est en train de dézinguer des zombies. Il arrête immédiatement et son personnage meurt dans d'atroces souffrances.

— Je t'ai fait perdre, dis-je en me redressant.

J'ai les cheveux collés à ma joue et la bouche pâteuse.

— Ça fait longtemps que je dors ?

— Plus d'une heure. Je ne t'ai pas réveillée. Je ne veux pas me faire tuer par SuperBriss. Elle est bien plus terrifiante que Zombie Joe !

— Moi, c'est son frère qui me fait peur. Il ne sourit jamais.

— C'est parce qu'il est triste, me dit Vandal. Mais c'est un mec bien. Plus que bien. C'est un vrai leader. Il est courageux et entier.

— Pourquoi est-il triste ?

— Il a perdu beaucoup de gens et beaucoup de choses dans sa vie. Il adore sa famille, tu sais…

— Alors, pourquoi il les a quittés ?

Il me regarde en penchant un peu la tête…

— C'est plutôt eux qui l'ont abandonné. Mais c'est vrai qu'après, il y a eu…

— Une fille ?

— Presque…

— Un garçon.

— Yep.

— Il vit ici ?

— Non. Il est parti… Ça fait un moment déjà… Je te raconterai une autre fois, je dois te raccompagner jusqu'à ta chambre… J'ai promis à Quitusais.

— Je veux rester avec toi.

Vandal me regarde droit dans les yeux. Et, tout doucement, il pose un baiser sur mes lèvres. Il me prend dans ses bras. Il respire mes cheveux. Il soupire.

— Pas encore…

— Pourquoi, pas encore ?

— C'est trop tôt, So.

— Mais c'est aussi déjà trop tard, je n'ai plus beaucoup de temps.

— On doit attendre que tu aies vu le docteur.

— Je sens que ça me fait du bien, quand je suis contre toi.

Et j'ajoute en plaisantant à moitié :

— Tu sais qu'il y a des études très sérieuses qui prouvent que l'on peut réparer des gènes endommagés grâce à la câlinothérapie.

Il éclate de rire.

— La câlinothérapie ?

— Exactement.

Il pose sa main sur ma cuisse et je sens une décharge électrique dans tout mon corps. Il redevient sérieux.

— Je ne sais pas si ce que j'ai envie de faire avec toi entrerait dans la catégorie câlinothérapie…

— Je suis sûre que si…

Je me tends vers lui. Sa main remonte lentement le long de ma jambe, puis dans mon dos. Son souffle s'accélère. Je passe à mon tour une main sous son T-shirt pour toucher la peau si douce de son torse. Il m'effleure les seins, m'embrasse la bouche… Il me caresse les fesses à travers le tissu de mon pantalon. Je passe une main dans ses cheveux… Il soulève mon T-shirt… Et un éclair fulgurant me traverse le crâne.

J'ai dû m'évanouir car, quand je reviens à moi, j'entends la voix lointaine et déformée de Briss en train d'engueuler Vandal.

— J'avais été claire pourtant, non? So, So, ma chérie, ça va?

J'ouvre les yeux.

— Je suis désolé..., bredouille Vandal.

Une vague de nausée m'envahit, que j'arrive heureusement à contenir. Je demande:

— Qu'est-ce qui m'est arrivé?

Puis je perds à nouveau connaissance.

Quand je me réveille, cette fois pour de bon, je suis dans une autre chambre que la mienne. Cela ressemble à une infirmerie. Un rayon de soleil blafard entre par la fenêtre et explose contre les murs blancs de la pièce. Je suis dans un lit médicalisé, avec une perfusion au bras et un drôle de petit bracelet accroché à mon poignet. Une machine émet des pulsations sourdes à côté de mon oreille. Je bouge un peu. La porte s'ouvre. Briss passe une tête.

— Tu es réveillée?

Elle entre tout doucement et vient s'asseoir à côté de moi. Je vois à ses yeux rouges qu'elle a pleuré. Elle me prend la main et me pose un bisou sur la joue. Bêtement, je demande:

— Ça y est? Je vais mourir?

Elle a un petit rire, qui vient s'étrangler dans sa gorge.

— Mais non. J'ai une bonne nouvelle.

— Ah bon ? On dirait pas.

— La doctoresse est là.

Je me redresse, ce qui me provoque immédiatement un éclair de douleur dans le crâne.

— Vita ?

— Oui, ils sont arrivés hier soir, pendant que tu étais dans les vapes.

— Et François, et Swann ?

— Ils vont bien. Ils se sont un peu perdus en route, parce que Vita est tellement parano qu'elle a voulu changer trois fois de véhicule, faire des pauses interminables pour brouiller les pistes…

— Mais ils vont bien ?

— Ils vont bien.

J'hésite un instant et je demande :

— Et moi ?

— Vita t'a mise sous perfusion. Rien de bien compliqué : sels minéraux, vitamines… Elle veut te faire passer une batterie de tests dès que tu te sentiras mieux.

— J'ai dormi combien de temps ?

— Près de dix heures…

Je me laisse tomber sur l'oreiller et je gémis :

— Ça y est, la maladie commence à grignoter mon temps…

— Oui, enfin, tu es aussi un peu crevée… Le voyage, les émotions, les mauvaises nuits. Donc, ordre de Docteur Briss : tu te reposes, tu obéis à Vita, et tu restes calme.

— OK, capitaine.

— Et quand je dis rester calme, je dis aussi éviter les émotions.

— Tu veux parler de quel genre d'émotions ? demandé-je innocemment.

— Tu sais très bien de quoi je veux parler.

— Briss ! C'est injuste. C'est la première fois que je... que ça m'arrive ; je ne vois pas comment ce truc pourrait être mauvais pour la santé ! C'est impossible.

— C'est pas... ça... qui est mauvais pour la santé. Ce sont les décharges chimiques que ça provoque dans ton cerveau. Les changements brutaux sont à éviter. Un point, c'est tout.

Je soupire.

— Vous pouvez vous voir. Il faut juste éviter tout ce qui envoie trop de phényléthylamine d'un coup.

— Génial...

— Je sais, c'est pas drôle. Tu es prête ? Je peux aller chercher Vita ?

— Ouais. Avant que mon taux de dopamine ne dégringole trop brusquement.

J'attends quelques minutes, puis la porte s'ouvre à nouveau. Entre alors une jolie femme, qui peut avoir soixante ou soixante-cinq ans. Elle est métisse, avec des cheveux courts aux boucles grises, et la peau à la fois douce et poudrée des Lastings, quand ils se mettent à vieillir sans vieillir. Elle est vêtue simplement, avec des vêtements gris de Vulnérable, mais elle a autour du cou une pierre étrange, ambre comme ses yeux. Elle approche de mon lit, suivie par Briss, et me prend la main.

— Bonjour Sophìa, je m'appelle Vita.

Sa voix a quelque chose d'envoûtant. Elle inspire la confiance. Elle pose sa main sur mon front, et je sens tous mes muscles se détendre. Cette femme n'est pas médecin, c'est une sorcière.

— Est-ce que tu sais qui je suis ?

— Euh, vous êtes la doctoresse.

— Exactement. Je suis une ancienne chercheuse. Avant, j'étais une Lasting, mais j'ai décidé de partir vivre avec les Vulnérables.

— Mais vous avez reçu le sérum ?

— Je l'ai reçu…

— Et donc vous allez vivre quatre cents ans, au milieu des Vulnérables ?

— Je ne sais pas… Je pense que je me donnerai la mort quand ma compagne partira.

— Ah…

La conversation est tout de suite profonde et hyper personnelle, mais pour une raison que j'ignore, cela n'est pas gênant.

— Tu sais pourquoi je suis là ? Je suis là pour diagnostiquer un éventuel syndrome de Turgot.

— Je crois qu'il n'y a malheureusement pas de doute.

— On va voir ça… Alors, il paraît que tu as participé aux éliminatoires de Slamb et que tu as été sélectionnée? demande-t-elle en posant deux doigts sur la plus grosse veine de mon poignet.

J'ai un peu honte. Parmi tous ces gens qui refusent le sérum, je suis la seule à me battre pour l'obtenir.

— C'est moi qui l'ai encouragée, intervient Briss. Je ne voulais pas qu'on soit séparées.

Vita remarque que j'observe sa main sur mon poignet. Elle sourit.

— Je compte les battements de ton cœur. C'est une très ancienne méthode. C'est efficace pour vérifier si tu as de la fièvre et si ton pouls est régulier.

— Et…?

— Continue à me parler. Toi, tu veux recevoir le sérum?

— Je ne sais pas… Je le veux, bien sûr, pour Briss, et pour ma mère… Je me disais qu'après, on trouverait une solution.

— Tu sais que c'est impossible. Les proches n'y ont jamais accès.

— Oui, mais je me disais… qu'on trouverait une solution.

— Et ta mère, elle en dit quoi?

— Elle n'est pas d'accord. Elle prétend que je ne sais rien sur le sérum, sur ce qui va avec.

— Elle a raison.

— Sauf que maintenant, je n'ai plus trop le choix, si j'ai le syndrome de Turgot…

— Si tu as le syndrome de Turgot, ils le verront, au Slamb.

— Si elle a le syndrome, je trouverai le sérum, dit Briss. Même si je dois payer ou même tuer quelqu'un pour ça !

Vita sourit et sort d'une poche cachée dans les plis de sa tunique un petit stylet qui projette un rayon de lumière rose pâle, pour observer mes pupilles. Avec un crayon gris, elle note quelques données sur un cahier à la couverture souple.

— Bien. Je t'ai fait une prise de sang quand tu étais dans les vapes. C'est en analyse.

— Le médecin qui m'a auscultée n'a rien trouvé.

— Mon microscope est particulièrement performant. C'est un vieux modèle. Si tu te sens assez en forme, nous allons commencer les tests cet après-midi.

— D'accord.

— Tu peux venir déjeuner avec tout le monde. Mais si tu préfères, on te monte un repas ici.

— Je ne sais pas…

J'ai envie de les retrouver, tous, mais je ne suis pas sûre d'être capable d'affronter le bruit, le monde, les conversations… Briss tranche :

— Je préfère qu'elle reste tranquille.

— OK. Est-ce que la perfusion te gêne ?

— Un peu…

— Alors, on va l'enlever. Tu n'en as plus besoin, la crise est passée et je vois que tes constantes sont bonnes. Moi aussi, je vais aller me reposer, le voyage a été long. On se retrouve cet après-midi pour une première séance. Pas de machine aujourd'hui. Je dois d'abord te poser des tas de questions…

— D'accord. À tout à l'heure.

Vita quitte la pièce et me voilà à nouveau seule avec Briss.

— Ça va ? Tu es bien ? Tu veux un autre oreiller ?

— Arrête de t'inquiéter. T'es pire que ma mère.

— Je ne m'inquiète pas. Cette femme n'en a pas l'air, mais c'est un génie.

— On dirait une sorte de médecin de l'ancien temps, un peu chamane.

— Ne te fie pas aux apparences. En réalité, elle était chargée des premières études sur la maladie de Turgot. C'est elle qui a isolé la bactérie introduite par le vaccin. Donc tu vois, tu es entre de très bonnes mains…

On entend alors trois petits coups et la porte s'entrouvre. Je m'écrie :

— Swann !

Adossé au chambranle, il sourit de toutes ses dents. Il porte son éternel blouson en cuir. Ses yeux brillent sur sa peau sombre. Il apporte avec lui une odeur qui me rappelle le dehors, la vie… Une odeur de liberté.

— Je peux entrer ?

Il tient un petit bouquet de ces fleurs que j'ai vues pousser entre les pierres grises des bâtiments, sur l'île.

— Je suis trop contente de te voir !

Je me redresse, un peu honteuse. Je dois être bien moche, pas coiffée, l'haleine fétide. Briss le regarde sévèrement et dit :

— Cinq minutes, pas plus.

Puis elle sort de la chambre pour nous laisser seuls.

— Alors, comment tu te sens ? demande-t-il en s'asseyant sur le lit.

— Ça dépend des moments… Et François, ça va ?

— Top.

— Je ne sais pas comment vous remercier… Vous avez pris tous ces risques pour moi…

— C'était super, t'inquiète. On adore ce genre de petites escapades. C'est lourd, à la longue, de vivre tout le temps sur l'île.

— Merci…

— Mais maintenant qu'on est de retour, je vais me mettre à la préparation du Slamb. Je te rappelle qu'on est censés passer le concours dans quinze jours, toi et moi.

— Moi, c'est très compromis…

— T'inquiète… Je suis dessus. Je vais trouver une solution. Tu ne le sais peut-être pas, mais je suis le meilleur hacker de tout l'univers. Tu l'ignorais ?

— Euh, oui…

— Eh bien maintenant, tu le sais. Et… ne le dis à personne…

Il se penche vers mon oreille et murmure :

— Je suis même meilleur qu'Aleteya.

J'éclate de rire.

— Tu ne me crois pas ?

— Si ! Mais alors là, c'est un scoop. Promis, je n'en parle à personne.

Puis, plus sérieusement, je pose la question qui me brûle les lèvres depuis un bout de temps :

— Swann, pourquoi tu veux le passer, toi, le concours ? Je croyais que votre truc, c'était justement de refuser le sérum.

Il pose un doigt sur ses lèvres.

— Chuuut. On finira par tout t'expliquer, jeune innocente qui ne sait rien. Mais pas tout de suite.

Briss met fin à notre discussion en faisant irruption dans la chambre avec un plateau.

— Allez, ouste. Le déjeuner est servi. Nous, on mange ici, entre filles.

Swann quitte la pièce avec un petit pas de danse. Avant de disparaître, il me fait un clin d'œil et je ne peux m'empêcher de ressentir un pincement au fond de mon ventre et de soupirer : qu'est-ce qu'il est mignon, quand même.

Chapitre 15

J'adore Briss. Je l'aime, je l'aime, je l'aime.

Je pourrais écrire ça pendant dix pages, cent pages, à l'infini. Ma meilleure amie, ma chère Briss, si lumineuse et adorable.

Normalement, son petit côté « Miss Parfaite qui sait toujours tout et qui jamais ne connaîtra de difficultés dans la vie parce que le monde entier – le ciel les oiseaux l'air et le soleil – semble avoir été créé pour elle » devrait la rendre antipathique. Mais sa générosité, son obstination à vouloir partager avec moi son bonheur, son amour qui semble être la définition même de l'infini…

Assises sur le lit, nous mangeons nos galettes de céréales (mélange Viktor) et nos petits scones à l'épeautre.

— Les pâtes me manquent, dis-je.

— J'en ai parlé à Vik, ça va s'arranger.

— Tu penses à tout ! L'huile d'olive de ton père

me manque aussi, dis-je en croquant dans mon biscuit aux fruits secs.

Je n'aurais pas dû dire ça, car une ombre passe sur le visage de mon amie. Voilà qu'elle a l'air triste et je regrette immédiatement d'avoir évoqué ses parents.

— Briss, je suis désolée.

Elle me prend la main.

— Faut pas, ma chérie. Je suis heureuse d'être ici avec toi.

Mais ses yeux remplis de larmes disent le contraire. Je bafouille. Je n'arrive pas à prononcer autre chose que :

— Je suis désolée, je suis désolée…

Briss se ressaisit et m'attrape les poignets.

— OK, on va mettre les choses au clair. Bien sûr, mes parents, mon petit frère me manquent. Mais c'est provisoire. On va rentrer chez nous. Et tu seras guérie. Et puis, si ça peut te rassurer, je suis aussi très heureuse de pouvoir passer un peu de temps avec Ulysse. Je n'avais pas mesuré à quel point son absence avait laissé un vide dans ma vie.

— Et tu es heureuse d'avoir rencontré Viktor, non ? dis-je avec un petit air innocent.

Briss répond sur un ton de sainte entièrement dévouée au bien des autres :

— Tout ce qui m'importe, c'est votre guérison, jeune princesse.

Je fais une petite grimace.

— Oui, d'accord, mais sinon… Ce taux de phényléthylamine ?

Elle rougit.

— Au top !

Nous éclatons de rire.

*

Après le déjeuner, je prends une douche (je ne vous ai pas parlé du système archi ingénieux en circuit fermé inventé par Vik pour décontaminer l'eau du lac et récupérer l'eau de pluie ?), et je m'habille. Je me sens un peu comme quand on n'a pas assez dormi, qu'on a la flemme de tout et qu'on enfile un truc confortable pour rester à la maison. Je suis toute molle et sans énergie, mais je n'ai plus mal à la tête et j'ai mangé de bon appétit – ce qui a fait très plaisir à Briss, entre parenthèses. Je parviens à échapper à la surveillance de ma meilleure amie et je frappe à la porte de l'atelier. Vandal se tourne vers moi et je sens mes hormones bouillonner. C'est fou que le désir soit dirigé depuis notre cerveau. Là, j'ai l'impression que tous mes neurotransmetteurs viennent du ventre.

— Je suis désolé, dit Vandal. Je voulais passer te voir, mais… j'ai eu peur de déranger. Et puis Briss a fait tout un sermon sur ton taux de phényquelquechose…

— Phényléthylamine, c'est un neurotransmetteur. On l'appelle la molécule de l'amour. Faut réviser vos cours de biologie, jeune homme.

Assis sur sa chaise de bureau, Vandal m'attire à lui et plonge ses yeux dans les miens. Ils sont un peu trop vifs, ils m'éblouissent.

— J'ai arrêté mes études à quinze ans, le jour où je me suis enfui de chez moi…

C'est la première fois qu'il me parle de lui. Je m'aperçois que je ne sais rien : où il a grandi, quelle est sa famille…

— Du coup, j'ai quelques lacunes…

Il enfouit son visage dans mon pull et respire mon odeur. Je lui passe la main dans les cheveux et serre sa tête tout contre ma poitrine.

— C'est pas grave…

Il glisse une main sous mes vêtements, remonte le long de mon dos…

— J'ai l'impression que tu sais tout ce qu'il y a à savoir.

L'ordinateur de Vandal émet un petit bip et un message apparaît à l'écran :

« Dis à So que Vita l'attend chez Ulysse. Maintenant ! »

Vandal soupire, se lève et me serre contre lui. Je suis obligée de faire un effort surhumain pour littéralement m'arracher à ses bras et sortir dans la cour où le crachin a laissé la place à une pluie de plus en plus dense.

Je retrouve Briss, Ulysse et Vita dans l'ancienne maison de gardien aménagée par Ulysse pour en faire sa chambre/bureau. Il dort sur un petit lit de camp, mais il a sa propre salle de bains. C'est joli, confortable, chaleureux. Par la fenêtre, on aperçoit un paysage très différent. Depuis la résidence, les fenêtres regardent soit la cour, soit la plus vaste étendue du lac, côté mer du Nord. Ulysse, lui, donne de l'autre côté, côté terre. De sa fenêtre, on voit la route étroite par laquelle nous sommes arrivés sur la presqu'île, et qui s'enfonce dans le brouillard. Je trouve Ulysse très courageux d'avoir choisi la lisière, de garder les yeux sur le monde extérieur. Je crois que ça m'angoisserait. À l'intérieur de l'enceinte, on se sent tout de même plus en sécurité. Entre les deux fenêtres, le bureau d'Ulysse, avec un sous-main en cuir et une lampe qui doit dater du XXe siècle. L'ordinateur est posé sur un autre bureau, dans un coin. Le boîtier lui aussi est *vintage*, même si j'imagine que la commande centrale est ultra moderne. Un fauteuil confortable, des couvertures… Les murs sont entièrement tapissés de cartes géographiques aux couleurs un peu passées. J'observe cinq grandes cartes du monde, tel qu'il est aujourd'hui divisé politiquement. Mais il y a aussi un planisphère datant d'avant le déluge. Je reste un instant ébahie devant le découpage des côtes et le puzzle formé par la multitude de petits pays.

— Où tu as trouvé ça ? demandé-je, émerveillée.

— C'est un secret, répond Ulysse en venant derrière moi.

Je découvre pour la première fois la forme de la France, telle qu'elle existait en 2015.

— Et ça, c'est, ou plutôt c'était…

— Paris !

Je sais que, depuis la montée des eaux, l'océan a presque gagné la ville et que d'immenses labos de recherche et des constructions militaires ont remplacé les bâtiments doux et harmonieux que j'ai pu voir sur les photos de mon arrière-arrière-grand-mère. En plus, la zone a été attaquée en 2053, ou 54, et elle est toujours contaminée. Enfin, c'est ce qu'on dit… En tout cas, ce petit point noir sur la carte me fait l'effet d'un paradis perdu.

Vita frappe à la porte et entre, chargée d'une malle blanche. Ulysse se précipite pour l'aider et il porte la mallette jusqu'au milieu de la pièce. Vita la pose à même le sol, sur le tapis en laine aux motifs rouges et bruns. Elle déverrouille le système de reconnaissance digitale, assez vieillot, et soulève le couvercle, révélant un appareil d'imagerie cérébrale portable. Il faut cinq minutes à Vita et Ulysse pour charger le logiciel sur le poste d'Ulysse et relier l'appareil à l'ordinateur, *via* un petit boîtier muni de quelques commandes électroniques plutôt basiques.

Ulysse et Briss s'apprêtent à nous laisser seules, quand Ulysse s'approche de moi et me prend les mains.

— Je suis désolé de tout ce qui t'arrive, et j'espère que tout va bien se passer. Je sais que j'ai été un peu froid depuis que tu es là… mais j'ai beaucoup de responsabilités. C'est moi qui suis chargé de notre sécurité, alors…

— T'inquiète, je comprends. Et je suis déjà tellement reconnaissante de tout ce que vous faites pour moi. Vraiment, tu n'as pas à t'excuser.

Nous nous regardons quelques instants et je vois enfin le vrai Ulysse, celui que Briss aime tant, celui qui n'a pas été abîmé par les malheurs qui lui sont arrivés, celui qui n'a pas sur les épaules une charge trop lourde pour lui. Puis Vita m'invite à m'asseoir dans le fauteuil en cuir.

— Je vais juste faire un premier cliché de ton cerveau, puis nous allons passer l'après-midi à remplir un questionnaire et à parler. Je suis obligée d'en passer par là, car l'encéphalo qu'il me faudrait, on ne peut pas le transporter. Celui-là, c'est un appareil de voyage que j'ai conçu au début de l'épidémie et que j'ai beaucoup amélioré au fil des ans, mais nous aurons tout de même besoin du questionnaire.

— OK…

— Et demain, nous commencerons les tests d'imagerie par zone.

Pendant qu'elle parle, Vita m'enveloppe dans une sorte de peignoir en tissu anti-ondes. Puis elle place sur ma tête le casque en forme de grosse boule blanche, avec une visière transparente et des micros pour communiquer. Vita renverse mon siège en position allongée et je pose les pieds sur le petit appendice en cuir. J'ai l'impression d'être chez le coiffeur, un genre de coiffeur futuriste où vous vous feriez coiffer par une machine. Pas de doute, quand je vais ressortir de là, je serai frisée. Vita passe elle aussi un peignoir de protection avant de relier la grosse boule à un appareil carré, à son tour connecté au méga ordinateur sur le bureau.

— J'aurais préféré faire ça à l'infirmerie, mais pour déplacer le poste d'Ulysse il fallait déjà une demi-journée, plaisante-t-elle. Lui, le sans-fil, il connaît pas.

— C'est parce qu'ils sont surveillés, dis-je, mais dans le casque, ma voix résonne comme celle d'un astronaute.

— Je sais… Allez, on va pouvoir commencer. Alors, tu ne vas plus rien dire, tu vas essayer de te détendre au maximum – je sais que c'est difficile – voilà… Respire par le ventre, c'est bien. Ne pense à rien, fais le vide, respire… Ça va faire un peu de bruit, n'aie pas peur…

Je ferme les yeux et tente de me focaliser, non pas sur des pensées, mais sur les taches que la lumière forme sur l'écran noir de mes paupières closes, comme un ciel infini. Je me projette dans cette galaxie apaisante quand soudain j'entends de gros bruits – *Klonk Klong* – et un bourdonnement sourd et anxiogène. Je tente de ne pas avoir peur – je sais que ce n'est pas dangereux –, mais mes paupières tressautent et mon rythme cardiaque s'accélère.

Heureusement, cela s'arrête vite. Vita soulève la visière et doucement, précautionneusement, comme si ma tête pouvait partir avec, elle enlève le casque.

— Bravo ! Tu as été parfaite, je vais tout de suite sortir les images…

Elle pianote sur le clavier filaire et je vois apparaître sur l'écran plusieurs coupes de mon cerveau… Vita semble très concentrée ; ou alors inquiète. J'ai l'impression qu'elle a un petit mouvement de recul en découvrant certains clichés. Est-ce qu'elle a vu la maladie ? Ou est-ce que j'ai rêvé ?

— Voilà… C'est parfait. Du premier coup. Bravo, mademoiselle ! Bien. Nous allons maintenant nous installer quelque part pour le questionnaire. Il y a un endroit où tu te sens particulièrement bien ?

J'ai envie de répondre : sur le canapé de Vandal, dans les bras de Vandal. Dans le cou de Vandal, tout contre lui.

— Euh, sur le toit, il y a un endroit que j'aime bien… Mais il fait vraiment trop mauvais aujourd'hui.

— Et dans la véranda ? Le petit salon avec vue sur le lac. On sera bien, là, non ?

Je n'y suis jamais allée, dans ce petit coin un peu à l'écart. J'ai l'impression que les Affranchis n'y vont jamais eux non plus. Pourtant, la vue est belle. Peut-être trop. Peut-être que personne n'a plus envie de regarder l'eau. De la sentir prête à tout engloutir. Sur le toit, c'est différent. En hauteur. C'est là que les gens se réfugiaient pendant les déferlantes.

Nous nous asseyons dans de drôles de fauteuils en matière végétale, avec de vieux coussins décolorés ; l'assise est en forme de coupe, je vois bien que ce n'est pas super confortable pour Vita, qui doit se pencher pour poser tous ses cahiers sur la table basse et sortir son crayon, avec les genoux sous le menton.

— Vous prenez toutes vos notes à la main ? demandé-je, surprise.

— Oui, je suis un peu… parano avec la sécurité informatique.

— Ici vous ne craignez rien, ce sont les rois des pare-feux.

— Je sais…

Elle a un petit rire.

— Mais j'ai pris des habitudes… Quand j'ai quitté le gouvernement, j'ai eu quelques ennuis.

— Oh.

Briss arrive avec un plateau sur lequel elle a posé des tasses, une théière et plusieurs pots de tisane maison ainsi que des biscuits.

— Voilà… Si tu as besoin de quelque chose, tu appelles le K. On travaille sur une nouvelle variété de courges avec Vik.

— Une variété de courges…

— Absolument.

Elle me fait un clin d'œil.

— Surtout, n'hésitez pas, si vous avez besoin de quoi que ce soit.

— Bien, dit Vita une fois Briss partie. Nous allons commencer.

Vita se cale dans son fauteuil, un petit dictaphone à la main.

— Avant tout, j'ai besoin que tu me dises quelle version du vaccin on t'a injectée. Tu le sais ?

— Oui, j'ai eu la version epsilon.

— Tu en es sûre ?

— Certaine. On ne peut pas souffrir du syndrome de Turgot avec la version epsilon, n'est-ce pas ?

— En principe, non. Bon, on va commencer par des questions personnelles, des généralités. Pour ça, j'enregistre. J'ai une très bonne mémoire, mais on ne sait jamais, on pourrait vouloir revenir sur un détail. Ensuite, le questionnaire, très précis, est préimprimé, je fais de petites croix en fonction de tes réponses. C'est OK ?

— C'est OK.

— Alors, c'est parti.

Elle appuie sur le bouton ON de son dictaphone, un appareil qui doit dater d'avant le déluge, et me pose la première question.

— Sophìa, quels sont ton nom complet, ton âge et ton lieu de naissance ?

Pendant près d'une heure, je lui raconte ma vie : où je suis née, où j'ai grandi. Je lui parle de la mort de mon père, de mon enfance dans un milieu qui n'est pas le mien, au gré des jobs de ma mère chez les Lastings, de mes études en ligne. Elle semble trouver mon histoire intéressante, et comme c'est la première fois que j'en fais un récit aussi précis et circonstancié, je me rends compte en effet que je n'ai pas eu une vie banale. J'ai un destin étrange, parallèle, entre deux mondes. Je suis une Vulnérable, mais je ne sais absolument pas comment vivent les Vulnérables. À quoi ressemblent leurs maisons, ce qu'ils mangent… De temps en temps, en plus de l'enregistrement, Vita prend des notes dans un petit carnet. Un détail, une idée…

— Bien, dit-elle enfin. Maintenant qu'on a vu ta « bio », je voudrais que tu me parles un peu de tes centres d'intérêt : tes matières préférées, tes loisirs, tes amis…

— Je n'ai qu'une seule véritable amie, c'est Briss. Et déjà, j'ai bien de la chance. Comme j'étudie en ligne, je n'ai jamais eu de contact véritable avec les autres Vulnérables. J'aime bien le petit frère de Briss aussi, Élias, mais ce n'est pas vraiment un « ami »… Et ma mère. Ma mère, c'est une amie. On n'a toujours vécu que toutes les deux, alors… on a un lien… Un lien différent des autres parents/enfants, je suppose.

— Elle te manque, ta maman ?

— Terriblement.

Vita nous ressert une tasse de tisane et me tend un biscuit.

— Il faut que tu manges, c'est épuisant ce que nous sommes en train de faire. Tu ne t'en rends pas compte, mais j'active les zones de ta mémoire et, si tu es malade, ça risque de provoquer une petite crise d'hypoglycémie, ou même une crise tout court. Ce ne serait pas surprenant et, si ça arrive, ce n'est pas grave, je suis là.

— OK, dis-je en croquant dans mon petit gâteau.

— Alors, et sinon, tu es bonne élève ?

— Très, réponds-je en rougissant.

— Je m'en doutais, ils ne prennent que les bons élèves au Slamb de l'Étoile. Quelles sont tes matières préférées ?

— Mon module principal, c'est Espace-Temps. Et les Maths, du coup, bien sûr. Je pense qu'on a arrêté trop vite les recherches sur les autres dimensions et l'infiniment petit.

— Oui, je suis d'accord avec toi. Mais tous les efforts se sont concentrés sur le sérum.

— Je sais… J'aimerais bien travailler là-dessus quand je serai plus grande… Enfin, si j'arrive à l'âge adulte avec toute ma tête.

Un ange passe, il verse une larme, alors j'ajoute vite, pour ne pas laisser la gêne s'installer :

— J'aime l'Histoire aussi.

— L'Histoire ? Mais ils n'enseignent que des mensonges !

— Je sais. Mais je veux dire… J'essaie de savoir qui était mon arrière-arrière-grand-mère Mina. Elle vivait à Paris en 2015. Et ça, ça me passionne.

Elle a l'air soudain plus intéressée.

— Tu fais comment pour tes recherches ?

— Le plus souvent, je me contente de harceler ma mère et de lire en cachette les livres interdits qu'elle a le droit d'étudier. Je pose aussi des questions autour de moi… En fait, je n'ai eu que très peu d'infos.

— Je m'en doute… Bon, fais attention quand même. L'Étoile n'aime pas trop qu'on pose des questions sur les époques antédiluviennes.

— Je sais.

— Prends bien garde à qui tu fais confiance. D'accord ?

— D'accord.

Et tout d'un coup, je me demande si je peux lui faire confiance, à elle. Après tout, elle tient mon cerveau entre ses mains, et je ne la connais même pas…

Chapitre 16

Vita me donne alors une petite pastille, au goût amer et très désagréable. Je dois me forcer pour ne pas la cracher et je retiens un haut-le-cœur.

— Laisse fondre sous la langue. Je sais, c'est horrible…, me dit Vita. C'est un accélérateur de neurotransmetteurs. Ce n'est pas dangereux, si l'on n'en prend que très rarement. Il va fluidifier tes connexions et accélérer les réactions de ton cerveau aux questions que je vais te poser. Il peut y avoir des effets secondaires : de l'euphorie, ou au contraire une immense tristesse. En principe, tu vas te sentir mieux, mais il arrive que cela provoque de grosses crises de panique ou d'angoisse. Dans tous les cas, je suis là, je sais gérer, OK ?

— OK.

Elle me prend le poignet et pose comme tout à l'heure deux doigts sur la plus grosse veine.

— Je veux que tu répondes sans réfléchir. Ce que je vais prendre en compte, ce ne sont pas tes réponses, mais le type de réponses. Je vais analyser un ensemble de réactions en fonction d'un certain type de questions. Certaines questions te sembleront logiques, d'autres au contraire totalement arbitraires, ou même carrément indiscrètes. Je veux que tu répondes en hésitant le moins possible. Laisse-toi aller, ne réfléchis pas, je veux que tu te laisses porter par le flux des questions. Et c'est mieux si tu ne mens pas, mais ce n'est pas le problème. Moi aussi, je serai très concentrée, car je dois compter ton temps de réponse et garder le rythme, d'accord? Et analyser chaque réponse en temps réel. C'est d'autant plus difficile que je n'ai pas fait ça depuis longtemps.

— D'accord.

— Mais si tu te sens mal, si quelque chose ne va pas, n'importe quoi, on arrête immédiatement, OK?

— OK.

— Et dès que tu fatigues, on fait une pause. C'est bien compris?

— C'est bien compris.

— Alors, installe-toi bien, c'est parti.

Je m'allonge dans mon siège et essaie de me détendre. Le cachet fait rapidement effet et je suis dans un drôle d'état, comme sous hypnose. Avec la sensation agréable de surfer sur mes propres pensées, je me laisse guider par la voix de Vita et je réagis sans effort, comme si mes réponses m'étaient dictées par une force à la fois intérieure et extérieure. Elle commence par des questions de base, personnelles :

— Quel est ton nom ?

— Quel âge as-tu ?

— Quelle est ton adresse ?

— Où es-tu née ?

— Quel est le nom de ta mère ?

— Quel est le nom de ton père ?

Toutes les choses auxquelles j'ai déjà répondu lorsque nous avons parlé de ma vie. Puis elle se met à introduire des demandes plus bizarres au milieu du flux de questions personnelles :

— Quel est le nom du Premier ministre américain de l'Étoile ?

— Quelle est la langue officielle de l'Europe ?

— Quel est le plus beau jour de ta vie ?

— Quelle est la composition chimique de l'eau ?

— Quel jour sommes-nous ?

— Quel est le prénom de ta meilleure amie ?

— Quel est le sens du mot *aurion* en grec ?

— Quelle est la définition de la mémoire ?

— Quel est ton plus beau souvenir ?

— Quelle est la distance entre le Soleil et Saturne ?

— As-tu déjà pris de la drogue ?

— Comment te sens-tu ?

— Quel est le dernier film/jeu que tu as vu ?

— Quelle est la dernière chose que tu as faite avant de passer le test ?

— Quelle est la couleur du ciel ?

— Quel est ton pire souvenir ?

— Quelle est la pire chose qui te soit arrivée ?

— Te souviens-tu de ton père ?

— Qu'est-ce que tu ne sais pas et que tu aimerais savoir ?

— As-tu déjà eu des relations sexuelles ?

À chaque réponse, Vita fait une petite croix en face de la question, dans l'une des trois colonnes A, B et C de sa feuille. Je remarque qu'elle note également mon temps de réponse. Une croix pour moins d'une demi-seconde, une croix dans l'autre colonne si j'ai hésité…

Je ne sais pas combien de temps ça dure, deux heures peut-être ? Quand elle pose son crayon gris, j'ai un peu mal à la tête et je suis fatiguée, mais je n'ai pas fait de « crise ». Et je n'ai pas eu besoin de pause. Vita me sert un verre d'eau et elle me fait faire quelques exercices de respiration et de relaxation. Puis elle me pose sa main sur le front et c'est bon, ça me détend, mais ça me rend triste aussi parce que ça me rappelle ma mère. J'ai les larmes aux yeux et Vita dit que c'est normal. Que mes émotions vont peut-être être un peu exacerbées. Briss et Ulysse nous rejoignent avec un petit quelque chose à grignoter, mais je me contente de boire. J'ai la nausée.

— C'est le cachet, dit Vita. Tu as été incroyable. Tes réponses sont belles, sincères, fluides… Tout va bien.

— Mais alors, demande Briss, elle a la maladie de Turgot ou pas ?

— C'est difficile à dire à ce stade. Nous en saurons plus demain, quand j'aurai les images. C'est bizarre, quand même.

— Pourquoi ? demande Ulysse.

— Parce que tous les symptômes concordent. En revanche, tu aurais dû faire une crise. J'ai sollicité des zones de ton cerveau qui auraient dû bloquer si tu souffrais du syndrome de Turgot. Or, tu n'as pas calé une seule fois. Pas une seule fois tu n'as perdu la mémoire ou trébuché sur une réponse.

— Et donc ? demande Briss. Ça veut dire quoi ?

— Je n'en sais rien. C'est quoi, la version du vaccin que tu as eue, déjà ?

Et c'est là que je disjoncte. Soudain, mon cerveau ne veut plus rien savoir. Noir total. Je ne sais plus quelle est la question et donc je ne sais pas quelle est la réponse. Comme une minicrise d'épilepsie ; un court-circuit. Je perds conscience et quand je reviens à moi, Briss pose un mouchoir mouillé sur mon front. Je demande :

— J'ai disjoncté ?

— Oui, carrément, dit Vita, inquiète. Je vais te reposer la question. Quelle est la version du vaccin qui t'a été administrée ?

À nouveau, il m'est impossible de répondre. Je sais que la réponse est dans l'un des innombrables tiroirs de ma mémoire, mais je n'arrive pas à la retrouver. C'est simple, pourtant. Il y a une heure, je le savais ! Et ça, je m'en souviens. Alors, pourquoi ça ne fonctionne plus ?

— Étrange, dit Vita. Très étrange…

*

Au dîner, j'ai mal à la tête et je ne touche pas à mon assiette. Vandal n'est pas là, il a fait savoir qu'il avait du travail et il a demandé qu'on l'excuse. Les repas, et en particulier les dîners, sont très importants chez les Affranchis. Ce sont des moments partagés et il est mal vu, sauf exception, de les prendre seuls. Pour les autres, l'absence de Vandal est donc significative. Pour moi, c'est tout simplement un manque, une bulle de vide qui court dans mes veines. J'ai froid et je me sens seule. Briss a l'air inquiète et ça me fait flipper. Aleteya me regarde de travers depuis l'autre bout de la table. Comme si je mettais en danger la vie des Affranchis. Ce qui est sans doute le cas.

Vita me conseille d'aller dormir et je quitte la table en m'excusant. Pourtant, je ne me dirige pas tout de suite vers ma chambre. Je sais que je devrais, mais je ne suis pas très raisonnable, ces temps-ci, pas vrai ?

Je fais le tour par une ancienne issue de service, je traverse la cour et frappe à la porte de l'atelier. Timidement, je passe une tête et Vandal affiche un grand sourire spontané. Il a l'air tellement heureux de me voir que je me sens immédiatement plus sereine.

— Je cherche des trucs sur le 11 janvier 2015, dit-il. Je crois que je suis tout près du but.

Je m'approche pour l'embrasser, et il me fait un petit baiser timide sur les lèvres. Je vois bien qu'il a reçu des instructions très précises sur mon taux de phényléthylamine. Alors, je me laisse tomber sur son canapé et je bâille.

— Ça ne t'embête pas si je m'allonge cinq minutes ?

— Pas du tout.

Il se lève pour poser un plaid sur moi et je ferme les yeux. J'ai l'intention de me reposer quelques instants, là, tout près de lui, avant d'aller me coucher dans mon lit, mais je suis tellement fatiguée que je m'endors immédiatement. Je fais alors un cauchemar encore pire que tous ceux que j'ai faits ces temps-ci. Dans mon rêve, je marche à tâtons dans les couloirs de ma mémoire. Il fait nuit et froid. Sur mon chemin, je rencontre Briss, Ulysse, Viktor, Swann… Pas Vandal. Chaque fois que je croise un de mes amis, je lui dis que je cherche la pièce où se trouve la réponse à la question : quelle est la version du Vaccin Universel qui m'a été administrée ? Tout le monde me répond gentiment :

« Troisième porte à droite, deuxième couloir après l'escalier… »

Mais les couloirs succèdent aux couloirs, je suis de plus en plus perdue, et il fait de plus en plus sombre et froid. C'est alors que je croise Phénix, la fille du Slamb. Je la supplie de m'aider, mais elle ne répond pas. Elle se contente de me regarder méchamment avec ses yeux sombres. Puis elle se détourne de moi et rejoint une forme imposante et majestueuse qui l'attend. La forme sort de l'ombre et je reconnais Gertrud, la grand-mère de Briss. Elle me dit « tu nous as trahis ». Elle me hait et sa haine fait comme un halo autour d'elle, à tel point que je sens son aversion pour moi déferler comme une onde. Je sais que si je ne m'enfuis pas, je vais être brûlée à mort par le gel de sa haine. Je voudrais courir, mais mes jambes sont comme ma mémoire, elles ne fonctionnent plus. Je veux crier, mais ma voix est un son blanc, elle résonne dans ma tête sans jamais atteindre le monde. Je me réveille en sursaut. Vandal est au-dessus de moi, il me demande si tout va bien.

C'est alors que je ressens une atroce nausée, et j'ai à peine le temps de sortir en courant pour vomir dans la cour, sous la pluie. Penchée sous les trombes d'eau, je me mets à cracher et à pleurer de toutes mes forces, comme une enfant, de gros sanglots de bébé qui se mélangent à la pluie. Vandal me rejoint et il me prend dans ses bras, il me serre fort, très fort.

— Je suis là. Je ne vais pas te laisser tomber. Je suis là…

Nous restons comme ça, sous le déluge, pendant une infinité de battements de cœur.

Des milliers de battements de cœur, des milliers de secondes volées aux ténèbres.

*

Je me réveille et j'ouvre les yeux pour les refermer aussitôt, aveuglée par la lumière blanche du petit matin. Dans une sorte de flou, j'entends les voix de Briss et d'Aleteya. J'ai du mal à remettre mes neurones en place, mais je finis par distinguer ce qu'elles disent :

— Ulysse n'aurait pas dû prévenir ta mère. Elle a mobilisé les services secrets. Si elles vous trouvent, elles nous trouvent, et ça, c'est pas envisageable.

C'est la voix d'Aleteya.

— Chut, réplique mon amie, parle moins fort.

Le brouillard dans ma tête se dissipe et mes pensées se mettent en place. Je suis encore un peu désorientée mais je fais une petite mise au point. J'ai compris « mère » et « services secrets ». Je sais ce que cela veut dire. Cela signifie qu'il nous reste très peu de temps avant que nous soyons localisées. C'est impossible. On ne peut pas risquer de mettre en danger le camp des Affranchis. Je bouge et je parviens à articuler :

— Les services secrets ?

Briss se précipite vers moi.

— So ? Tu es réveillée ? Vita t'a donné un somnifère, tu ne devais pas te réveiller avant (elle consulte l'heure à son poignet) une bonne heure.

Je lui attrape la main.

— Briss, on doit partir…

Elle serre les dents.

— Briss.

Elle lance un regard assassin à Aleteya.

— Pas question. Plutôt crever.

Une heure plus tard, nous sommes tous réunis en conseil de guerre dans la cuisine. La situation est simple : ma mère et celle de Briss ne se sont pas contentées de croire à notre petite histoire. Elena a fait marcher son cercle d'influence et maintenant, les services secrets de l'Étoile nous cherchent partout. Malgré les pare-feux et toutes les précautions mises en place par Ulysse et les autres Affranchis, il ne nous reste pas plus de trois jours avant qu'ils ne nous retrouvent. Il faut absolument partir de là.

— Pas question, dit Briss, So est encore trop faible et Vita n'a pas terminé ses analyses.

— Tu n'as pas voix au chapitre, la coupe Viktor. C'est un problème qui concerne les Affranchis. C'est à nous de décider.

— C'est *mon* problème autant que le vôtre ! crie Briss, mais Ulysse lui fait signe de se taire.

— Viktor a raison. Nous allons décider à la majorité. C'est ainsi que nous prenons toutes nos décisions. Tu ne peux pas voter, Vita non plus, et So non plus.

Briss retient des larmes. C'est la première fois que je vois mon amie perdre ainsi contenance, et ça me brise le cœur. Je voudrais la prendre dans mes bras, m'enfuir avec elle. Je voudrais que tout cela ne soit pas ma faute.

Elle ravale sa fierté, mais je sens au regard qu'elle jette à Viktor qu'il va avoir du mal à se faire pardonner.

Swann prend ma défense :

— On ne peut pas les renvoyer sur les routes maintenant. Vita n'a pas fini d'examiner So. Et puis, je n'ai pas encore trouvé le moyen de pirater le Slamb.

— C'est vrai, ajoute François. Et si elles partent maintenant, on aura fait tout ça pour rien.

— Oui, mais les garder ici, c'est trop dangereux, dit Jolan.

— Il a raison, ajoute Majda. C'est hyper risqué.

Majda, je ne vous ai pas beaucoup parlé d'elle parce qu'elle ne se mêle jamais aux conversations. Elle mange, elle travaille, elle dort. C'est une jeune femme aux yeux en amande, aux cheveux frisés, avec un grand front intelligent. Vandal m'a dit qu'elle est spécialiste des juridictions des cinq pays de l'Étoile. C'est l'avocate de la bande. Au cas où ils se feraient prendre, elle est prête. Elle connaît toutes les failles du système du Code pénal et elle a un dossier censé rendre fous les juristes de l'Étoile. Le problème, a expliqué Vandal, c'est qu'ils sont presque sûrs que s'ils sont arrêtés, ils seront jugés sans aucun procès. Majda continue :

— Vous savez ce qui nous attend si on se fait prendre ? Ils ne peuvent pas nous inculper parce qu'on a refusé le sérum, c'est notre droit. En revanche, nous serons accusés de conspiration et envoyés dans les camps de travail en Asie. Vous êtes prêts à passer les cent prochaines années en prison ?

— Pourquoi, dit Swann, tu trouves qu'on est libres ? Tu trouves que notre vie, c'est une vie ?

— Plus personne n'est libre, rétorque Majda, mais certains sont entre quatre murs, doivent subir des sévices et travailler pour le système. C'est ça que tu veux ? Tant qu'on ne fait pas de vagues, ils nous oublient. Mais cacher deux ados en fuite, dont une Lasting et une Vulnérable malade ? On est cuits. Entre parenthèses, ta mère a déconné, Ulysse. Mettre ses propres enfants en danger…

— Elle a dû considérer que c'était pour notre bien, rétorque Ulysse, les dents serrées.

— Je suis certaine que s'ils nous retrouvent, ma mère s'arrangera pour qu'il ne nous arrive rien, tente d'intervenir Briss. Et à vous non plus. J'en suis sûre !

Mais elle est interrompue par un « Ta gueule ! » glacial d'Aleteya :

— Tu n'as plus le droit de rien dire, OK ? Tu te tais. Tu te fais oublier.

Briss jette un œil à Viktor, en espérant qu'il va au moins dire quelque chose. Mais Vik est apparemment plus doué pour faire pousser des courges que pour prendre la défense des demoiselles outragées.

— Bien, tempère François. On n'a qu'à voter. Qui est d'accord pour que les filles restent là ?

— Attendez, intervient Ulysse, on pourrait trouver un compromis. Vita, tu as besoin de combien de temps pour poser un diagnostic ?

— Je ne sais pas exactement, sa condition se dégrade, mais si tout va bien, que Sophìa ne tombe pas dans les pommes, il me reste une demi-journée de travail pour pratiquer les imageries. Demain, je peux analyser les résultats, on en saura un peu plus.

— Bon. Alé, est-ce que tu peux surveiller les services secrets ? Tu as le moyen de savoir s'ils sont sur le point de nous retrouver ou pas ?

Aleteya lève les yeux au ciel.

— Genre, tu me prends pour une sorte de magicienne, en fait ?

— Oui.

— Je ne peux pas pirater le réseau des services secrets parce que je ne sais pas exactement à qui la mère d'Ulysse s'est adressée. Je ne sais pas par où commencer. En revanche, je peux surveiller les alentours du site. Je connais les fréquences des véhicules de l'armée. S'ils approchent, je le saurai. Ce qu'il nous faut, c'est une base de repli où les cacher si je perçois une activité suspecte à 90 kilomètres à la ronde.

— On a la cabane de l'autre côté du lac, dit Swann.

— C'est trop risqué, proteste François. On n'y est pas allés depuis plus de deux ans, et la zone n'était pas tout à fait décontaminée.

— Très bien, au pire on fait ça, dit Ulysse en l'ignorant.

— C'est infesté de pirates, insiste François.

— On ne fera que passer, rétorque Swann.

— Bon, et toi, tu en es où du projet Slamb ? demande Ulysse à Swann.

— J'y travaille, et j'irais plus vite si on me laissait bosser au lieu de discutailler un sujet qui ne prête à aucune discussion. C'est quoi, votre plan ?

— Notre plan, c'est de mettre ces deux princesses dans une voiture, et ensuite toi, tu les ramènes chez Maman, dit Aleteya.

— Sale conne, s'énerve Swann.

— Wooh wooh ! intervient Vandal, qui n'a rien dit jusque-là. On se donne jusqu'à demain après-midi pour avoir le diagnostic et on avise. Tout le monde est d'accord ?

Comme personne ne répond, Ulysse propose :

— Ceux qui sont OK pour laisser deux jours de répit avant de renvoyer Briss et So chez elles lèvent la main.

Swann, François, et Ulysse lèvent la main sans hésiter. Vandal me regarde droit dans les yeux et il lève le bras.

— Très bien, dit Ulysse en soupirant. Qui est pour qu'on équipe une voiture et qu'on ramène ma sœur et son amie immédiatement chez nos parents ?

Majda, Jeanne, Aleteya et Jolan lèvent le bras.

— Quitte à laisser So mourir de sa maladie ? insiste Ulysse.

— Elle ne mourra pas, au contraire, elle sera bien soignée, réplique Majda.

— Ça fait quatre contre quatre, conclut Ulysse. Vik, tu n'as pas voté.

Viktor soupire, croise les bras sur sa poitrine et recule sur sa chaise. Briss se lève et quitte la pièce précipitamment, les larmes aux yeux.

— Je vote pour qu'elles restent, lâche enfin Viktor. Mais putain, dépêchez-vous de trouver une solution. N'importe laquelle.

Chapitre 17

Briss m'accompagne jusqu'à la chambre d'Ulysse. Là, nous retrouvons Swann, qui s'est imposé dans le rôle d'assistant. Il pense que ça peut nous aider à préparer le Slamb. Je n'en parle pas, mais tout de même, je trouve ça bizarre… Swann et Briss continuent de faire comme s'il était évident que j'allais participer au concours. Entre ma maladie et les mères qui ont mis tous les flics de l'Étoile à nos trousses, le projet me semble plutôt compromis. Mais non : eux ont l'air confiants. Vita vérifie les connexions. C'est le même appareil que celui qui sera utilisé pour le Slamb de l'Étoile, à quelques détails près : la définition est nettement moins bonne et le mode de projection est différent. Le scan de Vita a été conçu à des fins médicales : les clichés du cerveau s'affichent sur l'écran de son ordinateur, après être passés au crible d'un logiciel d'analyse. Pour le Slamb en revanche, toute l'affaire repose sur une transformation des images en tableaux mouvants projetés sur des écrans géants, donc la définition est fondamentale. Je m'installe à nouveau dans le fauteuil et Vita le bascule dans la position la plus allongée possible. Puis elle pose sur ma tête un casque muni de capteurs.

— On perd du temps, là, dit Swann. On devrait être en train de s'entraîner.

— Chut, le gronde Briss.

— Taisez-vous, dit Vita.

Elle a sorti de sa mallette un tout petit ordinateur, comme une tablette mais en beaucoup plus épais, avec une coque faite dans un matériau noir mat qui semble très résistant.

— Ouah, dit Swann, du kélichrome, c'est lourd, non ?

— Pas autant que toi, réplique Vita. Si vous n'êtes pas capables de vous taire, vous sortez.

Briss lui pince le bras et ils se mettent en retrait, dans un coin de la pièce.

— Maintenant, détends-toi, dit Vita.

Je demande :

— Est-ce que quelqu'un peut ouvrir les rideaux ?

Swann se précipite avant de se faire à nouveau tout petit, contre le mur est de la chambre. Vita connecte son ordinateur à un écran, puis elle fait quelques manipulations et la forme de mon crâne apparaît, mouvante et colorée. Elle oriente le moniteur dans ma direction, mais je préfère tourner mon regard vers la fenêtre, vers la neige mouillée qui tombe sur le paysage désolé : un dégradé de gris, fendu par la ligne nette de la route reliant la presqu'île au continent. Quelques branches d'arbres percent l'écran opaque formé par le brouillard. Je respire à fond. J'aime ce paysage et je voudrais le garder en moi pour toujours. Il fait bon dans la pièce, j'entends le ronronnement du radiateur, au même niveau que les battements de mon cœur, quelque part entre ma gorge et mes oreilles. Sur l'écran, les images en mouvement de différentes couleurs forment une étrange chorégraphie, lente et mystérieuse.

— C'est bien, murmure Vita, tu te sens bien ?

— Oui.

— Tu es très réactive. Continue comme ça.

Le Slamb de l'Étoile consiste en trois épreuves. Toutefois, à chaque étape, le principe reste le même : improviser sur un thème pour activer des zones du cerveau et former des images au neuroscan. Les candidats enchaînent des *battles* dont le but est simple : éliminer les adversaires. La première épreuve, toutefois, est un peu différente car il s'agit d'activer les zones du cerveau correspondant aux émotions. C'est difficile, parce qu'il s'agit de ressentir une émotion – comme la tristesse, la peur – sur commande. Ensuite viennent les « vraies » épreuves, plus rhétoriques. Les candidats, naturellement, sont notés sur le fond de leur démonstration, mais surtout sur la beauté du dessin formé à l'écran par les images de leur cerveau. Et donc Swann n'a pas tort. Pour gagner, il vaut mieux pratiquer. D'ailleurs, ma mère a dû recevoir mon neuroscan d'entraînement à l'heure qu'il est. La dernière épreuve, celle qui est très risquée pour moi, est celle de la mémoire. L'évocation des souvenirs. C'est cette zone-là de mon cerveau que Vita va explorer. L'endroit où se cachent nos souvenirs : nos pires souvenirs, les plus anciens, les plus doux, les plus terrifiants…

— Comme tu le sais sûrement, m'explique Vita, la bactérie à l'origine du syndrome de Turgot opère comme un petit animal malicieux, qui vient narguer tes connexions neuronales, surtout dans les zones de la mémoire. Elle commence par les déstabiliser, c'est pour ça qu'au début, tu as des hallucinations, des maux de tête, puis des moments de répit. Mais petit à petit, face au danger, les synapses se bloquent. D'une certaine manière, elles ferment les portes et, ce faisant, elles interdisent l'accès aux souvenirs. Tu gardes une mémoire fonctionnelle (tu sais toujours conduire, marcher, allumer la lumière), mais tu n'as plus accès à tes souvenirs.

Je sais tout cela, mais je ne dis rien. J'observe, sur le moniteur, les dessins formés par mon cerveau angoissé. C'est nettement moins joli que tout à l'heure, quand je profitais du paysage : c'est brouillon et sombre.

— Si cette bactérie se promène dans ton cerveau, on va peut-être la voir – à très haute définition – à l'image. C'est une possibilité. Mais comme elle se déplace à une vitesse extrême, il faut de la chance. Dans tous les cas, nous finirons par avoir un cliché de tes synapses fermées ou atrophiées, comme des stops au moment où tu feras appel à tes souvenirs. Donc, cela n'échappera pas aux juges du Slamb.

— Je sais. D'ailleurs, je ne pourrai probablement plus activer les zones de ma mémoire, je serai déjà trop atteinte.

— C'est un risque. En attendant, tu vas les activer pour moi. Je connais la bactérie. Je sais où la chasser. On va donc commencer. Je pose les questions, tu penses très fort, OK?

— OK.

Je peux entendre Briss retenir son souffle de l'autre côté de la pièce. Je peux l'entendre penser. Je peux imaginer les neurotransmetteurs de la peur et de l'angoisse déferler dans son cerveau.

— Ton appartement, là où tu vis avec ta mère, dit Vita.

J'essaie de visualiser ma maison, mon foyer. De former une image sur l'écran de mes paupières fermées. Je pense à l'arbre dans la cour, celui que j'observe depuis la table où nous prenons nos repas.

— Très bien…, dit Vita, satisfaite. Ta chambre maintenant.

Je visualise ma chambre : le lit, le bureau, l'armoire avec mes vêtements, le petit cadre avec une photo de mon père.

— Bien, très bien… Reste sur ta famille encore quelques instants…

Comment sait-elle que je pense à mon père ?

— Continue, on va remonter le temps, détends-toi… On commence par ton environnement actuel. Passe en revue ton entourage. D'abord ta mère, puis les autres employés… Et enfin les membres de la famille de Briss… OK, tout va bien. Pas de migraine ? Pas de nausée ?

— Non, tout va bien.

À part la boule dans ma gorge et mon envie de pleurer…

— On va remonter le temps, dit Vita. Tranquillement, comme une balade. Trouve une image que tu aimes. Tu aimes les trains ?

— J'adore les trains.

— Parfait ! Alors, nous allons monter dans un train. Le train de la mémoire. Tu y es ? Oui ? Bien… Nous sommes dans un train. Je veux que tu visualises le train le plus beau et le plus confortable que tu puisses imaginer.

Je pense au Trans Europa, mais pas au wagon de première dans lequel j'ai voyagé avec Briss. Ce sont les trains de mon enfance que je convoque, ainsi que les paysages interminables qui défilaient par la fenêtre. Je me souviens de la présence douce et rassurante de ma mère. Voyager me donnait toujours un sentiment de sécurité, comme si le mouvement avait le pouvoir de nous protéger du malheur. Ma mère me racontait qu'avant le déluge, beaucoup de gens voyageaient pour leur plaisir. On appelait ça le tourisme, ou les vacances. Les « touristes » prenaient souvent l'avion, pour changer de continent. Mais aussi pour des voyages plus courts, en Europe. C'était rapide. J'imagine ces centaines d'avions se croisant dans le ciel, tous ces gens se déplaçant sur la planète, se rencontrant, se mélangeant… Est-ce que le monde était plus varié alors ? Moins uniforme ? Et puis c'est devenu impossible : trop cher, trop polluant. Aujourd'hui, seuls les Lastings les plus haut placés prennent l'avion, et seulement pour changer de continent. Les parents de Briss, par exemple.

— C'est parfait, dit Vita. Alors, tu y es, dans ce train ? Nous allons marquer un premier arrêt. Disons… te souviens-tu de l'anniversaire de tes douze ans ?

— Très bien.

C'est un souvenir heureux, car Briss m'avait préparé une fête-surprise. La bougie sur le gâteau était en forme de 12.

— Visualise qui était avec toi ce jour-là, passe en revue toutes les personnes présentes. Puis souffle tes bougies, voilà… Tu as soufflé ? On va remonter dans le train.

En pensée, je m'installe à nouveau sur la banquette, en face de ma mère. Elle lit. Je regarde par la fenêtre. Elle me demande si j'ai faim…

— Le prochain arrêt : te souviens-tu du jour où tu es arrivée chez les parents de Briss ?

— Oui.

— Tu étais avec ta mère ? Vous êtes venues comment, en voiture ?

— Oui, Jérémie, le chauffeur, nous attendait à la gare.

— Vous arriviez d'où ?

— Nous vivions depuis trois mois chez des ambassadeurs en Biélasie. Mais je ne m'y plaisais pas, alors ma mère a trouvé ce poste chez Briss. Et on s'est dit qu'on serait bien, à Vienna.

— Et alors ?

— Alors on s'y est plu.

— Reviens au jour où vous êtes arrivées. Essaie de te rappeler les détails. Comment tu étais habillée, vos bagages.

— Je me souviens de la valise de livres de ma mère. Une malle à régulateur de température et d'humidité. La coque était un peu abîmée, on l'avait trimbalée partout…

— Très bien. Qui était là pour vous accueillir ?

— La gouvernante… Et Gertrud. Je n'ai pas aimé Gertrud, elle avait l'air méchante… Pardon, Briss.

De l'autre côté de la pièce, j'entends Briss chuchoter « T'inquiète… elle *est* méchante ».

— Gertrud, c'est la grand-mère de Briss ?

— Oui…

— Et tu te souviens de Briss ? Quand tu l'as vue pour la première fois ?

— Oui, c'était le lendemain. Elle traversait la cour, j'étais à la fenêtre. Elle m'a semblé… super belle. Elle avait l'air… tellement sûre d'elle; et libre. Je me suis dit «je voudrais avoir sa vie». Mais j'avais peur aussi. Je pensais qu'elle serait méchante avec moi, qu'elle me ferait bien sentir la différence. Et puis elle est venue frapper à notre porte, avec un cadeau… C'étaient des petits gâteaux au chocolat. Je n'avais jamais mangé de chocolat. Elle a dit: «Mon père cultive lui-même ses propres fèves de cacao.» Elle était fière. Et moi un peu jalouse…

Je vois la danse de mes émotions sur l'écran de l'ordinateur. Chaque fois que j'active une connexion neuronale en évoquant un souvenir, Vita remonte cette connexion. Elle l'identifie, l'isole, et elle tente d'explorer la zone.

— Tu t'en sors très bien, dit Vita. J'élimine les émotions pour suivre les souvenirs. C'est un peu difficile, mais on va y arriver. Tu continues comme ça, en douceur, sans forcer, et en restant parfaitement détendue.

— D'accord.

— Bon, remontons dans ce train. Prochain arrêt: tu as quatre ans, tu vis où?

— Je ne sais plus… Dans un appartement qui appartient à l'université, je crois. Vienna. Quartier des Vulnérables, mais en zone 1 ou 2, près du centre. C'est petit. C'est… simple, banal. Par la fenêtre, on voit les autres immeubles. C'est comme dans un jeu vidéo. Des carrés, des rectangles qui se superposent. Pas d'horizon. Je passe beaucoup de temps à la fenêtre…

— Qui te garde pendant la journée, quand ta mère travaille ?

— Je me garde toute seule ? Je ne sais plus… Non, il y a une dame ! Une Vulnérable. Elle a une blouse bleu pâle… Je ne sais plus…

— Très bien, on retourne dans le train. Prends quelques instants pour te réinstaller… Voilà… On va remonter le temps.

Je suis soulagée de quitter cette période, je ne l'aime pas et cela me rend triste de m'en souvenir. Je me laisse aller au doux balancement du wagon et au plaisir d'avoir ma mère pour moi toute seule.

— Ton père… Tu es prête ? Est-ce que tu te souviens de ton père ?

— Non… Si ! Il a une moustache. Il est… plein de vie. Maman est heureuse. Il fait des trucs dans la cuisine en parlant beaucoup et en riant.

— Très bien…

— Il me fait tourner au-dessus de sa tête et je rigole tellement que je bave. Je me souviens du filet de bave. Je ne sais pas si ce sont des souvenirs ou si je l'ai imaginé… *a posteriori*.

— Ce n'est pas grave. Continue, remonte le temps. Tu es toute petite… Bébé…

Soudain, un éclair me traverse le crâne, entre les yeux, et des images se succèdent, comme dans l'une des mosaïques de Vandal : je me vois bébé / Je vois Alexander Last1 qui me dit que j'ai échoué / Je vois ma mère pleurer / Puis soudain je suis à Paris, seule dans une cour / Ensuite une foule, des bâtiments de pierre gris, l'étrange silence alors que nous sommes des milliers / La statue sur la place, avec les gens qui se pressent les uns contre les autres / Le silence, l'émotion / La banderole NOT AFRAID / L'instant d'après, je suis moi, mais je suis aussi Mina, mon arrière-arrière-grand-mère / Je suis plus âgée, nous sommes à Berlin, sur un pont / À genoux / J'ai mal et j'ai peur / Le silence encore – tendu, chargé de trouille primaire / Puis un cri / Plus tard encore : on me poursuit, j'ai peur, non, je suis terrifiée / Je cours, de toutes mes forces / Je prends une ruelle qui débouche sur un petit escalier de pierre. Je zoome sur le panneau bleu indiquant le nom de la rue : Passage du Pont aux Biches / Je me colle au mur, sous le panneau / Ils ont tué mon amie. Je sais qu'ils ont tué mon amie / Je repars en descendant les marches de l'escalier. J'ai un bébé dans les bras. Je ne l'avais pas vu avant, ce bébé / Je le dépose sous le porche d'un immeuble, à même le sol. Le sol est fait de petits carreaux couleur rouille, avec un trottoir gris de chaque côté. C'est le porche d'un bel immeuble. Une femme de l'autre côté d'une porte vitrée me regarde. Je la supplie du regard avant d'embrasser le bébé et je ressors / Je cours dans les rues, à perdre haleine / Un choc qui m'arrête dans ma course / Mon bras se déchire / Ils m'ont eue / Je hurle.

Je hurle vraiment. Vita pianote comme une folle sur le clavier de son ordinateur. J'entends la voix paniquée de Briss qui demande :

— Je la débranche ? Je la débranche ?

— Non, attends… Yes ! crie Vita. Je l'ai ! Enlève-lui les électrodes.

Je ressens une douleur sourde entre les yeux et je meurs de soif. Les mains de Briss et de Swann m'enlèvent le casque d'électrodes. La lumière me blesse, alors je ferme les paupières. Quand je les ouvre à nouveau, tous mes amis sont penchés au-dessus de moi : Briss et Swann… mais aussi Ulysse et Vandal.

— Qu'est-ce qu'il se passe ?

— Elle a eu des hallucinations. Elle a foutu les jetons à la bactérie, mais je l'ai localisée et j'ai des images. Je vais les analyser.

— J'étais à Paris. J'étais Mina, dis-je essoufflée, en m'accrochant à la manche de Briss. J'étais elle, je te jure. Elle avait un bébé, elle l'a mis sous un porche, par terre… Ils voulaient me tuer, et j'essayais de fuir… Je me souviens que j'étais Mina.

— Calme-toi, dit Briss, calme-toi. C'était une hallucination.

— Je te jure que ce n'était pas une hallucination !

— J'ai isolé le Turgot, dit Vita, qui pianote comme une folle sur son clavier. Mais c'est bizarre.

— Pourquoi ?

— Ce n'est pas le Turgot.

— Alors, c'est quoi ?

— Justement… Je n'en sais rien.

Chapitre 18

Après la séance et ma « crise de mémoire », j'ai dû m'allonger quelques minutes et boire un litre d'eau. Vita m'a donné un cachet pour soulager la migraine. Je tiens sur un fil. Je me sens capable de sombrer à tout instant. Mais Vita est très inquiète, alors pas question de perdre du temps. Elle nous a réunis dans la cuisine le temps d'un cours magistral sur la bactérie à l'origine de la maladie de Turgot. Vandal a installé de quoi projeter des images sur le mur.

— Comme vous le savez sûrement, le chercheur qui a identifié la bactérie s'appelle Samuel Last2, c'est un Lasting de rang n° 2, un homme brillant, qui faisait partie du groupe de chercheurs ayant mis au point le sérum. Il a appelé cette maladie la maladie de Turgot en hommage à son mentor, Julian Turgot (une photo de Julian Turgot s'affiche sur le mur beige de la cuisine), un scientifique mort dans les affrontements de 2049. J'ai fait partie de ce groupe de recherches. Entre nous,

nous appelions la bactérie l'*Invader*. Vous savez à quoi cela fait référence ?

— Au jeu vidéo ? demande Swann nonchalamment.

— Exactement ! *Space Invader*, un des tout premiers jeux vidéo, qui date du XXe siècle. Samuel, du genre « éternel ado », était fan. Tout ça pour vous montrer à quoi ressemble notre bactérie… Voici l'*Invader* du jeu vidéo…

— Et voici notre *Invader* à nous, responsable de la maladie de Turgot. Il est nettement moins sympathique, mais avouez que c'est ressemblant.

En effet, agrandie des milliers de fois, la bactérie prend la forme d'une petite tête munie de deux antennes.

— Et pour finir, voici la bactérie que j'ai réussi à identifier dans le cerveau de So… J'ai une projection en 3D, mais ce n'est pas ce qui nous intéresse.

— Je ne vois pas la différence, dit Vandal. C'est Turgot.

— La couleur.

— Quoi ?

— Regardez bien la couleur. L'*Invader* trouvé dans le cerveau de So ne réagit pas tout à fait de la même façon que Turgot aux ions que j'envoie pour colorer les réactions chimiques dans le cerveau. Vous voyez ? Sur ces images de patients atteints de la maladie de Turgot, la bactérie est un peu verdâtre… Là, notre *Invader* est limite fluorescent, presque doré. Je ne sais pas à quoi il ressemblerait au microscope, mais il ne réagit pas comme Turgot aux sollicitations que j'envoie pour obtenir une image.

— Et donc ?

— Et donc je ne sais pas si elle va réagir au sérum comme le fait Turgot. Je ne peux pas en être sûre.

— Mais enfin, c'est quasiment la même chose, non ?

— *A priori*, c'est ressemblant. Mais c'est quand même bizarre. C'est Turgot. Et ce n'est pas Turgot.

— Alors, on fait quoi ? demande Vandal.

— On tente le Slamb, dit Swann. Elle a tout pour gagner, à condition de travailler. On commence les entraînements cet après-midi.

— Attends, attends…, dit Briss. Et si la bactérie ne réagit pas au sérum ?

— Tu es sûre que ce n'est pas la même ?

— Je dois faire d'autres analyses. Je veux vérifier les résultats sanguins, je fais ça cet après-midi. Mais franchement, c'est étrange.

— Et tu n'as jamais entendu parler d'une autre version de la maladie ?

— Jamais.

— On est dans la merde, dit Ulysse.

— Il y a bien une personne qui pourrait nous renseigner, dit Vita. Une seule personne. Mais je ne sais pas si c'est une bonne idée.

— Qui ? demande Briss.

— Samuel.

— Samuel ? Le chercheur ? Mais je croyais qu'il était mort !

— Officiellement, il est mort.

— Et… officieusement ? demande Aleteya, qui déteste être tenue à l'écart des infos ultra-confidentielles.

Vita hésite.

— S'il apprend que je vous en ai parlé…

— Vita, je t'en supplie, dit Briss. Il s'agit de la vie de So. On doit faire quelque chose.

Vita pousse un grand soupir. Elle s'étire, serre les poings… Puis elle finit par lâcher :

— Samuel vit à Paris.

— Quoi ?

Jusque-là, j'ai écouté la conversation d'une oreille distraite, peut-être par un mécanisme d'autodéfense, ou alors tout simplement à cause de la fatigue, de l'engourdissement. J'ai assisté à la réunion comme si tout cela me concernait, mais pas directement. En entendant le mot « Paris », je bondis sur ma chaise.

— Paris ?

— Oui, dit Vita. Vous savez que les dirigeants de l'Étoile nous ont forcés à interrompre les recherches. Ils ne voulaient pas qu'on étende le traitement aux Vulnérables, qu'on cherche un remède indépendant du sérum. Certains d'entre nous l'ont très mal vécu. Samuel, en particulier, a fait un tel cirque qu'ils l'ont menacé de l'envoyer dans les camps. Moi, j'ai quitté le projet en invoquant mon droit de retrait pour des raisons personnelles. Mais pour lui, c'était soit les camps, soit il partait mettre ses talents de scientifique au service de la décontamination dans la zone militaire. Il est là-bas incognito. À mon avis, il rend ses supérieurs complètement zinzins. Mais bon.

— Et lui, il pourrait nous aider ?

— Ce n'est même pas sûr.

— Comment on fait pour le contacter ?

— On ne peut pas. Il est injoignable. Il n'y a qu'une seule manière de lui poser la question…

— Laquelle ?

— C'est d'y aller.

— OK, dit Swann, qui s'est connecté pour afficher une carte de l'Europe. Il faut une semaine en voiture pour se rendre là-bas. Deux jours sur place, on revient. On peut être à Prague pour le début du Slamb.

— On n'est même pas sûrs de pouvoir lui parler.

Briss les interrompt :

— Vous êtes malades. On ne peut pas traverser tout le pays. Comment on fait ? On va se faire attraper. Et puis So n'est pas en état.

— Ce n'est pas une mauvaise idée, intervient Ulysse en ignorant sa sœur. Mais on est obligés de passer par le nord.

— Je sais. C'est pour ça que je compte une semaine.

— Le nord ? Ce n'est pas sécurisé.

— On a des relais, des points sûrs.

— Et longer la côte ? demande François. Le bateau est prêt. Vous en avez pour quatre jours maximum.

— Non, répond Ulysse. Les côtes sont surveillées en permanence. On a neuf chances sur dix de se faire arrêter. La seule solution, c'est de passer par les zones franches.

— Taisez-vous ! se met à hurler Briss. Vous êtes dingues. Ulysse, dis-leur que ce n'est pas possible.

— C'est possible. On a une procédure prévue en cas d'urgence. C'est risqué, mais c'est possible.

C'est alors que Vandal intervient :

— Et toi, So ? Tu en penses quoi ?

Il se tourne vers moi. S'il y a une chance pour que je puisse vivre en n'oubliant jamais ces yeux-là, je veux la tenter. Et puis Paris…

— Je suis OK. On n'a pas trop le choix, de toutes les façons, non ?

— Mais…, s'étrangle Briss. Bien sûr qu'on a le choix ! Comment vous comptez y aller ?

— Ils ne t'ont pas encore sorti leur arme secrète, dit Aleteya. Allez, les garçons, je sais que vous en mourez d'envie. Montrez votre joujou à ces demoiselles…

★

Nous sortons dans la cour grise, où la température est à nouveau descendue pour approcher du zéro magique. Je me sens littéralement pâle, comme si la couleur blafarde de ma peau était un sentiment ou une émotion. Ulysse, Vandal, François, Swann… nous nous serrons dans un véhicule, qui de l'extérieur ressemble à une vieille carcasse pourrie, mais qui en fait fonctionne très bien, et nous nous dirigeons vers une partie de l'île sur laquelle je ne suis jamais allée, du côté de l'ancien port, là où les gros navires étaient mis à l'eau pour être testés. Depuis ma crise, tout le monde a l'air presque réconcilié. Ce projet de nous envoyer à Paris semble faire l'unanimité. À part Briss, qui serre les dents, et dont le front est marqué d'une ligne verticale que je ne lui ai jamais vue. Un trait de nuage sur un ciel habituellement bleu.

Nous nous arrêtons devant un entrepôt, et Swann actionne une vieille télécommande. Un rideau de fer s'ouvre à la verticale. À l'intérieur, des carcasses de bateaux, un petit yacht en bon état, et un bus aux vitres teintées, et à la carrosserie couverte de graffitis.

Vandal se dirige droit vers le bus et l'ouvre en tapant un code sur la porte située à l'avant.

— Chers amis : veuillez entrer dans notre super bus de folie ! C'est notre œuvre, à Swann, François et moi. S'il vous plaît…

Il s'écarte pour nous laisser passer et Briss me précède. Derrière la cabine du conducteur, nous découvrons une sorte de petite pièce, avec une table centrale, des banquettes défraîchies de chaque côté, et des placards sur tous les murs. L'ensemble a l'air vieux et mal entretenu.

— Mesure de sécurité, dit Vandal. Ça a l'air tout pourri, mais en fait…

Il actionne un panneau et un super ordinateur apparaît.

— Ici, le carré de commandement.

Il appuie sur un autre panneau qui s'ouvre sur une petite cuisine encastrée.

— Et là, le carré « cuisine » !

— Oui, enfin, c'est le même carré, fait Briss en observant la table rectangulaire autour de laquelle s'organisent des banquettes.

Nous passons de l'autre côté d'une petite cloison et découvrons l'espace de vie commune, avec, là aussi, des banquettes autour d'une table et des vitres teintées par lesquelles il est possible de voir à l'extérieur.

— Ici, c'est le salon…

Vandal tire une échelle du plafond.

— En haut, nous disposons de six couchettes, très bien équipées. Tu veux monter voir, Briss ? Je sais que tu as besoin d'un certain niveau de confort.

— Volontiers.

Briss monte à l'échelle et siffle entre ses dents.

— En effet ! C'est douillet ! Tu veux voir, So ?

— Je te fais confiance, si *tu* dis que c'est confortable.

— Alors, on continue, dit Swann. À l'arrière, les sanitaires, avec deux toilettes et deux salles de douche. Sauf que bon, le réservoir d'eau n'est pas prévu pour plus de quatre jours, mais avec ce qui tombe en ce moment…

— Vous avez un purificateur intégré ?

— Bien sûr !

— Et au fond, les appartements du capitaine : deux maxi couchettes pouvant accueillir chacune deux personnes. Ce qui fait que dans notre bus on tient à l'aise à dix personnes. Pour un voyage très agréable.

Briss regarde autour d'elle, les bras croisés. Elle passe en revue les solutions qui s'offrent à nous.

— On peut charger du matériel médical ? demande Briss.

— Naturellement.

— Et on peut embarquer le scan pour s'entraîner au Slamb ?

— C'est le but.

— OK…

— D'autres questions ? demande Ulysse.

Mais nous sommes interrompus par Aleteya, qui déboule en criant :

— Ulysse ! Ulysse !

Elle est tellement essoufflée qu'elle n'arrive pas à parler. Elle pose un poing sur son cœur pour le calmer.

— Du mouvement…

Elle tente de reprendre son souffle.

— J'ai repéré du mouvement… À mon avis, ils arrivent.

*

Après ça, tout s'emballe. Faire les valises, ce n'est pas le plus long, nos affaires tiennent dans un sac. Il faut charger les réserves, vérifier que tout fonctionne, prendre des décisions : qui part, qui reste, comment on fait ?

Ulysse décide que laisser l'île à l'abandon serait une erreur ; en arrivant dans un camp visiblement déserté, les services secrets se mettraient immédiatement à notre recherche. Donc il faut laisser le plus de monde possible sur place.

— Mais s'ils vous trouvent, vous ?

— Ce n'est pas nous qu'ils cherchent. En revanche, moi, je dois rester, répond Ulysse. Pour brouiller les pistes. Ils pensent sans doute que ma sœur s'est tournée vers moi et qu'elle est venue se réfugier ici.

— Non ! Tu ne peux pas faire ça, dit Briss. Je ne pars pas sans toi.

— Je dois rester ici. Je dois veiller sur ma communauté. Et tu seras entre de bonnes mains.

— Qui ?

— Je pense que Swann et François sont les mieux adaptés à la situation. Ils ont passé des heures à étudier un plan de fuite. Ils connaissent les itinéraires, les points sûrs, les autres camps d'Affranchis.

— OK.

— Je viens, dit Vandal.

— Quoi ? proteste Ulysse. Ne le prends pas mal, vieux, mais… tu ne sers à rien…

— Fais pas chier, Ulysse. Je les laisse pas toutes seules sur les routes. Je reste pas ici à faire mes mosaïques pendant que So et Briss risquent leur vie.

— Et tes recherches ? demande Aleteya, visiblement désemparée.

Ulysse la montre du doigt.

— Toi, tu pars avec eux.

— Quoi ? Pas question ! Je dois garder le camp.

— Je m'en occupe, tu me briefes sur les systèmes de surveillance, les codes… Je veux que quelqu'un de pointu en informatique les accompagne.

— Je suis pointu en informatique, proteste Swann.

— Ouais, mais tu seras occupé par le Slamb. Je veux un relais.

— Tu fais chier, proteste Aleteya. Et puis ça enlève trop de monde du camp. Vous allez vous retrouver à quatre.

— Cinq.

— Pareil. Si les services secrets débarquent, ils ne croiront jamais que vous êtes les seuls membres de la communauté. Nous sommes déjà l'une des plus petites. Dans les autres camps d'Affranchis, ils sont souvent quinze ou vingt.

— Un de vous deux doit rester, alors, dit Ulysse. Et je pense que Vandal n'a pas sa place dans ce bus, alors que toi si.

— Je peux rester, moi, dit François.

— Non, réplique Swann. Toi, tu es le meilleur mécano de la bande. On ne peut pas se passer de toi.

— Je pars. Vous ne pouvez pas m'en empêcher, s'obstine Vandal.

Dans les yeux d'Aleteya, qui n'expriment généralement aucune émotion, je vois passer un éclair de douleur. Vandal fait ça pour une seule et unique raison : parce qu'il est amoureux. Non seulement ça heurte son sens des valeurs – quand on est un Affranchi, on agit d'abord pour le bien commun –, mais ça la blesse. Je m'attends à ce qu'elle abonde dans le sens d'Ulysse. Mais c'est une Affranchie, et elle, elle prend ses décisions en fonction de ça.

— Sauf le respect que je te dois, Ulysse, je pense que tu te trompes. Je serai bien plus utile ici. Primo, je peux brouiller les pistes pour les services secrets. Secundo, je peux établir un contact avec le bus pour les aider depuis l'Usine, où j'aurai tout le matos à mon service.

— Comment tu comptes établir un contact ? On ne va pas se connecter, ce serait trop risqué !

— J'ai piraté un satellite. On va pouvoir communiquer en circuit fermé. Faut juste que j'arrive à le reprogrammer.

Je vois les yeux de Swann s'écarquiller.

— Tu as QUOI ?

— J'ai recyclé un vieux satellite russe abandonné.

— Oh putain. Toutes mes excuses ! En fait, tu *es* meilleure que moi ! dit Swann en se prosternant d'une manière comique aux pieds d'Aleteya.

— Bon, dit Ulysse pour couper court. C'est OK. Alé, tu restes. Vandal, tu pars. Vita, Briss, Sophìa, vous prenez les cabines du capitaine. François, Vandal et Swann, vous vous partagez les autres cabines.

— Du grand luxe.

— Pour l'eau ?

— Je m'en occupe, dit François. J'ai un collecteur d'eau de pluie, on va l'installer, j'en ai pour dix minutes.

— Je vérifie les batteries et les chargeurs solaires, dit Vandal.

— OK, poursuit Ulysse. J'espère que Viktor a assez de vivres à vous donner pour tenir au moins deux semaines.

Nous passons le reste de l'après-midi à nous préparer pour le départ. Ce n'est pas tout à fait exact : en réalité, les autres passent le reste de l'après-midi aux préparatifs. Vita, elle, passe l'après-midi à analyser mes tests sanguins, et moi, je la passe à lutter contre la migraine et la nausée, à me demander ce que je fais dans cette aventure, à chercher dans ma mémoire la version du vaccin dont j'ai bénéficié, et à penser à ma mère. Elle me manque. J'aimerais tellement qu'elle me prenne dans ses bras, me dise que tout va bien se passer… Est-ce que le manque aussi est un dérivé de la mémoire ? Est-ce que, même quand j'aurai tout oublié, ce manque sera toujours là ? Comme la douleur sourde au creux de mon ventre, créée par son absence, et par la honte que j'éprouve à l'idée de l'avoir laissée seule, et de lui avoir désobéi ?

*

Il est près de 17 heures quand nous nous préparons à partir. Briss et moi installons nos petites affaires dans la cabine de gauche (dans le sens du bus). Celle de droite est la plus confortable, elle sera pour Vita. Briss me tend un paquet enveloppé dans du papier.

— Tiens, cadeau !

C'est un vieil exemplaire tout abîmé d'un roman à la couverture craquelée. Le titre : *Anna Karénine.*

— C'est le même auteur que *Guerre et Paix*, le livre avec des traîneaux et de la neige, que je lisais en cachette chez ma mère !

— Je sais. J'ai fouillé toute la résidence pour te trouver des bouquins, et je suis tombée là-dessus. Je me suis dit que tu serais heureuse.

Émue, je la prends dans mes bras. Puis je m'écarte et observe son visage. C'est tout nouveau, pour moi, de voir les yeux de Briss voilés par la tristesse. Elle, que rien ne semble jamais abattre.

— Vous vous êtes parlé avec Viktor ?

Elle baisse la tête.

— Non.

— Parle-lui. Dis-lui que tu lui en veux.

— Il n'a pas pris ma défense.

— Il devait avoir une raison.

— Ah bon ? Tu lui trouves des excuses…

Je hausse les épaules. Je ne sais pas grand-chose. Mais je sais qu'on ne comprend pas toujours pourquoi les gens agissent d'une manière plutôt que d'une autre. Je tente de prendre Briss dans mes bras, mais elle me repousse.

— Cela n'a aucune importance, dit-elle. Je ne le reverrai probablement jamais.

— Justement… Raison de plus pour lui parler.

Nous sommes interrompues par Ulysse, qui nous appelle de l'extérieur.

— Briss, So ?

Nous sortons du bus. Dehors, le soleil commence à décliner et, dans le hangar, il fait un froid lunaire. Un froid de tombeau, humide et chargé de tous les matériaux en décomposition. Frigorifiés, emmitouflés dans de gros sweaters à capuche, les Affranchis se sont rassemblés pour nous dire au revoir. Ulysse se tient raide comme un piquet. Je me demande depuis combien de minutes il n'a pas pris sa respiration.

— Il va falloir y aller. Pour traverser, vous allez prendre le bac. L'ancien bac.

— On ne passe pas par la route? demande Briss.

— Nan. Trop risqué. Trop long.

— Mais le bac, vous ne l'avez pas utilisé depuis quand?

Briss semble paniquée, vulnérable. Aleteya, Majda, Jolan, Jeanne et Ulysse sont là. Pas Viktor. Elle est tellement pâle. J'ai peur qu'elle ne tombe, qu'elle ne s'effondre.

— OK, dit Ulysse, en soufflant un grand coup. C'est l'heure de se dire au revoir. Je… suis content de t'avoir vue, petite sœur.

Briss n'arrive pas à parler.

— Quand tout ceci sera terminé, on organisera un truc.

Il la serre contre lui, mais son étreinte est gauche, raide. D'ailleurs, Briss non plus n'y est pas. Elle regarde par-dessus l'épaule de son frère. Elle cherche Viktor.

— Allez, dit Aleteya. Montez dans ce putain de bus!

Au moment où Briss se détache de son frère, je vois une silhouette arriver vers nous en courant. C'est Viktor. Elle se précipite à sa rencontre. Ils s'arrêtent l'un devant l'autre.

— Je vous ai préparé des petits pains pour la route. J'ai fait des gâteaux au cacao pour So, je sais qu'elle les aime.

Briss pleure.

— J'ai rempli les réserves. Vous avez des pâtes. Je les ai fait sécher toute la nuit. La farine d'épeautre est complète mais elles seront bonnes.

— Vik…

— J'ai tout montré à François, il sait ce que vous devez manger en premier, et ce que vous devez garder…

— Vik…

— Je suis désolé… Je ne savais pas quoi faire. Je voulais juste… que tu sois en sécurité.

— Je sais…

— Je ne voulais pas me débarrasser de toi. Je… Je ne sais même pas comment je vais faire pour vivre sans toi.

Briss ne peut pas parler, les mots se coincent dans sa gorge. Elle finit par répondre :

— Le chagrin d'amour n'active pas les zones de la douleur dans le cerveau, mais celles du manque. Tu vas… Je vais aussi… être en manque pendant quelque temps, puis ça passera.

Viktor a un petit rire.

— Tu crois ?

Briss essuie les larmes sur ses joues.

— Je ne sais pas… C'est peut-être un peu plus compliqué que ça.

— Il faut y aller, les presse Ulysse.

Viktor prend Briss une dernière fois dans ses bras. Elle fait tout ce qu'elle peut pour ne pas s'écrouler.

— Je reviendrai, dit-elle en s'écartant de lui.

— Je serai là.

Dans le bus, le moteur tourne. Swann a pris le volant, et il mâchouille son vapoteur en vérifiant les boutons de commande. Nous nous asseyons dans le «carré de commandement», avec François et Vandal. Vita a installé tout son matériel médical à l'arrière et elle est déjà penchée sur mes analyses de sang. À l'autre bout du hangar, Ulysse actionne un nouveau rideau de fer et Swann engage le gros véhicule sur la plateforme rouillée et marquée par de larges traces vertes de moisissure. Swann guide l'énorme véhicule sur la plateforme et Ulysse actionne un levier. Le bac se détache du quai. Briss et moi collons notre visage à la vitre pour regarder une dernière fois nos amis, qui se pressent sur la jetée en béton, sous le rideau de fer. Nous leur faisons un signe de la main, bien qu'ils ne puissent pas nous voir à travers les vitres teintées.

Je les observe un par un, dans l'espoir de les graver dans ma mémoire. Aleteya a l'air en colère. Viktor pleure sans retenue, et ses larmes dégoulinent sur son visage. Ulysse se tient droit comme un soldat. Jolan, Majda, Jeanne… Ils ont juste l'air sonnés. Briss reste la main en l'air, dans un geste d'adieu suspendu qui me brise le cœur. Au moment où nous nous éloignons du quai, une neige épaisse et dense se met à tomber, et je songe que cette neige aura été là pour tous mes grands départs.

Nous nous enfonçons dans la nuit.

Chapitre 19

Une fois de l'autre côté, Vandal est obligé de descendre du bus et de sauter sur le vieil embarcadère en béton pour les procédures d'amarrage. Je décide de le suivre et j'attends pendant qu'il actionne le portillon de l'appontement. La nuit est tombée ; le rideau de neige brille d'une lueur surnaturelle. L'air frais me fait du bien. Briss n'a cessé de pleurer pendant les quinze minutes de la traversée du lac. Quitter son frère et Viktor le même jour, ça fait beaucoup, même pour elle. Nous nous écartons pour laisser Swann conduire habilement le bus sur la terre ferme. Vandal tape un code sur un boîtier antédiluvien, puis il actionne quelques boutons, et le bac repart à vide dans l'autre sens. Sur l'île, une pâle lumière jaunâtre perce la nuit neigeuse : Ulysse vient d'allumer la lampe-tempête pour nous signifier qu'il nous souhaite bonne chance. Nous y sommes ; sur l'autre rive. Nous allons passer notre première nuit dans le bus, traversant des territoires non sécurisés, et donc interdits. Pendant quelques instants, nous observons la grosse plateforme qui s'éloigne pour retourner sur l'île, puis Vandal me prend la main et nous remontons dans le bus.

— Je vais aller dormir un peu, dit François. Swann, tu me réveilles dans deux heures ? Que je te relaie.

— OK ! répond Swann avant de se remettre sur les oreilles la musique qu'il écoute à fond pour rester vif et éveillé pendant qu'il conduit.

Vandal et moi nous installons sur l'une des banquettes du carré de commandement, à côté de Briss, qui regarde tristement par la fenêtre. Vita est toujours dans la pièce à côté, en train d'analyser mes prises de sang. Je me sens mieux. Sans doute le mouvement. Le mouvement m'a toujours fait du bien. Mais je sais aussi que cette accalmie sera de courte durée. L'*Invader* est dans mon cerveau, et il s'emploie à rendre dingues les connexions neuro-nales qui me permettent d'accéder à mes souvenirs. Je me blottis au plus près de Vandal. Assez près pour sentir sa chaleur, pas trop près pour ne pas blesser Briss, privée de ce plaisir-là : la chaleur du corps du garçon dont elle est amoureuse. Vandal allume l'ordinateur de bord.

— J'attends qu'Aleteya ait établi une connexion. Je dois entrer les codes du satellite, j'en ai pour quelques minutes, ça ne te dérange pas ?

— Pas du tout.

J'ouvre le livre que Briss m'a offert et je lis la première phrase : *Les familles heureuses se ressemblent toutes ; les familles malheureuses sont malheureuses chacune à leur façon*… Quel drôle de début. Je ne comprends pas. C'est quoi, une famille heureuse ? Je n'ai pas de famille. J'ai ma maman, c'est tout. Est-ce que nous formons une famille ? Est-ce que la famille de Briss est une famille heureuse ? Je n'y ai jamais réfléchi en ces termes. C'est une famille puissante, une famille intelligente, une famille solide… Mais heureuse ?…

Nous roulons ainsi pendant une bonne heure, puis Vita nous rejoint.

— Rien de nouveau. Tes analyses le confirment : ce n'est pas Turgot. Ce n'est pas non plus une infection. Mais je ne sais toujours pas ce que c'est.

— Alors, on a pris la bonne décision, dit Briss, qui a retrouvé un peu de son aplomb légendaire. Quelqu'un a faim ?

Et sans attendre la réponse, elle ouvre les placards, fouille dans les réserves et nous prépare un thé chaud, avec un encas. Nous mangeons en discutant de tout et de rien et en laissant la route défiler sous nos pieds.

Je demande à Vita de nous parler de sa vie chez les Vulnérables.

— C'est une vie simple, je ne m'en plains pas. C'est un peu monotone. La beauté des centres-villes me manque, mes recherches me manquent, l'aventure, le voyage… Mais je suis avec la femme que j'aime, et j'ai le plaisir de vivre une vie juste, de ne pas entretenir un système cruel et inégalitaire.

Sitôt le repas terminé, Vandal allume l'ordinateur de bord. Je demande :

— Des nouvelles d'Aleteya ?

— Pas encore.

— Bon. Si on allait se coucher, dit Briss. Il est tard. Et on doit prendre des forces pour la suite.

Je dis au revoir à Vandal et je rejoins Briss dans notre alcôve, au fond du bus. Le grand lit double occupe toute la couchette et nous nous y glissons comme dans une cachette. D'épais rideaux masquent la vitre arrière, je les soulève pour observer un instant la route que nous laissons derrière nous : un paysage sombre et désert, brouillé par la neige.

On entend tellement de choses sur les territoires interdits : des histoires de pirates, de hors-la-loi, de chiens sauvages... On parle même d'êtres hybrides, contaminés et monstrueux. On parle de bandes de mercenaires échappés de l'armée, d'anciens agents du gouvernement reconvertis en dealers, qui vendent des drogues de synthèse dont les effets sont aussi fulgurants que destructeurs. On parle de filles perdues ; de créatures mi-hommes, mi-animaux ; de transsexuels fabuleux ; de géants... On dit aussi que certains ados ayant reçu la toute première version du sérum, et pour qui la formule a été désastreuse, en ont pris pour quatre cents ans d'une vie d'errance dans les limbes, obligés de cacher au reste du monde leurs corps difformes et effrayants. Mais Vita a démenti. Dès les premières versions du sérum, il y a ceux qui ont survécu – en particulier les femmes –, et ceux qui en sont morts. Pas de monstres que le gouvernement aurait essayé de dissimuler.

— Allez, dit Briss, on dort. Il est bien, ce bouquin ?

— Extraordinaire.

— Ça parle de quoi ?

— Ça parle d'une femme qui est mariée à un type pas marrant et qui tombe éperdument amoureuse d'un…

— Oh là là ! Une histoire d'amour. Je vais pas le lire, alors… Bonne nuit !

— Bonne nuit, Briss.

Elle éteint la lumière et j'essaie de m'endormir. Mais moi, les histoires d'amour, j'aime ça. Je pense à Vandal, étendu à quelques mètres de moi, dans sa couchette. Rien que de l'imaginer, j'ai des picotements dans le ventre et je sens que ma température augmente. Quand, enfin, je sombre dans le sommeil, ce n'est pourtant pas de lui que je rêve. L'*Invader* est là. Il se charge de peupler mes nuits de visions angoissantes, ou même terrifiantes. Je me réveille en sursaut et en nage. Briss est au-dessus de moi.

— Ça va ?

— J'ai fait un cauchemar, rien de grave.

— Tu veux que j'aille chercher Vita ?

— Non, ça va, je t'assure, c'est rien.

— Tu veux un verre d'eau ?

Elle ne me laisse pas le temps de répondre et se lève pour prendre un verre et une bouteille d'eau décontaminée dans le cabinet de toilette.

— Briss, je vais gigoter toutes les nuits, je suis en sueur, je fais des cauchemars… Tu es sûre que tu ne veux pas que je m'installe en haut ? Dans une des couchettes ?

Briss sourit.

— Mmm, je vous vois venir, mademoiselle… La bonne excuse pour aller dormir encore plus près de Vandal.

Je proteste :

— Mais non ! Je disais ça pour te laisser la grande couchette. Vas-y, toi ! Va dormir avec eux. Moi, de toutes les façons, j'ai un mauvais sommeil…

— Non, So. J'aurai toutes les journées pour me reposer pendant que tu t'entraîneras avec Swann. Alors la nuit, je veille. Rendors-toi. Je suis là…

J'obéis. Briss a dû faire peur à l'*Invader*. Parce que cette fois, je sombre dans un sommeil profond, sans rêves.

★

Quand j'ouvre les yeux, le bus est à l'arrêt et je suis seule dans ma couchette. Je tire le rideau et je découvre une lumière nouvelle : ensoleillée mais froide, presque tranchante. Je me lève, enfile un pull sur mon pyjama, passe une seconde au cabinet de toilette pour me brosser les dents. J'en profite pour jeter un coup d'œil à mon image dans le miroir. Je suis pâlichonne, mais en arrangeant un peu ma coiffure, ça devrait aller. Mes yeux marron, tirant vers le vert au soleil, sont mis en valeur par la couleur miel de mes boucles. Je ne suis pas un canon, mais j'ai du charme. En tout cas, assez pour que Vandal me trouve belle. J'enfile une paire de baskets et je parcours le bus désert en appelant :

— Briss ? Vandal ?

Personne ne répond. Quand j'arrive à l'avant, je tombe sur Swann, en train de remonter le couloir.

— Ah, voilà notre héroïne. On t'attendait. Tu es habillée chaudement ? On déjeune dehors. On s'est arrêtés sur un belvédère. Ça vaut le détour.

Il me passe un gros sweater à capuche trop grand pour moi, attrape une petite bouteille de lait de soja dans le compartiment frais, et il me précède pour m'ouvrir la porte du bus. Le spectacle que je découvre alors me coupe le souffle : François, Vandal, Briss et Vita se tiennent debout, côte à côte. Je ne vois que leurs dos, leurs cheveux gonflés par le vent. Vandal se tourne et me fait un sourire. Sa dégaine, sa petite fossette, ses cheveux en bataille… Tout me bouleverse.

— Alors, madame Je Ne Sais Rien, dit Swann, toujours derrière moi. Ça vous plaît ?

Une bourrasque s'engouffre dans ma capuche, je respire un grand coup l'air salé, une sensation nouvelle.

— Ouah.

Je ne trouve rien d'autre à dire. Je n'avais jamais vu la mer.

Dans mon monde, la mer est l'ennemi. Nous gardons en nous le traumatisme des tsunamis et des inondations qui ont suivi l'élévation trop rapide et soudaine du niveau des océans, quand les pôles ont fondu à une telle vitesse que plus rien ne pouvait endiguer le phénomène. Nous gardons en nous les épidémies, les morts, les enfants emportés par les coulées de boue, les villes détruites, les côtes ravagées. Savez-vous qu'avant le déluge, la très grande majorité des humains vivait au bord de l'eau? Mais la mer est là, devant moi, et elle me semble plus belle que menaçante. Elle est... fascinante. Et calme! J'ai vu tellement d'images de vagues géantes. Alors qu'aujourd'hui, elle est presque plate. Nous sommes sur une ancienne route côtière surplombant une sorte de jetée de cailloux, où de petites vagues viennent se briser à intervalles réguliers, au rythme d'un lent battement de cœur. Un rayon de soleil éclaire le sable, dont la teinte dorée striée de rose contraste avec le gris-bleu de l'eau, et le gris plus clair du ciel.

Je m'approche de mes amis et Briss me fait une petite place. Elle me passe un bras autour des épaules. Quelques goélands crient dans le ciel en nous tournant autour, sans doute attirés par une promesse de nourriture. L'horizon s'étale à perte de vue. Pas une construction humaine. Pas âme qui vive. Nous sommes seuls au monde.

Nous nous asseyons sur de gros rochers pour boire un café d'orge bien chaud, à même la Thermos, et des biscuits frais, cadeau de Viktor.

— Il fait beau, on doit en profiter. Je vais incliner les panneaux solaires pour maximiser le chargement, annonce François en se levant. Si on pouvait rester ici une petite heure, ce serait bien. D'ailleurs, il faudra faire ça régulièrement. Je suis un peu inquiet pour nos réserves d'énergie.

— Les radars n'indiquent aucune présence humaine, donc c'est bon, répond Vandal.

Nous restons assis là, respirant l'air salé et l'atmosphère chargée d'une énergie électrique qui m'évoque la liberté. Au moment de repartir, Swann dit à Vandal :

— C'est ton tour, tu conduis.

— Ah bon ? Tu es sûr ? demande Vandal, hésitant.

— On va commencer les entraînements pour le Slamb, explique Swann.

Je souris à Vandal pour le rassurer. Je sens qu'il n'est pas hyper emballé à l'idée de me laisser toute la journée avec Swann. Celui-ci lui fait un clin d'œil, pour bien enfoncer le clou, et Vandal, avec un soupir, s'installe derrière le volant. Briss, Vita, Swann et moi prenons place au salon, transformé en atelier de Slamb. François, qui a conduit une bonne partie de la nuit, monte se reposer.

— Bon, attaque Swann, j'ai eu une idée. On va leur proposer un exercice à deux.

— Un exercice à deux ?

— Pour la partie libre. On va leur dire que toute notre démarche repose sur le travail des neurones miroirs.

— Des neurones miroirs ? Mais on a le droit ?

— Rien dans le règlement ne l'interdit.

— Euh, je ne vois pas comment ils vont faire pour vous départager, proteste Briss.

— T'inquiète.

— Je m'inquiète. Et je ne vois pas l'avantage.

— L'avantage, c'est que je serai avec So pendant chaque épreuve, et qu'en faisant fonctionner les neurones miroirs, on peut plus facilement cacher la maladie de So.

— Je n'en suis pas si sûre, intervient Vita.

— OK, OK... Ne vous faites pas de bile, je travaille en parallèle sur un moyen de pirater les images.

— Quoi ? Tu veux tricher au Slamb de l'Étoile ? Tu sais que le dernier qui a joué à ça est dans les camps.

— Qu'est-ce que tu croyais ? Bien sûr que je veux tricher. Tu comptais faire comment ? Mais t'inquiète, je ne me ferai pas prendre. Il s'agit juste de décaler un peu le circuit des images, pour qu'on ait le temps d'effacer l'*Invader* quand il apparaît.

— Ça ne marchera pas, dit Vita. Ils enregistrent tout et visionnent une deuxième fois le soir, justement pour chercher la faille, la tricherie. Ils ont des spécialistes qui s'occupent de ça. Je le sais. Mon frère est dans l'équipe.

— Ton frère ? demande Swann. Mais c'est une excellente nouv…

— N'y pense même pas, l'interrompt Vita. Mon frère et moi, ça fait dix-sept ans qu'on ne s'est pas parlé. Et je n'ai aucunement l'intention de lui adresser la parole un jour. Mais je peux te dire que c'est un crack. Si l'*Invader* apparaît, il le verra ; et j'imagine que les autres membres de l'équipe sont aussi bons que lui.

— D'accord, je vais bosser sur un autre système. Pour l'instant, on s'entraîne. On fait comme si So n'était pas malade et qu'elle voulait gagner.

— Et toi, pourquoi tu veux gagner ?

C'est sorti tout seul. Je ne sais toujours pas pourquoi Swann, qui est un Affranchi, veut passer le concours de Slamb, ça ne rime à rien. Mais comme d'habitude, Swann se défile. Il me répond par un clin d'œil :

— Encore un peu de patience, madame Je Ne Sais Rien. Bientôt, vous saurez tout.

Chapitre 20

Vita branche le scan à un projecteur.

— Donc, je récapitule, dit Briss. Première épreuve : les émotions. La plus simple et la plus facile à convoquer, je pense, c'est la colère.

— Ou la peur ? propose Vita.

— C'est la partie vraiment débile du jeu, intervient Swann. Elle ne sert qu'à faire de l'audience. Le public adore les filles qui se mettent à hurler comme des harpies et les mecs qui se mettent à pleurer.

— C'est vrai, dit Briss. En réalité, c'est là qu'ils choisissent les candidats les plus charismatiques, ceux qui passent le mieux à l'écran, ceux qui sauront faire du spectacle.

Je soupire en levant les yeux au ciel.

— Super… On ne peut pas dire que je sois vraiment télégénique.

— Ça, tu n'en sais rien, dit Swann. Et puis, ils ne veulent pas non plus que ce soit trop vulgaire.

— De toutes les façons, avant de nous lancer, les interrompt Vita, il faut qu'on parle de cette histoire de neurones miroirs. Comment tu comptes t'y prendre exactement, Swann?

— Je pense leur proposer, justement sur l'épreuve des émotions, de travailler sur l'empathie, faire éprouver mon émotion à l'autre, etc.

— OK, ça peut marcher sur la première phase, mais après? Pour la mémoire? Vous échangez vos mémoires?

— Aucun souci, on forme un tableau commun avec nos deux mémoires…

L'air coquin, il ajoute:

— On mélange nos souvenirs…

— Je ne vois toujours pas quel est le bénéfice de ta proposition, le coupe Vita.

— Le bénéfice, c'est que je peux brouiller les images et que je serai toujours avec So. Et pour l'épreuve de la mémoire, si on mixe nos souvenirs, ça va ralentir la découverte de l'*Invader*.

— OK…, dit Briss en réfléchissant. Et comment tu le justifies?

— Je dis que ça nous intéresse de travailler sur les neurones miroirs. Que c'est l'un de nos sujets préférés en cours, qu'on s'est rencontrés pendant les éliminatoires et qu'on a eu cette idée. C'est validé par les vidéos. On s'est parlé pendant le concours.

— Et pour les *battles*? Tu comptes faire comment? Vous deux contre tous les autres?

— Non, là, je ne pense pas qu'ils suivront. Pour les *battles*, So devra se débrouiller sans moi.

Mais je vais tout faire pour me retrouver contre elle, en finale.

— Pourquoi ?

— Pour la laisser gagner.

— Quoi… ? dis-je. Qu'est-ce que tu es en train de nous dire… Que tu vas faire exprès de perdre ?

— Exactement.

Briss lève les sourcils. Moi, je soupire en m'adossant à mon fauteuil, les bras croisés. Je ne comprends vraiment pas ce qu'il veut. Mais je suis sûre d'une chose, c'est que j'en ai marre de poser des questions. Quand Swann se sentira de m'expliquer, je suis certaine qu'il le fera…

Devant nos mines pas convaincues, Swann rétropédale :

— C'est peut-être une mauvaise idée, finalement, laissez tomber…

— On verra, tranche Vita. Commençons par les entraînements de base : les émotions.

Briss ouvre alors son ordinateur.

— Les cinq émotions de base sont la joie, la tristesse, la peur, la colère, et le dégoût.

— Le dégoût…, répète Swann. Je l'oublie tout le temps, celle-là.

— Pourtant le dégoût est une émotion primaire, dit Briss.

— Censée te garder en vie, ajoute Vita.

Briss développe :

— Ne mange pas ce champignon dégueulasse… Cet oiseau contaminé…

— Ce cadavre, dis-je, juste pour voir la tête de Swann, qui exprime parfaitement le dégoût.

Il fait semblant d'avoir un haut-le-cœur qui nous fait tous rigoler. Je poursuis :

— Je résume : l'émotion est un signal envoyé par mon cerveau pour me faire réagir.

— Oui.

— Et là, je dois envoyer un signal à mon cerveau pour lui dire d'envoyer le cocktail chimique qui correspond à une ou plusieurs émotions ?

— Exactement.

— Comment on fait pour provoquer une émotion ?

— On fait appel à sa mémoire, répond Swann.

— Je suis dans la merde.

— Oui.

— Je peux toujours penser à un truc dégueulasse à manger, comme ça, j'éprouverai du dégoût.

— Pas sûr que tu arrives à conquérir le jury avec ça.

— On peut se concentrer ? intervient Vita. On dirait des gosses.

Nous baissons la tête, et Swann me fait un clin d'œil. Vita poursuit :

— Cette partie du jeu a deux objectifs principaux. Le premier, nous l'avons vu, est de sélectionner les candidats en fonction de leur charisme et de leur sens dramatique. Ne t'inquiète pas, So, tu as plus de charisme que tu ne le penses. Mais c'est sûr qu'on va peut-être éviter de jouer une grande scène de peur ou de tristesse, je ne crois pas que tu sois du genre diva.

— Je ne crois pas non plus.

— Le second objectif est de vérifier que les candidats réagissent bien au scan. Que le signal est clair, pour le dire d'une autre manière. Ça, moi, je le sais déjà. L'autre jour, pendant les tests, tu as très bien réagi. Donc, il faut trouver quelles émotions seront les plus faciles à éprouver pour toi. L'idée est de raconter une histoire, de prononcer des mots, de faire quelque chose (une danse, un chant, un cri...) qui va dessiner un schéma d'émotions ; plus tu convoques d'émotions, mieux c'est. Et bien sûr, si c'est un peu original, c'est un atout. Il faut savoir que c'est l'épreuve la plus courte du Slamb. Tu te pointes sur la scène, tu exprimes une émotion, le dessin formé par le scan de ton cerveau s'affiche, et tu sors. Il faut savoir aussi que c'est très dur, quand on est comme toi un peu introverti. La scène est immense, il y a des milliers de personnes dans le public et tu seras seule au milieu d'un stade immense.

— Sauf si on propose un truc à deux, dit Swann.

— Oui, on a compris, merci. Bien, on va s'entraîner.

Vita pose le neuroscan sur mon crâne.

— Lance-toi, me dit-elle. Tiens, commence par le plus simple : la joie. Tu viens, tu respires, tu souris. Ça devrait le faire.

Je tente de sortir de la pièce, pour faire une entrée en scène, mais les fils reliés au scan m'embarrassent et je me prends les pieds dedans. Swann ricane. Même Vita a du mal à garder son sérieux.

— Leurs neuroscans sont sans fils, ne t'inquiète pas.

Je me plante alors au milieu du bus, le casque sur la tête. En face de moi, sur la banquette, mon public : Briss, Vita et Swann. Swann me regarde avec un petit sourire, mi-tendre, mi-moqueur. On est très loin des conditions réelles.

— Vas-y, souris, me dit Vita, le sourire provoque la joie, pas l'inverse.

Je souris (bêtement). Je vois les regards de Vita et de Briss plonger vers l'écran de l'ordinateur. Elles ont l'air carrément déçues. Je me concentre sur le visage de ma meilleure amie, son soutien indéfectible… Je respire un grand coup et souris à nouveau. Cette fois, je parviens à ressentir un vrai sentiment de joie.

— C'est mieux ! s'exclame Briss en levant le pouce.

— C'est pas mal du tout ! confirme Vita. Au pire, on mettra Briss dans le public et tu la regarderas.

— Oui ? Ça ne va pas suffire, à mon avis.

— Allez, poursuit Vita, on corse un peu le truc : la tristesse.

Je me remets en place et cherche à éprouver de la tristesse. Je pense à ma mère, mais rien ne vient. Je pense à mon père, à ma chambre...

— Là, tu fais marcher ta mémoire, dit Vita, mais l'émotion n'est pas claire.

— Je ne ressens rien, dis-je.

— Ça se voit.

— Je devrais être triste, pourtant.

— Tu peux essayer la peur? propose Briss. Tu sais que nous traversons les territoires les plus dangereux du pays.

J'essaie d'imaginer les monstres que nous pourrions croiser sur la route. Rien.

— Ça ne date pas d'aujourd'hui, dis-je. Cela fait quelques jours déjà que je ne ressens plus rien. J'ai l'impression que certaines de mes émotions sont bloquées. Vous croyez que c'est à cause de l'*Invader*?

— Je ne pense pas, répond Vita. Je pense que tu as mis en place des modes de défense pour ne pas éprouver les sentiments qui te submergent en ce moment. Ce que tu vis est difficile... C'est le moins que l'on puisse dire. Tu as gelé tes émotions pour pouvoir avancer. À long terme, c'est une mauvaise stratégie, mais à court terme, ça fonctionne, c'est de la survie.

— Comment on pourrait faire?

— Je ne sais pas, répond Vita. On pourrait essayer des listes de mots, écrire un texte qui évoquerait des choses pour toi. Tu aimes lire, il paraît.

— Oui, mais elle aime aussi les maths, rétorque Briss. Peut-être qu'une belle équation fonctionnerait tout aussi bien.

— J'aime les recherches sur l'espace-temps, dis-je.

— Ah oui, c'est mieux en effet, dit Vita, il se passe quelque chose quand tu penses à l'espace-temps. Mais ce n'est pas encore ça.

Nous sommes soudain interrompues par François, qui descend des couchettes, l'air endormi.

— Ne vous dérangez pas pour moi, je bois une tasse de café et je vais relayer Vandal au volant.

— OK, dit Swann, je prendrai le tour suivant.

— Très bien, poursuit Vita. Peux-tu nous décrire ton équation préférée ?

— La plus belle, la plus pure, c'est encore et toujours $E = mc^2$, réponds-je.

— Et je peux voir que ça te fait de l'effet, mais il va nous falloir quelque chose de plus spectaculaire, s'il te plaît.

Vandal fait alors irruption. Les cheveux en bataille, son petit air de ne pas y toucher, son sourire en coin, sa chemise à carreaux ouverte sur un T-shirt aux couleurs passées…

— Ah, eh bien, en voilà une belle émotion bien nette et très jolie à l'écran ! s'exclame Briss.

Elle échange un sourire entendu avec Vita.

— On sait à quoi s'en tenir, plaisante cette dernière avec un clin d'œil.

Moi, je regarde Swann. Pas besoin de neuroscan pour comprendre qu'il est jaloux.

*

Le jour suivant, Swann, François et Vandal se relaient au volant. Nous nous arrêtons souvent. Quand il fait beau, pour recharger les batteries, et quand il pleut ou qu'il neige suffisamment, pour remplir les containers. Cela nous ralentit, mais nous n'avons pas le choix. Et Swann dit que ce n'est pas grave, que nous sommes dans les temps. C'est un peu tendu entre Swann et Vandal, mais ils prennent sur eux. Nous avons une mission, plus importante que nos petites histoires entre nous. J'ai encore fait des cauchemars la nuit dernière, mais je constate que les crises sont moins violentes. Je souffre moins de migraines et je me sens presque bien. Vita dit que les exercices d'entraînement pour le Slamb sont probablement bénéfiques. Faire marcher ses neurones, c'est bon pour la santé, tout le monde le sait. Vandal et Swann sont un peu inquiets, car la connexion avec le satellite n'est toujours pas établie et nous sommes coupés du monde. Sans réseau, pas moyen de contacter nos amis à l'Usine. Impossible également d'appeler au secours, si nous avons des problèmes. Heureusement, pour l'instant, nous n'avons croisé aucun pirate et personne n'a attaqué le bus. Sans doute les graffitis nous protègent-ils. Ils sont la marque des Affranchis, et il paraît que les Affranchis jouissent d'une certaine aura dans le monde des marginaux, de tous ceux qui vivent hors du système, soit parce qu'ils l'ont refusé, soit parce que le système n'a pas voulu d'eux.

Nous passons toute la journée à nous entraîner au Slamb et nos efforts paient. Je m'améliore : j'arrive désormais, en démontrant des équations mathématiques, à faire naître de jolies émotions.

— Au moins, c'est original, dit Swann, sarcastique. Si tu peux y ajouter un peu de *drama* et de sexe, tu es sûre de passer.

— Arrête, le gronde Briss. On fait une pause, et cet après-midi, je voudrais que vous commenciez des *battles*. Tu vas ENFIN pouvoir te rendre utile.

— Merci bien, dit Swann, faussement vexé.

— De rien, répond Briss. Et n'oublie pas, je te tiens à l'œil.

Le soir, en attendant que Briss revienne de la cabine de toilette, je regarde par la fenêtre arrière défiler la route déserte : en deux jours, nous n'avons croisé que quelques véhicules. On ne peut pas dire qu'il y ait beaucoup de monde de ce côté-là de l'Étoile. Les roues dessinent de grosses lignes plus foncées sur la couche de neige blanche. Je laisse mon esprit divaguer, et mon esprit fait ce qu'il fait toujours quand on lui lâche la bride : il se pose des questions, il mouline, il doute. Je suis en train de refuser mon destin, et je ne suis pas certaine que ce soit vraiment ce que je veux. Si par hasard je deviens une Lasting, je vais laisser beaucoup de choses derrière moi : ma mère, mon ancienne vie, mon innocence... Et puis Vandal. Vandal a refusé le sérum, lui. Et pourtant, il est prêt à tout pour m'aider. Tout en sachant que si ça marche, nous ne serons plus jamais les mêmes, lui et moi. Briss me rejoint et elle m'ordonne de fermer le rideau. On ne doit pas attirer l'attention. Plus le bus est sombre, mieux c'est. Nous nous allongeons sur notre grand lit-alcôve, et j'ouvre le roman russe. Mais je n'arrive pas à me concentrer.

— Briss, pourquoi tu es si dure avec Swann ?

— Les garçons comme lui, on ne peut pas leur faire confiance.

— Pourquoi ?

— Sophìa ! (quand elle me gronde, elle m'appelle Sophìa). Il se drogue, il se croit malin, il fait des cachotteries.

— Il est gentil, il nous aide alors qu'il sait que je suis amoureuse de Vandal...

Un ange passe. Je peux sentir Briss sourire...

— Celui-là aussi, méfie-toi.

— Pourquoi ?

— C'est un Affranchi.

— Ton frère aussi.

— Oui... Bon. Mais en plus, c'est un artiste. Et puis, tu dois te concentrer sur le concours.

— Briss...

— Oui ?

— Et si je n'avais pas envie de me concentrer sur le concours ?

— C'est pas comme si tu avais le choix...

Nous ne disons plus rien et je finis par m'endormir. Je me réveille en sursaut, après l'un de ces cauchemars étranges où je suis perdue dans un labyrinthe de neurones, effrayée, seule, affamée et frigorifiée. D'habitude, lorsque je me réveille comme ça, trempée d'une sueur glaciale, je trouve Briss penchée au-dessus de moi, me tendant un verre d'eau vitaminée. Mais cette fois, Briss a succombé à trop de nuits sans sommeil et elle dort à poings fermés, ses yeux tressaillant doucement sous ses paupières rosées. Je me lève sans faire de bruit et me dirige à l'avant du bus ; une fois à la cuisine, je cherche un petit truc à grignoter, puis je vais faire coucou à Swann, qui conduit, son casque sur les oreilles, son vapoteur de drogue au bec.

— Eh ! Comment ça va ?

Il a l'air heureux de me voir.

— Tu as un souci ? Besoin de quelque chose ?

Je lui tends un mug de café chaud. Par le pare-brise, j'observe les phares qui ouvrent la route en perçant d'une lueur jaune le brouillard neigeux.

— Non, je... n'arrivais pas à dormir. On est où ?

— On est dans les terres. Pas encore arrivés à l'ancienne frontière de la France. On est obligés de faire des détours. Les routes sont mauvaises, ou alors mal fréquentées... On ne pouvait pas longer la côte, c'était trop surveillé de ce côté-là. Demain, on traverse la forêt.

— Cool.

— Pas cool du tout. Super dangereux.

— Ah.

— Mais ne t'inquiète pas, on sera à Paris dans quelques jours. Tu devrais retourner te coucher. Il fait froid, et si Briss se réveille, je vais me faire engueuler.

— Je ne comprends pas pourquoi vous avez tous peur de Briss !

— Ah ouais ? Tu ne comprends pas ?

Nous éclatons de rire, puis Swann remet son casque et se concentre à nouveau sur la conduite. Avant de partir, je lui chipe sa pipe électronique.

— Pas de drogue au volant !

Et je file. Mais en passant sous l'échelle permettant d'accéder aux couchettes des garçons, je m'arrête net. Vandal est là-haut. En train de dormir. J'ai juste envie de le regarder, histoire de voir à quoi il ressemble quand il s'abandonne au sommeil. Juste envie de sentir son odeur, de profiter quelques instants du grain de sa peau.

« Je vais monter cinq minutes. Et puis je m'en irai sans le réveiller », me dis-je.

Doucement, je tire l'échelle et commence à gravir les barreaux, puis j'avance à quatre pattes dans l'étroit corridor. La cabine de Vandal est située à l'avant, côté gauche. Doucement, je fais glisser la porte coulissante… Il se redresse sur sa couchette, torse nu. Ses cheveux sont ébouriffés. Ses yeux brillants.

— Oups, pardon. Je t'ai réveillé ?

— Non, je ne dormais pas... Je vais bientôt aller relayer Swann. Entre...

Il me fait une place et je me glisse dans l'étroite cabine. Sur la plateforme qui sert de table de nuit, il a posé un livre et sa tablette, et je remarque en fond d'écran une photo que je n'avais jamais vue. C'est une femme, une Éternelle, au regard doux, aux lourds cheveux blonds striés de mèches blanches, remontés en chignon. Je n'ose pas poser de question.

— Ne t'inquiète pas, dit-il en désignant sa tablette. Je n'ai pas abandonné mes recherches. Je continue à travailler sur l'année 2015. Mais sans connexion, je dois me contenter de fouiller ce que j'ai déjà téléchargé, c'est frustrant.

Je m'allonge à ses côtés, pose la tête dans le creux de son épaule.

— Pourquoi tu fais tout ça pour moi ?

Il m'embrasse le haut du crâne.

— Je croyais que c'était évident.

Je ne dis plus rien.

— Je ne veux pas du sérum... Pas toute seule. Je veux dire... pas sans toi.

— Je ne crois pas que tu aies le choix.

Ça fait deux fois qu'on me dit ça dans la même soirée.

— On a toujours le choix. Regarde, vous. Vous avez fait des choix.

Vandal se redresse et prend appui sur son coude.

— Oui, mais nous on n'est pas malades. So, on va aller jusqu'au bout de ce voyage. Pour savoir ce que tu as. Et après, on verra. Chaque chose en son temps. D'accord ?

— D'accord.

Il m'embrasse tendrement et je voudrais que la vie soit aussi simple, aussi évidente que ça.

— Tu devrais redescendre, dit finalement Vandal. Briss va se réveiller et me passer un savon.

— Pffff.

— Et je vais encore faire monter ton taux de machintrucélamine.

— Je sais…

— Et je dois aller relayer Swann.

— Je suis désolée.

— Pourquoi ?

— Pour tout. Pour toi, pour Swann.

Il me prend le visage et m'embrasse doucement.

— Ne sois pas désolée pour moi. Je ne suis pas à plaindre, si ?

— Non…

Je me faufile hors de la couchette et regagne notre cabine. Briss est exactement dans la même position que lorsque je l'ai quittée. Je me couche à ses côtés, sous la couverture, et m'endors aussitôt, bercée par le mouvement du bus.

*

Le lendemain matin, Vandal nous attend à la table du petit déjeuner. Il a les yeux brillants d'excitation.

— J'ai trouvé un truc étonnant en épluchant les photos de Mina. Je n'arrive pas à y croire.

— C'est quoi ? demande Briss.

— Une mosaïque. Une vraie mosaïque, formée par des petits carreaux de faïence, comme dans l'Antiquité. Sauf que celle-ci est sur un mur, à Paris. Elle date de la fin du XXe ou du début XXIe siècle. C'est du *street art*… C'est un de mes dadas, et Mina aussi apparemment, elle adorait photographier les œuvres sur les murs, j'en ai trouvé beaucoup dans ses photos… Regardez…

Il tourne vers moi l'écran de son ordinateur. La photo représente un coin de Paris, une silhouette floue passant sous un joli panneau bleu, avec le nom d'une rue. Et au-dessus de la plaque, un petit monstre, dessiné par l'assemblage de plusieurs carreaux de faïence multicolores imitant les pixels.

— On dirait un *Invader*, dit Briss.

— C'EST un *Invader*, confirme Vandal. Regardez, il y en a d'autres. Elle s'amusait à tous les photographier.

— Mais alors, elle connaissait la maladie ?

Au moment où je pose cette question, je me rends compte de ma bêtise. Briss et Vandal se regardent et je vois dans leurs yeux que l'espace d'un instant, ils se demandent si la bactérie qui affole ma mémoire ne serait pas en train d'attaquer aussi mon intelligence.

— Je pense que le *street artist* qui faisait ça rendait plutôt hommage au jeu vidéo, dit Vandal.

— N'empêche, c'est troublant, murmure Briss. Vraiment troublant.

Soudain, l'écran de l'ordinateur de Vandal devient noir. Paniqué, il tente quelques manipulations, mais rien ne se passe.

— Merde merde merde, mon ordi est mort ?

— Attends une seconde, dit Briss.

Un message apparaît : « *enter code* ».

— C'est Aleteya.

Vandal fouille dans la poche de son pantalon. Il en sort une bandelette de papier froissé qu'il déroule, révélant une longue série de lettres et de chiffres, une vingtaine de caractères qu'il s'empresse de taper sur le clavier virtuel de sa tablette. Puis une nouvelle série d'instructions, qu'il suit scrupuleusement avant d'entrer une autre suite de signes...

— C'est tellement XXe siècle ! dit Briss. Un bon vieux code d'accès à l'ancienne.

Le dessin d'un satellite tournant sur lui-même apparaît. Nous retenons notre souffle.

— Tu es en train de te connecter ? je demande.

— J'espère.

Après quelques minutes interminables, l'ordinateur émet un sifflement aigu et le visage d'Aleteya apparaît dans un carré à gauche de l'écran.

— Alors, les gros nazes ? Comment ça va ?

Nous nous arrêtons sur une ancienne aire d'autoroute déserte. La communication est tellement mauvaise que nous avons aussitôt perdu Aleteya. L'antenne intégrée du poste de commande ne suffit pas, alors François monte sur le toit pour installer une vieille antenne satellitaire qu'il relie à l'ordinateur de bord.

Il fait très froid dehors, mais je ne peux m'empêcher de sortir pour sentir les cristaux de neige sur mon visage. Vandal me rejoint. Il porte un gros sweater à capuche sur une superposition de T-shirts, et un jean qui en a vu d'autres. Il aurait besoin d'une coupe de cheveux et j'ai envie de passer les doigts dans ses mèches où s'accrochent quelques flocons. Autour de nous, le paysage est désolé : de vieux bâtiments rongés par le temps, des bretelles de routes défoncées… À perte de vue, un désert couleur béton, avec la mer au loin.

Vandal me passe un bras autour des épaules. Ce seul contact provoque en moi des réactions si puissantes – moi dont les émotions, récemment, semblent gelées – que je serais capable de partir sans hésiter, au hasard de ces terres hostiles, pour trouver un coin à l'écart où me perdre avec lui. Le désir a cela de magique ; je suis loin de tout, de chez moi, de ma mère, je suis rongée par une maladie indéterminée et lancée malgré moi dans une aventure à l'issue plus qu'incertaine. Je suis perdue, affolée, nauséeuse… Mais Vandal me passe un bras autour des épaules et là, tout de suite, je suis heureuse. Rien ne dure, surtout pas le bonheur, on le sait. Et comme tous les instants, ce petit moment magique est interrompu par Swann qui nous appelle depuis les marches du bus :

— On a la connexion, vous venez ?

Nous nous arrachons au spectacle d'un ancien parking défoncé sous un ciel dégueulasse, décor de notre brève parenthèse enchantée, et remontons dans le bus chauffé et qui sent bon le café d'orge. Sur le grand écran de l'ordinateur de bord, le visage d'Aleteya nous accueille à nouveau. Elle a l'air fatiguée.

— Comment ça va ? Vous avancez bien ?

— Aucun problème, répond Swann. Tout roule. Ce bus est une fusée ! Et vous ?

— On a un petit souci, balance Aleteya d'un air sombre. Ils ont emmené Ulysse.

— Quoi ? demande Briss, affolée.

— Mais ne t'inquiète pas ; il savait que tu paniquerais. Alors il m'avait briefée. Il avait tout prévu. Il va les balader. Ils n'ont rien contre vous, ni contre nous d'ailleurs.

— Mais s'ils le torturent ?

— Ta mère veut te retrouver, pas faire torturer son propre fils. C'était la PS, la police secrète, et pas la police d'État, donc ils n'ont même pas fait évacuer le camp. Dans le fond, ils s'en foutent, ils ont d'autres chats à fouetter que des gosses privilégiés qui veulent vivre à l'écart de la société pour couvrir les murs de graffitis.

Je proteste :

— Ce n'est pas ce que vous faites !

— C'est comme ça qu'ils nous voient. Bref. Il ne dira rien. Vous êtes tranquilles.

— Merde, merde, merde, réplique Briss. Le truc, c'est que je ne comprends pas pourquoi elle fait ça. Si elles ne sont pas idiotes, et elles ne sont pas idiotes, nos mères vont venir nous chercher au Slamb.

— Elles peuvent vous empêcher de concourir.

— À moins qu'on soit plus rapides…

— Bon, dit Aleteya pour conclure. On va éviter les connexions trop longues, pour ne pas se faire repérer. La PS surveille les satellites abandonnés ; heureusement, il y en a tellement qu'il faudrait un gros manque de bol, mais on ne va pas tenter le diable. Tout va bien ? Vous avez assez de vivres ? Assez d'eau ?

— Pas de souci, répond François, les réservoirs sont pleins.

— OK, poursuit Aleteya. On se connecte deux fois par jour, une fois à 10 heures, une fois à 18 heures. On commence demain matin. Ça vous va ?

— Oui, on essaiera de s'arrêter chaque fois, le signal est meilleur.

— Je vous trace, donc je sais que vous n'allez pas tarder à traverser la forêt…

— Yep, répond Swann, le pays des ogres et des sorcières.

— Swann…

— Oui ?

— Soyez prudents.

— Je suis prudent. Et vous, sans Ulysse, vous vous en sortez ?

— Oui, Viktor assure.

— Il n'est pas là ? demande Briss.

— Il est, euh… occupé. Un problème avec les ordinateurs des serres. On a dû tout déconnecter et c'est le bordel. Je lui dirai de venir à la connexion de demain. À demain.

— À demain !

Et elle coupe le signal. Ce brusque retour à notre isolement nous laisse quelques instants sans voix, un peu abattus. Briss est pâle comme un ciel de neige. Swann est le premier à réagir :

— François, tu prends le volant ? On se fait une petite séance de Slamb avec So, mais dès qu'on arrive à l'entrée de la forêt, tu m'appelles. Et dans la forêt, je veux qu'on soit toujours deux à l'avant.

— C'est si dangereux que ça ? demande Briss.

— C'est un peu sauvage, répond Swann.

— Ne vous inquiétez pas, dit François. On gère.

Vandal ne dit rien, mais il me lance un petit regard souriant qui veut dire qu'il est là, et qu'il ne laissera rien de mal nous arriver.

— Allez, l'artiste, lui dit Swann, retourne à tes tableaux ou je ne sais quoi. J'ai besoin que So soit concentrée. On s'y remet.

— Yep, capitaine ! dit Vandal en remontant la fermeture de son sweater. Je monte dans ma cabine.

Vita est déjà en train de brancher un deuxième casque au neuroscan.

— On passe aux exercices de Slamb pur, dit Briss, c'est-à-dire aux joutes verbales autour d'un thème imposé. Vous êtes prêts pour le premier sujet ?

— On n'attend que ça ! fanfaronne Swann.

— Bien. Alors…

Elle marque une pause pour faire durer le suspense.

— L'Éternité, mythe religieux ou concept mathématique ?

— Joli ! s'exclame Vita.

Je proteste :

— Ce ne sera jamais aussi difficile !

— J'ai envie de vous tester, réplique Briss avec un petit sourire. Allez, au boulot ! Vous avez dix minutes pour vous préparer.

Je sais que Briss a voulu mettre Swann à l'épreuve. Elle espère qu'il va patauger et perdre un peu de son arrogance et de sa désinvolture. Sauf que Swann est très intelligent, et je suis mal préparée. J'ai gribouillé quelques idées sur ma tablette, mais rien de vraiment convaincant. Mon cerveau refuse d'organiser les informations, je manque d'inspiration. Swann commence par balancer des phrases inspirées par le thème de l'éternité. Son débit est rythmé, le style pointu, poétique mais pas gnangnan. Je réponds par les noms des chercheurs en mathématiques qui ont travaillé sur l'infini. Je les égrène selon le schéma de l'énumération littéraire, pour que les noms sonnent bien. C'est joli, ma mémoire fonctionne tout à coup hyper bien – je remonte aux philosophes antiques. Mais Swann est plus inspiré. Il parle d'amour, moi de science et de philosophie. Nos cerveaux forment sur l'écran de jolis dessins mouvants, des tableaux chatoyants, explosant dans un mélange de tons chauds et de couleurs vives.

— OK, c'est très joli, dit Vita, très «libre». Sauf que là, vous m'avez fait la *battle* finale, le dernier duo. C'est élégant, mais ça manque de hargne. Je veux que vous cherchiez à laminer l'autre. C'est une bataille à mort. Pas une fresque commune. Et vous pouvez essayer quelque chose d'un peu plus construit? Swann, tu as cinq minutes pour exprimer ton point de vue, So, tu feras les cinq minutes suivantes.

— D'accord.

— On change de thème, dit Briss. Un truc plus académique. J'ai consulté les sujets des années précédentes… Attendez… Tiens. Celui-là, bien chiant: les cinq branches de l'Étoile, histoire et symbolique.

Là encore, Swann me surprend en improvisant un texte libre, très cadencé, presque musical, auquel je réponds par une démonstration assez maladroite, où je me contente de résumer les faits historiques. C'est beaucoup moins réussi.

— So, c'est là que tu as du mal. Les ions envoyés pour colorer les zones du cerveau privilégient la créativité. Dès qu'on est créatif, c'est doré, rouge brique, bleu roi... Tu es trop scolaire.

— Je sais... Je n'aime pas ça... Swann, tu es super doué en revanche. Moi non ! Je ne suis pas une artiste.

— Il faut que tu sois une scientifique créative, intervient Vita. Tous les grands scientifiques le sont.

— Mais je ne suis pas une grande scientifique !

Nous sommes interrompus par Vandal, qui dévale l'échelle menant aux cabines du haut.

— Je peux vous déranger quelques minutes ?

— Mec, tu exagères, on est en plein...

— Je sais qui est Charlie.

— Quoi ?

Vandal pose sa tablette sur la table et nous nous réunissons autour de lui.

— J'ai trouvé. Ce n'était pas un homme, mais un journal.

— Comment ça, un journal ?

— Regardez. C'est ça qui m'a mis sur la voie.

Il nous montre une photo de Mina. Elle pose debout devant une porte cochère et tient devant elle, comme pour le présenter, ce qui ressemble à un magazine papier. Le dessin représente, sur fond vert, un bonhomme avec de gros yeux ronds, une barbe et un chapeau bizarre ; il fait une moue triste, il a la larme à l'œil. Il tient lui-même une pancarte rectangulaire sur laquelle est écrit : « Je suis Charlie », et au-dessus de sa tête, un message : « Tout est pardonné ». Au-dessus du dessin, en lettres droites, le titre : CHARLIE HEBDO, avec dans un petit bandeau rouge : « Journal irresponsable ».

— Ça m'a beaucoup intrigué, poursuit Vandal. Je savais qu'à cette époque, il y avait tout un tas de journaux d'information. Imprimés sur papier. Mais aussi ce qu'on appelait des magazines, sur tous les sujets : mode, histoire… J'ai fait quelques recherches là-dessus. Mais je n'avais jamais entendu parler d'un « journal irresponsable ». Alors j'ai cherché. Ces mecs étaient géniaux.

— J'y comprends rien, gémit Briss, tu pourrais nous expliquer un peu mieux ? Quels mecs ?

— Les mecs de *Charlie Hebdo*. Le truc qu'elle tient dans ses mains, Mina, en fait c'était un journal satirique. C'est-à-dire, en gros, qu'ils se foutaient de la gueule de tout le monde.

— C'était ça, le but du journal ?

— Oui, ils faisaient des dessins drôles, des articles pour critiquer, mais tout le monde y passait : les politiques, les religieux… D'après ce que j'ai pu trouver sur eux, c'était une bande de copains, un peu comme nous, qui publiaient un journal où ils critiquaient l'ordre établi, et se battaient pour la liberté.

— D'accord… Et qu'est-ce qui leur est arrivé ?

— Ils se sont fait massacrer.

— Quoi ?

Je me sens soudain au bord du vertige, de l'évanouissement.

— Ça va, So ? Tu es toute blanche.

— Je me souviens de ça.

— Quoi ?

— J'ai fait un rêve là-dessus, un des rêves bizarres que je fais depuis que je suis malade.

— Qu'est-ce qui se passait dans ton rêve ? demande Swann.

— Ma mère, enfin pas ma mère actuelle, la mère de Mina peut-être ? Elle pleurait, elle pleurait parce qu'ils étaient morts. Elle répétait : ils sont morts, ils sont morts. Ils se sont fait massacrer…

— Et on sait par qui ils se sont fait massacrer ? demande Briss.

— Par des terroristes, répond Vandal.

— Je ne comprends pas, dis-je. Qui aurait voulu massacrer une bande de copains qui étaient contre le gouvernement ? Pourquoi des terroristes ? Les terroristes, en général, ils sont contre l'ordre établi.

— Apparemment, ceux-là étaient contre la liberté.

— Ça n'a aucun sens !

Soudain, une connexion s'ouvre dans ma conscience et des infos surgissent, sans que je puisse dire d'où elles viennent. Des images, des sons, mais surtout, un souvenir qui est à la fois le mien et celui de quelqu'un d'autre.

— Je me souviens…

— Quoi ?

— Je me souviens, je sais… C'étaient des fondamentalistes religieux. Ils ont tué des membres de *Charlie* parce qu'ils s'étaient moqués de leur prophète.

— D'où tu sais tout ça ? demande Briss. Tu l'as lu quelque part ?

— Non. Je le sais, c'est tout.

— Vita, c'est possible un truc pareil ?

— À ma connaissance, non.

— Alors, qu'est-ce qu'il se passe ?

— Vraiment, répond Vita, préoccupée. Je n'en sais rien.

À ce moment-là, la douleur fulgurante que je connais bien désormais me traverse le front, et je m'évanouis.

Chapitre 21

Je suis sur ma couchette, seule. Je me redresse et tire les rideaux. À travers le pare-brise, je contemple pendant quelques instants la nuit noire, à peine éclairée par une neige grise qui tombe abondamment, dans une lueur irréelle. Le bus est arrêté. Je jette un œil à mon image dans le miroir. Mon visage aussi reflète une lueur étrange. Une drôle de pensée me traverse : je suis comme la neige, une réminiscence du passé. Je m'habille chaudement pour rejoindre mes amis, réunis dans le carré cuisine. Ils sont en train de manger. Briss a pleuré, je le vois à ses yeux rouges et à la peau toute douce, à l'ourlet de ses paupières, qui est irritée.

Vandal se lève pour me faire une place sur la banquette. Vita me sourit :

— Ça va mieux ?

— Oui. Ça va.

Elle prend mon pouls, passe la main sur mon front.

— Tu as fait des rêves ?

— Un rêve. Super étrange. J'ai rêvé des saisons.

— Comment ça ?

— Ben, je ne sais pas le dire mieux. J'ai ressenti chacune des quatre saisons : l'automne, le printemps, l'hiver, l'été. Elles formaient des tableaux. Des feuilles mortes et du vent pour l'automne, la douceur et une odeur de fleurs au printemps, le bleu sombre du ciel, les soirs d'été. C'est le froid qui m'a réveillée. Le froid de l'hiver.

— Ta température a dû chuter dans ton sommeil.

— Moi, je crois qu'elle se souvient du passé, dit Briss d'une voix blanche.

— Ce n'est pas possible…, réplique Vita.

— C'est flippant, admet Swann.

— Ça va aller, me dit Vandal.

— Tu as faim ? demande Vita.

— Un peu.

— Tu veux des pâtes ?

François me sert une assiette de pâtes avec des légumes.

— Pourquoi on est arrêtés ?

— On est à l'orée de la forêt. Du coup, on a trouvé un coin tranquille et sûr pour passer la nuit. On essaiera de traverser demain, en une seule journée, si on y arrive.

— Et puis il neige à fond, dit François. On en profite pour remplir les réservoirs d'eau. C'est parfait.

— Et on économise les batteries. On manque de soleil, ces jours-ci.

Le reste de la soirée passe doucement : pendant que les autres jouent aux cartes, Vandal me montre le fruit de son travail. Il a classé toutes les photos de Mina, par genre, thème, couleurs…

— Regarde, me dit Vandal, je crois que ça, c'est la vue depuis la chambre de ton arrière-arrière.

Par commodité, Vandal a trouvé cette expression pour parler de mon aïeule. Soit il l'appelle par son prénom, soit il l'appelle mon « arrière-arrière », ce qui me fait toujours sourire.

— On retrouve cette photo plusieurs fois, poursuit Vandal. À toutes les saisons justement. Je pense que son appartement donnait sur la grande place. Celle avec la statue.

— Et ça, c'est qui ?

— Je dirais… son petit ami ?

— Il est mignon.

Briss nous surveille du coin de l'œil. Le taux de mes neurotransmetteurs la préoccupe. Elle veille.

— Et là, regarde, ce sont ses parents. Enfin, je pense.

Je découvre un couple souriant, devant une sorte de temple grec. Puis les mêmes, à la terrasse d'un restaurant. En arrière-plan, une jetée et la mer.

— Sa grand-mère… Et donc ton arrière-arrière-arrière-arrière…

— Arrête !

Je lui donne un coup de coude. Il me montre la photo d'une dame aux yeux bleu vif et aux cheveux courts. Elle doit avoir dans les quatre-vingts ans, mais on devine qu'elle a été très belle. Elle est assise dans un canapé recouvert d'un plaid à carreaux, et elle porte une robe à petites fleurs. Elle sourit. Une autre photo la montre dans son jardin, en train de brandir un sécateur. *Toutes les familles heureuses se ressemblent*... Cette famille a l'air heureuse. Ce sont mes ancêtres. Leur sang coule dans mes veines. Leurs gènes me constituent. Pour que mon espèce évolue, leurs expériences se sont gravées en moi. Leurs souvenirs m'appartiennent, ils sont mon histoire...

— Et là, j'ai rassemblé toutes les photos que Mina a faites des hommages aux victimes de *Charlie* : les fleurs, les photos... Les dessins à la craie...

— C'est bizarre, c'est... joyeux. C'est tellement coloré, tellement... foisonnant.

— Ça m'a frappé aussi, dit Vandal. J'ai trouvé autre chose. Quelques années plus tard, regarde.

C'est une photo de Mina, plus âgée. Un autre rassemblement, beaucoup de monde. Sur la photo, Mina ne sourit pas. D'ailleurs, l'ambiance générale est tendue. En arrière-plan, on voit un service d'ordre emmener de force un manifestant.

— Apparemment, dit Vandal, elle était à une marche pour le climat.

— Quelle année ?

— 2022.

— Alors les gens se battaient pour le climat en 2022 ?

— On dirait.

— Vandal, tu devrais peut-être arrêter de lui montrer ça ! Ça fait de drôles de trucs dans sa mémoire, proteste Briss.

— Tu préfères que je fasse monter son taux de phlématruc-machin-étaline peut-être ?

Briss lève les yeux au ciel.

— Comme quoi, l'amour est un désastre.

Mais je n'écoute pas. Mon esprit est resté bloqué sur ce que Vandal a dit en dernier.

— Une marche pour le climat…

— Oui, une grande manifestation réunissant des milliers de personnes.

— C'est ça… C'est ça mon souvenir…

— Comment ça ? demande Briss. Quel souvenir ?

— Je ne sais pas… Ce n'est pas tout à fait comme les souvenirs des choses qu'on a vraiment vécues. Mais il y a un endroit en moi qui se souvient, qui sait ce qui est arrivé. Je me souviens de cette journée. Et en même temps, je n'ai pas les détails. Je sais juste une chose…

— Quoi ?

— Ça a dégénéré.

⋆

Allongée sur le dos dans notre couchette, je n'arrive pas à dormir. Je cherche à me souvenir de ce qui est arrivé ce jour-là. Je sais que c'est idiot, puisque je ne l'ai jamais vécu. Mais je ne peux pas m'en empêcher. Comme quand vous avez oublié un nom et que vous l'avez sur le bout de la langue, sur la frange de vos souvenirs. Pour me calmer, je me concentre sur les tout petits bruits qui forment le silence. C'est une méthode de relaxation que m'a enseignée Vita, pour éviter les crises. Tu te focalises sur ta respiration et tu essaies de te connecter à l'instant présent. Je respire, je laisse mes membres se détendre, j'écoute le silence de la neige, de l'autre côté de la fenêtre du bus. La neige a ceci de particulier qu'elle fait un bruit de silence. Un bruit blanc, opaque, mystérieux.

J'ai envie de me lever, mais dès que je bouge un peu, Briss frémit à mes côtés. Pas de doute, elle est en veille. Elle a tellement peur, et je la comprends. Ce n'est pas facile pour moi, mais pour elle, c'est peut-être pire. Parce qu'elle n'a aucun moyen d'action. Elle peut seulement deviner ce qui m'arrive, compatir à ce que je ressens. Elle doit se sentir impuissante, coupable… Des sentiments désagréables.

Pour finir, j'arrive à me lever sans la réveiller et je me faufile dans le couloir. Je tire tout doucement l'échelle qui permet de monter aux couchettes des garçons, rampe sans un bruit le long de la travée centrale… Je gratte à la porte de Vandal qui m'ouvre aussitôt. Je me glisse dans son alcôve et il referme la porte coulissante.

— Tu ne devrais pas être là, chuchote-t-il, tout en me faisant de la place.

Je m'allonge à ses côtés et pose la tête sur son épaule. Il est en T-shirt et en caleçon. Il sent bon.

— Je n'arrivais pas à dormir, dis-je.

— Moi non plus…

— Moi c'est normal, j'ai roupillé tout l'après-midi ! Mais toi, c'est quoi ton excuse ?

— Tu me demandes c'est quoi mon excuse ?

— Ben oui.

— C'est toi, mon excuse ! Je ne dors plus, So… Je pense à toi tout le temps.

— Ah.

J'avoue que je ne sais pas quoi répondre à ça.

— C'est un supplice. J'ai tout le temps envie de t'embrasser, de te toucher… Dès que je suis ici, dans ma couchette, je pense à des trucs.

— Quel genre de trucs ?

— Des trucs, quoi…

Vandal détourne la tête. Je l'oblige à me regarder.

— Quels trucs ? Allez ! Dis-moi, quels trucs ?

Je me presse plus fort contre lui et passe une jambe autour de ses cuisses. Il glisse une main sous mon pull et m'embrasse. Je sens immédiatement que je lui fais de l'effet. Je meurs d'envie d'enlever mes vêtements.

Entre deux baisers, je lui demande :

— Tu l'as déjà fait, toi ?

Il répond :

— Oui…

À la façon dont il cligne des yeux, gêné, je devine que c'était avec Aleteya.

— J'ai envie…

— On ne peut pas, So, j'ai trop peur de te faire du mal.

— Je m'en fous.

— Pas moi.

Je passe une main sous son T-shirt pour caresser sa peau. Il voudrait résister mais il n'y arrive pas. Il m'embrasse, les lèvres, le cou. Il trouve le chemin sous mes couches de vêtements (trois T-shirts et un sweater) pour me toucher les seins. Je lui enlève son T-shirt et il m'aide à me déshabiller. Mon désir me surprend moi-même. Je me trouve audacieuse, sans peur, habile… Pas tout à fait la So que je connais. Je me presse contre lui, et le contact de mes seins contre son torse est soudain l'une des choses les plus merveilleuses qui me soient arrivées. Il m'embrasse, je m'aventure d'une main timide vers la zone de son caleçon. Il gémit, me repousse doucement.

— Il faut qu'on arrête… Je ne vais plus pouvoir répondre de mes actes.

— Je t'en supplie… Je ne veux pas que tu répondes de tes actes.

— Mais si tu as une crise ?

— On s'en fout. Je t'en prie. Je veux le faire.

— So…

Il enfouit son visage dans mon cou.

— Je t'en supplie...

J'attrape ses fesses sous son caleçon et l'aide à l'enlever.

— Viens...

Je veux pouvoir me souvenir de ça.

Chapitre 22

Je me réveille en sursaut. Vandal dort à mes côtés. Par la vitre opaque du minuscule hublot de la couchette, je peux voir qu'il fait jour.

— Merde merde merde…

Je fouille dans le lit à la recherche de mes vêtements… Il se réveille.

— Qu'est-ce qui se passe ?

— Merde, on s'est endormis…

— Calme-toi, dit Vandal en vérifiant l'heure sur sa tablette. Il est super tôt, si ça se trouve, elle dort encore.

— Tu parles.

Je m'habille à toute vitesse, empilant les couches de vêtements. Vandal m'attrape la main.

— Calme-toi. Ce n'est pas grave.

Je me dégage brusquement.

— Elle va me tuer.

— So… Briss n'est pas ta mère. Tu as le droit de faire ce que tu veux.

— Tu ne comprends pas.

— Si si, je t'assure, je comprends, moi aussi elle me fiche la trouille…

— Elle ne me fiche pas la trouille ! C'est mon amie, et elle veille sur moi !

— Pardon, je suis désolé.

Mais il n'a pas l'air de comprendre. Complètement paniquée, je sors de la couchette sans même lui faire un baiser. Je descends doucement les barreaux plats de l'échelle, en essayant de faire le moins de bruit possible. En bas, je tombe sur Swann, un mug de café à la main.

— Hello, bien dormi ?

Je rougis. Il me fait un clin d'œil.

— Briss est levée. Elle est dans le carré cuisine.

— Merde.

— Bah… C'est la vie.

Je retrouve Briss devant une tasse de thé fumante. Elle a l'air abattue. Je m'assieds à côté d'elle et pose une tête sur son épaule.

— Je suis désolée, dis-je.

Elle me prend dans ses bras.

— Désolée de quoi, ma chérie ?

— De m'être… escapadée ?

— Escapadée… Tu inventes des mots, maintenant ?

— Escapade… escapadée… Ça m'est venu tout seul.

Briss a un petit rire.

— Et… c'était comment ?

Je rougis violemment.

— Briss ! Tu m'embarrasses, là…

— Ah oui ? Tu n'avais pourtant pas l'air embarrassée au moment de t'escapader.

— Tu m'as entendue partir !

— Oui.

— Et tu n'as rien dit ?

— So ! Je ne suis pas ta mère…

Je souris. En effet.

— Et puis, tu as le droit de vivre ta vie.

— Mais toi, tu ne la vis pas, ta vie…

— C'est provisoire.

— Briss…

— Oui ?

— Je n'ose pas te le demander.

— Vas-y. On est des compagnons d'aventures… On peut tout se dire, maintenant.

— Bon, d'accord.

Je prends une grande respiration.

— Avec Vik… tu l'as fait ?

— Presque.

— Comment ça « presque » ?

— On est allés loin mais… Bref.

— Tu regrettes ?

— Je regrette quoi ?

— De ne pas l'avoir fait.

Briss me regarde droit dans les yeux, et je retrouve son air à la fois malicieux et déterminé. Ma Briss, quoi.

— Je vais avoir quatre cents ans pour m'envoyer en l'air. Alors tu vois, y a pas d'urgence.

Nous éclatons de rire. À ce moment-là, Vandal entre dans le carré cuisine, penaud. Il est douché et sent bon le savon. Briss lui jette un regard noir, mais en fait elle se retient d'éclater de rire. Faussement désinvolte, Vandal se sert une tasse de café d'orge.

— Je peux… m'asseoir ?

N'y tenant plus, Briss éclate d'un fou rire irrépressible. Nous sommes rejoints par Vita, qui s'empresse de m'ausculter et de me demander comment je me sens. Puis Swann nous interrompt :

— OK, les enfants, fini de se marrer. On va traverser la forêt. Je prends le volant, Vandal, tu as assez dormi ?

— Ouais vieux, arrête s'il te plaît.

— Je suis sérieux. Je veux un vigile à mes côtés, si tu es d'attaque, tu commences. Si tu penses que tu vas somnoler, tu retournes te reposer.

— Fais pas chier, je suis parfaitement réveillé.

— Alors on y va.

Quelques instants plus tard, les vibrations du bus indiquent que nous sommes en route et je me détends. Le mouvement… mon vieil ami. Et puis aujourd'hui, c'est repos. Nous allons traverser la forêt, et personne n'a envie de lancer des sujets et de faire des *battles* de Slamb. Je m'installe avec Briss, Vita et François dans le salon pour une journée détente. Vita sort un vieux Scrabble sur plateau, je prends le livre que Briss m'a offert. Il m'emmène loin, mais pas aussi loin que ma mémoire réveillée, perturbée, fouillée par le petit *Invader*. Je regarde par la fenêtre. Les vitres sont teintées, et de l'extérieur, on ne peut pas nous voir, mais moi je peux observer, entre deux traits de graffitis, la forêt sombre traversée par une route toute droite. Des rangs serrés d'arbres aux branches foncées ourlées de blanc. Bercée par la monotonie du paysage et le ronronnement du bus, je finis par m'endormir. Je fais un rêve affreux où des adolescents et de jeunes adultes crient et tombent sous les balles. L'odeur est celle du sang, mélangé à la poussière. Les cris de ceux qui meurent et les pleurs de ceux qui survivent me terrifient. Je cours dans la foule affolée, je cherche à m'échapper. Je trébuche sur un corps et mon cœur s'emballe. Je me réveille, en sueur. Briss et Vita sont au-dessus de moi.

— Un mauvais rêve ? demande Briss.

— Ce n'était pas un rêve. C'était un souvenir.

— Un souvenir ? Tu es sûre ?

— Oui. C'était une manifestation. On s'est fait tirer dessus. Tu crois que Mina y était ? Pourquoi je m'en souviens ?

— Je ne crois pas que tu te souviennes, précise Vita. Il doit y avoir une autre explication. Es-tu sûre que tu n'as jamais rien lu là-dessus ? Ta mère n'aurait pas eu accès à des informations confidentielles, que tu aurais consultées, quand tu étais petite ? Et ton imagination aurait mis des images sur les mots ?

Je réfléchis.

— Peut-être…

Pourtant, j'ai du mal à l'expliquer, mais je suis certaine que ce ne sont pas des rêves ou des créations de l'esprit. Ces visions, je les ressens comme des souvenirs. Comment est-ce possible que j'arrive à me souvenir de choses que je n'ai pas vécues ?

— On va tirer ça au clair, dit Vita. Je pense que l'*Invader* perturbe ta mémoire et crée de faux souvenirs.

— Tu veux dire que mes vraies expériences vont être petit à petit remplacées par de fausses réminiscences ? Par des visions, des hallucinations ?

— Nous n'en savons rien ! Alors, pas la peine de faire des hypothèses flippantes, intervient Briss.

— En parlant de flippant, dit François, cette forêt m'oppresse. Je vais voir ce qui se passe à l'avant.

— Je viens aussi, dis-je. J'ai besoin de me dégourdir les jambes.

Nous rejoignons Swann et Vandal. Swann, au volant, n'écoute pas de musique et semble hyper concentré. Vandal aussi, assis sur le fauteuil passager, scrute la route toute droite qui disparaît dans le brouillard. Mètre après mètre, les phares ouvrent une brèche dans le mur blême. Nous sommes en plein jour, et pourtant il fait sombre.

— On est loin ? je demande.

— Loin de quoi ? rétorque Swann sans quitter la route des yeux.

— Je sais pas… de la sortie de la forêt.

— Encore 358 kilomètres, répond Vandal. On voudrait arriver avant la nuit. Ensuite on trouve un coin où s'arrêter, et on repart demain, en espérant qu'il fera beau. On a assez de batteries pour tenir encore 500 bornes, mais pas plus.

— Et… Paris ?

— On ne sera plus qu'à une journée de route, même pas, de notre destination finale !

— Le souci, précise Swann, ce n'est pas d'arriver à Paris. Le souci, c'est comment on entre. C'est une zone protégée. Et après, il faut encore trouver le mec. Apparemment, il a changé de nom.

— Je n'avais pas pensé à ça, dis-je.

— Eh ben, moi si, rétorque Swann, et heureusement, j'ai un plan.

— On a un plan, proteste Vandal.

— Ouais. Si tu veux.

— C'est quoi, votre plan ?

Vandal observe soudain son IA de poignet.

— J'ai un message de connexion. Ça vient du satellite.

— Aleteya ?

— Je suppose.

— Ce n'est pas l'heure convenue.

— Qu'est-ce qu'on fait ?

— C'est risqué. Si ce n'est pas Aleteya, c'est qu'on est repérés. Du coup, si on répond, on est cuits.

— Oui, mais il se passe peut-être quelque chose de grave.

— OK, dit Swann, dès que je peux, je m'arrête.

— Euh… Tu ne peux pas t'arrêter au milieu de la route ? On ne gênerait personne.

— Je préfère pas. On serait hyper repérables et vulnérables.

Nous roulons encore quelques kilomètres avant que Vandal ne signale une petite aire de repos, ouverte dans un décrochement de la forêt. Swann gare le bus et François sort pour vérifier les réservoirs d'eau sur le toit. Il revient quelques minutes plus tard, frigorifié.

— J'ai vu une biche !

— Une biche ?

— Je te jure !

— C'est quoi, une biche ? demande Briss.

— Une ancienne espèce. Très rare. Très jolie. De grands yeux.

— On peut sortir ? demande Briss. Je veux la voir !

— Pas question, rétorque Swann, qui est en train d'essayer d'établir le contact avec l'Usine. François, tu peux remonter sur le toit ? L'antenne ne fonctionne pas.

— J'y vais. Elle a peut-être été déconnectée à cause du froid. Parfois, elles se mettent en veille.

— Je sors, décide Briss. J'en ai marre, et j'ai mal au cœur à force de lire dans ce foutu bus.

— Je viens avec toi, dit Vita. Tu veux sortir, So ?

— Je ne sais pas…

— Vaut mieux pas, dit Vandal. On devrait tous rester à l'intérieur, sauf François.

— Mais il n'y a personne, proteste Briss en prenant un sweater. Cinq minutes. J'ai besoin d'air.

Vita et Briss sortent sur la petite aire de parking, regardant autour d'elles dans l'espoir d'apercevoir la biche. Swann reste devant l'ordinateur, attendant que François ait terminé les réglages. Je m'assieds avec Vandal sur les marches du bus. L'odeur de bois et de terre mouillée est nouvelle pour moi. Je prends de grandes bouffées d'air. Vandal regarde son IA toutes les deux minutes. Il espère un nouvel appel à connexion. Soudain, je sens comme une vibration différente dans l'atmosphère, suivie d'un bruit immédiatement familier. Je sais avec certitude, sans savoir comment je le sais, qu'il s'agit d'une rafale d'arme automatique. L'espace d'une microseconde, je pense que je suis sujette à une hallucination, ou un souvenir, un hallusouvenir… Mais Briss pousse un hurlement déchirant et je comprends qu'il se passe quelque chose, ici et maintenant.

— Dans le bus ! ordonne Vandal en se précipitant dehors pour récupérer Briss et Vita.

Figée, je le vois plonger à terre pour éviter une salve de balles. Je sens qu'on m'attrape par la capuche et je me retrouve tirée en arrière par les mains puissantes de Swann, qui me traîne dans le carré de commandement.

— Reste à terre ! Sous la table !

J'obéis, le cœur battant. Terrifiée, j'entends le claquement sec des armes. Un éclat de fenêtre vole en un millier de morceaux de verre. Je ne bouge plus, mon cerveau fait des allers et retours entre aujourd'hui et un passé qui n'est pas le mien. Je me souviens de l'odeur du sang, et ce souvenir se mêle aux cris de mes compagnons. Parmi les gémissements des fantômes qui hantent ma mémoire, je distingue les cris de Briss, les ordres de Vandal et Swann. Puis le plancher se met à vibrer. On repart. Briss et Vita surgissent dans la pièce et se laissent tomber à mes côtés. Avant que j'aie eu le temps de réagir, Vandal entre à son tour, portant François à bout de bras, qui saigne abondamment. Vita sort de sa cachette.

— Il est blessé où ?

— Épaule, répond Vandal en prenant à François l'arme qu'il porte en bandoulière, provoquant chez lui un hurlement de douleur.

— Démarre, démarre, démarre !

Swann fait démarrer le bus en trombe et Vandal se précipite à l'arrière pour défoncer le pare-brise et tenir en joue nos poursuivants. Briss, terrifiée, est à quatre pattes sous la table. Elle fixe le vide.

— Ils sont combien ? je demande.

— Cinq, six…, répond François en serrant les dents.

Vita compresse sa blessure pour stopper l'hémorragie. Je me lève.

— Les armes ? Elles sont où ?

— Il y a un autre fusil dans le cagibi sous les couchettes, répond François avec une grimace de douleur.

— C'est tout ?

— On n'est pas préparés à la guérilla.

— Qu'est-ce que tu fais ? demande Vita.

— Je vais aider Vandal !

Dans le bus lancé à pleine vitesse, je peine à tenir debout, mais je trouve dans le placard un fusil d'assaut, un chargeur et une arme de poing. Je n'ai pas la moindre idée de comment je dois me servir de ça, mais je prends tout et me dirige le plus vite possible à l'arrière. À genoux sur le lit, Vandal pointe une arme sur la route enneigée. Je me faufile à ses côtés.

— Qu'est-ce que tu fais ?

— Je t'aide !

— Reste couchée !

Je jette un œil par la fenêtre brisée : nous sommes pris en chasse par des motards, cinq au total. Quatre femmes en combinaison de cuir blanc, et un homme au visage très pâle et aux yeux cerclés de rouge. Vandal les tient en joue. Les trois motos s'approchent inexorablement. François nous rejoint. Vita a bandé sa blessure.

— Vandal, tu sais te servir de ça ?

— Je crois. J'appuie là ?

— Oui.

François attrape l'arme que j'ai apportée et posée sur le lit. Il ajuste le chargeur et se met en place à côté de Vandal.

— On attend qu'ils soient assez près et on les dézingue. Vise les motos. S'ils arrivent à nous rejoindre on est foutus, ils sont plus forts que nous, mieux armés.

— Et moi ?

— Toi ?

François me tend l'arme de poing, beaucoup plus légère.

— En dernier recours.

— OK.

Les trois motos approchent, de plus en plus près. Nous baissons la tête pour disparaître à leur vue.

François dit :

— Je compte. À dix on se relève, et si je dis feu on tire, OK ?

— OK.

— So, tu restes couchée.

— OK.

— Un, deux, trois…

François égrène les secondes. Le temps s'arrête et Vandal et lui relèvent la tête tout en visant la route.

— Feu ! crie François.

Couchée, la tête entre les mains, j'écoute le bruit des armes. Je me colle contre le mur latéral, en essayant de rester hors de portée des balles tirées par nos adversaires.

Vandal, privé de munitions, se laisse tomber à côté de moi. François pousse un hurlement de bête sauvage.

— Ahhhhhhhhhhhhhh ! Putain ! Allez vous faire foutre !

Il tire une dernière salve et je le vois lever les bras en l'air en signe de victoire. Son bandage saigne abondamment.

Vandal et moi nous relevons et j'aperçois la première des trois motos couchée sur la neige. La femme qui la conduisait s'est relevée. Mais désarmée, elle ne peut que nous observer tandis que nous nous éloignons. Debout sur ses jambes bien droites, elle nous adresse par sa posture guerrière une dernière menace muette. Derrière, les deux autres motos et leurs quatre cavaliers gisent sur le sol. Leur chute a dessiné de grandes traînées rouges dans la neige. Je regarde, effarée, ce spectacle d'une violence inouïe.

— C'était quoi, ça ?

— Des pirates, répond François. Mais on les a eus, putain ! Ouais ! Putain !

Et il s'évanouit.

Quelques minutes plus tard, le bus roule toujours à fond sur la route enneigée. Nous avons allongé François sur la banquette du carré de commandement et Vita est penchée sur lui.

— C'est le choc. Sa blessure saigne beaucoup. Je vais recoudre pendant qu'il est dans les vapes.

De l'avant, Swann nous crie :

— Tout va bien ?

Briss me prend dans ses bras. Elle n'arrive pas à parler et elle est tellement blanche qu'un instant, j'ai peur qu'elle ne soit mortellement blessée. Dans une seconde, elle va s'écrouler dans mes bras.

— Ça va ? je demande, paniquée. Ça va ?

Elle hoche la tête en tentant de reprendre son souffle, elle n'arrive toujours pas à dire un mot. Je l'aide à s'asseoir sur la banquette.

— Reste là, je vais voir si Swann va bien.

Je me précipite à l'avant.

— Swann ! Ça va ?

— Oui… À part François, personne n'est blessé ?

— Non, tout va bien. Tu crois qu'on les a semés ?

— Je sais pas. Mais j'ai l'intention de rouler jusqu'à ce qu'on sorte de ce putain d'enfer.

⋆

Le bus s'arrête, avec quelques soubresauts. C'est ça qui m'a réveillée. Les petites secousses du moteur avant de stopper net. Je jette un œil sur mon IA de poignet. Presque 18 heures. J'ai dormi quatre heures, la tête sur les genoux de Briss. Je pousse la couverture qui nous protège. Il fait froid, à cause du trou béant laissé par la vitre brisée, à l'arrière, que Vandal a colmaté avec une bâche. Briss, encore sonnée, ne dit rien.

— Qu'est-ce qu'il se passe ? demande François, qui dormait lui aussi.

— Je vais voir, dis-je.

Je quitte la chaleur de Briss, qui, sans un mot, tente de me retenir par le poignet.

— Tout va bien. Je reviens.

À l'avant, je trouve Swann, la tête sur le volant, en train de pester :

— Merde merde merde…

Il fait presque nuit et nous sommes arrêtés en plein milieu de la route.

— C'est quoi le problème ?

— Plus de batterie, répond Swann.

— Quoi ? Plus rien ?

— Plus rien. On a roulé trop vite. On a tout bouffé, répond Swann.

— Je t'avais dit de te garer, putain ! dit Vandal.

— Je sais, réplique Swann. Je sais ! J'ai paniqué, OK ? J'ai déconné ! C'est ma faute. J'ai flippé.

— Ce n'est la faute de personne, dis-je calmement.

Vita nous rejoint.

— Qu'est-ce qu'il se passe ?

— Il se passe que nous n'avons plus de batterie, que nous sommes encore dans la forêt et que la nuit est en train de tomber.

— On est coincés au milieu de la route ?

— Exactement.

— À combien de kilomètres de la sortie de la forêt ?

— Trente-sept.

— Trente-sept..., répète Vita. Et on n'a pas de batterie de secours.

— On les a toutes utilisées. On voulait sortir de là.

— On peut demander à François ?

Nous retournons dans le salon, où Briss est toujours là, le regard dans le vide. François, engourdi par la douleur et les antalgiques que lui a donnés Vita, essaie de rester éveillé, assis comme un pantin désarticulé sur l'une des banquettes. Je m'approche de lui.

— François. Tu m'entends ?

— Yep !

Il essaie de se redresser.

— Allonge-toi, reste tranquille. Est-ce que, par hasard, on aurait une batterie de secours ? Dont tu ne nous aurais pas parlé ? Une cachette secrète ?

François sourit.

— J'en ai une.

— Oh putain, le soulagement, dit Swann.

— On peut faire combien de kilomètres avec ? demande Vandal.

— Vingt.

— Quoi ?

— Vingt-cinq au mieux. C'est une batterie de secours pour le chauffage, les appareils. Pas pour rouler, en principe. Mais je peux bidouiller des branchements.

— On pourrait s'en servir juste pour garer le bus ? Et ensuite on passe la nuit sur le bas-côté.

— Oui mais là, vous n'aurez que deux ou trois heures d'autonomie. C'est le démarrage qui bouffe le plus.

— Tu es en train de me dire que soit on se gare, et on a deux heures de jus, soit on tient toute la nuit, mais on doit rester au milieu de la route ?

— Ouais.

— Merde…

— On n'a pas vraiment besoin du chauffage, dit Vita. Si on se met tous ensemble dans une cabine, on se tiendra chaud.

— Ouais, mais ça veut dire, pas de connexion, pas de lumière… On n'a toujours pas eu Alé.

— Rester au milieu de la route, c'est trop dangereux, proteste Vita.

— On sort, dis-je. On va voir ce qu'on peut faire.

Swann, Vandal et moi descendons du bus. La nuit est tombée, et notre gros engin, noir sur la neige immaculée, est arrêté au milieu d'une route déserte, bordée par les rangées d'arbres sombres, dont les feuilles semblent figées. Pas un souffle de vent. Je lève la tête. Au-dessus de nous, dans le ciel clair, brillent des milliards d'étoiles. Tout est couleur encre, sauf la route et la voûte céleste.

— Vous voyez un endroit où on pourrait mettre le bus à l'abri, vous ? demande Vandal.

La forêt est tellement dense que la ligne droite formée par la route est nette et précise, comme tracée à la règle. Dans le silence, un oiseau de nuit pousse un cri. Notre souffle s'échappe de notre bouche en une buée compacte, presque palpable. Nous scrutons l'horizon, à l'affût d'un véhicule, d'un mouvement.

— Ça caille, dit Vandal en se dandinant d'un pied sur l'autre.

— On remonte, dit Swann. On va passer la nuit ici. En espérant qu'il fera beau demain.

— Si on est encore en vie demain.

— Merci pour cette note d'optimisme, So.

— De rien, les gars.

Je plaisante pour ne pas montrer à quel point je m'en veux. C'est à cause de moi si nous sommes ici. À cause de moi si Briss est cassée, si elle ne dit plus rien, si elle regarde droit dans le vide, les yeux perdus. Moi aussi, je devrais être traumatisée. Mais je ne le suis pas, et ça, ça me fiche vraiment la trouille. Même l'arme de poing que m'a donnée François. Je savais m'en servir. J'ai failli m'en servir. Quelque chose en moi se souvient de la violence. Je sais faire. J'ai déjà vécu ça. Et ça me terrifie.

*

Nous nous organisons pour la nuit, en condamnant les couchettes du fond, que nous calfeutrons avec des bâches, pour conserver le plus de chaleur possible, et en nous serrant les uns contre les autres dans le salon, sous des couvertures. Nous avons mis le chauffage au minimum et éteint toutes les lumières. Le rendez-vous de 18 heures est passé, et Aleteya n'a pas rappelé. Vandal et Swann se relaient à l'avant, tapis dans l'ombre de la cabine, pour faire le guet. Pour surveiller l'arrière du bus, Vandal a posté une minicaméra sur le toit, en espérant qu'elle résistera à la température qui ne cesse de chuter. Briss n'a toujours pas dit un mot, même quand Vita est venue lui parler doucement et l'examiner.

— Elle est en état de choc, a-t-elle dit. Je lui ferai une séance demain, quand on sera sortis de là.

— Une séance de quoi ?

— J'ai une technique très simple qui aide le cerveau à classer les traumas.

— OK.

Blottie contre mon amie, je somnole. Mon esprit, comme dans un rêve éveillé, s'élève et je nous vois, petit convoi perdu dans l'immensité blanche et noire de la forêt, seuls dans un monde déserté par la civilisation. Bizarrement, je ne me sens ni perdue ni effrayée. Je sais que la nuit sera longue, mais que l'aube viendra.

Chapitre 23

Vers 4 heures du matin, un bruit de moteur nous tire du sommeil dans lequel nous avons sombré, sans doute engourdis par le froid, serrés les uns contre les autres dans le carré de commandement. Nous retenons notre souffle. La caméra postée sur le toit filme l'arrière du bus, plein est. Rien. Vandal se lève et rejoint Swann, de garde à l'avant. Je prends l'arme de poing et je le suis. Par le pare-brise, nous observons un instant l'épais brouillard, éclairé par une lune pleine, grosse et ronde, pile dans l'axe de la route. Puis, soudain, les phares de deux véhicules. Ils se dirigent droit sur nous.

— Merde, dit Swann, baissez-vous.

Agenouillés sous le volant, nous attendons. Malgré le tapis neigeux qui assourdit tous les sons, j'entends au bruit des roues que les voitures doivent être à notre niveau, à présent, et je supplie en silence pour qu'elles poursuivent leur chemin. Après tout, c'est peut-être la règle ici. On ne se mêle pas des affaires des autres. Mais nous entendons le crissement des pneus et le silence… Des claquements de portière, des pas, une voix masculine.

— Regarde les graffitis sur le bus. C'est des Affranchis.

— Il est vide, tu crois ?

— Non.

— Qu'est-ce qu'ils foutent là ?

— Ils sont tombés en panne.

— Tu as entendu parler d'Affranchis en balade, toi ?

On frappe à la porte du bus.

— Y'a quelqu'un ?

— Putain, on fait quoi ? chuchote Vandal.

— On ouvre, dit Swann.

— Attends… Ils vont peut-être partir.

On frappe encore une fois, plus fort.

— Va chercher le boîtier ! dit la voix de l'homme qui a parlé en premier. On va déverrouiller ce putain de bus.

— Tu vois ? À trois, j'ouvre, dit Swann. Vandal, tu pointes le fusil sur eux.

— Je reste en soutien, dis-je.

— OK, recule, me dit Swann.

Je me retire dans le carré de commandement.

— Vita, Briss, emmenez François, dans le salon, vite.

Je tends le deuxième fusil d'assaut à Vita.

— Si ça tourne mal.

— Toi, tu recules, dit Vita. Je reste dans le carré de commandement.

— Pourquoi?...

— Obéis.

J'aide Briss à porter François et nous le traînons jusqu'au coin salon. Nous étendons notre ami blessé sur une banquette et nous nous glissons sous la table. Briss est pâle et claque des dents.

— Ça va aller, dis-je, ça va aller.

De ma cachette, j'essaie de deviner ce qui se passe à l'avant du bus. J'entends la porte s'ouvrir. J'entends Swann crier:

— Ne bougez pas!

— Service de sécurité. Et vous, qui vous êtes?

— Des Affranchis. On ne fait que passer.

— Qu'est-ce que vous foutez dans les Territoires du Nord?

— On va quelque part. Rejoindre une autre communauté. Côté français.

— On nous a signalé des morts, sur la route vers l'est. Vous savez quelque chose?

— Non. Quels morts?

— Des pirates. T'es tout seul?

— On est trois.

— Tu te fous de ma gueule? Si vous étiez trois, vous ne seriez pas dans un bus.

Je n'entends pas la réponse de Swann parce qu'un autre homme vient de monter dans le bus et que François gémit.

— On va fouiller.

— Non! s'écrie Swann.

Vandal intervient:

— Laisse-les fouiller. On n'a rien à cacher.

Je me dis que Vandal est en train de bluffer. On a un blessé et je suis peut-être recherchée. On a beaucoup à cacher… Swann tente un truc :

— On n'a rien à se reprocher. Laissez-nous passer le reste de la nuit ici. Demain matin, on recharge les batteries et on repart. Vous ne nous verrez plus jamais dans les parages.

— Je sais pas…, dit l'homme. Vous avez l'air de nous cacher quelque chose.

Je n'en peux plus d'attendre, impuissante, tendant l'oreille pour distinguer les voix. Je serre Briss dans mes bras et chuchote :

— Ne bouge pas, je vais voir…

Elle me regarde d'un air hagard, ses yeux me supplient de ne pas y aller. Je ne la reconnais pas. Mais je ne me reconnais pas non plus. Je rejoins Vita dans le carré de commandement.

— Ils sont redescendus, chuchote-t-elle.

— Tu crois qu'ils vont partir ?

— Ça m'étonnerait. Certaines zones sont surveillées par des milices privées. Ce sont des pourritures.

— Merde, qui les paie ? En général, ils sont de quel côté ?

— Pas du nôtre.

L'homme remonte.

— Je veux voir le bus.

— Merde, merde…, dit Vita.

— OK, cède Swann. Entrez.

— Faut qu'on cache François, dis-je en chuchotant.

Trop tard, les deux vigiles sont devant nous. Grands, vêtus de tenues en tissu technique de l'armée, ils nous dévisagent. Swann est hyper tendu, je peux sentir son envie de bondir. Les deux hommes nous poussent et poursuivent dans le bus. Quand Swann passe devant moi, je murmure :

— Il y en a d'autres ?

— Non, seulement eux deux.

— OK.

— Ne fais rien.

— Tiens tiens ! dit l'un des deux hommes. Vous avez un blessé, et la vitre arrière est défoncée. Donc, c'est vous qui avez rencontré les pirates ?

— Ils nous ont attaqués, dit Swann. Nous, on ne faisait que passer. Nous voulons juste nous rendre de l'autre côté de la forêt.

— Ouais. Pourquoi ?

— On rejoint une autre communauté. Pour une alliance.

— Une alliance ?

— Un mariage.

— On ne se marie pas chez les Affranchis.

— Je sais. C'est un peu… un cas à part.

L'un des hommes, celui qui a l'air d'être le chef, sort un vapoteur de sa poche et se met à fumer. L'odeur est âcre, puissante.

— On va vous laisser tranquilles.

Je sens Swann se détendre, mais moi je reste sur mes gardes. Avant même qu'ils le disent, je sais ce qu'ils veulent.

— On prend les filles. Les deux jeunes. On a une batterie dans la voiture. Donc, on va être super sympas ; les deux filles viennent avec nous, on vous offre la batterie…

— C'est impossible, vous le savez bien, dit Swann en parvenant à garder son calme. Si c'est de la provoc, c'est nul.

L'homme se tourne alors vers lui et je vois dans ses yeux passer un éclair de cruauté pure.

— Tu crois quoi ? Tu crois sans doute que j'ai du temps à perdre ? Juste pour te « provoquer » ?

— Laissez tomber, intervient Vandal en pointant son fusil sur celui qui semble être le chef. Maintenant, laissez-nous tranquilles. Assez parlé. Nous non plus, on n'a pas que ça à faire. Sortez.

— Tu te crois malin ? réplique l'homme, menaçant. Tu crois quoi avec ta petite gueule d'ange. Que tu me fais peur ? Tu sais tirer ? Tu as déjà tiré ? Si tu tires, vise la tête. Ma combinaison est pare-balles.

Tout le reste arrive malgré moi, en quelques secondes que je vis comme au ralenti, avec une précision surnaturelle. Au moment où je comprends que l'autre homme, celui resté en retrait, va sortir une arme, je sais ce que j'ai à faire. Ils sont focalisés sur les garçons, et sur Vita, qui tient toujours le deuxième fusil d'assaut. Moi, ils me gardent du coin de l'œil, comme butin, mais ils ne me craignent pas. Ils ont tort. De la ceinture de mon pantalon, dans mon dos, je sors alors l'arme cachée sous mon pull. Elle est à la fois lourde et étrangement légère dans ma main. À l'aveugle, je défais le cran de sécurité et vise le chef.

— Vous n'auriez pas dû nous le dire.

Le coup part et forme un trou minuscule, pile au milieu de son front. Au même instant, son complice réagit mais il est déjà trop tard. Vandal a pointé son arme sur sa gorge, dont la grosse veine frémit comme un oiseau affolé. Je le braque, sûre de moi, l'adrénaline déferlant dans mon cerveau et ma moelle épinière. J'ai le souffle court, un goût de sang dans la bouche, et une furieuse envie de l'exploser lui aussi. Il recule, paniqué.

— Prends ton pote, lui dis-je. Prends ton pote et sors-le de là.

L'homme obéit et traîne son acolyte à l'avant du bus, puis dehors. Une fois dehors, je lui demande :

— Où est la batterie de secours ?

— Quoi ?

— La batterie.

L'homme ouvre le coffre de l'une des voitures, et je repère à cet instant les deux fusils d'assaut dans l'habitacle. Je hurle :

— Recule !

Il obéit. Je donne des ordres à mes deux amis :

— Swann, prends les fusils et la batterie. Vandal, ne le lâche pas. Reste avec ton arme bien pointée sur sa carotide.

Vandal tremble un peu mais il fait ce que je lui dis. Swann charge les armes et la batterie dans le bus. J'ouvre le deuxième coffre. J'y trouve un autre fusil et deux armes de poing.

— Ça aussi, dans le bus.

Swann obéit. Je suis sur pilote automatique. L'homme ne bronche pas, ne supplie pas. Je lui dis :

— Déshabille-toi.

— Quoi ?

— Déshabille-toi. Enlève ta putain de combinaison.

— Mais je…

— Fais ce que je te dis ou je tire.

— OK, OK…

L'homme obéit. Il enlève ses chaussures et se met à sautiller, la plante des pieds brûlée par la neige. Puis il se retrouve nu dans le froid. Je tire huit balles, dans les pneus des deux voitures. Chaque fois, il sursaute en se protégeant les parties de ses mains gelées.

— Entre dans la voiture.

Il se met derrière le volant et je lui balance les clefs. Il grelotte.

— Tiens. T'as de la chance que je te laisse en vie.

Avec mes deux compagnons ébahis, je remonte dans le bus. Tandis que Vandal se charge de brancher la batterie de secours, Swann ferme la porte et se met au volant en suppliant :

— Faites que ça marche, faites que ça marche.

Le bus démarre et Vandal se tourne vers moi, ahuri.

— C’était quoi, ça ?

— Je ne sais pas.

— Tu es qui, en fait ?

— Je ne sais pas, réponds-je. Je ne sais pas…

TROISIÈME PARTIE

Chapitre 24

Nous sortons de la forêt au moment où le jour se lève : un jour radieux, lumineux et clair, qui va nous permettre de recharger les batteries. Celles du bus en tout cas, car nous sommes tous tellement meurtris par les événements de la nuit que nous nous sentons faibles, doutant de pouvoir nous en remettre. Vandal ne me parle plus. Il arrive à peine à me regarder. François dort, assommé par les antalgiques. Briss a un peu retrouvé de ses capacités à vivre et à agir, grâce aux exercices de Vita, mais elle est encore très pâle et ses yeux ont perdu de leur éclat. Quelque chose en elle semble éteint. Notre doctoresse tient le choc, elle en a vu d'autres. De nous tous, les jeunes, c'est Swann qui s'en sort le mieux. S'il est affecté par ce qui est arrivé, il n'en montre rien. Il a conduit sans broncher pour nous sortir de cette maudite forêt. Puis il s'est arrêté, a branché les batteries aux panneaux solaires. Ensuite, il a fait du café et ensemble, nous avons récuré sur le sol le sang laissé par l'homme que j'ai tué. En silence. Qu'aurions-nous pu dire ?

Cette nuit, j'ai appris des choses sur moi, des choses que j'ignorais, et qui me font peur. Je suis forte, bien plus forte que je ne le croyais. Je comprends des situations d'urgence, comme si j'avais été entraînée. Je sais me servir d'une arme. Je vise avec précision. J'ai tué un homme de sang-froid. Certes, il avait l'intention de nous enlever, Briss et moi, sans doute pour nous violer. Mais ce que je ne comprends pas, c'est comment j'ai pu analyser tout cela en une fraction de seconde. Comment mon cerveau a-t-il fait pour évaluer mes chances, défaire le cran de sécurité et tirer pile entre les yeux ? Je sais ce que j'ai pensé à cet instant-là. J'ai pensé : ne vise pas le cou, vise le front, ce sera plus propre. Je connaissais le calibre, des petites balles très puissantes, libérant un neurotoxique. Je savais exactement ce que je faisais. Mais ce n'était pas moi à ce moment-là. C'était cette autre moi, celle qui se souvient des choses du passé, avant le déluge…

Nous sommes à table, en train de manger en silence, quand l'IA de poignet des garçons indique qu'Aleteya cherche à se connecter. Swann se précipite sur le poste du carré de commandement. C'est Ulysse qui apparaît sur le moniteur. Il a l'air soucieux. En entendant la voix de son frère, Briss pâlit.

— Je ne veux pas qu'il me voie, dit-elle.

— Mais pourquoi ?

— Je ne sais pas… Je me sens… mal.

— Viens, on reste à l'écart.

Nous nous mettons derrière les garçons, hors du champ de la caméra, pour écouter la conversation.

— Content de te voir, dit Swann, ça va ?

— Vous, vous allez bien ? réplique Ulysse. On essaie de vous joindre depuis hier.

— On a eu de gros soucis, dit Swann. On a été attaqués par des pirates, François est blessé.

— C'est grave ?

— C'est sous contrôle, intervient Vita. Heureusement, c'étaient des armes classiques, il a perdu beaucoup de sang et je le fais dormir pour qu'il récupère plus vite, mais ça cicatrise. Dès ce soir, il devrait aller mieux.

— Et les autres ?

— On a passé la nuit bloqués dans la forêt…, poursuit Swann. On a été… repérés. Par des miliciens.

— Et ?

— On en a tué un. L'autre, on l'a laissé à poil, dans sa voiture.

— …

— Ulysse ?

— Vous avez tué un milicien ?

— Il voulait prendre les filles. Briss et So. Les emmener. On n'a pas eu le choix.

— Vous devez vous barrer le plus vite possible.

— On recharge les batteries.

— Y en a pour combien de temps ?

— Encore une heure, pour être au top.

— Là, vous pouvez faire combien de kilomètres ?

— 180, 200…

— Barrez-vous. La frontière des Territoires du Nord est à 187 kilomètres d'ici, plein sud. Swann, vous devez partir immédiatement. Vous devez passer l'ancienne frontière française, vous serez plus en sécurité.

— OK.

— Maintenant !

Vandal est déjà en train de brancher la batterie pleine, il laisse les autres en chargement.

— Prends le volant, dit Ulysse à Swann, et passe-moi ma sœur.

Comme le camion démarre, Briss se place devant la caméra. Elle tremble légèrement.

— Ça va ?

— Oui.

— Tu es sûre ?

— Oui, arrête de t'inquiéter. Et toi ? Tu as été… interrogé ? Ils t'ont… torturé ?

— Mais non, tu penses… En revanche…

— Oui ?

— J'ai vu notre mère.

— Quoi ?

— Je crois qu'elle s'est servie de ça pour me voir. C'était une excuse. Elle vous cherche.

— J'imagine.

— J'ai brouillé les pistes. J'ai dit que tu m'avais appelé mais pas que vous étiez venues. Je ne sais pas si elle m'a cru.

— Elle va empêcher So de faire le Slamb ?

— Je ne sais pas… elle est surtout inquiète.

— Tu ne lui as pas dit qu'on allait à Paris ?

— Non. Mais je regrette un peu. Briss, c'est vraiment dangereux, là.

— Tu le savais dès le départ, non ? On n'a pas le choix.

— OK. Tu me donnes des nouvelles tous les jours. Si ça ne va pas, j'appelle les parents.

— On verra.

— Promets-moi.

Briss hésite. Ses lèvres sont toutes blanches et ses yeux verts sont perdus dans le vague. D'un souffle, elle finit par dire :

— Je te promets.

— Bon, je dois y aller.

— Attends, Ulysse !

— Oui ?

— Ça t'a fait quoi de la revoir ?

À ce moment-là, la connexion est coupée.

⋆

Nous roulons, un peu trop vite. François va mieux, il récupère grâce aux soins de Vita. Je frémis en pensant qu'il aurait pu être blessé par une balle agissant irrémédiablement sur le système nerveux.

Hier encore, je ne connaissais pas ce genre de munition. Mais hier encore, je ne connaissais rien du tout. J'étais Madame Je Ne Sais Rien. Je vivais dans un monde où la guerre n'existe pas. Mais le monde dans lequel je vis ce matin est un monde de violence. Et toutes ces choses qui sont remontées à ma mémoire me terrifient.

— Ça date de quand, les balles neurotoxiques ? demandé-je à Vita.

— 2025, 2030. Le principe existait bien avant, mais elles ont été généralisées quand les guerres pour l'eau ont éclaté.

— Je savais que mon arme était de ce type. Comment je le savais ?

— Je n'en ai pas la moindre idée..., répond Vita. Je crois que ça dépasse mes compétences, là.

Comme le bus roule, je replonge dans une sorte de somnolence. Plus question de lire ou de nous entraîner pour le Slamb. Vandal nous rejoint.

— Swann veut que je me repose un peu. Je vais devoir le relayer dans une petite heure.

Il fait froid dans le bus, alors nous nous tenons chaud, à l'abri sous de grosses couvertures. Vandal s'installe loin de moi, à côté de Briss. Ça me brise le cœur, mais je ne peux pas lui en vouloir. Je ne sais pas comment je réagirais si je l'avais vu tuer quelqu'un. Soudain, je me redresse.

— Je me souviens !

— De quoi ? demande Briss.

— La manifestation ! La marche pour le climat… Je me souviens comment ça s'appelait : Jeudi Noir, ou Jeudi de la Honte.

Vandal me dévisage. Il attrape sa tablette, tape quelques recherches.

— Elle a raison, dit-il. C'est bien ça. Le Jeudi de la Honte. Les événements ont eu lieu le 23 juin 2022, à Berlin. Ce jour-là, trois cent dix-sept manifestants ont été blessés ou tués.

— Je le savais, dit Briss. Elle se souvient du passé.

Cette fois, Vita ne la contredit pas.

*

Deux heures plus tard, nous passons avec soulagement la ligne invisible qui marque la frontière entre les territoires appartenant officiellement à l'Europe et les terres du Nord. Nous savons que cette frontière est surveillée, et qu'il y a de fortes chances pour que notre bus passe dans le champ d'un satellite. Même si Swann a brouillé nos IA, il ne faudra pas longtemps aux services secrets pour faire le lien. Alors, ils sauront où nous sommes. Et probablement où nous allons. Nous sommes désormais à l'abri des pirates et des miliciens, mais en revanche, nous pouvons nous faire contrôler à tout moment par la police secrète, ou même tout simplement par les milices de l'Étoile. Ce qu'il faut, c'est arriver le plus vite possible à Paris.

Vandal a pris le volant, après avoir étudié avec Swann un itinéraire par les routes secondaires plutôt que par les routes principales. Ici, les graffitis sur le véhicule nous rendent hyper repérables. Avant la zone protégée qui correspond à l'ancienne région parisienne, et qui s'étend jusqu'à la côte, il reste à traverser une agglomération, une sorte de ville frontière, sinistre, principalement habitée par des soldats et des scientifiques. Nous avons envisagé d'abandonner le bus et de prendre le train, mais nous avons eu peur de nous faire repérer. Et puis, Vita ne veut pas se défaire de son matériel, et François est encore faible. De plus, nos mines pâlottes et nos vêtements sales attireraient l'attention sur nous dans les transports en commun. Quand nous serons sur la zone militarisée, où nous espérons trouver Samuel, nous pourrons nous mêler à la foule de gens bizarres qui gravitent dans ce genre d'endroit. Le problème, c'est d'entrer. L'autre problème, que je n'ose pas aborder, c'est celui de la contamination. J'ai toujours entendu dire que Paris est encore contaminée. Et qu'il est dangereux d'y séjourner sans protection.

Après deux heures de route, le bus s'arrête. Vandal nous rejoint dans le carré de commandement où nous attendons, Briss, Vita, François et moi, engourdis, à moitié somnolents. Je me lève pour faire chauffer de l'eau et préparer un goûter.

— Swann a besoin de vérifier les panneaux sur le toit. Il arrive.

— Alors, demande Vita, c'est quoi votre plan pour pénétrer sur la zone ?

— L'entrée sud est protégée par un système informatique. Il suffit de le pirater, répond Vandal. C'est fastoche.

— Je crois que j'ai une meilleure solution, dit Vita. J'ai encore mon accréditation de médecin gouvernemental. Je peux aller où je veux.

— Mais nous ?

— Vous, vous attendrez dehors. Trop nombreux, on est repérables, c'est dangereux.

— C'est hors de question, dis-je en posant le pot à thé sur la table. Je viens avec toi. Je n'ai rien à perdre.

— Si So y va, j'y vais, réplique Briss.

— Moi pareil, dit Vandal.

L'espace d'un instant, mon cœur s'accélère. Vita soupire.

— Écoutez, vous avez fait appel à moi. Ensuite j'ai accepté de me lancer avec vous dans cette aventure. Je ne le regrette pas. Mais à partir de maintenant, je prends le commandement, vous obéissez. Est-ce que c'est clair ?

Nous acquiesçons. Sauf Swann qui nous a rejoints et qui, adossé à la paroi de l'entrée, croise les bras sur sa poitrine, attendant la suite.

— Le terrain militaire appelé Paris-frontière, créé en 2059, fait environ 120 kilomètres carrés.

C'est là que se cache Samuel. On ne sait ni où il vit ni où il travaille. La ville est précédée, à l'est, par une sorte de zone franche, avec des motels où il est possible de se planquer assez facilement. C'est là que vous attendrez. Il faut que quelqu'un reste avec François et surveille le bus. On en aura sans doute besoin pour la suite. Donc, Briss et François, vous resterez à la frontière, avec Swann. So et Vandal, vous venez avec moi. Si nous trouvons Samuel, il faut qu'il puisse examiner So immédiatement. Y'a moyen de pirater nos IA pour y intégrer des laissez-passer ?

— Je pense, répond Vandal.

Il se tourne vers Swann, qui ne répond pas.

— Monsieur n'est pas content d'être mis sur la touche ? remarque Briss.

Je regarde mon amie. Je sais qu'elle-même est sans doute triste d'être tenue à l'écart. C'est grâce à elle, tout ça, et elle est reléguée au rang de spectatrice.

— Au contraire, réplique Swann d'un ton sarcastique. J'adore l'idée de passer quelques jours avec toi dans un motel.

Briss répond par une petite moue dégoûtée.

*

Une heure plus tard, nous ne sommes plus qu'à quelques kilomètres de l'ancienne capitale de la France. Nous avons traversé la grande banlieue, qui devait être à l'époque un réseau serré de villes et de villages, reliés par des routes et des transports en commun. Aujourd'hui, c'est une zone déserte, fendue par une seule voie routière et quelques lignes de train. Devant nous, s'étend du nord au sud une ville frontière, faite de motels, de gigantesques parkings presque tous à l'abandon, et de quelques hangars de distribution. Swann gare le bus devant un établissement de deux étages, long de plusieurs centaines de mètres : une interminable barre aux vitres opaques, reflétant la couleur du ciel. Devant la réception, en forme d'arche, une enseigne lumineuse indique : « La Frontière. Motel ». Simple. Efficace.

Nous descendons du bus, un peu engourdis, saisis par le froid. Swann, après sa petite blague, a finalement accepté d'assez bonne grâce le plan de Vita. Il prétend qu'il va profiter de ces quelques jours pour fignoler son plan de piratage du Slamb. Briss fait tout ce qu'elle peut pour avoir l'air courageuse, mais je la sens secouée en profondeur. Swann a fait un reformatage de base de nos IA et nous voyageons désormais sous de fausses identités. Pour Vandal et moi, il a même réussi un petit tour de force : nous apparaissons sur le laissez-passer de Vita en tant que stagiaires assistant.e.s.

Vita s'occupe de réserver et de payer deux chambres : une pour Swann et François, une pour Briss.

J'entre avec mon amie dans la petite pièce carrée et blanche. Un lit cabine, un écran connecté, une vitre donnant côté ouest. Côté Paris. Nous nous asseyons sur le lit. Je suis triste à l'idée qu'elle va devoir dormir toute seule dans cette pièce froide et impersonnelle.

— C'est pour quarante-huit heures, grand maximum, dis-je. Le temps qu'on trouve Samuel et qu'il m'examine. On se tiendra au courant.

— Je sais… Ne t'en fais pas. De toutes les façons, je ne suis pas en état de venir avec vous. Je suis moins forte que ce que je pensais.

— Tu es la personne la plus forte que je connaisse, Briss. C'est juste que la pression a été un peu… démesurée, non ?

Elle sourit. Un sourire pâlot.

— Et puis, tu dois te concentrer sur ta prochaine mission de super coach… Si j'arrive à passer le concours.

— Tu vas y arriver.

— Je sais…

Pour la première fois depuis le début de cette aventure, je ne dis pas ça pour lui faire plaisir. Pour la première fois, j'ai vraiment envie de trouver ce qui cloche chez moi, et de tout faire pour y remédier. Comme si elle lisait dans mes pensées, Briss me dit :

— Tu le sais que ce n'est pas toi le problème ?

Je réponds avec un petit sourire en coin :

— Oui, enfin, je suis un peu bizarre, tout de même… J'ai des souvenirs qui ne sont pas les miens, je sais des trucs que je n'ai jamais appris et je suis capable de…

Ma voix se brise au moment où je vais dire « de tuer quelqu'un ». Briss me prend dans ses bras. Elle me serre fort contre elle. On frappe à la porte. C'est Vita.

— Il faut y aller. Je veux qu'on entre avant la nuit.

Nous nous faisons un ultime câlin, et Briss m'accompagne sur le parking. Je lui adresse un dernier signe de la main avant de m'éloigner. Je n'ai plus rien. À part un petit sac à dos, la peur au ventre, la joie d'oser aller au-delà du monde connu, l'impatience de découvrir ce qu'il reste de Paris.

Chapitre 25

Alors que le jour décline et que le soleil se couche à l'ouest dans un flamboiement surréaliste, nous passons en autotaxi le checkpoint de l'entrée nord-est. Ici, pas de frontière virtuelle, mais un lourd portail en acier et des clones armés, qui étudient nos laissez-passer et scannent le véhicule, tandis que nous attendons, paralysés par l'appréhension. Je suis assise en face de Vita, à côté de Vandal, qui n'a toujours pas décroché un mot. Parfois, je me dis qu'il faudrait qu'on parle. Mais parler de quoi ? Finalement, le soldat donne l'autorisation et notre véhicule sans chauffeur se remet en route. Vita indique alors une adresse au GPS : angle dix-neuvième rue et troisième rang, zone 2. Je retiens mon souffle. J'y suis. Je suis à Paris. Je colle mon nez à la vitre pour essayer d'apercevoir un paysage que j'ai tant de fois cherché à imaginer. Mais pour l'instant, nous roulons entre des baraquements modernes, neutres, fonctionnels. J'ai enfin osé demander à Vita ce qu'il en était de la contamination. Elle a répondu avec un peu d'agacement que ce sont des mensonges pour tenir les gens éloignés de cette zone ultrasensible.

— Si c'était contaminé, on ne serait pas là, je ne suis pas cinglée.

Puis notre véhicule s'engage sur une sorte de voie périphérique, avant de bifurquer pour prendre une bretelle surélevée. En passant sous les panneaux, je distingue l'indication : zone 2. Soudain, sans prévenir, Vita ordonne à l'IA de notre voiture de s'arrêter. Le véhicule se gare sur une aire d'arrêt d'urgence.

— On ne peut pas sortir, dit Vita, mais regarde.

Elle baisse la vitre. Nous sommes sur une sorte de plateforme en bord de route, dominant une vaste plaine peu éclairée, occupée sur plusieurs kilomètres par des rangées de bâtiments gris. La ville ressemble à un alignement de casernes, toutes plus ou moins semblables, séparées par des rues étroites et quelques voies plus larges : un gigantesque camp militaire, traversé par un ruban sinueux. Quand je comprends qu'il s'agit de la Seine, mon cœur s'arrête. En suivant le cours du fleuve, mes yeux remontent, plein ouest, jusqu'à la célèbre digue, dernier rempart entre la ville et l'eau. Et dans cette horizontalité monochrome et sombre, surgie du passé, se dresse une construction fantomatique et reconnaissable entre toutes : la tour Eiffel. J'attrape la main de Vandal.

— Je ne savais pas qu'elle était encore debout.

— Elle fait office d'antenne relais, me dit Vita. Et vers 2075, elle a aussi servi de paratonnerre aux scientifiques qui travaillaient sur les orages et les tornades.

— C'est tellement…

— C'est aussi un symbole du passé. Les gens qui bossent ici aiment à penser qu'un jour, Paris renaîtra de ses cendres. Tu connais la devise de la ville, à l'époque ?

— *Fluctuat nec mergitur.*

— En effet. « Battue par les flots, elle ne coule pas. »

— Et c'est vrai. L'océan a monté, il était tout proche… Mais Paris n'a pas été engloutie.

La zone 2 occupe aujourd'hui les quartiers correspondant, à l'époque de Mina, aux arrondissements périphériques, les plus excentrés. De près, les bâtiments militaires sont moins sinistres, construits dans une sorte de matériau gris clair, ornés de quelques sillons et coursives qui coupent un peu l'effet cubique de l'architecture. Le matériau, sous ses airs de simplicité, est un composite antiradiations hors de prix, un énorme investissement de l'Étoile lorsque le gouvernement a décidé de transformer les ruines de Paris en un centre de recherche et de décontamination. Ici vivent les meilleurs militaires scientifiques du monde, leurs familles, quelques gradés, du personnel pour faire tourner tout ça et, bien sûr, une poignée d'espions, d'aventuriers, de marchands...

La voiture nous dépose devant notre hôtel, bien plus moderne et accueillant que le motel où nous avons laissé nos amis. Nous nous retrouvons avec nos quelques bagages, sous un auvent protégeant un tapis rouge foncé. Vita présente son IA au groom qui actionne l'ouverture de la porte vitrée et nous pénétrons dans l'établissement, simple, sobre, assez chic, mais sans le charme de l'hôtel où nous avons dormi avec Briss il y a presque trois semaines. Trois semaines qui me semblent une éternité.

Vita a réservé trois chambres en enfilade. La sienne et la mienne sont équipées d'une porte communicante. Je peux l'appeler à tout moment. Les chambres sont petites et fonctionnelles, avec une banquette sous la fenêtre, couverte de coussins beiges. De là, je ne vois pas la tour Eiffel, mais je peux apercevoir le ciel barré de gros nuages gris, avec des nuées d'oiseaux de mer. Nous sommes si près de l'océan. Tout près. Comme mes camarades, je commence par prendre une longue douche chaude et enfiler des vêtements propres et basiques que Vita a commandés et fait livrer dans nos chambres. Je me regarde dans le miroir, habillée comme tout le monde de l'uniforme Lasting dernier rang – pantalon et sweater dans les tons bleu-gris. Puis nous nous retrouvons dans la chambre de Vita pour faire le point.

— On va prendre une bonne nuit de repos et demain, nous partirons à la recherche de Samuel.

— Tu as un plan ? demande Vandal, et sa voix, que je n'ai pas entendue depuis des heures, résonne dans mon ventre.

— Je vais lui faire passer des messages dans plusieurs endroits de la ville, et après ça, nous n'aurons plus qu'à attendre.

— C'est lui qui nous contactera ?

— Ou pas..., répond Vita.

Vandal soupire. Je sens qu'il déteste ce plan, trop passif pour lui. Mais il n'en a pas d'autre.

— Allez, dit Vita, je vous offre le dîner. Le restaurant est bien, dans cette chaîne. Vous avez déjà mangé du poisson ?

— Merci, répond Vandal. Mais je suis fatigué. Je n'ai pas beaucoup dormi, ces derniers jours. Si vous voulez bien m'excuser, je vais aller me coucher direct.

— OK. Il y a des chips de légumes et d'insectes dans le minibar, si tu veux.

— D'accord, merci.

Il se lève et quitte la pièce. Je me retrouve assise sur le lit de Vita, soudain triste à mourir, vidée de mes forces.

— Je suis désolée..., me dit Vita. Ça lui passera.

— Je ne crois pas...

— Tu veux que je t'examine ?

Je souris et me lève.

— Non. On va manger ?

Nous passons la soirée toutes les deux. J'apprécie d'avoir retrouvé un peu de confort, et je parviens à dépasser mon dégoût pour tenter le poisson, qui est délicieux. Nous parlons de tout et de rien. De mon quotidien chez les Lastings, de son quotidien chez les Vulnérables. De la femme de sa vie, qui est professeure, comme ma mère. Puis, nous allons nous coucher. Il n'est que 22 heures mais je suis tellement fatiguée que j'ai l'impression qu'il est 4 heures du matin. Le temps de cette journée, de cette soirée, s'est distendu. Pourtant, lorsque je m'allonge, je ne parviens pas à trouver le sommeil, perturbée par des pensées agitées et l'envie de me lever pour aller frapper chez Vandal. J'attends. J'attends tellement qu'il vienne me prendre dans ses bras, me dire qu'il comprend, que je n'avais pas le choix. Quand enfin je sombre, l'aube pointe derrière le store gris de la fenêtre.

*

Trois heures plus tard, je descends dans la salle à manger, où je trouve Vandal devant un bol de céréales et de lait de soja, en train de regarder les infos sur le Réseau. Je m'assieds en face de lui. Je suis tellement fatiguée que tous mes membres me semblent lourds, mon estomac est douloureux, mes yeux tirent.

— Ça va ? demande Vandal.

— Très bien. (J'indique la tablette sur laquelle il consulte les nouvelles.) On parle de nous ?

— Non. Je voulais vérifier.

— Où est Vita ?

— Elle descend, je suppose. Bien dormi ?

— Vandal, je…

Mais je n'ai pas le temps de terminer ma phrase car Vita arrive à ce moment-là, vêtue d'une combinaison pâle égayée par un collier en grosses pierres.

— So, tu as une mine épouvantable. Tu devrais peut-être rester à l'hôtel.

— Je ne peux pas. Je veux voir Paris… Je vous en supplie.

Elle hésite un instant, puis elle répond :

— D'accord…

*

Vita a réservé un taxi. Paris n'est plus une ville que l'on parcourt à pied, que l'on visite. Je suis collée à la vitre, essayant de retrouver dans les rues droites et les bâtiments tous identiques les vestiges de la ville de Mina. Nous traversons la Seine et je découvre les anciennes digues, qui ont servi à protéger les Parisiens de la montée des eaux et qui canalisaient le cours du fleuve pour le diriger vers les stations d'épuration.

— Ce n'est pas exactement le Paris de ton ancêtre, dit Vita.

— Non. Mais on a de la chance, dit Vandal en me montrant les immenses roues à aubes qui recyclaient le courant en énergie. Ce sont les bases du modèle écologique inventé après les Grandes Eaux. Peu de gens ont le privilège de voir ça.

Notre voiture nous dépose devant un immeuble plus haut que les autres, avec une large porte vitrée ouverte sur un boulevard : l'Institut Militaire de Recherches Génétiques. Vita montre son laissez-passer aux gardes et nous pénétrons sous des portiques de sécurité. Nos squelettes décharnés s'affichent sur l'écran de surveillance. Je ne peux refréner un rire devant l'air embarrassé de Vandal, sa silhouette dégingandée mise à nu par le scan.

— T'inquiète, lui dis-je à l'oreille. Tu as une très jolie ossature.

Il laisse échapper un sourire. Nous suivons Vita à la réception.

— Bonjour, dit-elle à la ravissante robote qui nous accueille. J'ai rendez-vous avec Balthazar Lioumichenko.

La réceptionniste consulte son agenda.

— Vous devez faire erreur. Nous n'avons pas de Balthazar Lioumichenko.

— Tiens. C'est étrange. J'ai pourtant rendez-vous aujourd'hui – elle lui montre un courrier de convocation sur son IA. Pourriez-vous vérifier à nouveau ?

La clone vérifie, entre le nom dans sa base de données. Pendant ce temps, je concentre mon attention sur ses sourcils parfaitement dessinés. J'essaie de deviner la texture de sa chair parfaite, sans défaut, sans naturel. Je sens monter une migraine et je sais que me concentrer aidera peut-être à faire passer la crise.

— Je suis désolée. Je n'ai rien. Voulez-vous que j'appelle un responsable de service pour lui demander s'il sait quelque chose ?

Vita fait semblant d'hésiter.

— Non… Je ne comprends pas. Je vais consulter ma hiérarchie, je vous remercie.

Sur le trottoir, je demande :

— C'est qui, Balthazar Lioumichenko ?

— C'est un nom de code, non ? suggère Vandal. On va le demander un peu partout dans la ville en espérant qu'il s'est programmé une alerte quand ce nom apparaît sur certains réseaux.

— Exactement, dit Vita. C'était notre ancien *safe word*, quand on bossait ensemble sur le Turgot. Mais rien ne dit qu'il l'a paramétré dans sa nouvelle vie. Je tente juste le coup. Allez. La suite.

Elle hèle un taxi maraudeur, et nous avons la surprise de découvrir, en ouvrant la porte aux vitres teintées, un vrai chauffeur. Vita semble hésiter une seconde, puis elle sort de son sac des billets, d'anciens billets d'une monnaie que je ne connais pas. Vandal écarquille les yeux. Elle les tend au chauffeur.

— Vous pouvez rester avec nous toute la journée ? On doit sillonner la ville, et on n'a pas trop envie que tout le monde sache où on est.

— Je sais pas. Je dis quoi, moi, madame, à mes employeurs ?

— Vous n'avez pas d'employeur. Vous bossez en indépendant.

— J'ai des comptes à rendre.

— Vous trouverez. Déconnectez le GPS, s'il vous plaît.

Le chauffeur hésite, puis empoche les billets.

— OK. On va où ?

Deux heures plus tard, nous avons laissé le même message à la Capitainerie des Armées, au Centre Militaire de Biologie Médicale, et à la conciergerie de la résidence (qui s'étend sur tout un bloc d'immeubles) où sont logés les principaux chercheurs.

— On va s'arrêter là, dit Vita. Je ne veux pas attirer l'attention des autorités. On passe aux endroits moins officiels. Samuel est un bon vivant : il adore manger et surtout, il adore les endroits un peu *underground*. C'est pour ça que le chauffeur va être utile.

En remontant dans le taxi, elle demande :

— Vous iriez où pour déguster le meilleur poisson cru de la ville ?

Le taxi démarre.

— Moi, c'est mort, je bouffe pas de poisson cru, me dit Vandal.

Yassoul, notre chauffeur, est un gars immense, trop volumineux pour son véhicule. Il a des yeux bleu glacier et une barbe tirant vers le roux. Il nous dépose en zone G, dans une rue parallèle à la jetée. Ici, les maisons sont plus petites. Ce sont pour la plupart d'anciennes constructions de fortune, érigées à la hâte pour loger les ouvriers qui bossaient sur la digue, puis réhabilitées pour les mettre aux normes. Nous pénétrons dans une immense pièce très haute de plafond, décorée avec des objets XXe siècle ayant tous un rapport avec la mer : des faux requins aux dents acérées, des ancres de marine, et même un ancien yacht de croisière, sur lequel on doit monter par un ponton pour accéder au bar.

Vita s'approche d'un comptoir d'accueil, derrière lequel un être et féminin et masculin, les cheveux coupés très court, les yeux violemment maquillés, nous reçoit.

— C'est pas un clone, me dit Vandal.

— Tu crois ?

— Sûr, regarde bien.

En effet, j'observe ses sourcils, qui semblent naturels sous une épaisse couche de maquillage trop blanc.

— Nous avons une table de réservée. Au nom de Balthazar Lioumichenko, dit Vita.

— Non, je regrette. Je n'ai aucune table réservée à ce nom.

La voix est plutôt celle d'un homme.

— Ah ? Et au nom de Vita Corleone ?

— Rien non plus.

— C'est ennuyeux.

Vita prend un air vraiment contrarié.

— Je ne sais pas quoi faire. Vous avez une table de libre ? Il a sans doute oublié de réserver, il est distrait. Mais nous pourrions l'attendre.

— Je vérifie… Je devrais pouvoir m'arranger, suivez-moi.

Notre hôte/hôtesse, qui s'appelle Tsunami – en tout cas, c'est ce qui est indiqué sur son badge –, nous guide jusqu'à une table à l'écart.

— Ce n'est pas notre meilleure table, mais c'est tout ce que je peux faire.

— C'est parfait, répond Vita. Alors, les enfants, vous avez faim ?

J'ai la nausée, et Vandal a le tournis, au milieu de tous ces poissons, mais nous répondons en chœur :

— Très faim !

*

Quand nous sortons du restaurant – je n'ai presque rien mangé, en revanche le poisson cru est une révélation pour Vandal, il a dévoré son assiette, puis la mienne –, notre taxi nous attend. En montant, Vandal se penche vers le chauffeur.

— Pouvez-vous nous déposer à cet endroit ?

Il lui montre des coordonnées GPS sur son IA.

— C’est quoi ? demandé-je.

— Vita, vous permettez ? dit Vandal en ignorant ma question.

— Bien sûr, répond Vita, qui semble au courant, contrairement à moi.

Une demi-heure plus tard, nous passons les checkpoints de la zone 1, correspondant aux quatre arrondissements les plus centraux du Paris de Mina. Au garde qui nous demande ce qu’on vient y faire, Vita répond :

— Tourisme.

Ici, les bâtiments modernes ont laissé place à des immeubles en pierre. Notre taxi s’arrête alors sur une vaste place rectangulaire, bordée côté nord par des constructions en pierre majestueuses.

— Voilà !

Nous sortons. Dans la brume neigeuse se détachent les lumières chaudes d’un hôtel de luxe, de quelques boutiques de vêtements pour Lastings haut placés, et des restaurants qui ouvrent sur les trois autres pans du quadrilatère. Bien sûr, la statue n’est plus là. Mais je reconnais l’endroit immédiatement.

— C’est la place de la République, me dit Vandal. Enfin, c’était. J’ai retrouvé les anciennes coordonnées GPS.

Le ventre me brûle, les yeux me piquent, mon cœur explose. Je bredouille :

— Merci.

C'est un beau cadeau, un cadeau qui mériterait un baiser.

— Il faut y aller, nous secoue Vita. Je vais vous déposer à votre hôtel, et je vais continuer à chercher Samuel.

— On vient avec toi !

— Non. So doit se reposer. Et quelqu'un doit rester avec elle.

À l'hôtel, je prends une douche bouillante, puis m'assieds sur mon lit. Depuis plusieurs heures, j'ai réussi à endiguer les crises, mais je sais qu'il faut que je me repose si je ne veux pas que le petit *Invader* me mette plus bas que terre. Je le sens. Dans mon cerveau. Il explore, il fouine. Ce n'est pas une sensation physique. C'est un piratage de mon esprit, qui s'exprime par des pensées fantômes, de légers déphasages, parfois des douleurs ou de petits clics. Je sens aussi que j'apprends à gérer. Je ne le contrôle pas encore, mais je limite ses effets, je reprends le dessus. Les exercices de méditation de Vita aident beaucoup. Respirer. Se concentrer sur sa respiration. Se concentrer sur l'ici et maintenant. Calmer ses pensées.

C'est ce que je suis en train de faire quand Vandal frappe à la porte. Il a les cheveux mouillés et son T-shirt est humide. Il s'assied à côté de moi sur le lit, silencieux. Au bout d'un moment, il dit :

— J'ai eu les autres. Ils vont bien. François récupère.

— Ah. Et Briss, ça va ?

— Ça va. Je lui ai raconté notre balade. Je voulais venir te chercher, mais elle m'a dit de te laisser te reposer.

— Merci.

Nous restons quelques minutes silencieux. Il m'en veut. C'est palpable. Il finit par dire :

— Je suis désolé. Je n'y arrive pas.

— Je sais.

— Je n'arrive pas à m'ôter cette image de toi de la tête. Ça brouille tout.

— Je sais, c'est bon, arrête.

Mais il n'arrête pas.

— J'ai l'impression d'être tombé amoureux de quelqu'un, et puis... En fait, ce n'est pas la même personne. Alors que... Je suis encore amoureux de toi ! J'ai envie de toi...

Je retiens mon souffle.

— Mais je te revois, tuant ce mec, ordonnant à l'autre de se déshabiller, et...

— Et ce n'est plus la gentille petite Sophìa, celle qu'il fallait aider, celle qui était vulnérable.

— Non !

— Si, Vandal. Vous êtes tous pareils, en fait. Vous avez beau être des Affranchis, vous avez beau être les rejetons de mères surpuissantes, les femmes ont beau avoir prouvé qu'elles sont plus résistantes, plus fortes...

— So, ce n'est pas ça...

— Si ! C'est ça !

Je m'aperçois que je viens de crier.

— Vous voulez une fille à protéger, à entourer de vos bras puissants. Je suis une autre fille que cette fille-là, et crois-moi, ça me fout les jetons à moi aussi. Je suis quelqu'un que je ne connais pas. J'ai un truc qui me bouffe le cerveau et qui essaie de prendre possession de ma mémoire, je ne sais pas si je vais vivre ou mourir. Je voudrais le sérum pour guérir, et en même temps je fais quoi, moi, avec toi ? Si je deviens une Lasting ? T'inquiète. Je comprends parfaitement. Je ne suis pas la petite amie idéale.

— Je n'ai jamais cherché la petite amie idéale.

— Je suis trop compliquée. C'est trop compliqué.

Il ne dit rien ; qui ne dit rien consent, non ? Une petite partie de moi – de ce moi qui reste indéfinissable en ce moment – voudrait qu'il se jette à mes pieds en me disant qu'il s'en fout et qu'il m'aime et que notre amour est plus fort que tout. Mais quel amour est plus fort que ça ? J'ai quinze ans, il en a dix-sept. Il voulait, je voulais juste tomber amoureux, découvrir le désir, et puis grandir. Mais ça ? Rien n'est plus fort que ce qui me dévore. Surtout pas un amour d'ado. Je le sais. Je suis bizarrement assez mûre pour le savoir.

— Je ne comprends pas pourquoi tu es encore là, dis-je. Rentre. Retourne à l'Usine.

— Je ne peux pas…

— Bien sûr que tu peux. D'ailleurs, je te le demande. Dès qu'on sort de la zone militaire, Swann te bidouillera une identité et tu pourras rentrer en train. Vous avez des procédures, des voitures qui peuvent venir vous chercher, non ?

— C'est pas si simple. Toutes nos forces sont mobilisées pour toi, So.

— Ah, c'est ma faute, évidemment.

— Non ! C'est pas ce que je voulais dire.

— Vandal, s'il te plaît. Va dans ta chambre. Je suis fatiguée. J'ai mal partout. Je dois me reposer.

— OK.

Désespérée, je le vois se lever et quitter la pièce, sans un regard. Il a juste les épaules un peu voûtées, signe que, quand même, il doit bien être un peu triste de m'abandonner à moi-même. Ce moi-même que je ne connais pas.

Chapitre 26

Je dois m'être endormie car des coups frappés à ma porte me tirent d'un rêve assez doux, où je me promène dans le quartier de Mina avec une bande d'amis. Le rêve ressemble à un film muet, aux teintes passées, vaguement au ralenti. Il est dominé par une sensation de liberté et de bonheur, de légèreté, par la stimulante douceur d'un soleil de printemps. Le réveil n'en est que plus dur. J'ai la bouche pâteuse, le lobe frontal douloureux, l'estomac vide.

Vita et Vandal entrent dans ma chambre par la porte communicante.

— Désolé de te déranger, dit Vandal.

— On a trouvé Samuel, ajoute Vita.

— Quoi ?

— Il a envoyé un message. Il a demandé Vita Corleone à la réception.

Elle ajoute avec un petit sourire nostalgique :

— C'était mon nom de code.

— Mais alors, il est où ? Comment on est censés se retrouver ?

— Je lui avais moi-même laissé un message, de la part de Vita Corleone. S'il l'a eu, il nous attendra à l'heure habituelle.

— Et c'est quoi, l'heure habituelle ?

— 18 h 18.

— Mais il est 18 h 47 !

— Alors ce sera 20 h 20.

— Pourquoi pas 19 h 19 ? demande Vandal.

— Pas d'heure impaire. C'est la règle. Ne me demande pas pourquoi… J'ai oublié.

★

À 20 h 19, nous sommes devant l'hôtel quand un véhicule de l'armée s'arrête à notre niveau. Un chauffeur descend et ouvre la porte à un homme vêtu d'une combinaison militaire. Un gradé. Ce n'est pas pour nous. Puis un autre véhicule, un taxi-bulle aux vitres opaques, sans chauffeur celui-là : un couple en sort. Dix minutes s'écoulent sans que rien ne se passe. Je commence à avoir froid.

— Il va venir, dit Vita.

Elle regarde son IA. Toujours rien. Soudain, une grosse berline sombre s'arrête à notre niveau. La porte s'ouvre.

— Montez, me dit Vita.

— Tu es sûre ?

Je le trouve inquiétant, ce véhicule entièrement noir, d'un noir mat, presque invisible dans la nuit.

— Sûre.

Nous roulons pendant près de trois quarts d'heure et passons tous les checkpoints sans même nous arrêter. Comme si nous étions invisibles. Des justiciers dans la nuit. Je tente de réguler ma respiration, de me concentrer sur mes inspirations et de compter mes expirations, comme me l'a appris Vita, pour endiguer une éventuelle crise. Ça marche. Vandal est assis à quelques centimètres de moi, pourtant, il n'a jamais été aussi loin. Je me dis : c'est irrécupérable. Mais ça n'a plus d'importance.

La voiture passe de l'autre côté de la digue, et pendant quelques minutes, nous longeons l'océan. Des vagues bien plus grosses que celles que j'ai vues dans les Territoires du Nord se fracassent sur une jetée faite de gros blocs carrés. Nous nous arrêtons sur un petit parking, au pied d'une ancienne tour de surveillance, une construction cylindrique, terminée en hauteur par un poste de vigie vitré et agrémenté d'une lampe braquée sur les ténèbres, au large.

Les portes s'ouvrent.

— Restez là, dit Vita avant de descendre.

Comme le site est peu éclairé, je vois mal ce qui se passe dehors. Je distingue la silhouette de Vita qui attend, les mains dans les poches. Son grand manteau flotte au vent comme un drapeau. Vandal, assis à côté de moi sur la banquette, ne voit carrément rien du tout. Quand il se penche au-dessus de moi pour regarder par la vitre située de mon côté, je sens son odeur activer toutes les zones du bonheur perdu dans mon cerveau malmené.

— Ça va ? demande Vandal en se rasseyant.

— Ça va.

Nous attendons. Puis, soudain, une forme étrange apparaît. C'est un homme, sur un vélo. Lui aussi est vêtu d'un grand manteau, ou d'une sorte de cape, qui vole au vent. Il saute plus qu'il ne descend de sa monture et, avec empressement, prend Vita dans ses bras. Puis ils restent côte à côte pendant quelques minutes, face à l'océan.

— Ils font quoi, tu crois ?

— Ils parlent.

Enfin, Vita se tourne vers nous. Elle hésite une seconde et vient nous chercher. Quand nous sortons de la berline, le vent qui souffle avec une force inédite me déstabilise. Un instant, je perds l'équilibre et pour ne pas tomber, je me raccroche à Vandal, qui m'entoure de son bras.

Nous rejoignons Samuel, le célèbre Samuel, protégé par un grand cache-poussière imperméable et un chapeau à large bord, les pieds campés dans le sol.

— Ça vous plaît ? C'est beau, non ?

Personne ne répond.

— Vous êtes des petits vernis. Personne n'a plus le privilège, aujourd'hui, de contempler le spectacle d'une mer en furie. L'autre jour, j'ai vu une baleine. Vous avez lu *Moby Dick* ? Vita me dit que ta mère est chercheuse, petite, et que tu as eu accès aux livres.

C'est vrai, mais je ne connais pas *Moby Dick*. Je ne réponds rien car j'ai trop de vent dans la bouche et trop de peur dans la gorge pour dire quoi que ce soit.

— Il paraît que tu es malade.

— Oui.

— Et tu n'as pas lu *Moby Dick*.

— Non.

— Bon, c'est pas grave, je vais t'examiner quand même. Demain. 10 h 10. La voiture viendra vous chercher. Ne prends rien d'ici là. Pas de cachet. Même si tu as une crise, même si tu as mal. OK?

— D'accord.

Il regarde Vita et soudain, un peu brusquement, comme poussé par un ressort, il la serre dans ses bras, tellement fort que ses pieds à elle quittent un instant le sol. Puis il remonte sur son vélo et disparaît, nous laissant seuls avec un véhicule sans chauffeur, sombre comme la nuit qui nous enveloppe, dans le grondement du vent et des vagues.

*

Cette nuit-là, je fais à nouveau un rêve-souvenir. Je suis sur une place, parmi des milliers d'autres personnes comme moi. Au milieu de tous ces gens, je me sens protégée. Je n'ai jamais vu une foule pareille. Moi, So, je n'ai jamais vu autant de monde. Mais la personne que je suis dans mon rêve, qui est à la fois moi et mon arrière-arrière-grand-mère Mina, non plus. Je/elle n'a pas peur, alors que je/elle n'aime pas les rassemblements. Je suis un peu agoraphobe. Il fait beau, et peut-être à cause du monde, moi, Mina, je n'ai pas froid. La foule ne bouge presque pas. De temps en temps, quelqu'un entonne l'hymne des défenseurs du climat, qui n'a pas de paroles, pour être compris de tous. C'est une mélodie, un air que l'on «bourdonne» avec la bouche. Ça vient du ventre, et quand on est nombreux, comme aujourd'hui, c'est fort. Les gens sont là ; ils n'ont pas d'autre but que d'être ensemble, émus et surpris par la multitude qui a répondu à l'appel. La foule est tellement dense qu'il est presque impossible de bouger. Je veux atteindre l'un des boulevards qui partent vers l'est, car j'ai rendez-vous avec des amis à l'entrée du pont. Mais c'est tellement dense que je peine à avancer. Je fais une pause. Au moins, là où je me trouve, devant le rideau baissé d'un magasin, j'ai un peu d'air. Mon téléphone ne passe pas. J'ai essayé à plusieurs reprises de joindre mes amis, mais le réseau est saturé. À côté de moi, un groupe de militants écoute les informations sur une petite radio à piles. Il paraît que nous sommes près de deux millions sur la place et sur les boulevards alentour. Un rassemblement spontané, suite à une catastrophe naturelle aux États-Unis. La mobilisation est mondiale. Mais c'est à Berlin que se sont retrouvés la plupart des Européens.

Ce qui me surprend le plus, c'est le silence. De là où je suis, je peux voir les gens qui sont montés sur le toit des immeubles pour brandir des slogans : « Jeudi Bleu », « Demain, c'est déjà trop tard ». Je n'ai pas peur. Ma mère ne voulait pas que je vienne. Elle dit que les gouvernements sont à cran. Mais elle savait que j'irais quand même. Et moi je sais qu'ils ne feront rien aujourd'hui. Ce qui unit cette foule, et qui ressemble à de l'amour, est trop palpable, trop intense. Ce gros magma de paix, de volonté, est un bouclier. Ça ne durera pas toujours, mais là, c'est fort, c'est solide, ça nous protège. Alors, je me dis que si on y arrive, à faire ça. Si on y arrive, à être tous ensemble, serrés les uns contre les autres, dans le calme et le silence. Si on y arrive, alors, nous pouvons tout gagner, ils ne peuvent plus nous arrêter, ils ne peuvent plus détruire les ressources et nous dire que tout va bien.

J'entends une sonnerie et je regarde mon téléphone. Mais je n'ai toujours pas de réseau. Lancinante, la sonnerie continue et j'ouvre les yeux. Je suis à nouveau moi, So, dans cette chambre inconnue, dans une ville morte. Sur la table de nuit, à côté des matriochkas, de la photo de ma mère, de la petite tour Eiffel offerte par Élias et du cliché de la place de la République, mon IA insiste et insiste encore : c'est l'heure.

Dans la salle de petit déjeuner, je retrouve Vandal. Hier soir, on s'est connectés avec les autres et ça nous a fait un peu bizarre. Eux, là-bas dans ce motel paumé, et nous ici, ensemble, mais pas ensemble. J'ai senti à quel point il se sent perdu, à quel point il ne sait plus du tout ce qu'il fait là.

— J'ai vu l'océan, ai-je dit à Briss. C'était beau. Il ne manquait que toi.

J'ai menti. Il manquait aussi ma mère. Et Vandal, d'une certaine manière. Je pose mon plateau sur la table, en face de lui. J'observe sa fossette, celle qui me fait fondre, et sa chemise à carreaux sur un T-shirt d'avant.

— Tu as laissé tomber les vêtements passe-partout ?

— On va monter dans une voiture des services secrets pour aller retrouver un type bizarre et parler de choses interdites. Je me suis dit qu'une chemise, à ce niveau-là, ça ne changeait pas grand-chose.

Il sourit. Ce n'est pas beaucoup, mais ça me fait du bien.

*

À 10 h 10, nous sommes dans la même voiture noire que la veille. À la lumière du petit matin, elle semble moins fantomatique. Mais elle est toujours aussi silencieuse et nous conduit sans un bruit jusqu'aux confins de la ville, passant tous les checkpoints sans être inquiétée. Elle roule jusqu'à d'anciens entrepôts désaffectés, rongés par l'air marin. Là aussi, l'océan gronde à quelques mètres de nous. Quand nous sortons, le vent souffle moins fort et la couleur de l'écume se mêle à celle du ciel pâle et cotonneux. Nous suivons des flèches, tracées à la craie sur le sol, qui nous mènent vers une petite porte métallique.

— Tu es sûre que c'est là ? demande Vandal à Vita.

— Certaine. On a des signes, avec Samuel.

À l'intérieur de l'entrepôt, Vita se dirige en remontant une rangée de petits cailloux multicolores, qu'elle ramasse au gré de notre progression.

— Des bonbons. On mangeait ça au labo, pour tenir le coup quand on bossait plus de quarante-huit heures sans dormir. Je ne sais pas comment il a fait pour s'en procurer. Ils ne sont plus fabriqués.

Nous suivons les bonbons dans un dédale de couloirs sinistres aux murs rongés par l'humidité. Le jeu de piste s'arrête devant un rideau fait de grands pans de matière plastique, épaisse et opaque. Nous passons de l'autre côté et débarquons dans une pièce carrée et vide, où trône le vélo de Samuel.

— C'est son truc, le vélo ? demande Vandal.

— Oui. Le modèle à pédales. Pas de moteur.

En face de nous, une porte blindée, flambant neuve, équipée d'une reconnaissance d'IA. Vita passe son poignet sur le scan et la porte s'ouvre. Vêtu d'une veste blanche, Samuel pivote sur une chaise haute et se tourne vers nous pour nous accueillir.

— Vita Corleone ! dit Samuel. Sois la bienvenue, dit-il en jetant un bonbon dans les airs avant de l'avaler.

Il porte une perruque vert fluo et une fausse moustache. Vita soupire.

— Entrez, n'ayez pas peur, il faut toujours qu'il fasse ce genre de trucs.

— C'est pour conserver mon anonymat, se défend Samuel.

— Ils savent qui tu es.

— Oui, mais ils ne pourront pas me décrire !

Je m'avance vers lui.

— Bonjour, docteur, merci d'avoir accepté de m'ausculter.

— Oh, mais c'est tout naturel. La curiosité est l'une de mes principales qualités. La prudence non, en revanche. Et ce jeune homme est sans doute ton amoureux ? C'est très bien, la chimie amoureuse est excellente pour le cerveau. N'est-ce pas, Vita ?

Elle lui oppose un sourire contrit.

— En revanche, vous allez sans doute vous ennuyer, mon garçon. Il y a des jeux vidéo dans la pièce à côté.

— Merci, je préfère rester, dit Vandal.

— Alors, installez-vous là et par pitié : taisez-vous.

Samuel lui désigne du menton un fauteuil dans lequel Vandal s'assied, obéissant.

— Bien. Soyons sérieux, dit le professeur en ôtant sa perruque. Qu'est-ce qui vous amène exactement ? Vita m'a un peu raconté pourquoi vous avez fait tout ça, et pourquoi vous avez risqué de compromettre ma couverture. Mais je voudrais l'entendre de ta bouche, jeune fille. Quel âge as-tu, déjà ?

— Quinze ans.

Il note.

— J'ai des maux de tête, des troubles de la mémoire, des nausées…

— D'accord. Sauf que je ne suis pas médecin, moi. Je suis un des plus grands spécialistes mondiaux du cerveau. Vita ? Merci d'être venue, c'est toujours un plaisir de te voir, tu es de plus en plus belle, l'âge…

— Je me souviens de trucs du passé.

— Quel passé ? demande Samuel, soudain plus intéressé.

— 2015.

— 2015 ?

— Oui.

— C'est aussi précis que ça ?

— Non ! Enfin, la première fois, j'ai eu des souvenirs qui dataient de plus tard, je ne sais pas quand exactement. Mais je devais avoir trente ans… Donc, environ 2030 ?

— Tu es née en l'an 2000.

— Oui ! Enfin, pas moi, l'autre moi, celle des rêves-souvenirs.

— Naturellement. Et cette autre toi, tu es sûre qu'elle est née en 2000 ?

— Oui.

— Et comment tu le sais ?

— C'est parce que dans mes rêves-souvenirs, je suis Mina, mon arrière-arrière-grand-mère, qui était née en 2000. Et puis je le sais. Je le sens. Ça fait partie de ces choses que je sais sans les avoir apprises.

— Tu sais quoi d'autre ?

— Je sais que le gouvernement a tiré sur des manifestants…

— Quel gouvernement ?

— Je ne sais pas. J'ai de vagues souvenirs, trop vagues. Mais on était tous réunis pour le Jeudi Bleu. Et ils ont tiré. Enfin, je crois.

— Tu vois ? dit Vita. On ne t'a pas dérangé pour rien.

— On dirait.

— Elle a été sélectionnée pour le Slamb. Mais s'ils repèrent qu'elle a le Turgot, ils vont l'éliminer.

— Oui. Si elle a le Turgot, ils le verront forcément.

Samuel se tourne à nouveau vers moi.

— Vita m'a envoyé ses analyses et je les ai étudiées. Je voudrais scanner encore. Tu te sens prête à revivre ça ? Je vais aller un peu plus loin. Ça risque d'être désagréable.

— Prête. Fin prête.

*

Deux heures plus tard, je suis allongée, sans force, sur un lit de repos. J'ai fait une crise, une grosse. J'ai convulsé, et des images ont défilé à toute vitesse dans ma tête. Des images de révoltes, de violences, d'exécutions, de courses sans espoir, de cœurs haletants, de morts sur le pavé, de peur, de bruit, de fuite éperdue, de torrents de pluie, de rats par milliers, de bébés en larmes, d'enfants sacrifiés... Et puis des images télévisées de discours haineux, de mensonges. La colère. La peur. La honte. Et un éclair déchirant mes cellules. Une douleur dans mes tempes, mon front, ma nuque. Quand j'ouvre les yeux, Vandal est là, en train de remonter une couverture sur mes épaules. Je lui attrape la main.

— Ils sont où ?

— Pièce à côté. Ils discutent.

— De moi ?

Vandal sourit.

— Nan. De la météo. Ça va ? Tu veux quelque chose ?

— J'ai soif.

Il me tend un verre d'eau et il m'aide à le porter à mes lèvres.

— Combien de temps je suis restée dans les pommes ?

— Dix minutes, pas plus.

— Tu crois que c'est grave ?

— Oui…

Et il ajoute, avec un air tragicomique :

— Je crois que tu ne vas pas pouvoir faire le Slamb.

— Merde, dis-je sur le même ton. Briss ne va jamais s'en remettre.

Nous sourions, mais ça ne dure pas très longtemps.

— Sophìa, dit Vandal en me prenant la main.

— Houla ! Ça a l'air grave. Si tu m'appelles par mon vrai prénom, comme ma mère.

Il sourit. Puis, tout aussitôt, il redevient sérieux.

— Ce type est le meilleur docteur du monde. Il va trouver une solution.

Je crois qu'il dit surtout ça pour se convaincre lui-même.

Nous attendons, sans parler, une heure environ, ou deux, ou dix minutes. Vandal ne m'a pas lâché la main et je me concentre sur ma respiration et la sensation de sa peau contre ma paume. Ici aussi, dans cette petite pièce blanche et nue, le temps s'est arrêté. L'espace d'un instant, je crois voir sur le mur les horloges sans heures du concours. C'était il y a trois semaines. C'était dans une autre vie. Quand je croyais encore que mon adolescence suivait son cours, que mon existence était un peu singulière, certes, mais somme toute normale.

Vita entre finalement dans la pièce et vient s'asseoir à côté de moi, à la place de Vandal. Elle pose sa main sur mon front, ausculte mes pupilles avec son petit stylo/lampe, prend mon pouls. Elle a l'air fatiguée, soucieuse. Elle a des cernes gris sous les yeux et le pli sur son front est plus marqué. Je m'accroche à elle et demande :

— Où est Samuel ?

— Il est dans la pièce à côté. Il range.

— Il en dit quoi ?

— Sophìa. On a un souci.

— Ah.

— Samuel pense que le Turgot qui est dans ton cerveau pourrait être artificiel.

— Je ne comprends pas.

— Il pense que l'*Invader* pourrait avoir été mis là intentionnellement.

— Quand ?

— Il est presque certain que tu devais être très jeune. Bébé. À ta naissance peut-être.

— Mais pourquoi ? Pourquoi on aurait fait un truc pareil ?

— Je ne sais pas.

— Et lui, il sait ?

— Non.

Je réfléchis à ce que Vita vient de me dire.

— Quelqu'un a placé une sorte de Turgot, exprès, dans mon cerveau ?

— Exactement. Sans doute le jour où tu as reçu le vaccin.

— Et donc, demande Vandal. Comment on fait ?

— Vous, vous rentrez, et nous, on va au labo faire quelques recherches plus avancées. Il a obtenu de très bons clichés de ton Turgot. On va les étudier et on revient avec des propositions.

— Des propositions de traitement ?

— Oui.

— Il peut enlever ce truc de ma tête ?

— Je ne sais pas. J'espère.

La voiture nous dépose devant l'hôtel. Au moment où nous sortons, Vita nous retient :

— Pour l'instant, pas un mot à Briss, Swann ou François. Tant qu'on n'en sait pas plus, vous ne dites rien. OK, Sophìa ? Même pas à Briss.

— Oui. J'ai compris.

Et nous nous retrouvons tous les deux, sous une pluie glaciale, devant la porte de l'hôtel. Une fois dans ma chambre, je m'écroule sur mon lit, épuisée, mais Vandal frappe à ma porte, sa tablette à la main.

— Ils ont cherché à nous joindre. Je n'ose pas les rappeler. Je ne sais pas mentir.

— Tu comptais sur moi ?

Il sourit, de son petit sourire de côté, passe sa main sur sa nuque…

— Un peu…

— Raté. Je suis nulle. Écris-leur un message : tout va bien. On a cherché Samuel toute la journée. On est crevés. On se connecte demain.

— Il est 15 heures. Briss va te dire de l'appeler en fin de journée.

— Je sais…

— On doit se connecter. Ils doivent être inquiets.

Je soupire.

— Vas-y. Entre le code.

Vandal se branche sur le canal crypté créé par Swann. Immédiatement, le visage de Briss apparaît à l'écran.

— Salut, toi.

— Oh, ma So ! Je suis si heureuse de te voir.

— Moi aussi.

— Raconte, quoi de neuf ? demande ma meilleure amie.

Je ne sais pas quoi répondre, alors je dis :

— Je suis crevée.

— Je vois ça.

— J'ai mauvaise mine ?

— Un peu.

Elle sourit. Je reste un instant silencieuse. Derrière elle, j'entrevois une fenêtre grise perlée de gouttes de pluie.

— Et François, comment il va ?

— Beaucoup mieux. Ils passent leurs journées en ligne. Il y a une salle de jeux dans le motel.

— Et toi ?

— Je lis. T'as oublié ton bouquin.

— Ah. Ça te plaît ?

Elle évite de répondre.

— Vous avez trouvé Samuel ? demande Briss.

— Pas encore. J'ai fait une grosse crise, alors on est rentrés à l'hôtel. Vandal et moi. Vita le cherche encore.

— OK, je vais te laisser te reposer, dit Briss. Tu me manques.

— Toi aussi.

— Au fait, pour le Slamb, Swann ne fait pas que jouer. Il travaille sur un programme de piratage. Il dit qu'il y est presque.

— Je lui fais confiance.

— Bon. Je te laisse.

— D'accord… on vous tient au courant.

Et au moment de déconnecter, j'ajoute :

— Briss… Je t'aime.

Elle ne répond pas. Ses yeux se remplissent de larmes. Vandal appuie sur le bouton.

— Eh bien, dis-je. On dirait que je ne suis pas seulement formée pour tuer les gens. Je sais aussi mentir.

⋆

Quelques heures plus tard, nous somnolons sur mon petit lit. Vandal a refusé de me laisser seule. Il a commandé à manger dans la chambre mais je n'ai presque touché à rien. J'avais froid. Je me suis allongée et quand j'ai ouvert les yeux, il était là, endormi à côté de moi. Alors je me suis laissée aller, tout contre lui, en prenant garde de ne pas le réveiller. Et maintenant, il fait nuit et les yeux ouverts, j'écoute le bruit régulier de sa respiration. Vita frappe à la porte, réveillant Vandal en sursaut. Il se lève pour lui ouvrir, titubant de sommeil. Il est débraillé et ses cheveux partent dans tous les sens.

— Je vous réveille, dit Vita.

— Non, non, répond Vandal en remettant les pans de sa chemise dans son pantalon. Alors ?

— On a des décisions à prendre. Samuel voudrait voir Sophìa à nouveau. So, tu es assez en forme ?

— Oui, on y va. Je passe à la salle de bains, et je suis prête…

Dans le cabinet de toilette, je regarde un instant mon reflet dans le miroir : mes cheveux gonflés par l'air de l'océan ont pris du volume. Avec mes boucles, je ressemble plus que jamais à la photo de Mina. Comme si ma mutation, ces jours-ci, n'affectait pas seulement l'intérieur de mon cerveau, mais aussi mon physique. Une pensée me traverse : je suis en train de devenir elle.

Notre véhicule nous conduit à nouveau au bord de l'océan, sur la jetée, à l'endroit du tout premier rendez-vous. Il fait nuit et il pleut une sorte de neige mouillée. Les phares éclairent le vélo de Samuel, appuyé contre la tour de surveillance. Vita se dirige directement vers une vieille porte rongée par le sel, mais bizarrement équipée d'un clavier ultra moderne de reconnaissance digitale. La porte s'ouvre et Samuel nous accueille.

— Entrez, entrez, n'ayez pas peur. C'est mon petit coin secret. Un ancien poste de vigie. C'est là que je viens pour lire et regarder l'océan.

Nous le suivons dans un escalier étroit en colimaçon, jusqu'à un palier ouvrant sur une pièce ronde, pas très grande, dont les murs, jusqu'à un mètre vingt du sol à peu près, sont tapissés de livres. Une longue-vue regarde le large, à travers la baie vitrée qui s'élève ensuite jusqu'au plafond. Samuel est prévenant, un peu agité. On dirait qu'il a du mal à tenir en place.

— Tu veux de l'eau? me demande-t-il en me servant sans attendre ma réponse. Ça va? Tu te sens bien?

— Oui, merci. J'ai dormi.

Nous nous asseyons dans de gros fauteuils en cuir dans lesquels il est difficile de ne pas s'enfoncer.

— Bien. Alors, on va en venir aux faits. Tu n'as pas le syndrome de Turgot.

— Ouf.

— Ne nous réjouissons pas trop vite… Par où commencer?… Tu connais la mémoire génétique?

— Un peu…

— Il s'agit d'informations stockées dans notre ADN, acquises au cours de l'évolution. Bien. Une équipe de chercheurs, avant les Grandes Eaux, travaillait sur une théorie. Ils pensaient qu'il existait chez certains individus, peut-être même chez tout le monde, une mémoire génétique plus précise. Ils défendaient qu'il serait bientôt possible d'accéder à des souvenirs appartenant à nos ancêtres, surtout si les événements qu'ils avaient vécus étaient traumatiques. Tu me suis ?

— Je crois.

— Si par exemple ta grand-mère avait vécu des choses traumatisantes, les souvenirs de ces événements pouvaient se transmettre aux générations suivantes.

— OK…

— En 2047, cette équipe de chercheurs a publié un article scientifique : ils prétendaient que notre mémoire pouvait remonter jusqu'à trois générations, c'est-à-dire jusqu'à des choses vécues par nos arrière-grands-parents. Leurs travaux ont été interrompus, évidemment. Budgets bloqués, décès du chef de projet…

— Et… Comment ils comptaient faire pour… « réveiller » cette mémoire ?

— Je ne sais pas. J'ai cherché, mais leurs publications ont été effacées, tu t'en doutes.

— Et vous pensez quoi ? demande Vandal. Vous pensez que So aurait reçu un produit, quelque chose ?

— Oui, c'est ce que je crois. Ce que j'ignore encore, c'est le rôle de l'*Invader*. Le propre de la maladie de Turgot, c'est de bloquer l'accès à tes souvenirs. Mais ton Turgot à toi pourrait avoir deux objectifs : soit il est là pour réveiller ta mémoire enfouie, celle de ton arrière-arrière-grand-mère. Soit il est là pour recueillir les informations.

— Attendez, quelles informations, je ne comprends rien.

— Tes souvenirs.

— Mais enfin, pourquoi quelqu'un voudrait recueillir mes souvenirs ?

— Parce que tu sais quelque chose. En tout cas, ton arrière-arrière-grand-mère Mina devait savoir quelque chose. Et ce quelque chose, quelqu'un en a besoin.

Chapitre 27

— Qu'est-ce qu'on fait? demande Vandal. Vous pouvez lui enlever ce truc?

— Ce «truc», comme tu dis, est une bactérie artificielle, issue d'une manipulation génétique et cellulaire extrêmement poussée. D'ailleurs, je me demande si ce ne serait pas une erreur de manip de ce genre qui aurait abouti au Turgot que nous connaissons. Qu'est-ce que tu en penses, Vita?

— Cela expliquerait bien des choses.

— Je trouve aussi. Mais ce n'est pas notre propos. J'ai réussi à isoler l'*Invader* dans ton cerveau, So. Mais je ne sais toujours pas à quoi il sert. Cela dit, si l'on réfléchit à ce qui t'arrive en ce moment, je pense qu'il réveille tes souvenirs. Vita m'a dit que tu avais été sélectionnée pour le Slamb?

— Oui.

— C'est toi qui as déposé ta candidature, ou ce sont eux qui sont venus te chercher?

— C'est eux. Mais ce n'est pas inhabituel, comme je vis au milieu des Lastings…

— Voilà ce que je crois. Je crois que l'*Invader* actionne les zones de ta mémoire qui correspondent aux souvenirs de ton arrière-arrière-grand-mère. Et que c'est pendant le Slamb qu'ils ont l'intention de récupérer les infos.

— Mais quelles infos ?

— Je n'en sais rien. Elle faisait quoi, ton arrière-arrière-grand-mère ?

— Je ne sais pas !

— Moi je sais..., dit Vandal.

Tous les yeux se tournent vers lui.

— En réalité, je ne sais pas encore. Mais il se pourrait que je sois sur le point de le découvrir. Enfin, pas seulement moi...

— Quoi ?

— Sois plus clair, mon garçon.

— Aleteya. Elle a continué à chercher. On cherche ensemble, en fait.

— Tu es en contact avec Aleteya, et vous faites des recherches sur Mina ?

— En contact, pas vraiment, c'est compliqué. Mais on cherche. On voulait attendre pour te le dire.

— Attendre quoi ?

— D'avoir de vraies infos.

— Pour l'instant, vous avez quoi ?

— On a un peu reconstitué sa vie. Elle avait épousé un violoniste italo-roumain. Elle faisait partie d'un groupe de résistance.

— Creusez là, intervient Samuel, dans le groupe de résistance.

— D'accord, dit Vandal en me regardant de côté, attendant que je lui saute dessus.

Au lieu de ça, je me laisse tomber contre le dossier du fauteuil en soupirant.

— Qu'est-ce que je dois faire ? Vous ne pouvez pas tout simplement tuer cette bactérie ? L'enlever de mon cerveau ?

— Si. Je peux.

— Quoi ?

Nous avons réagi en même temps, Vandal et moi.

— J'ai fait des tests. Ton *Invader* a 88 % de chances de réagir au sérum de la même manière que le Turgot. Et j'ai quelques fioles de sérum en réserve. Je peux te faire une injection.

— Et je serai guérie ?

— Oui, je le pense.

— J'ai 88 % de chances d'être guérie ?

— Exactement.

— Mais ?

Je sens qu'il y a un « mais ».

— Mais, mais, mais… Il y a beaucoup de « mais ».

— Je vous écoute.

— Il y a 12 % de chances pour que ça rate. Et je ne sais absolument pas quelles seront les conséquences. Ensuite, si je t'injecte le sérum, tu seras une clandestine. Puisque tu ne l'auras pas obtenu par des voies officielles, tu seras obligée de te cacher.

— Elle peut se cacher dans sa vraie vie, parmi les Vulnérables. Personne n'en saura rien, dit Vandal.

— En principe, elle pourrait. Cela durerait le temps que ça durerait. Jusqu'à tes cinquante ans environ, tu pourrais faire illusion. Ensuite, cela se compliquerait.

— Ça me laisse trente ans pour trouver une solution.

— Oui, mais… Si, comme je le pense, quelqu'un parmi les dirigeants de l'Étoile compte sur tes souvenirs, alors ils vont chercher.

— Elle pourrait se cacher parmi nous, avec les Affranchis.

— Ils la retrouveront. Je n'en suis pas sûr à 100 %, mais enfin, ça m'étonnerait qu'ils laissent tomber. Cet *Invader* est une prouesse scientifique. Quelqu'un a mis le paquet, et je serais surpris que ces ou cette personne ne fasse rien.

— Attendez… Ce que vous dites, c'est que si vous m'injectez le sérum, je n'aurai plus accès aux souvenirs de Mina. Je n'aurai plus mes visions, tout ça.

— Je pense que non.

— Ce n'est pas grave, proteste Vandal. On va faire des recherches, des recherches historiques. On va découvrir tout ce qu'il y a à savoir sur ton arrière-arrière, je te le prom…

Je l'interromps pour demander à Samuel :

— C'est quoi, votre plan ?

Il se tourne alors vers Vita, qui n'a rien dit depuis un bon moment.

— Tu m'avais dit qu'elle était forte. Je commence à croire que tu as raison. Explique-lui, toi.

— Le « plan » de Samuel – et je tiens à dire que je ne suis pas du tout emballée – c'est : tu vas au Slamb de L'Étoile, tu joues le jeu.

— Pourquoi ?

— Pour qu'on puisse découvrir ce qu'ils cherchent… Bien sûr, Aleteya et toi continuez vos investigations de votre côté, ajoute-t-elle en s'adressant à Vandal.

— Donc, je vais au Slamb. Je fais semblant.

— Oui.

— On découvre le secret enfoui dans mon cerveau… À condition qu'il y ait un secret…

— Et là, bim ! On les prend de court ! s'exclame Samuel en se levant de son fauteuil. On a de quoi faire tomber le gouvernement. Vous ne trouvez pas ça génial ?

— Qu'est-ce que vous en savez ? s'exclame Vandal, paniqué. Vous vous rendez compte de ce que vous lui demandez ? Vous êtes malade !

Samuel se dirige vers la baie vitrée et observe quelques instants, côté océan, le ciel brouillé par la neige.

— Je ne l'oblige pas. Je peux lui injecter le sérum. C'est à elle de décider. Mais je pense que si quelqu'un a pris la peine de cacher un tel bijou biotechnique dans son cerveau, c'est que c'est important.

— Mais… Et si la mère de Briss m'empêche de passer le concours ?

— On saura qu'elle est de ton côté.

— Elle pourrait ne pas être de mon côté ?

— Elle pourrait. Ils sont très haut placés, ils vous ont choisies, ta mère et toi.

— Oh, mon Dieu, tout cela serait prévu depuis longtemps ?

— C'est une possibilité. Mais dans tous les cas, il y a des gens puissants qui vont tout faire pour que tu le passes, ce concours. On a essayé de t'en empêcher, jusqu'ici ?

— Non…

— Tu vois.

— Vous dites n'importe quoi, intervient Vandal. Ça ne prouve rien.

— Je dois réfléchir, dis-je. Ma mère… Ma mère est en danger aussi, si je fais ça…

— Je comprends.

— J'ai combien de temps ?

— Ça dépend. Si tu veux participer au Slamb, il ne faudrait pas trop tarder. Nous avons besoin de tout organiser… De mettre au point une petite histoire pour expliquer votre disparition, avec Briss… Et puis il faut relancer les recherches… Je peux mettre une ligne sécurisée à ton service, mon garçon, pour que tu contactes ta copine dans votre camp, là, je ne sais pas comment vous appelez ça.

— Non non non non. Pas du tout. On ne va pas du tout faire ça. On ne va pas renverser le régime. Je ne suis pas d'accord, proteste Vandal.

Je me tourne vers lui, presque agressive.

— Mais enfin quoi, Vandal ! Tu es un Affranchi, oui ou non ?

— Je suis un Affranchi, répond Vandal, le visage déformé par la colère et la tristesse. Ça n'implique pas de sacrifier des innocents !

⋆

Nous rentrons à l'hôtel sans un mot. Vita a l'air soucieuse, Vandal anéanti. Pour ma part, je me sens barbouillée. Et en même temps, presque soulagée : désormais, je sais ce qui se passe dans mon cerveau. Je ne suis pas folle et c'est peut-être dingue, mais je trouve que c'est une bonne nouvelle. Nous nous séparons dans le couloir, devant les portes de nos chambres.

— Je vais prendre la soirée et la nuit pour réfléchir, dis-je à mes deux amis. Je vous ferai part de ma décision demain matin.

— Sophia, c'est trop court, proteste Vita.

— Ce n'est pas trop court pour moi. C'est un supplice d'attendre. Je dois me décider.

— D'accord, dit-elle avec un soupir. Mais n'oublie pas que tu n'es pas du tout obligée de faire ça. Ça te dépasse, ça nous dépasse. La clandestinité, ça s'organise. Si tu acceptes que Samuel t'injecte le sérum, on te commandera de faux papiers, on trouvera des solutions. Pour ta mère aussi. On sait faire. Alors que pour l'instant, faire tomber l'Étoile, personne n'a réussi.

— Merci, dis-je. Merci à tous les deux. Je ne sais pas ce que je deviendrais sans vous.

★

Quelques heures plus tard, alors que je suis sur mon lit, en train de tourner et retourner dans ma tête les deux options tout aussi terrifiantes qui s'offrent à moi – j'ai le choix entre deux mauvaises solutions, deux épouvantables solutions –, Vandal frappe à ma porte. Je lui ouvre et il reste sur le palier, en T-shirt et caleçon.

— Voilà, bredouille-t-il. Je suis désolé de te déranger…

Apparemment, c'est difficile. Mais je ne l'aide pas.

— Je… Tu sais ce que j'en pense, j'ai pas besoin de te le répéter. Je voulais juste te dire quand même : quel que soit ton choix, je serai à tes côtés. Tu peux compter sur moi. Voilà. C'est ce que j'avais à dire. Cette fois, bonne nuit.

— Vandal ! Attends.

Il se retourne.

— Tu pourrais rester avec moi ?

Comme s'il n'attendait que ça, il entre dans ma chambre et referme la porte derrière lui. J'aimerais bien l'embrasser mais je me retiens, je ne veux pas brusquer les choses. Comme il frissonne, en caleçon au milieu de ma chambre, nous nous glissons sous les draps.

— Tu peux me prendre dans tes bras ?

— Bien sûr.

Je me cale contre lui et, en silence, nous regardons par la fenêtre tomber la neige. C'est ainsi que nous nous endormons, blottis l'un contre l'autre.

Juste avant le réveil, je fais un de ces rêves très présents, très forts, qui vous laissent une telle impression de réalité que vous doutez d'avoir rêvé. Dans mon rêve, ma mère se connecte sur mon IA. Elle m'a retrouvée, je ne sais pas comment.

« Sophia, me dit-elle. Je t'en supplie. Rentre à la maison. »

QUATRIÈME PARTIE

Chapitre 28

Aux toutes premières lueurs de l'aube, comme chaque matin depuis que nous sommes arrivés, je sors de la maison pour regarder l'océan. Samuel nous a tous invités dans son «repaire de pirates», qui est en fait une ancienne cabane d'officier, à quelques kilomètres au sud de Paris, sur la côte.

Voilà cinq jours que nous sommes réunis ici. Samuel passe régulièrement et, à sa manière furtive et étrange, il tente de nous aider à nous sentir chez nous, en nous apportant des vivres et de petits cadeaux. Il m'a offert un exemplaire de *Moby Dick*, que je n'ai pas eu le temps de lire – si je reste en vie, je saurai comment m'occuper. Vita veille sur moi et, grâce à de longues séances de méditation, j'arrive à contenir les crises. Quand je me suis réveillée ce matin-là, après le rêve où ma mère me suppliait de rentrer, j'ai rejoint Vita et Vandal dans la salle à manger. Ils avaient moins bien dormi que moi.

— J'ai pris ma décision, ai-je annoncé. Je vais le faire. Je vais au Slamb.

Après, tout s'est accéléré. Nous avons déménagé chez Samuel, où nous avons fait venir Briss, François et Swann ; et nous leur avons tout raconté. Briss a eu l'air de s'effondrer de l'intérieur, mais cela n'a duré qu'un instant. Ensuite, elle a pris les choses en main, comme à son habitude. Les autres non plus n'ont pas hésité. Swann, je m'en doutais, mais François, qui n'est pas encore guéri de ses blessures depuis notre traversée des Territoires du Nord, est presque le plus enthousiaste. Il met son fantastique sens pratique au service de notre objectif. Pendant cinq jours, planqués dans la cabane de Samuel, au bord de l'océan, nous avons, tous ensemble, organisé le plan d'attaque.

D'abord, inventer une histoire crédible pour expliquer pourquoi nous avons disparu avec Briss. L'alimenter de positions GPS et de petits indices disséminés çà et là. Ça, c'était le plus facile.

Ensuite, me préparer pour le Slamb. Encore et encore. Swann et Briss m'ont tellement entraînée que je ne pense plus, je slambe.

Swann a mis au point un système de piratage des données en temps réel. Le plus beau modèle de hacking de tous les temps. Il ne reste plus qu'à espérer que ça va marcher.

Vandal et Aleteya, qui ont pu communiquer grâce à la ligne sécurisée de Samuel, ont épluché toutes les données qu'ils ont pu récupérer sur mon arrière-arrière-grand-mère, Mina, jeune fille de quinze ans en 2015.

On est prêts. Autant qu'on puisse l'être. On ne sait toujours pas quelle est l'info importante qui se cache dans les méandres de ma mémoire fantôme (c'est comme ça que Samuel a décidé qu'on l'appellerait, ma « mémoire fantôme »), mais on en sait un peu plus sur Mina :

En 2015, Mina a donc quinze ans. Elle vit à Paris. Elle aime ses amis. Elle est bonne élève. Elle fréquente un lycée du centre de Paris. Elle a un amoureux qui s'appelle Samuel (tiens !). Elle est heureuse. À la suite du grand rassemblement « On est Charlie » place de la République, elle veut devenir photographe pour « saisir les images de son temps ».

Le jeudi 23 juin 2022, Mina participe à un rassemblement pour le climat organisé conjointement par plusieurs grands pays du monde occidental. À Berlin, comme dans d'autres villes d'Europe, la manifestation dégénère. Répression policière, groupuscules d'opposition, mouvements de foule : plusieurs manifestants sont tués, dont le frère de Mina, Jonathan, qui avait dix-huit ans. Cette date, effacée depuis des archives officielles, sera appelée le Jeudi Noir, ou Jeudi de la Honte. Cette date, je m'en souviens. J'ai tout revécu : les fumigènes, l'odeur du sang, les cris des blessés…

En 2025, Mina a vingt-cinq ans. Son pays va mal, le monde va mal. Elle termine des études de droit, option droit environnemental. Elle se bat avec un mouvement qui défend à l'échelle européenne le devoir de «rébellion écologique». C'est dans ce cadre-là qu'elle rencontre Dragos Battaglia, violoniste à l'Opéra de Budapest et activiste écolo. Ils se marient à Paris en 2029.

On la retrouve en 2047 sur une liste de prisonniers politiques, exécutés par le Parti Européen Pour la Vie. C'est sur les cendres de ce parti, après le déluge, que sera fondé le régime de l'Étoile, et donc l'organisation du monde en cinq branches, dans le but affiché de sauver l'humanité.

Ce que j'ai découvert moi, grâce à mes rêves-souvenirs, grâce à ma «mémoire fantôme», c'est que quelque part entre 2029 et 2047, Mina a mis au monde un enfant, et qu'elle l'a abandonné sous le porche d'un immeuble parisien, probablement pour le sauver.

Ce que j'ai découvert ensuite, c'est que cet enfant n'est pas mon arrière-grand-mère. Mon arrière-grand-mère, Garance, est née en 2030, à Berlin. Elle a été placée dans un Centre d'Éducation Protégée à l'âge de sept ans, soit en 2037. Elle est morte en 2050, après avoir mis au monde ma grand-mère, Natacha. Comment Natacha a-t-elle survécu aux Grandes Eaux ? Je ne le sais pas encore.

Tout en réglant le rythme de ma respiration sur celui des vagues, je pense à toutes ces aïeules, qui ont vécu pour que je puisse vivre, cette lignée de femmes fortes dont je porte la mémoire. Vandal me rejoint. Tous les matins, depuis cinq jours, nous allons marcher le long de la grève, pour nous gonfler les poumons de cet air chargé de sel. Pour profiter tant qu'on le peut de ce spectacle rare et interdit. Pour apprivoiser notre peur.

Aujourd'hui, ce sera notre dernière balade. À midi, nous remonterons dans notre bus : Briss, Vandal, Swann, François et moi. Pour Vita, l'aventure s'arrête là. Elle rentre retrouver l'amour de sa vie. Mais elle va nous suivre sur le Réseau, tout comme Samuel, qui ne peut pas quitter la zone dans l'immédiat, mais qui compte bien nous rejoindre. Il est le plus impatient de tous. Il est persuadé qu'avec ce qui se cache dans ma mémoire fantôme, nous pourrons faire la révolution. Les autres aussi sont d'accord pour faire la révolution. Je pense qu'ils sont fous. Moi, je n'ai pas le choix, mais eux ?

Les garçons vont nous déposer à Munich. Là, nous nous séparerons. Puis François ramènera le bus à l'Usine, mais avant, il aura déposé Swann et Vandal à Prague. Vandal est inscrit comme « coach » de Swann pendant le concours. Nous, avec Briss, nous prendrons le train. À Prague, une fois protégées par les organisateurs du Slamb, nous appellerons nos mères pour les rassurer.

Mais pour l'instant, je marche le long de la côte, sur une route bordée de gros blocs de granit. Le vent souffle, il fait froid. Les vagues grondent à quelques mètres de nous et elles ne me font presque plus peur. Vandal me prend la main. On s'en fout de ce qui va arriver. Pendant ces quelques minutes de notre balade, nous ne voulons pas penser aux risques que nous prenons, nous ne voulons pas penser à ce qu'il va faire lui, si par hasard je gagne le concours et qu'on m'injecte le sérum. Nous ne voulons pas penser à faire tomber l'Étoile, c'est trop dingue. On ne pense à rien. On est bien. On est ici, maintenant.

*

Le jour se lève à peine quand nous arrivons à Munich. Nous avons roulé toute la journée et toute la nuit. François a réparé la fenêtre du bus, mais nous n'avons jamais regagné nos couchettes. Impossible de dormir. Vandal, François et Swann se sont relayés au volant, et nous, avec Briss, on est restées toute la nuit dans le carré/salon, à répéter les sujets de Slamb. Quand c'était au tour de Vandal de se reposer, il s'asseyait à côté de moi, posait sa tête sur mon épaule et s'endormait.

Nous traversons l'immense métropole de Munich, des kilomètres de quartiers Vulnérables, de murs vitrés reflétant les mille nuances grises du ciel, jusqu'à la gare centrale. Notre vieux van ne passe pas inaperçu dans le décor aseptisé du parking où des voitures autonomes déposent des passagers tous habillés du bleu-gris de l'Étoile. Comme il vaut mieux ne pas traîner, pour ne pas risquer d'attirer l'attention, nous abrégeons nos adieux. Je serre François dans mes bras pour le remercier. Je ne sais même pas si je le reverrai un jour.

— Salue tous les autres pour moi, dis-je.

Briss lui tend un petit paquet enveloppé dans une feuille de papier marron trouvée dans un tiroir chez Samuel. Je sais ce qu'il y a dans le paquet. Un exemplaire de *Moby Dick*, offert à chacun d'entre nous par notre médecin gourou.

— Donne ça à Ulysse de ma part.

Je sais aussi que sur la page de garde, elle a écrit un mot où elle lui rappelle à quel point elle l'aime, à quel point elle ne serait jamais devenue ce qu'elle est sans un grand frère comme lui. Elle a aussi un autre cadeau à confier à François.

— Et ça, c'est pour Vik.

Emballée dans le même papier un peu grossier, il y a une photo d'elle, prise avec un antique appareil appartenant lui aussi à Samuel. Une photo carrée, aux couleurs passées – c'est à cause de la pellicule, qui a plus de quatre-vingts ans, a dit Samuel. Au dos de la photo, Briss n'a rien écrit. Les mots d'amour, ce n'est pas son genre.

— Tu vas les revoir, tu sais, dit François.

— Je sais… C'est au cas où.

— Bien.

— D'ailleurs, s'il m'arrive quelque chose, dis-leur que je les aime, OK ?

— Il ne va rien t'arriver.

— Oui, bien sûr. Mais promets quand même.

— Je promets.

Puis nous empruntons l'escalier mécanique qui mène aux quais, laissant derrière nous nos amis et cette partie de notre vie tellement étrange. Dans le train, nous retrouvons le confort réservé aux Lastings et nous dormons la plupart du temps. À Prague, Briss a commandé une voiture, censée nous attendre sur le terre-plein des Premières Classes. Nous nous dirigeons vers les portiques de sécurité, au bout du quai, quand Briss me prend le bras. De l'autre côté, dans la zone réservée aux personnes venues accueillir les voyageurs, se tient ma mère. Je reconnais immédiatement sa silhouette menue, son petit chapeau qu'elle porte quand elle voyage pour se protéger les cheveux, la façon qu'elle a de tenir son sac à bout de bras. Son visage inquiet scrute le quai. Elle a l'air fatiguée, amaigrie.

— Comment elle savait qu'on serait là ? demandé-je à Briss. Tu ne nous as pas fait de fausses identités ?

— Bien sûr que si ! C'est juste que je... Soit on s'est fait démasquer, soit elle attend à la sortie de tous les trains. Elle t'attend.

— Ça lui ressemble... Je fais quoi ?

— On va lui parler.

— Je ne peux pas...

— So, tu dois lui parler, elle comprendra.

— Elle comprendra si je lui dis la vérité. Je ne peux pas lui dire la vérité. C'est trop risqué. Personne ne doit savoir.

— Mais c'est ta mère !

— Justement. C'est ma mère.

Je regarde autour de moi.

— OK... Je suis sûre qu'on peut changer de quai. Viens, on fait demi-tour.

— So ! Mais qu'est-ce que tu fais ?

— Suis-moi !

Je me mets à courir en remontant vers la queue du train. Au moment où je me retourne pour vérifier que Briss me suit, j'aperçois ma mère, tenue par deux gardes à l'entrée des portiques de sécurité. Elle essaie de passer par-dessus. Je cours de plus belle, et mon cœur éclate en mille morceaux, comme quand je fais une crise. Mais là, au lieu d'avoir lieu dans mon cerveau, l'explosion a lieu dans ma poitrine, dans mon ventre. J'entends son hurlement déchirant :

— Sophìaaa !

Au bout du quai, nous sautons sur les voies pour rejoindre une plateforme d'entretien, qui nous mène derrière la gare, sur un parking réservé aux employés, fermé par de hautes grilles. Briss sort son IA et elle commence à balayer les identifications des voitures garées là. Elle cherche le véhicule le plus simple à pirater. Elle en trouve un qui n'est même pas verrouillé et il ne lui faut pas plus de cinq minutes pour ouvrir les portes et prendre les commandes.

— Tu es sûre que tu veux faire ça ?

— Certaine.

— OK.

Briss donne au GPS l'adresse du Stade de l'Étoile.

— Je demande l'autorisation de dépasser la limitation de vitesse.

— *Désolé, vous n'êtes pas agrémenté pour ce genre de décision*, répond l'IA du véhicule, un modèle tellement basique que Briss ne peut pas en tirer grand-chose.

— Merde, merde, merde. Faites vite !

— *Nous serons sur place dans dix-sept minutes.*

— OK. Dix-sept minutes. On respire. Ça va ?

— Ça va. j'espère que je ne vais pas faire une crise ; j'ai mal à la tête.

— Concentre-toi sur ta respiration.

— J'y arrive pas, Briss. J'y arrive plus, là.

— Tout va bien se passer. Quand on arrive, on court. Tu es prête ?

— Je crois…

La voiture s'arrête treize minutes plus tard à près de trois cents mètres du stade. Nous sommes coincées derrière une rangée de véhicules, qui tous déposent d'autres concurrents, accompagnés de leurs coachs et de leurs familles.

— On ne peut pas attendre, on finit à pied, dit Briss.

Nous abandonnons la voiture et remontons le long du gigantesque bâtiment en forme d'œuf, en courant et en bousculant les nombreuses personnes qui, comme nous, se dirigent vers l'accueil. Il faut grimper une vingtaine de marches majestueuses pour atteindre la porte principale et nous les gravissons le plus vite possible, sans nous retourner. Pourtant, une fois en haut, juste avant d'entrer dans le hall d'accueil, je ne peux m'empêcher de regarder une dernière fois par-dessus mon épaule. Et je la repère dans la foule.

Ma mère. Elle vient droit vers nous. Je ne l'entends pas, car elle est encore trop loin, à plus de cent mètres de nous, mais mes yeux font comme un zoom sur elle et je peux voir son visage déformé par la peur au moment où elle me voit et crie mon nom. L'espace d'un instant, nos regards se trouvent, se connectent, et nous sommes ensemble, unies par notre douleur, proches l'une de l'autre. Je voudrais tellement la serrer dans mes bras, là, maintenant. Si seulement je pouvais tout lui raconter. Lui dire tout ce que j'ai vécu avec Vandal, lui dire que je suis amoureuse pour la première fois de ma vie, lui raconter ce que j'ai appris sur Mina, lui dire que je suis terrifiée à l'idée de mourir, et surtout de mourir sans avoir eu la chance de la prendre une dernière fois dans mes bras. Mais si je fais ça. Si je m'arrête. Tout est fini, et je ne peux pas me le permettre. Ou bien si ? Je pourrais ?

— Tu viens ? demande Briss.

Nous nous engouffrons dans le bâtiment. La course contre la montre n'est pas gagnée. Tant que je ne suis pas sous la protection de l'organisation, ma mère peut encore s'opposer à ma participation et me faire arrêter, le temps pour moi de rater les inscriptions définitives. Chaque année, un candidat est rattrapé par ses parents sur les marches du stade, et les images tournent en boucle sur les écrans du Réseau. C'est en général ce qui anime les premières heures du Slamb, en attendant que les épreuves commencent. Si les animateurs sont chanceux, ils obtiennent une interview de la mère, qui explique pourquoi elle se dresse entre son enfant et la possibilité d'un avenir glorieux.

C'est donc en jouant des coudes que Briss se précipite dans le hall en criant :

— Urgence famille, urgence famille ! Laissez-nous passer !

Doublant les files d'attente, nous nous présentons à un comptoir d'accueil où une hôtesse nous reçoit.

— Sophìa 2015, dit Briss, essoufflée, nous demandons d'urgence la protection du Slamb, contre l'avis de la famille.

— Oui, je vois qu'une demande de refoulement a été déposée par la mère de la candidate.

— Nous demandons la protection, dit Briss. Vite !

L'hôtesse pose son poignet sur un lecteur carré de couleur rouge, et des portes s'ouvrent au fond du hall. Deux agents – des clones, de vrais molosses – viennent nous chercher et nous les suivons d'un pas rapide dans une petite pièce vide, située juste derrière le comptoir d'accueil. Puis une autre porte s'ouvre et Alexander Last1 apparaît, son beau visage encadré par ses longs cheveux argentés.

— Sophìa 2015 ! s'exclame-t-il en ouvrant les bras, comme s'il était heureux de m'accueillir dans son château pour le week-end. Nous vous attendions. Quelqu'un de votre famille tente-t-il de s'interposer entre vous et le Slamb de l'Étoile ?

— Oui, dis-je en essayant de reprendre mon souffle. Ma mère.

— Demandez-vous la protection des organisateurs du concours ?

— Oui.

— Vous devez le formuler, jeune fille, je demande…

— Moi, Sophìa 2015, je demande la protection des organisateurs du Slamb, et je demande à passer le concours, contre l'avis de ma famille, et malgré son interdiction. Je serai seule responsable…

— C'est bon, c'est bon, venez…

Alexander nous guide dans une autre pièce, derrière un portique blindé protégé par un scan qu'il ouvre en y posant la main. Je remarque alors, pour la première fois, qu'il porte un gros diamant à l'annulaire. Un diamant légèrement bleuté, d'une taille impressionnante. La pièce est un petit salon avec des fauteuils confortables et une table garnie de boissons et de nourriture.

— Ici, vous êtes en sécurité. Notre service juridique arrive dans une minute… Ah, les voilà.

Une femme très grande, très maigre, aux longs cheveux noir corbeau, s'avance vers moi avec une tablette IA. Je me positionne face à la petite caméra dont l'œil rouge clignote tandis que je parle : je connais les mots. Je les ai appris par cœur :

— Moi, So Dinalieb VULBER2072, je déclare vouloir participer au Slamb de l'Étoile pour avoir une chance de servir mon pays. Je demande la protection de l'organisation du concours et déclare être pleinement consciente de mes actes. En conscience, je répète ma volonté de vouloir passer le concours, et ce, contre l'avis de ma famille et malgré son interdiction. Je sais dès à présent que je serai seule responsable des conséquences psychologiques, morales et juridiques qui découleront de cette décision, et ce, quelle que soit l'issue du concours.

— Vous vous rendez bien compte que si vous perdez, et que votre famille ne veut plus de vous à la sortie, l'organisation ne pourra en aucun cas être tenue responsable.

— Je comprends.

— Vous devrez assumer seule votre subsistance. Aucune aide ne vous sera accordée.

— Je comprends.

— Signez là, me dit la juriste en me tendant un petit écran sur lequel je pose les cinq doigts de ma main.

— Et voilà ! s'exclame Alexander. Sophìa 2015. Soyez la bienvenue à la dixième édition du Slamb de l'Étoile.

Je crois pouvoir entendre le hurlement de douleur poussé par ma mère de l'autre côté des portes closes.

*

Le reste de l'après-midi passe comme dans un rêve, pas un mauvais rêve, mais pas un bon non plus. On nous sert à manger et je ne refuse rien. Je dois prendre des forces. Puis une organisatrice – un clone, mais tellement réussi que j'hésite une seconde, elle a même des taches de rousseur et un épi rebelle dans ses cheveux bouclés – nous confie des tablettes configurées en réseau fermé et nous prive de toutes nos IA. Nous voici bel et bien coupées du monde. Ensuite, un steward nous fait visiter les «lieux de vie», comme ils les appellent. Le salon commun, la salle à manger, le spa – pour notre détente et notre bien-être… Depuis notre arrivée, je cherche des yeux Vandal et Swann à chaque détour de couloir. Mais il n'y a que des filles.

— Les garçons sont logés dans une autre aile du bâtiment, me dit Briss.

— Ça va être facile pour communiquer avec eux…

Du regard, elle m'ordonne de me taire. Nous devons nous y habituer. Tous nos faits et gestes sont surveillés.

On nous attribue un petit appartement fait d'une chambre à deux lits, d'une salle de bains et d'une minicuisine équipée d'une bouilloire, d'un réfrigérateur, de deux plaques de cuisson. De quoi se faire des encas. Le frigo est plein de ce que l'Étoile peut offrir de meilleur : les meilleures céréales, des gâteaux, du beurre, et même des œufs.

— Beurk, dis-je. Tu en as déjà mangé ?

— Bien sûr, me dit Briss. Je vais te les préparer. Bien cuit, c'est bon.

— Pas de vue sur l'extérieur, c'est glauque.

Briss ouvre les rideaux et actionne un petit écran tactile. Des paysages divers s'affichent dans l'encadrement de la fausse fenêtre.

— Ah non, dis-je en protestant. Je préfère encore pas de décor du tout.

Briss éteint le panorama de pacotille. Je pense au temps que nous allons devoir passer sans apercevoir la lumière du jour. Nous sommes vendredi. Demain, soirée inaugurale, avec des animations, une cérémonie spéciale « Les Dix Ans du Slamb de l'Étoile » et des projections de petits clips sur les candidats. Aujourd'hui, notre but sera donc d'échapper aux équipes chargées de réaliser ces interviews. Les épreuves commencent dimanche, et elles dureront jusqu'au dimanche suivant.

— On va être enfermées pendant une grosse semaine, dit Briss. Mais c'est pour la bonne cause.

— Si tu le dis.

— Je le dis comme je le pense.

Je m'assieds sur mon lit, qui est très haut et semble très confortable, comme celui de l'hôtel où nous étions descendues avec Briss, au tout début de l'aventure.

— Ça va? demande Briss.

— Oui...

Je sens venir une crise, mais je ne veux pas le dire. Swann nous a assuré que les chambres ne sont pas surveillées. C'est une obligation juridique. Ils doivent laisser aux candidats des espaces d'intimité. Mais, allez savoir pourquoi, je n'ai pas confiance. Heureusement, Briss me comprend à demi-mot.

— Allonge-toi un peu, je vais te préparer un thé.

Sur mon lit, je trouve une carte en papier épais, de couleur crème, bordée d'un liseré doré.

— Super! je m'écrie.

— Quoi?

— Un carton d'invitation. Pour ce soir, la soirée de bienvenue. Dans la salle à manger commune. On va s'éclater.

— On n'est pas obligées, tu sais, me rassure Briss.

— Je crois qu'il faudrait y aller. Rencontrer un peu mes adversaires.

Je pense surtout qu'on va pouvoir parler à Swann et Vandal.

— Alors repose-toi, dit Briss. En attendant, je m'occupe de tout.

Quand je me réveille, Briss est dans la chambre, en train de s'admirer dans le miroir en pied de la porte du dressing. Elle hésite entre une petite robe noire, simple et bien coupée, en tissu épais, presque molletonné et une robe/tunique bleu sombre, en soie, qui met en valeur ses cheveux roux.

— Tu as trouvé ça où ?

— Il y a tout un vestiaire à notre disposition. On peut se servir. Ça tombe bien. Notre aventure nous a laissées un peu courtes, niveau tenues.

— Ouais…

Je m'étire. Elle vient s'asseoir à côté de moi.

— J'ai appelé ma mère. Il y a des lignes mises à notre disposition.

— Ah.

Je ne sais pas quoi dire.

— Elle était furieuse, tu t'en doutes. Mais elle nous soutient. Elle a dit qu'elle nous aidera, quoi qu'il arrive.

Des yeux, je lui demande si elle a parlé de la maladie. Des yeux, elle me répond que non. Elle me prend la main et ajoute :

— Elle dit que ta mère est dévastée. Qu'elle est à Prague, qu'elle veut absolument te voir. Mais ça, on le savait déjà.

— Quand tout sera fini… J'irai la retrouver, et je lui expliquerai tout. Je dois juste tenir une semaine. C'est pas si long, une semaine.

— So, on va l'appeler. Tu vas lui parler maintenant. Il le faut. Tu en as besoin et elle aussi.

— Non.

Briss soupire, comme agacée par un enfant qui refuse de manger.

— Tu dois l'appeler.

— Je ne peux pas. C'est pas que je ne veux pas, c'est que je ne PEUX pas. Tant que je la garde loin de moi, loin de tout ça, je peux avancer…

— Je ne pense pas que ce soit la bonne solution.

— C'est pas la bonne solution, mais c'est la seule.

— OK…, soupire Briss.

Je me lève, pour couper court à la conversation.

— Et moi, alors ? Je n'ai pas de nouvelle tenue pour ce soir ?

— Si, bien sûr, je t'ai fait une petite sélection, répond Briss en me montrant des vêtements posés sur son lit.

— Tu crois vraiment que je vais porter un truc pareil ?

Je lui montre une robe évasée à la taille, noire avec de fines rayures bleues.

— C'est très chic, très intello. Comme toi.

— Un peu trop féminin et en même temps pas assez…

— Quoi ?

— Sexy ?

Elle lève les yeux au ciel.

— Alors, essaie ça.

Elle me tend un pantalon noir taille haute, coupé dans une matière fluide et à la fois structurée, et un haut crème, une sorte de chemisier avec un col montant et un ruban autour du cou.

— Nan. Pas le haut.

Elle soupire et me passe une blouse toute simple, couleur cerise, elle aussi dans un matériau soyeux qui coule sur ma peau, avec un décolleté en V, profond sans être provocant. Je m'observe dans le miroir. Ce n'est pas moi, mais c'est un bon compromis. Quand je sors de la douche, Briss me met un peu de rouge sur les joues et les lèvres. Je me brosse les cheveux, la tête en bas, pour leur donner du volume. J'avale une pastille donnée par Samuel pour endiguer les crises. Briss me regarde.

— Tu es parfaite.

— OK, alors, allons-y. Je suis prête à descendre dans l'arène.

Chapitre 29

Nous arrivons dans la grande salle commune. Le décor est moins beau qu'à la Maison Baum, quand j'ai passé les éliminatoires, mais c'est impressionnant. Dans le genre chic moderne, tendance navette spatiale. La voûte gigantesque du plafond diffuse une lumière d'opale, les grandes tables sont drapées de blanc, les colonnes autoéclairées varient du bleu au rouge en passant par le rose et le violet très pâle.

Soudain, on me tape sur l'épaule et je me retourne, m'attendant à voir Vandal. Mais j'ai devant moi une jeune fille menue, encore plus maigre que la dernière fois, encore plus pâle. Son tatouage frémit sur la veine de son cou. Ses grands yeux noirs semblent étrangement heureux de me voir. Phénix.

— Salut. Ça va ?

— Ça va, et toi ?

— Alors, tu es venue.

Elle paraît étonnée.

— Oui.

— Tu as changé, dit-elle en me scrutant, la tête un peu penchée sur le côté.

— Moi ? C'est-à-dire ?

— Je ne sais pas, mais tu as changé. Quelque chose… c'est différent. Tu es toi… Et en même temps tu n'es pas toi.

Je reste sans voix, interloquée, cherchant quoi répondre. Cette fille est étrange, depuis le début, elle semble lire dans mes pensées.

Heureusement, nous sommes interrompues par Swann, qui a retrouvé son look tout cuir, ses beaux cheveux crépus lâchés en liberté autour de son visage.

— Salut, mademoiselle Je Ne Sais Rien, dit-il en reprenant le personnage que j'ai connu le jour des éliminatoires. Je te présente Vandal. Mon coach.

Troublée, je salue Vandal. Cette fausse rencontre me fait un drôle d'effet, comme un nouveau coup de foudre, comme une boucle spatio-temporelle. Je tombe amoureuse du garçon que j'aime déjà et je bredouille en rougissant.

Phénix me toise d'un air un peu méprisant.

— Salut, dit Vandal, en me tendant la main dans un geste maladroit.

Et dans les très légères vibrations de sa voix, il y a tout ce qu'il ne peut pas me dire. Que ma tenue est très jolie. Qu'il a envie de moi.

— Euh, oui, et voilà Briss, ma coach, ma meilleure amie.

— Salut, dit Phénix.

— Salut, répond Swann en prenant l'air un peu dégoûté du rebelle obligé de parler à une représentante évidente de la classe dominante.

Je me dis qu'il a vraiment de la ressource : en plus de tout le reste, il est très bon acteur.

— Si on allait au buffet ? Ça a l'air bon, non ?

— Allez-y, vous, moi je préfère rester toute seule, dit Phénix.

— Qu'est-ce qu'elle a encore, cette fille ? demande Swann.

— Je ne me mélange pas avec des gens comme toi, répond Phénix.

— C'est-à-dire ?

— Des voyous. Des *mélas*.

— Oh, c'est parce que je suis noir ?

— Non. C'est parce que…

Elle regarde autour d'elle.

— Tu sais bien ce que tu es. Tu es un (sa bouche forme le son « affranchi »). Et ton ami aussi, là. Salut.

Elle s'éloigne mais revient vers moi.

— Toi, la jeune innocente, fais gaffe à ces mecs, ajoute-t-elle avant de partir.

— OK, dit Vandal. Très sympa, vraiment…

— Elle est bizarre, mais je l'aime bien, dis-je.

— Méfie-toi quand même, rétorque Swann, elle sait des choses qu'elle ne devrait pas savoir.

Et comme nous approchons du buffet, il me glisse à l'oreille :

— Essaie d'avoir l'air de te méfier de nous. Et arrête de regarder Vandal avec ces yeux, là…

— Qu'est-ce qu'ils ont mes yeux ?

— Ils ont vu le Messie.

Je souris et me sers une belle assiette. Puis, tous les quatre, nous nous installons à la grande table, au milieu des autres participants. C'est vrai que dans le lot, nous détonnons. Malgré tous nos efforts, nous avons l'air différents. Je cherche Phénix du regard et la vois, tout au bout de la grande table. Elle mange, droite comme un I. Et de temps en temps, elle me regarde de ses yeux noirs, perçants comme le désespoir.

★

Le lendemain – samedi –, la veille du concours, est réservé aux préparatifs, qui se passent dans une sorte d'excitation anxieuse et affairée. Briss me traîne dans les immenses vestiaires, où des rangées de vêtements s'alignent sur des portants longs d'une dizaine de mètres. Les pièces sont rangées par taille, par genre, par couleur. Je ne trouve absolument pas ce qui me convient. Rien ne me correspond. Je voudrais juste pouvoir être moi. Moi en jean, moi en T-shirt. Je n'ai pas de style bien marqué, comme Swann ou Phénix. Je suis juste une fille normale, avec un style normal.

— Pas exactement, rétorque Briss. Tu adores les vêtements anciens. Ton style n'est pas hyper normal.

— Pourquoi je ne peux pas juste m'habiller comme d'habitude ?

— C'est un spectacle, So, il te faut un costume. Un style immédiatement reconnaissable, qui te définisse.

— Mais justement ! Tu viens de le dire, ce qui me définit, c'est le style *vintage*.

— Nous avons besoin d'un truc plus… spectaculaire.

Briss décroche alors d'un portant une robe à la forme toute simple, mais aux motifs un peu anciens.

— Ça ! dis-je. C'est bien.

— Trop triste, rétorque Briss en rangeant la robe d'un ton sans appel.

Je me mets moi aussi à fouiller et, dans une rangée consacrée aux pièces *vintage*, je trouve soudain un T-shirt blanc, avec en rouge vif, écrite sur deux lignes et en français, la phrase :

PARIS
Je t'aime.

Je cligne des yeux, incrédule. Je suis certaine d'avoir déjà vu ce T-shirt. Sur une photo de Mina. À Paris. En 2015.

*

Quand nous sortons du vestiaire, nous tombons sur Phénix. J'ai l'impression qu'elle nous attendait. Elle me regarde fébrilement et me dit :

— Votre pote, là, Swann (je note qu'elle ne dit plus « le *mélas* »), il va donner une interview.

— Quoi ?

Nous nous précipitons dans l'un des petits salons équipés d'écrans et de fauteuils, pour le visionnage des séquences diffusées. Le visage de Swann, en gros plan, est partout. C'est Miss Biotox en personne qui pose les questions. Briss en est bouche bée. Littéralement. Elle a la bouche ouverte et semble pétrifiée.

— Mais qu'est-ce qu'il fait ?

— Il n'a peut-être pas eu le choix.

— *Alors,* demande Miss Biotox. *Votre surnom est Swann, c'est bien ça ?*

— *Oui.*

— *Vous pouvez nous en dire plus ? C'est vous qui l'avez choisi ?*

— *Pas exactement. C'est mon prénom. Je n'ai pas voulu changer. Ce prénom m'a été donné par la famille qui m'a recueilli.*

— *Vous avez une histoire singulière, cela vous ennuierait-il de nous la raconter ?*

Pendant quelques instants, je perds le fil de ce qui se dit à l'écran. Je suis prise d'une sorte de vertige, mon attention est aspirée dans un tunnel de honte et de regrets. J'ai été tellement focalisée sur moi, sur ma maladie, ces dernières semaines, que je me suis à peine intéressée aux autres. Je les tenais pour des «Affranchis», c'est tout. Des Lastings qui avaient refusé le sérum. Ignorant qu'ils avaient chacun une histoire particulière, des parents, des frères et sœurs, des vies, des douleurs, des joies, toutes ces choses qu'ils avaient abandonnées pour devenir ce qu'ils étaient. Ce n'est pas parce qu'ils parlaient peu de leur passé que je n'aurais pas dû m'y intéresser. Même Vandal. Je ne sais rien. Et je n'ai rien demandé…

Je me concentre à nouveau sur l'image de Swann, dupliquée sur les moniteurs placés à plusieurs endroits de la pièce: Swann s'adossant à son siège, dans l'une de ses postures nonchalantes qui ne sont, je m'en aperçois à cet instant, qu'une façade, un masque. Il semble soudain si fragile.

— Je suis un Vulnérable, ma famille a été massacrée pendant une expédition punitive. Je ne sais pas ce que faisaient mes parents. Mais je pense qu'ils ont été tués parce qu'ils étaient noirs.

— Pourtant, c'est passible de la peine de mort. L'Étoile ne le tolère pas.

— Je sais… Il y avait peut-être autre chose. Je ne le saurai jamais. J'étais au jardin d'enfants, j'avais deux ans. J'ai été recueilli par une famille Lasting. Mais je n'ai pas droit au sérum. N'étant pas Lasting de naissance.

Je regarde Phénix. Elle a pâli. Je me demande soudain si elle ne partage pas le même genre d'histoire. La première fois que je l'ai vue, elle était accompagnée d'une Éternelle. Mon attention revient sur Swann, qui a repris la parole :

— *Je suis ici pour autre chose.*

— *Ah ?* demande Miss Biotox, un peu déroutée.

Apparemment, Swann ne s'en tient pas au script de l'émission. Il va faire une annonce qui n'était pas prévue. La présentatrice est mal à l'aise.

— *Je cherche ma sœur.*

Le silence est désormais palpable dans la petite salle de projection. Tout le monde retient son souffle. Je me tourne vers Briss.

— Tu savais ?

Briss secoue la tête. Elle garde les yeux fixés sur l'écran.

— *Elle avait quatre ans quand nous avons été séparés. Je sais qu'elle a été recueillie par une famille de Vulnérables, qui vivait dans le district de Berlin. C'est tout ce que je sais. Si quelqu'une a une histoire semblable à la mienne, qu'elle appelle le Slamb.*

— *Et pourtant,* bredouille Miss Biotox, décontenancée, *vous devriez être fils unique.*

— *Je sais.*

— *Et quel âge aurait cette sœur ?*

— *Nous n'avions que onze mois de différence. Elle a seize ans. Elle est née en janvier, je crois.*

— *Vous connaissez son prénom ?*

— *Pas avec certitude. Mais quand j'étais tout petit, et que nous avons été séparés, j'avais une peluche et une amie imaginaire. Je les appelais toutes les deux*

Blue. J'imagine donc qu'elle s'appelait Blue. J'ignore si les gens qui l'ont recueillie lui ont donné un nouveau prénom. Tout ce que je sais, c'est que je dois la retrouver.

Je me tourne vers Briss et Phénix, qui semblent littéralement pétrifiées. Moi, je ne ressens rien d'autre que de la honte. Comment ai-je pu être aussi égoïste ? Je sors de la pièce et me précipite dans notre chambre. J'ai bien l'intention de m'y enfermer jusqu'à demain. Je ne veux croiser ni Swann ni Vandal. Je ne saurais pas comment les regarder en face. Briss me rejoint et me trouve allongée sur mon lit, les yeux au plafond.

— Ça va ? demande-t-elle, inquiète. Tu as une C.R.I.S.E ?

Elle n'a pas prononcé ce dernier mot, elle l'a juste dessiné avec la bouche, et lui a donné de fait encore plus de sens, comme si le mot « crise » était en cristal et qu'il pouvait se briser si on le prononçait, comme si moi aussi j'étais en cristal et qu'une *crise*, ou que la découverte d'une *crise* par les gens du Slamb, pouvait me briser moi aussi en mille morceaux, pour toujours et à jamais, moi, ma mémoire, mon avenir. Je me dresse sur un coude et j'observe mon amie.

— Non. Je m'en veux.

— De quoi ?

Je me laisse retomber sur le lit.

— Je ne suis qu'une petite idiote égoïste et autocentrée, qui ne sait rien. Swann avait raison. Je ne sais rien.

— So !

Briss s'assied à côté de moi sur le lit et me prend la main.

— Et si je ne sais rien, c'est ma faute. Ce n'est pas parce qu'on ne m'a rien dit, c'est parce que je n'ai jamais rien cherché à savoir. Tout mon petit monde, sa hiérarchie, son organisation, tout cela, je le tenais pour acquis, pour immuable.

Mon amie ne dit rien.

— Toi, par exemple, je n'ai pas tellement cherché à savoir.

— Savoir quoi ?

— D'où vient ta famille, par exemple. Je ne savais même pas que tu avais un frère !

— C'était un secret.

— Oui, mais je ne t'ai jamais vraiment demandé.

— Demandé quoi ?

— Comment tu te sentais, comment ça faisait d'être une Lasting, si parfois tu doutais, si parfois tu souffrais…

Briss se lève, programme de la musique sur l'IA de la chambre. Puis elle revient s'asseoir à côté de moi et me berce dans ses bras pendant quelques minutes. À mon oreille, elle chuchote :

— Tu ne dois pas t'en vouloir. Tu avais cette connaissance en toi. Ces souvenirs de ton arrière-arrière-grand-mère. C'était lourd à porter, déjà. Tu veux mon avis ?

— Non… Oui ! Oui, bien sûr que je veux ton avis.

— Mon avis, c'est que tu prenais des forces. Quelque chose en toi savait que ce savoir allait… remonter. Et tu prenais des forces.

Maintenant, je pleure dans les bras, dans les cheveux de Briss. Je sais qu'elle a tort. J'ai juste été égoïste. Mais je suis heureuse qu'elle soit toujours là pour me protéger de son indéfectible amour, à me trouver des excuses et me faire passer pour meilleure que je ne suis.

— Moi, je l'ai toujours su, dit Briss.

— Tu as toujours su quoi ?

Elle s'écarte de moi pour me regarder droit dans les yeux.

— J'ai toujours su que tu étais spéciale.

Chapitre 30

Ce soir, malgré les suppliques de Briss, je refuse de participer au dîner d'inauguration du Slamb. Je ne veux pas me mélanger aux autres. Je n'ai pas la force de supporter le regard sombre et désespéré de Phénix, et je n'ai pas le courage de soutenir le regard amoureux de Vandal. Lui, plus que les autres, me fait honte. Cette femme dont il pose le portrait à côté de son lit, je ne lui en ai jamais parlé. Je ne lui ai jamais rien demandé sur ce qu'il avait laissé dans l'autre monde, quand il est devenu un Affranchi. Est-ce qu'il a des frères et sœurs ? Que font ses parents ? De quel rang était-il ? Est-ce que cela lui manque ? Bien sûr que quelque chose, que quelqu'un lui manque. Alors qui ? Quoi ?

Nous passons la soirée au lit, à grignoter en regardant sur le Réseau la soirée d'avant-Slamb, un programme indigeste fait de séquences des années passées, d'interviews d'anciens concurrents, de reportages édifiants sur les missions accomplies par les néo-Lastings. Briss a bien essayé de me convaincre de faire une petite séance d'entraînement, mais je n'en ai pas envie. Je n'ai envie de rien. Juste d'être là, avec elle, devant cette émission débile, qui me semble étrangement lointaine, à des années-lumière de ma réalité, alors que je suis exactement au centre de cette réalité, justement. Ce soir, c'est de ça dont j'ai envie. Faire comme si tout cela ne me concernait pas. Comme si je n'étais qu'une jeune fille de quinze ans, en 2105, regardant un programme populaire et inepte avec sa meilleure amie en grignotant des chips de légumes. De temps en temps, ma conscience m'envoie des petits signaux de détresse pour me rappeler que dans *ma* réalité, des gens sont probablement en train de souffrir à cause de moi. Ma mère… Vandal qui doit s'inquiéter et qui ne peut même pas venir voir si tout va bien. Soudain, on frappe à la porte. Briss et moi nous regardons, étonnées. Briss se lève, actionne prudemment le système d'ouverture. Swann se tient dans l'encadrement, son habituel sourire narquois sur les lèvres.

— Vous faites quoi ?

— Mais… Comment as-tu réussi à entrer dans le quartier des filles ? demande Briss.

— Bah. Pas très compliqué.

Briss le fait entrer, en vitesse, de peur qu'il ne se fasse surprendre.

— Qu'est-ce que tu fais là ?

Je monte le son sur le Réseau.

— Qu'est-ce que je fais là ? On se fait du souci ! Voilà ce que je fais là.

— Tout va bien. On avait juste envie de passer une dernière soirée… tranquille.

— Swann, dis-je. Je suis désolée. Je ne savais pas, pour ta sœur, pour ton histoire…

Il me fait un petit sourire coincé.

— T'inquiète pas pour ça. Toi, ça va ?

— Ça va…

J'ai une boule dans la gorge au moment où je dis ça, et pour un peu je me mettrais à pleurer, preuve que ça ne va pas fort.

— Bon, je voulais juste checker. Prêtes pour demain ?

— Oui, répond Briss. Fin prêtes. Et toi ?

— Ça va aller. Du gâteau.

— Bien.

— Alors, j'y retourne. On se voit demain ?

— OK.

Au moment où il passe la porte, je le rappelle :

— Swann ?

— Oui.

— Tu peux dire à Vandal que… que je suis désolée ? Et que…

Je ne sais pas comment formuler ça.

— T'inquiète, dit Swann.

Il me fait un clin d'œil.

— Je trouverai les mots.

*

Nous nous réveillons très tôt le lendemain matin, Briss et moi. Nous avons passé une nuit agitée et le fait de ne pas pouvoir ouvrir la fenêtre pour respirer et regarder le ciel me pèse. Je voudrais sortir me balader avec Vandal au bord de la mer. Ce petit rituel, qui n'a pourtant que cinq jours, me manque déjà. Je n'ai pas faim, mais je me force à manger quelque chose dans la chambre. La première épreuve du Slamb est un marathon qui va durer la journée entière. Les quatre-vingt-dix concurrents vont se succéder sur le plateau par groupes de six, puis de cinq, puis de quatre. Chaque fois, un candidat sera éliminé ; dimanche soir, nous ne serons – ou ils ne seront – plus que quarante-cinq. Les vraies épreuves pourront commencer. Mais en ce qui me concerne, il s'agit, pour le moins, de tenir jusqu'au soir – si je ne suis pas éliminée avant – sans faire de « C.R.I.S.E. ».

Je prends donc le temps pour une longue séance de méditation/relaxation après le petit déjeuner, en essayant de respirer comme me l'a appris Vita, et en me connectant à mon esprit, sur le rythme de mon souffle. J'essaie de faire le vide, de n'être qu'ici et maintenant. Bien sûr, mes pensées agitées ne se laissent pas dompter et je dois à plusieurs reprises les ramener à moi, les empêcher de partir sur des sujets anxiogènes (ma mère, Vita, Samuel) qui me font battre le cœur et me font perdre le compte de mes respirations. Pour me recentrer, j'essaie de me connecter aux vagues et à leur balancement éternel et puissant, imperturbable, mais elles me font penser à Vandal et mon rythme cardiaque s'emballe, et mon taux de culpabilité me coupe le souffle… Malgré cela, je parviens à me concentrer et à poser mes pensées et mes émotions pendant presque une heure. Quand j'ouvre enfin les yeux, je suis plus calme, plus confiante, et mon esprit est plus clair. Tapi dans les profondeurs de mon cerveau, le petit *Invader* n'a qu'à bien se tenir.

Briss a posé pour moi sur le lit le pantalon fluide mais élégant du premier jour, le T-shirt « Paris je t'aime » et une veste noire aux revers satinés, cintrée à la taille, dont l'élégance, simple et structurée, me donne confiance en moi. Je mets un peu de rose sur mes joues, un rouge vif sur mes lèvres et je m'observe dans la glace. Mes boucles dégringolent sur mes épaules. Je les relève en un chignon un peu flou au-dessus de mon crâne. C'est pas mal. Au moment de partir, Briss me tend une petite boîte carrée en cuir vieilli.

— Qu'est-ce que c'est ?

Je soulève le couvercle, qui résiste un peu.

— Ta mère a déposé ça à l'accueil pour toi. Ils l'ont fait livrer quand tu étais sous la douche.

Sur le coussin en velours se trouve une belle chaîne en or, ornée d'un médaillon représentant un ange, avec une étoile en guise d'auréole. Il y a un petit mot sur un morceau de papier découpé en forme de cœur.

C'était à ma grand-mère. Je comptais te l'offrir pour tes 16 ans. Maman.

Je tremble tellement que j'ai l'impression d'être sur une faille sismique. Je vais m'auto-engloutir. Briss prend le médaillon et me le passe autour du cou.

— J'ai hésité à te le donner, je savais que ça serait beaucoup d'émotion.

Je n'arrive pas à répondre.

— Mais de quel droit pouvais-je le garder ?

— Je ne vais pas y arriver, Briss… Je ne vais pas y arriver.

— Bien sûr que si, tu vas y arriver.

Mon amie remet en place une mèche de mes cheveux.

— Allez, dit-elle en me posant un baiser sur la joue. Tu es parfaite. On y va.

Guidées par une hôtesse, nous quittons notre « lieu de vie ». Je ne peux m'empêcher de toucher la médaille autour de mon cou. Ce geste ne me rassure pas, il me fragilise. Il me rappelle que je ne suis pas seule au monde et que des gens peuvent souffrir. Nous rejoignons notre loge, une pièce que nous devrons partager toute la journée avec les cinq autres candidats de mon groupe. Les quatre-vingt-dix concurrents sont répartis en quinze équipes de six personnes et je fais un vœu : je supplie l'ordre de l'univers de m'avoir placée dans le même groupe que Swann car les coachs sont autorisés à rester avec les candidats et la seule chose qui pourrait me calmer, ce serait de me trouver dans la même pièce que Vandal. Au point où j'en suis, être proche de lui pendant toute une journée ressemblerait à un ultime cadeau, le dernier repas du condamné. Quand nous arrivons dans le petit salon, équipé de canapés confortables, de plusieurs écrans, et d'une table chargée de choses délicieuses à manger et à boire, nous découvrons que nous serons pour toute la journée dans le groupe Kappa. Avec Phénix. Mais sans Swann.

— Votre copain est dans le groupe Xi, me dit Phénix.

Je m'aperçois qu'elle est seule.

— Tu n'as pas de coach ?

— Non, répond-elle en haussant les épaules. Pas besoin.

Je voudrais lui demander qui était l'Éternelle qui l'accompagnait, le jour des éliminatoires, mais je n'ose pas. Leur lien m'avait semblé si précieux et fragile, comme un fil de soie, solide et invisible, trop intime pour qu'on ose s'en mêler.

— Il y a du gâteau au chocolat, dis-je en lui faisant un clin d'œil.

Et, pour la première fois, elle me sourit. Un vrai sourire, un sourire avec les yeux. Briss, qui était partie prendre des renseignements, revient vers nous. Elle salue Phénix puis se tourne vers moi :

— L'ordre de passage respecte l'alphabet. En gros, à raison d'un groupe de six toutes les demi-heures, ça donne… de 8 heures à 10 h 30, les groupes Alpha, Bêta, Gamma, Delta et Epsilon. De 10 h 30 à 13 heures, les groupes Zêta, Hêta, Thêta, Iota et Kappa.

— Kappa, c'est nous ! dit Phénix. Donc on passe en fin de matinée.

— Oui, et de 13 à 15 h 30, Lambda, Mu, Nu, Xi, Omicron. Swann passe vraiment à la fin.

— Ça va être long.

— Je ne te le fais pas dire. Et ça recommence cet après-midi, mais ça ira un peu plus vite puisqu'il n'y aura plus que cinq concurrents par groupe. Nous, on devrait passer vers 18 h 30. Et Swann en toute fin de journée, vers 20 heures.

Nous savons que les épreuves du soir éliminent le quatrième concurrent de chaque groupe.

— Pour les dernières éliminations, ça s'enchaîne. De 21 heures à minuit à peu près.

— Ça va être épuisant, dis-je.

— Si on est encore là, répond Phénix.

— On sera encore là, rétorque Briss.

Je regarde autour de moi les cinq autres candidats de mon groupe. Phénix et moi, nous sommes différentes. Et quelque chose me dit que Briss a raison. D'une certaine manière, les jeux sont faits d'avance.

Les épreuves sont retransmises sur des écrans et nous pouvons observer les premiers slambeurs se lancer sur la scène. Je plains ceux qui doivent passer en premier. Quel enfer. Malgré l'heure matinale, le public est très nombreux, même si tout le monde sait que les audiences vont commencer à exploser en fin de journée. Ce soir, un habitant sur deux, en Europe, sera devant le Réseau pour suivre le vrai début de la compétition. Ensuite, toute la semaine sera marquée par le concours. Le pays tout entier ne vivra plus qu'au rythme des choisis et des recalés.

Nous venons de voir défiler les six concurrents du groupe Alpha. À raison de cinq minutes par candidat environ, ils se sont succédé au centre de la piste, la tête encerclée par le petit casque à électrodes. Les uns après les autres, sans trop réfléchir, sans avoir le temps de réaliser, ils ont convoqué une émotion, qui a dessiné des formes mouvantes et multicolores projetées sur des dizaines d'écrans géants, placés partout dans l'immense amphithéâtre. La seule émotion que je ressens en ce moment, en les regardant se positionner au centre de l'arène, ridiculement minuscules en plan large, ou tellement proches, vulnérables, pathétiques, quand ils sont filmés en plan serré, c'est la peur. Une peur viscérale qui me donne la nausée. Au-delà de l'enjeu – je ne sais plus très bien ce qui me motive, c'est devenu tellement compliqué que je me perds un peu dans les véritables ressorts de ma présence ici, aujourd'hui –, je suis la même petite So terrifiée à l'idée d'échouer, de mal faire. J'ai six ans, j'ai huit ans, j'ai dix ans. J'ai peur d'être interrogée et de ne pas connaître la réponse. J'ai peur de décevoir. Décevoir qui ? Moi ? Briss ? Ma mère ?

Après le groupe Bêta et les premiers frissons d'émotion, nous commençons à nous ennuyer ferme. Ces épreuves préliminaires sont réellement peu intéressantes. La vitesse de passage, le manque de variété dans les émotions, tout cela rend l'exercice un rien monotone. À chaque fin de session, l'un des concurrents est éliminé et il quitte la scène sous les hourras du public. Héros de cinq minutes, marqué à vie par cette expérience avortée, par ce « bien tenté mais non », le concurrent rentre chez lui, au milieu des siens. Je n'ai jamais vu de reportage sur ceux qui ont échoué si tôt dans la compétition. On dit partout qu'avoir été sélectionné pour le Slamb est, de toutes les façons, un avantage pour la suite. Mais qu'en est-il vraiment ? Qu'en est-il de ceux dont le rêve a duré le temps d'une comète, d'un battement d'ailes ? Comment vit-on avec ça pendant les quatre-vingt-cinq années de vie qui vous restent ? Et dans ces premiers passages, dans ces premières éliminations, dans ces espoirs entretenus et brisés d'un coup sec, je vois pour la première fois clairement toute la perversité de ce jeu et, au-delà du jeu, l'abjection de ce système social, l'injustice fondamentale de tout ce cirque malsain, condescendant et qui ne repose que sur l'idée que « ce n'est sans doute pas parfait, mais c'est le moins pire, et c'est pour le bien de l'humanité ». Tout d'un coup, je vois tout ce dont ma mère ne m'a pas parlé, parce que, sans doute, elle voulait que je le comprenne par moi-même. Hélas, je n'ai pas compris. Jusqu'à cet instant, quand la jeune fille éliminée du groupe Gamma quitte la piste en saluant le public, les bras en croix, je n'avais rien compris, rien vu. Et soudain, je m'aperçois qu'il est un peu tard pour une prise de conscience. Qu'il est trop tard, pour tout. Le sort en est jeté. Dans quelques heures, je serai dans l'arène.

Chapitre 31

Il est 12 h 37 quand je m'avance dans le long couloir qui mène à la scène. Le stade est conçu comme un théâtre antique, avec une piste centrale entourée de gradins, mais il est beaucoup, beaucoup plus grand que le Colisée. Quand j'étais petite, je pouvais passer des heures à regarder des plans du Colisée, à lire des textes historiques sur Pompéi et la guerre de Troie, sur Rome et Athènes. À l'époque de mon arrière-arrière-grand-mère Mina, on pouvait encore, au musée archéologique de Naples, admirer des fresques trouvées sur les murs de Pompéi. Elles avaient survécu pendant près de deux millénaires, protégées par la cendre du volcan. Il en restait quelque chose de fragile et d'éternel à la fois. Naples a disparu assez rapidement quand les eaux sont montées, et le site de Pompéi, qui comme un phénix avait su renaître de ses cendres, a bel et bien été englouti dès les premières semaines.

Le spectacle d'aujourd'hui, ou du moins son arène, se veut l'héritier de ces antiques jeux du

Cirque, l'Antiquité étant l'époque que l'Étoile admire et prend en référence, en nous demandant d'oublier tout ce qui a suivi. Comme s'il était possible de choisir une période historique et décider de s'en prévaloir, au mépris de toute autre référence géographique ou temporelle. Un âge d'or arbitrairement décrété, incomparable puisque délivré de toute comparaison.

Me voilà donc, gladiateur des temps modernes, dans ma petite veste noire cintrée, équipée de mon casque à électrodes, le cœur battant comme celui d'un oiseau pris au piège, aveuglée par les immenses spots, seule au monde, seule en plein cœur du monde, devant des milliers de paires d'yeux. Et parmi tous ces regards posés sur moi, deux me brûlent de leur amour perdu, celui de ma mère et celui de Vandal. Je m'avance et lève la tête vers le public. Puis, comme il nous a été demandé de le faire, je tourne sur moi-même pour saluer aux quatre vents.

— Choisis la colère, m'a dit Briss, c'est le plus facile, on a répété. Tu les regardes, et tu convoques ta colère.

Mais en montant sur scène, à ce moment-là, c'est une joie sauvage que je ressens, qui m'envahit. C'est le goût du sang, la soif de vaincre, l'immense bouffée de liberté de celle qui n'a plus rien, et qui n'a donc plus rien à céder à la violence ou à la fausse bienveillance du système. Je salue et je pousse un cri sauvage, un cri de joie pure. Ce que j'éprouve à ce moment-là doit ressembler à ce que l'on pouvait ressentir au galop, quand il y avait encore des chevaux et des plaines sauvages. Sur les écrans géants, mes émotions dessinent une explosion bleu nuit, lézardée d'éclairs rouge sang. Dans le public, un cri d'admiration spontané éclate, au diapason de mes connexions neuronales. Je lève le bras en un signe de victoire, ou je ne sais de quoi, et je sors de là haletante et abasourdie.

Décidément, je ne suis plus ce que je suis.

*

Briss me prend dans ses bras. Elle semble aussi stupéfaite que moi et ne trouve rien à dire. Nous suivons l'hôtesse chargée de récupérer le casque à électrodes et de nous ramener à notre loge. Il fait chaud, alors j'enlève ma veste. Je suis en sueur. Dans le couloir, nous tombons nez à nez avec Alexander.

— Sophìa 2015, dit-il d'une voix émue. Vous nous avez éblouis.

J'ai envie de répondre « oui, enfin bon, j'ai poussé un cri, quoi ». Mais je me contente de dire :

— Merci, Alexander.

— On se voit cet après-midi.

Quand nous sommes hors de portée, Briss me dit :

— Tu viens de passer haut la main.

— Oui. Le plus dur, maintenant, c'est de garder le niveau.

Dans les loges, j'arrive à temps pour la prestation de Phénix, qui parvient, dans un spasme du corps tout entier, à exprimer le plus profond des désespoirs. Les écrans dessinent des monstres gris et noirs, tous sortis de son cerveau, tandis qu'elle reste une seconde ou deux, ou quatre, recroquevillée. Puis elle se relève, se déplie, se déploie, avant de saluer le public d'un geste élégant, tournant sur elle-même à 360 degrés, avant de sortir de l'arène d'un pas léger et rapide, félin.

— Pas mal, dit Briss.

— Tu m'étonnes.

Nous nous laissons tomber sur un canapé. Pour nous, l'attente vient de commencer.

Il est 18 h 55 lorsque je remonte à nouveau le couloir jusqu'à l'arène. Cette fois, je suis terrifiée. Je ne suis plus portée par l'élan de la première fois, et puis j'ai passé toute une journée dans une petite salle, avec les autres concurrents, j'ai partagé leur stress, leurs attentes, leurs moments de découragement. J'ai vu les candidats se faire éliminer un par un et tout cela m'a lassée. Je suis fatiguée, et j'en ai déjà marre alors même que ça ne fait que commencer. Briss me comprend sans que j'aie besoin de parler. Elle me prend dans ses bras.

— La colère ? Tu vas y arriver ?

— Je ne sais pas…

À cet instant, l'hôtesse m'équipe du casque et me pousse sur la scène, ce qui ne me laisse pas le temps de réfléchir. Je surgis au milieu du stade, éblouie, perdue ; je n'ai plus rien du cheval sauvage. Je me mets à paniquer et quelque chose en moi me dit d'utiliser cette panique, de m'en servir. Alors je fais ce que l'on fait quand on a tellement peur : soit on court, soit on disparaît. Je disparais. Je me pétrifie sur place et me laisse envahir par la peur. Je la laisse m'envelopper, me transformer en statue de glace. Je veux irradier la peur et je suis tellement dans mon émotion que je ne vois pas les formes bleues et tranchantes que mon cerveau dessine à l'écran. Puis, je brise la glace, je m'incline et je quitte la scène en courant. Je tombe alors nez à nez avec Vandal, qui me regarde comme s'il me voyait pour la première fois.

— Salut, dis-je.

— Tu es incroyable, répond-il.

Nous restons quelques instants comme ça, face à face. Puis il me sourit et me dit :

— C'est bizarre, non ?

*

Depuis notre loge, nous admirons le style impeccable de Swann, qui après avoir commencé par le dégoût (il a osé !) nous offre un bel exercice de style sur la stupeur, une émotion originale, tout en finesse.

— C'est son charisme qui fait tout, dit Phénix. Parce que franchement, sinon, c'est pas terrible.

Briss sourit, je crois qu'elle commence à apprécier la personnalité à la fois candide et désespérée qui se cache derrière le cynisme de Phénix. Je pense que, comme moi, elle aimerait en savoir un peu plus sur cette étrange jeune fille. Nous ne sommes plus que sept dans la loge: quatre candidats, trois coachs. Nous dînons tous ensemble dans un silence pesant. L'un d'entre nous, ce soir, sera éliminé. Je me mets à espérer que Phénix sera toujours de la partie. En ce qui me concerne, je n'ai aucun doute. Je suis là pour autre chose que le Slamb. On attend quelque chose de moi. Et cette chose est tapie, très loin dans l'une des galaxies de mon cerveau.

⋆

Cette nuit-là, je ne fais pas de rêve-souvenir: je rêve, tout simplement. Je revis la scène, l'attente, le public dont je ne peux que deviner la présence derrière les spots éblouissants. Je rêve que je dois expliquer $E = mc^2$, mais j'ai tout oublié. Je ne sais plus, je bafouille. Alexander m'encourage: «Allons, mademoiselle, ce n'est pas si difficile, c'est même bête comme chou pour quelqu'un comme vous.» Mais rien. Je ne sais plus rien. De l'autre côté du rideau, en coulisse, Briss me traite de tous les noms. Je suis nulle, décevante, on ne peut pas compter sur moi. Je suis égoïste, bête, une incapable. Je ne peux pas la contredire, elle a raison. Ensuite, dans mon rêve, je retrouve ma mère. Elle est tellement fière de moi, je le sens quand elle me prend dans ses bras. Mais je ne mérite pas son amour, car je suis pourrie. Je me sens corrompue : le petit *Invader* dans ma tête a pris le pouvoir. Désormais, je suis lui, je suis ce diable destructeur et toxique et je dois tout faire pour que ma mère ne s'en rende pas compte. Elle croit serrer sa fille dans ses bras mais elle embrasse un monstre. Je me réveille avec un goût de cendres dans la bouche. Briss m'accueille avec un jus d'orange. De vraies oranges.

— Tu as fait le plus dur, me dit-elle. Toute une journée dans une salle avec les autres et tu n'as pas fait de C.R.I.S.E. À partir de maintenant, nous aurons plus de moments pour nous isoler et nous préparer. Ça va ? Tu te sens bien ?

— Oui, un peu pâteuse.

— C'est normal.

Elle articule silencieusement :

— C'est aussi à cause des cachets.

— Swann est sélectionné ?

Après mon dernier passage, hier soir, je suis allée me coucher directement, j'étais complètement épuisée.

— Haut la main. Il est tellement beau. Tu ne crois quand même pas qu'ils allaient se priver d'un candidat aussi télégénique ? Et puis sa petite histoire de sœur disparue, pour faire pleurer dans les chaumières, y a pas mieux…

— Tu crois qu'il a tout inventé ?

— C'est possible. Ça ne m'étonnerait pas du tout, à vrai dire.

⋆

Dans la grande salle commune, des hôtesses attendent les candidats pour leur donner les instructions de la journée. Vandal, de loin, me fait un petit geste de la main, un peu gauche, et je me liquéfie, de trouille, et aussi d'un bonheur neurochimique nourri à la phényléthylamine. Et puis tout d'un coup, je me demande pourquoi on devrait se cacher. Les autres candidats communiquent les uns avec les autres, non ? Bien plus que nous, qui restons dans notre bulle. Nous sommes très probablement surveillés, nos moindres faits et gestes analysés. Mais dans ce cas, il est encore plus important d'agir normalement. Et avec Swann, nous nous parlons depuis les éliminatoires. Il serait d'autant plus suspect de ne pas aller le saluer. Quittant la file où nous attendons notre tour, je me dirige tout droit vers Vandal, qui attend à un autre comptoir, réservé aux groupes de Lambda à Omicron. Je me plante devant lui. J'espère que les caméras de surveillance ne peuvent pas saisir le courant électrique qui passe de son ventre à mon ventre. Et quand bien même, me dis-je, nous pourrions être tombés amoureux la veille, au premier regard.

— Salut, dis-je.

— Salut.

— Ça va ?

Il me fait son sourire un peu penché, la tête de côté, les yeux brillants.

— Tu as assuré, hier.

— Merci.

Je me sens rougir.

— Et Swann ? Il est où ?

Vandal hausse les épaules.

— En train de se balader, comme d'hab. Il ne me dit rien, et il me laisse faire tout le sale boulot.

— Eh ! C'est ton job ! Tu es son coach, après tout.

Quand nous parlons avec Vandal, surtout au milieu d'autres personnes, il y a toujours deux conversations. La conversation officielle, et toutes les autres choses qui se disent, entre les mots, dans les regards, ou même parfois qui se disent vraiment, mélangées à des phrases plus banales. Il n'y a que lorsque nous sommes ensemble, l'un contre l'autre, que les deux conversations se rejoignent.

— Tu as des nouvelles des autres ?

Ça, ce n'est pas prudent, mais je compte sur le brouhaha ambiant et notre apparente nonchalance pour que ça passe.

— Non, et vous ?

— Aucune.

J'hésite une seconde, puis j'ajoute :

— J'ai la trouille.

— Je sais.

Au moment où nos mains vont se toucher, nous sommes interrompus par Briss, qui nous rejoint.

— Salut !

— Salut, répond Vandal. Bien dormi ?

— Naturellement, toujours. Bon. Les groupes sont les mêmes qu'hier. Mêmes loges aussi. Nous, on passe cet après-midi. En attendant, on peut retourner dans notre chambre.

— Je crois que j'aimerais bien voir les candidats de ce matin.

Sur le réseau des lieux de vie, on ne peut pas assister au direct. Si on veut regarder les autres candidats, il faut le faire depuis les endroits « publics » : notre loge, les petits salons de visionnage, la grande salle commune.

— OK ? Tu préfères quoi ?

Je me tourne vers Vandal.

— On se retrouve dans un des salons ?

— Pourquoi pas ? répond Vandal, un peu étonné. Je… je dois retourner faire la queue, mais on vous rejoint.

— Très bien, rétorque Briss d'un ton sec.

— Alors super, on fait comme ça.

Dans les couloirs Briss m'attrape le bras et me chuchote à l'oreille :

— Pourquoi t'as fait ça ? C'est risqué.

— On s'en fout, dis-je entre mes dents. On doit agir normalement. Et normalement, on aurait envie de les connaître, ces deux-là.

— Parle pour toi.

— Dis, si les groupes sont les mêmes, ça veut dire que je peux me retrouver contre Phénix ?

— Oui ! réplique Briss, un peu agacée par mon manque de réactivité. Tu vas *forcément* te retrouver contre Phénix. Vous êtes trois, OK ? Vous allez devoir improviser toutes les trois sur un sujet donné. Et à la fin, l'une d'entre vous sera éliminée.

— Ah.

— Mais ne t'inquiète pas, ce ne sera ni Phénix ni toi.

— Comment tu le sais ?

— Vous êtes trop télégéniques.

Hier, mon groupe était composé de quatre filles et deux garçons. Les garçons ont été éliminés en premier, puis une des candidates. Il ne reste donc que Phénix, moi, et une fille très grande, avec des cheveux finement bouclés, presque crépus, lui formant comme un halo au-dessus de la tête. Non seulement elle est très belle, mais elle est aussi très douée. J'ai vu sa prestation, et les formes dessinées par ses émotions lui ressemblaient : princières, élégantes, des émotions de danseuse. Je ne suis pas si sûre qu'elle va perdre. Moi, je serais les juges, j'éliminerais Sophia 2015, pas Zora Djovik.

— Quel drôle de pseudo, tout de même, Zora Djovik.

— C'est un vieux nom d'Europe de l'Est, dit Briss avec un petit sourire. À mon avis, encore une qui recherche ses ancêtres !

— Attends, dis-je à Briss en bifurquant dans le couloir qui mène aux loges, je voudrais voir un truc.

Dans la loge, Zora est déjà là, installée avec sa coach, qui est aussi sa mère, une femme très grande, la cinquantaine, avec un port altier et de longs cheveux châtains. Elle nous salue froidement.

— Je cherche Phénix, dis-je.

— Pas vue.

— On va assister aux épreuves de ce matin dans un des salons de visionnage. Vous voulez venir ?

Zora regarde sa mère, qui lève les sourcils et fait non d'un imperceptible mouvement de la tête.

— Nous préférons rester là, répond Zora.

— OK, alors à tout à l'heure.

Je referme la porte et Briss me prend par les épaules.

— Mais qu'est-ce que tu fais ? Tu invites tout le monde ?

— Pourquoi pas ?

— Parce que cette fille joue contre toi. Tu ne dois pas devenir sa copine.

— Briss, je n'y arriverai pas.

— Mais si.

— Je n'aime pas la compétition.

— Oh ! arrête. Tu es ici pour la compétition.

Nous tombons alors sur Phénix.

— Ah, salut ! dis-je. On te cherchait. Tu viens avec nous ? On va visionner les épreuves du matin dans un des petits salons.

Briss lève les yeux au ciel.

— Et... pourquoi pas dans notre loge ? demande Phénix.

— C'est un peu étouffant, non ?

— Si...

— Alors, tu viens ?

— D'accord !

Nous entrons dans un ou deux salons de visionnage avant de retrouver Swann et Vandal. Ils sont avec quatre autres candidats, du groupe Iota, je crois. Parmi eux, il y a un type qui m'intrigue depuis hier, car lui aussi sort un peu du lot. Très grand, tout en longueur, il est vêtu d'un costume noir aux manches trop courtes pour lui. Avec ses cheveux baguettes blonds et ses lunettes carrées, il a l'air d'un enfant grandi trop vite, et je devine que son cerveau super rapide doit le plonger dans des abîmes d'angoisse. Il a de grandes mains de pianiste, et un air à la fois perdu et détaché de tout. Il me semble un concurrent sérieux et un garçon digne d'intérêt.

Aujourd'hui, le Slamb commence vraiment et, cette fois encore, je souffre pour le groupe Alpha, qui est déjà sur scène, et qui doit attendre, avant de pouvoir se lancer, qu'Alexander ait prononcé son discours inaugural. Contrairement à nous, dans le groupe Alpha, les garçons sont majoritaires. Il ne reste plus qu'une fille. Je les regarde s'avancer tous les trois au milieu de la scène encerclée par des gradins pleins à craquer. On parle de 500 000 spectateurs. Le spectacle est gratuit, ouvert à tous les Vulnérables. Mais il faut s'y prendre à l'avance. Ceux qui sont là ont réservé leurs places depuis des mois, certains ont posé l'une de leurs deux semaines de temps privé annuelles.

Alexander ne s'est pas montré la veille. Alors, quand il se lève de la tribune, où il a pris place avec les autres membres du jury, et qu'il salue, la foule lui répond par des hourras. Lorsqu'il lève les bras en signe d'apaisement, le silence se fait, presque religieux. Alexander prend la parole et le son de sa voix semble provenir de tous les coins de l'immense amphithéâtre, comme si sa présence envahissait l'espace, partout et nulle part à la fois. Son beau visage à la peau parfaite de vieux bébé, auréolé de sa crinière blanche, se répète à l'infini sur les écrans placés un peu partout autour des gradins. Il remercie le public, il célèbre cette dixième édition du Slamb de l'Étoile, il présente le jury, qu'on ne présente plus : Éléonora Brittesïgue, que j'appelle Miss Biotox, l'adjointe à la ministre de la Culture ; Béatrix Last10, la présentatrice vedette, une ancienne Vulnérable qui a gagné l'édition n° 3 du Slamb ; Malika Malikasigüe, la spécialiste du droit des générations et prof à l'Université Lasting ; et enfin Basile Anatolesöne, l'inventeur du Slamb, qui se lève mollement et salue avec son air de vieil ado, d'ancienne star habituée aux ovations.

Je ne regarde pas vraiment. Vandal est à un mètre de moi, je savoure le plaisir des ondes échangées par nos corps et nos esprits, car l'amour a lieu d'abord dans notre cerveau, et non pas dans le cœur, même si le mien bat plus fort chaque fois que je le vois. Briss me surveille du coin de l'œil, Swann a l'air parfaitement à l'aise, comme d'habitude. Mais je sais désormais que c'est une façade. Phénix est boudeuse, concentrée, et son corps n'est jamais détendu. Elle semble toujours prête à bondir.

Alexander rend hommage aux candidats : il prononce des mots comme : valeureux, courageux, pris leur destin en main, fierté de l'Étoile, tout ça… Lorsqu'il se rassied, une musique pompeuse, que je trouve assourdissante, ouvre le concours. Les trois concurrents saluent le public, puis Béatrix se lève à son tour, sous les hourras. Je bâille.

— C'est interminable, dis-je.

— Si tu veux, on va se reposer, propose Briss.

— Non, je veux voir quelques passages.

La vérité est que je sens monter une migraine. Et j'ai de drôles de sensations dans le cerveau, comme des petites décharges électriques.

Après quelques remerciements d'usage, Béatrix, impeccable, annonce avec émotion le premier thème, celui sur lequel devront travailler les candidats des cinq groupes de la matinée : l'amour filial !

— Beurk, dit Swann. C'est nul.

— Chut, lui répond Briss.

À l'écran, Miss Biotox a pris le relais et elle donne quelques précisions :

— *Avec ce sujet, on attend de vous un Slamb basé aussi bien sur l'intellect que sur les émotions.*

— C'est l'amour, le sujet de la journée, dit Phénix.

— Comment tu peux le savoir ?

— J'ai étudié absolument toutes les annales. Quand c'est un sujet de ce genre, ils le déclinent. Là c'est l'amour filial, nous, on aura peut-être l'amour pour sa patrie, par exemple.

— Re-beurk, lâche Swann. Je déteste ce cirque.

— Alors, fallait pas venir, dit Phénix.

— Toi, on t'a rien demandé, réplique Swann. Je suis là pour une bonne raison.

— Ouais, ton histoire de frangine, si tu crois qu'on est tombés dans le panneau.

— Pense ce que tu veux, je m'en tape…

Mais il y a une telle douceur pleine de tristesse dans sa voix…

Sur la scène, c'est parti. L'exercice consiste à improviser sur le thème, en se coupant, se répondant, en rebondissant sur les mots et les émotions des deux autres pour former des tableaux. La voix des candidats est amplifiée, mais à l'écran, ce que l'on voit, ce sont les formes mouvantes de leur esprit. Je préférerais qu'on reste sur eux. Leurs « poèmes » slambés ne sont pas mal du tout. En revanche, les images en mouvement sont répétitives et assez laides. Après tout, un cerveau scanné reste un cerveau scanné, même en couleurs. Sauf que c'est justement ça, la particularité du Slamb. C'est avec ça que Basile est devenu célèbre. À l'époque, il imprimait ses plus beaux tableaux mentaux, puis il les reproduisait sur des murs, dans les rues, à la bombe de peinture. C'était vraiment intéressant, c'était beau et surprenant, ça disait quelque chose, que notre créativité est belle en soi, par exemple. Mais la discipline est devenue une espèce de variété dégueulasse qui mélange le vrai Slamb d'origine, l'imagerie neuronale, le pouvoir du Réseau et la capacité de l'Étoile à faire rêver des ados qui ne demandent que ça. Ça n'a plus aucun sens. Si quelqu'un arrive à me dire, de ces trois cerveaux, lequel est le plus beau, alors je veux bien qu'il m'explique.

Tiens, Éléonora a un avis justement. Elle se lève pour donner la sentence. Millia Mille, une petite jeune fille à la bouille sympathique et au Slamb plein de fougue, est éliminée. Le groupe Bêta peut entrer.

⋆

Après trois passages, je dis à Briss que je suis fatiguée et que je veux retourner dans la chambre. J'essaie d'avoir l'air calme ; en réalité, je panique. Il se passe un truc dans mon cerveau, je ne sais pas quoi ; comme si je sentais l'*Invader* bouger dans ma tête. Nous remontons les couloirs tranquillement, en faisant semblant de parler de tout et de rien. Mais Briss a compris. À peine arrivons-nous dans la chambre que je me mets à trembler de tous mes membres. Briss m'aide à m'allonger sur le lit. J'essaie de respirer, au moins pour endiguer la panique. En tremblant elle aussi, Briss remplit un verre d'eau et cherche les pilules préparées par Samuel pour endiguer les crises (elles ont plutôt bien fonctionné jusqu'à présent). Samuel m'a expliqué que ces crises sont la réponse de mon cerveau aux intrusions de l'*Invader*. Mais celle-là ne ressemble à rien. Je sens que je pars, mes tremblements sont de plus en plus forts. Briss me glisse un mouchoir dans la bouche, pour m'empêcher d'avaler ma langue si je convulse. Elle a raison, car je convulse, tout en restant consciente. Normalement, à ce stade, je devrais avoir perdu connaissance, mais ce n'est pas le cas. Je suis dans un état second, comme au-dessus de moi-même. Je me vois convulser, et je vois Briss chercher partout le petit appareil caché au fond de nos valises. C'est Samuel qui nous l'a donné. Il s'agit d'un « téléphone », un truc qui date d'avant le déluge, et qui doit nous permettre de contacter en urgence Vita et Samuel si quelque chose m'arrive avant les épreuves de la mémoire, date à laquelle Samuel est censé avoir intégré le public et trouvé un moyen d'entrer en contact avec nous. Soudain, mon cerveau se déchire et se fragmente. Derrière mes paupières closes, je vois des éclairs de couleurs, qui ressemblent à un écran quand le disque dur déraille. Puis tout se calme. Briss, en panique, est en train de composer sur le petit clavier le numéro à vingt-sept chiffres que lui a donné Samuel.

— Putain de téléphone de merde, ce truc a au moins cent ans, dit Briss.

Je me rends compte que c'est la première fois que je l'entends jurer. J'enlève le mouchoir de ma bouche.

— Laisse tomber, c'est passé. Je vais mieux.

— Tu es sûre ?

— Certaine.

Briss me tend le verre d'eau et le cachet.

— Tu sais que tu as prononcé de très gros mots ? dis-je en souriant.

Elle me prend dans ses bras. Cette fois, c'est elle qui est au plus mal : elle claque des dents. Je sais qu'elle est juste sous le choc, elle a eu la trouille. Jusque-là, elle n'était jamais seule quand je me sentais vraiment mal. Il y avait toujours quelqu'un avec nous : son frère, Vita... Maintenant, elle doit gérer ça sans pouvoir compter sur personne, dans un environnement où nous sommes surveillées en permanence. Je mets le son du Réseau à fond pour couvrir nos voix.

— Je crois que je sais ce qui vient d'arriver, dis-je.

— C'était quoi ?

— Je crois que l'*Invader* vient d'ouvrir une porte dans ma mémoire.

— Tu veux dire…

— Oui, la mémoire de Mina. Il fait ce pour quoi il est programmé.

— Bon… C'est une bonne chose ou pas ?

— Je ne sais pas, j'ai la trouille.

— Je sais.

— J'ai la trouille de ce que je vais découvrir, de ce qui est caché là. Je ne veux pas me souvenir.

— Si tu veux, on part, on dit que tu as changé d'avis, et on se tire de là. On va trouver Samuel, il t'injecte le sérum et on n'en parle plus.

Pendant quelques minutes, nous nous laissons bercer par cette possibilité. Allongées sur le lit, nous regardons le plafond, en y projetant une vie imaginaire, où je suis une Lasting, certes clandestine, et où Briss, une fois par an par exemple, prend des risques pour venir me rendre visite chez les Affranchis. À l'Usine, Ulysse est notre mentor. Avec Vandal, nous vivons une vie belle et bonne, bien que conscients que nous ne vieillirons pas à la même vitesse. Je prends la main de Briss. Nous savons toutes les deux que ce n'est pas comme ça que les choses vont se passer. Nous sommes allées trop loin pour reculer maintenant. Et de toutes les façons, on ne nous laisserait sans doute pas partir comme ça. Si Samuel a raison, je risque de me faire arrêter dès que je passerai la porte.

— Briss, je voudrais que tu me promettes quelque chose, dis-je.

— Demande toujours, mais je ne suis pas sûre d'accepter.

— Si ça tourne mal, tu ne savais rien, OK ? Tu voulais juste aider ta meilleure amie à devenir une Lasting.

— Ouais, on verra.

— Je veux que tu me promettes. Moi, j'ai ce truc dans la tête, c'est mon histoire, c'est ma responsabilité. C'est tombé sur moi, c'est tout.

— Ça m'est un peu tombé dessus aussi, d'une certaine façon.

— Arrête. Tu en as déjà beaucoup fait.

— On verra.

— On verra rien du tout. Je veux que tu me promettes.

— Sinon quoi ?

— Sinon… Sinon je me déshabille en arrivant sur scène tout à l'heure et je passe l'épreuve à poil !

— Même pas cap.

— Ne me tente pas.

— OK, dit Briss, je promets. Je ne savais rien.

Je me tourne vers elle : elle pleure…

*

Le reste de la matinée, je le passe à somnoler. C'est sans doute le contrecoup de ma C.R.I.S.E. Quelque part aux alentours de midi, Swann frappe à la porte. Comme dans un rêve, j'entends la voix de Briss, rassurante : So est juste crevée, elle dort. Elle ne prononce pas le mot d'urgence. Le mot d'urgence, c'est Swann qui l'a trouvé. C'est « papa ». Si Briss prononce le mot « papa », c'est qu'on est dans la merde, vraiment, et qu'on doit faire une réunion. Tous ensemble. En cas de « mot papa », s'il s'avère que la situation est vraiment grave, on a deux options : appeler l'infirmerie et faire comme si tout cela venait de nous tomber dessus. Ou nous enfuir. Pour préparer cette deuxième option, Swann passe tout son temps libre à étudier les moyens de sortir de là sans nous faire attraper. Je sais qu'il ne ménage pas sa peine. En tout cas, pour l'instant, Briss ne prononce pas le « mot papa ». Elle referme la porte et vient me secouer. Je dois prendre des forces pour la suite. Et la suite, c'est vers 16 heures. Alors, en attendant, je mange, je respire, je dors, je respire, je dors, je respire. À 15 heures, Briss me réveille. Il est temps de me préparer. Je prends une douche bouillante et passe le T-shirt « Paris je t'aime », qu'une hôtesse a fait nettoyer et que l'on nous a rendu dans une jolie housse en fibre de soja. Je m'habille difficilement.

— Ça va aller ? demande Briss, inquiète.

— Oui. C'est l'histoire d'un quart d'heure. Je devrais y arriver.

— Ce serait bien qu'on attende avec les autres, sinon on va attirer l'attention.

— On y va. Je me sens bien. Juste un peu fatiguée.

Quand nous arrivons dans la loge, Phénix me regarde bizarrement.

— Vous étiez où ?

Je vois dans son regard à quel point elle se sent vulnérable, sous ses airs revêches.

— Dans la chambre. J'avais mal au crâne.

— Ça va mieux ?

Elle semble sincèrement inquiète. Elle doit se dire que si je suis éliminée, elle se retrouvera toute seule, sans aucun soutien.

— Je peux te poser une question ? demandé-je en me laissant tomber sur un fauteuil à côté d'elle, le plus loin possible de Zora Djovik, dont la mère nous fusille du regard.

— Vas-y, répond Phénix.

— La femme qui était avec toi, le jour des éliminatoires… C'est une Éternelle, n'est-ce pas ?

— Oui.

— Et c'est qui, par rapport à toi ? Je pensais qu'elle était ta coach.

— Je ne voulais pas qu'elle vive enfermée une semaine. Mais c'est pour elle que je le fais…

— Que tu fais le concours ?

— Oui. Elle m'a recueillie quand j'avais onze ans. Je suis une orpheline, et j'ai fait pas mal de bêtises. Mais elle m'a sauvée. Elle m'a sauvée par son amour. Et maintenant, je dois gagner, pour elle. Je ne peux pas mourir avant elle.

— Elle a l’air de t’aimer.

— Qu’est-ce qui te fait dire ça ?

— Je ne sais pas… Ça irradiait, entre vous. L’amour irradiait.

Phénix a l’air heureuse d’entendre ça. J’ai remarqué que les rares fois où elle est contente, où elle laisse tomber son armure de pessimisme cynique, tout son corps s’adoucit, comme si elle était faite de lignes droites qui soudain, un bref instant, devenaient courbes. Briss nous rejoint avec deux parts de gâteau au chocolat. Le sucre est l’une des choses qui ont été longtemps interdites, à partir de 2030, avant d’être réintroduites modérément après 2060. Les humains en consommaient tellement que ça les tuait. Mais à petites doses, c’est bon, c’est vraiment bon. Soudain, dans mon fauteuil, je me souviens d’une chose : je me souviens que Mina adorait le gâteau au chocolat. Je l’entends dire à sa mère : « Tu me ramèneras une part de gâteau de la boulangerie de la rue Vieille-du-Temple ? » Ou alors, sa mère : « Tiens, sur la table, tu as une part de gâteau, il vient de la bonne boulangerie, rue Vieille-du-Temple. » C’est bizarre comme souvenir. Je ne sais même pas ce qu’était une boulangerie. Mais je me souviens qu’elle aimait ça, Mina, quand sa mère passait par la « boulangerie de la rue Vieille-du-Temple ». Je prends un morceau de gâteau et le laisse fondre dans ma bouche. Il n’a pas tout à fait le même goût qu’en 2015. Mais pas loin.

*

Dans le couloir qui mène à l'arène, la voix de Béatrix me parvient légèrement déformée. Elle est en train de présenter le groupe Iota. Nous, les trois candidates du groupe Kappa, nous devons nous tenir prêtes, entourées de techniciens et de l'hôtesse qui s'occupe de nous, tout en restant en contact avec les autres clonesses. Briss, le nez sur l'IA qu'on lui a donnée, consulte les chiffres : toutes les cinq minutes, le public est invité à voter pour tout et n'importe quoi : notre look, nos prestations, notre histoire, notre présence scénique, ce que nous dégageons, notre potentiel, notre patriotisme. Apparemment, les sondages ont parlé : il paraît que je suis l'une des candidates favorites. À la question : « Pensez-vous que Sophìa 2015 aime l'Étoile et qu'elle est prête à se battre pour elle ? », 80 % des votants ont répondu par cinq étoiles, le maximum. D'où ils sortent ça, je me le demande. En fait, je ne me le demande pas vraiment : le Réseau diffuse régulièrement des petits sujets sur les candidats, et je ne l'ai pas vu, mais je suppose que mon portrait insinuait que j'étais prête à me battre pour les valeurs de mon pays.

Soudain, je ressens une petite décharge électrique dans le cerveau, qui déclenche un souvenir fantôme. Il est tellement présent qu'il ressemble à une vision, et je sens mon rythme cardiaque s'emballer. Je suis très à l'écoute de ce qui arrive dans mon corps, ces derniers temps, et je ressens tout beaucoup plus fort, beaucoup plus précisément. Là, par exemple, je subis la vision et, en même temps, j'observe ce que la venue de cette vision provoque dans mon organisme, tout en veillant à ne rien laisser paraître. Trois niveaux de conscience. Quatre en réalité, puisqu'en même temps, je me demande si je vais être capable de rejeter cette hallucination, au cas où elle ne serait pas terminée au moment d'entrer en scène. Dans ma vision, je (et à ce moment-là je suis Mina) me tiens devant mes juges, enfermée dans une petite cage en plexiglas. À mes côtés, d'autres personnes jugées en même temps que moi, elles aussi enfermées dans des cubes en plexiglas. Je suis vêtue d'une blouse grise. Mes genoux me font mal car je suis debout depuis des heures. Mes poignets me font souffrir à cause du lien qui les tient attachés dans le dos et je me concentre sur une douleur, puis sur l'autre, pour pouvoir les supporter.

— Mina Battaglia, dit le juge, vous avez été déclarée coupable d'espionnage, d'activisme dangereux et de subversion contre l'État. Vous êtes donc condamnée à passer cinq ans dans une cellule, en attendant votre exécution, qui aura lieu le 1er février 2050.

Je ne ressens aucune haine, aucune colère, aucune peine. Je regarde la cage en plexiglas de l'autre côté de la salle. C'est celle de mon amour, le père de mes deux enfants. Je n'écouterai pas la sentence qui va le condamner. Je ne veux pas l'entendre. À ce moment-là, le seul sentiment que j'éprouve, et je ne veux en éprouver aucun autre, c'est de l'amour. Je me concentre sur les battements de mon cœur.

Un larsen me déchire les tympans et je reviens ici et maintenant, moi, So, tremblante et nauséeuse.

— Ça va ? demande Briss.

Je ne suis même pas en état de répondre. C'est à nous. L'hôtesse nous pousse sur la scène.

Chapitre 32

Aveuglées par les spots gigantesques braqués sur nous, Zora, Phénix et moi entrons sous les hourras du public. Par-delà l'immense toile tendue au-dessus du stade pour nous protéger de la neige et du froid, je tente d'apercevoir le ciel. Je cherche aussi, dans la foule indistincte, à deviner la présence de ma mère. Comme hier, l'énergie de la foule, la chaleur des lumières et sans doute la petite montée d'adrénaline me portent et me mettent dans un état second. Cet autre état n'est pas paralysant, au contraire, il libère quelque chose en moi, une capacité à devenir plus grande que je ne le suis, plus imposante, à prendre la lumière, comme on dit, pour la rediffuser.

Béatrix, grisée par l'exercice, et que le bonheur d'être là rend légèrement hystérique, annonce les « trois valeureuses candidates du groupe Kappa ». Elle rappelle nos pseudos, et nos visages en gros plan s'affichent sur les écrans, comme une mosaïque répétant à l'infini le même motif – tiens, il faudra que j'en parle à Vandal, ça pourrait être intéressant qu'il prenne une image et la multiplie, ce serait un nouvel axe de son travail. Puis Béatrix évoque nos formidables prestations de la veille, et pour preuve, les tableaux formés par nos cerveaux tournent en boucle sur les écrans. Je reconnais celui de Phénix, sombre et majestueux comme un grand oiseau noir déployant ses ailes.

Le casque à électrodes, mal ajusté, me blesse un peu derrière les oreilles, je n'ose y toucher de peur que mon geste ne soit filmé et me montre maladroite, en difficulté. Je me tiens droite, j'essaie de me poser sur mon souffle. Je sais qu'ici chaque seconde s'étire, et que le temps, comme nos visages mille fois agrandis pour être projetés sur les écrans géants, est amplifié et dilaté. Mais je sais aussi que tout cela va durer à peine un quart d'heure, et qu'un quart d'heure, je peux tenir. Il suffit de se laisser porter par ce temps distendu, de s'y laisser tomber comme dans un jeu de confiance. D'ailleurs, c'est ainsi que les scientifiques décrivent la gravité : l'espace-temps ressemble à une toile, déformée par notre planète, et sur laquelle nous nous lovons, comme dans un hamac aux dimensions de l'infiniment grand.

— Le sujet, vous le savez, pour ces épreuves de l'après-midi, est le sentiment amoureux, annonce Béatrix. Le sentiment amoureux relève-t-il de la chimie, ou est-il l'expression d'un amour sacré ? Elles ont bien de la chance, ces jeunes filles, car elles ont l'âge d'aimer, et je suis certaine qu'elles ont déjà connu ce doux tourment, comme disent les poètes. Alors, mesdemoiselles, après le gong, c'est à vous !

Béatrix disparaît, le gong retentit, et nous nous mettons à slamber. Zora a été désignée pour commencer et je ne suis pas convaincue par sa prestation. À mon avis, elle n'a jamais aimé. Je convoque tout ce que je ressens pour Vandal et le décris dans un mélange poétique et scientifique. Mais c'est Phénix qui nous offre le plus beau Slamb, un mélange de poésie et d'histoire, où elle évoque la rencontre et l'attente, le frôlement et l'angoisse, la douceur et la peine… J'active les zones de l'émotion amoureuse, parce que je sais que ça rendra bien à l'écran. Et si le Slamb de Phénix est le plus beau à écouter, le mien est le plus joli à voir. De nos trois cerveaux projetés sur les écrans, le mien est le plus lumineux, mouvant, créatif, étonnant.

Le gong retentit après quatre minutes d'exercice et Phénix et moi, dans un élan non prémédité, nous nous prenons la main pour saluer.

Béatrix se tourne vers le jury. J'ai un peu mal à la tête. Rien de bien méchant, mais je commence à craindre une crise, et je sais que l'angoisse peut la provoquer… Sauf que je n'arrive pas endiguer l'angoisse… Faites que ça se termine, faites que ça se termine… Phénix me serre la main, comme si elle sentait quelque chose. Miss Biotox fait durer le suspense.

— Le jury a-t-il choisi ? Le jury a-t-il besoin de plus de temps pour délibérer ? Le public a choisi, lui ?

Hourras dans les gradins, chacun, dans le public, a le droit d'appuyer sur un bouton qui allume une lumière verte, rouge ou bleue, correspondant à un candidat. Je suis verte et Phénix est rouge. Il y a peu de bleu dans la foule, mais c'est le jury qui décide, et en principe il n'a pas le droit de se laisser influencer par les couleurs.

— Le jury a voté, s'écrie Miss Biotox en consultant sa tablette. C'est Zora Djovik qui est éliminée. Sophìa 2015 et Phénix restent dans la course, je vous demande de saluer Zora sous un tonnerre d'applaudissements. Je vous demande de saluer le formidable courage dont elle a fait preuve !

Nous sortons, laissant Zora à sa solitude de perdante, à son dernier moment de gloire. Dans les coulisses, Phénix, dans un geste spontané qui me laisse sans voix, me prend alors dans ses bras et me serre fort, tellement fort que je sens les battements de son cœur et la veine de son cou qui frémit.

— Ça va ? me demande Briss.

— Ça va.

— Tu veux te reposer ?

— Oui.

— Alors on file dans la chambre. Désolée, Phénix, on doit te laisser.

Une fois dans notre studio, je me laisse tomber sur le lit. J'ai un peu mal à la tête, une douleur qui remonte des dents aux tempes, mais je ne me sens pas trop mal.

Soudain, on frappe à la porte.

— Swann? articule Briss dans une question muette.

Je hausse les épaules pour dire que je n'en sais rien. Briss ouvre la porte.

C'est Phénix.

— Je peux entrer?

— Non, répond Briss, Sophìa a besoin de se reposer.

— Pourquoi elle a besoin de se reposer? demande Phénix sans se démonter.

— Parce que c'est fatigant.

— C'est fatigant pour tout le monde, tu es toujours en train de lui demander si ça va.

— Je m'inquiète pour elle, et si tu avais une coach, tu verrais que ce serait pareil pour toi.

— Je ne crois pas. Je crois que vous me cachez quelque chose.

Je me lève et décide d'intervenir.

— On ne te cache rien, dis-je. C'est juste que je suis sujette aux migraines. Alors Briss me chouchoute. Et puis, j'ai l'habitude d'être toute seule, du coup, ça me fatigue, tout ce monde…

Phénix me regarde, la tête un peu penchée. Elle sait parfaitement ce que ça fait d'être toute seule.

— Entre, lui dis-je. On allait faire un thé.

Phénix ne se fait pas prier. Elle jette un regard circulaire sur notre chambre et dit:

— C'est la même. J'ai deux lits moi aussi. Mais comme je n'ai pas de coach, le deuxième n'est pas défait.

Une fois que nous nous retrouvons devant nos trois tasses de thé, nous nous apercevons que nous n'avons pas grand-chose à nous dire. Phénix n'est pas du genre à raconter sa vie. Quant à nous, elle a raison, nous avons trop de secrets pour pouvoir parler. Ils sont pour l'instant bien au chaud dans les plis de mon cerveau. Mais au moindre mot, ils risquent de s'échapper. C'est difficile de devoir se taire, de peur que les autres ne vous voient telle que vous êtes. C'est encore plus difficile quand vous ignorez vous-même la nature de ce que vous essayez de dissimuler. Quand vos souvenirs sont une bombe à retardement, et que cette bombe à retardement fait tic-tac, tic-tac, à l'intérieur de votre boîte crânienne.

*

— Ça fait vraiment tic-tac, dis-je à Briss deux jours plus tard, alors que nous nous préparons dans notre chambre.

Je suis devant le miroir et, dans ma tête, j'entends de drôles de petits déclics.

Briss me regarde et je lis l'inquiétude dans ses yeux. Je sais ce qu'elle pense. Elle pense « si seulement Samuel était là pour nous expliquer ce qui est en train de se passer ». Mais il n'est pas là. Nous sommes toutes seules avec notre secret, et moi je suis toute seule avec un cerveau qui fait des petits clics, et dont certaines vannes s'ouvrent sans prévenir, pour libérer un flot de souvenirs fantômes, pas très agréables.

Depuis deux jours, j'ai des visions de plus en plus rapprochées. Ce sont des moments brefs, fulgurants, des scènes plus ou moins violentes, avec ou sans le son. Depuis deux jours également, les duels ont commencé. Les groupes ont été complètement éclatés. Désormais, les candidats s'affrontent deux par deux. Les sujets aussi sont différents : il s'agit de débattre sur des thèmes plus politiques, plus polémiques. Je suis passée hier face à un garçon appliqué et sans charme, intelligent mais sans imagination, dont j'ai à peine compris qu'il ait réussi à arriver jusqu'à ce niveau de compétition. Notre thème imposé : la liberté individuelle peut-elle primer sur celle du groupe ? En gros, il devait soutenir que oui, je devais défendre le non. Je pense que je m'en suis bien tirée, mais nous ne le saurons que ce soir, quand seront annoncés les résultats de ces trois jours de débat. En tout cas, l'exercice ne m'a pas semblé difficile. J'ai argumenté dans un Slamb fluide, qui coulait tout seul. La beauté de l'argumentation doit s'exprimer dans un style toujours poétique. Et mon cerveau, sur les écrans géants, formait des dessins dont les contours et les couleurs changeaient au fil d'un rythme régulier et calme. Un beau Slamb, en somme.

Depuis lundi soir, et la fin des éliminatoires par groupes, une sorte de routine s'est installée, la vie s'est organisée, rythmée par les passages de chacun, par les repas pris tous ensemble, par les longues périodes d'attente. De temps en temps, Alexander se mêle aux candidats et vient papoter avec un petit groupe. Il est le seul du jury à faire ça et il n'est pas venu nous voir, même s'il m'a fait un signe de la main, hier, accompagné d'un sourire chaleureux. Phénix passe presque tout son temps libre (et il y en a !) avec Briss et moi. Nous nous sommes habituées à sa présence taciturne et silencieuse, à son air d'avoir un petit nuage noir au-dessus de la tête, à son besoin d'amour presque palpable, malgré toutes ses tentatives pour avoir l'air d'une dure. Nous passons de longs moments avec Swann et Vandal et ça ne semble pas plus suspect que ça. Tous les autres candidats se sont eux aussi trouvé un groupe d'appartenance, se sont rassemblés par affinités, par hasard, par goût ou par amour (Swann n'est pas le seul à rôder dans les appartements des filles, le soir, et j'imagine que certaines filles se glissent la nuit dans les lieux de vie des garçons, ou dans d'autres chambres que la leur).

Mes souvenirs fantômes, depuis celui du procès de Mina, sont moins précis, mais de plus en plus fréquents. Je suis soulagée d'avoir passé mon tour sans être envahie par une de ces réminiscences, qui prennent depuis lundi la forme de visions presque hypnotiques, et qui me plongent dans un état que je peine à dissimuler. Demain, ceux qui sont encore dans la course se livreront aux épreuves de slamb-mémoire. Je sais que c'est là que j'ai toutes les chances d'être « piratée ». Je le sens aux petits clics de plus en plus fréquents dans ma tête, aux souvenirs de plus en plus envahissants : l'*Invader* ouvre les portes. Nous allons bientôt savoir ce qu'il est censé libérer. Je n'en dors presque plus, et j'ai parfois des bouffées d'angoisse, qui me laissent une drôle d'odeur sur la peau. Une odeur aigre de trouille. À la fois, je voudrais que ces trois jours aux côtés de Vandal, de Swann, de Briss, cette parenthèse avant le chaos, ne finissent jamais. Mais, en même temps, je suis soulagée. Demain, je saurai. Et je pourrai enfin agir, d'une manière ou d'une autre.

*

Cette journée de jeudi passe comme dans un mauvais songe, ou plutôt une sorte de rêverie ouatée, chimique, nauséeuse. En fin d'après-midi, je me réveille en sursaut après un rêve affreux, dont je sais qu'il est en fait un souvenir fantôme : je suis Mina, et je suis dans une petite cellule, toute blanche. J'ai peur. J'ai froid. La porte s'ouvre. Un gardien entre. Mon cœur bat à un rythme inquiétant, celui de la panique. J'attends qu'on vienne me chercher pour une séance de torture, et l'attente est déjà un supplice. L'adrénaline déferle dans ma moelle épinière. Le gardien me demande de sortir, mais je résiste, alors il me frappe, puis il me traîne, à moitié assommée, dans une petite salle blanche où je sais qu'on va m'injecter des produits hallucinogènes, qui vont provoquer des visions atroces et des douleurs artificielles mais insupportables. On m'assied de force sur une chaise, et on m'emprisonne les poignets dans des sangles. Puis mon bourreau me pose sur la tête un petit casque à électrodes et me plante une perfusion dans le bras. Je supplie, je me tords sur ma chaise. Je n'arrive plus à respirer.

Je me réveille à ce moment-là. Briss est au-dessus de moi et je fonds en larmes dans ses bras. Je pleure tellement que je suffoque. Briss, écartant les mèches de mes cheveux trempés de larmes, me console. Elle me supplie de lui raconter mon rêve. Elle sait que ça me ferait du bien. Mais je ne peux pas. Je ne peux pas le lui raconter. Si je le lui raconte, il deviendra vrai.

Nous nous préparons pour la cérémonie qui doit clôturer ces trois jours, pendant laquelle seront annoncés les noms des candidats sélectionnés pour le slambmémoire. Je sais déjà que j'en fais partie. Je sais qu'on m'attend, j'en suis désormais certaine. Tout comme je suis certaine d'une chose : je vais mourir demain. Et ce qui me rend le plus triste, c'est que je n'aurai pas de fille, qui n'aura pas de fille, qui n'aura pas de fille.

— Tu es très belle, me dit Briss.

— Merci, merci…, dis-je en faisant semblant de frimer, d'être joyeuse.

Mais ça ne trompe personne. Je vais mourir demain. Et avec moi, tous mes souvenirs.

Ce soir, c'est la première grande soirée de suspens télévisuel du Slamb de l'Étoile. Tous les candidats qui se sont affrontés ces trois derniers jours en duel se retrouvent sur la scène. Nous portons nos casques à électrodes et nos cerveaux sont affichés tous en même temps sur des écrans compartimentés en petites cases : encore une mosaïque. J'essaie de ne pas trop penser à Vandal, pour ne pas voir mon cerveau rougissant retransmis devant des millions de téléspectateurs. Il était tellement mignon, en coulisse, avec sa dégaine faussement nonchalante et son épi dans les cheveux. Swann est à ma gauche. Entre nous, il y a deux autres personnes, mais de temps en temps, il me regarde et me fait un clin d'œil. Je sens toute sa confiance qui me soutient et je me dis que peut-être, nous ne courons pas à la catastrophe. Si tout se passe comme prévu, dans les gradins, aujourd'hui, doit se trouver Samuel, incognito. Malgré moi, je le cherche des yeux, comme si je pouvais le distinguer au loin, derrière les spots aveuglants des projecteurs. Certaines familles expriment leur soutien en diffusant des messages qui défilent sur les panneaux d'affichage placés au-dessus des écrans géants. Parfois, les réalisateurs de l'événement zooment sur des visages dans la foule et le candidat reconnaît à l'écran ses parents, sa sœur, sa meilleure amie, qu'il se met à saluer par écrans interposés.

Le public alterne des moments de liesse – il reprend parfois en chœur la mélodie du Slamb – avec des moments de silence religieux. Nous nous sentons à la fois tout petits et surpuissants au milieu de cette arène, dans la nuit chauffée par les centaines de lumières, sous cet immense auvent tendu entre nous et les étoiles, justement. Alexander lève les bras et les amples manches de sa tunique blanche forment comme des ailes déployées dans un univers où il est le roi. Le silence tombe, et le silence, quand il réunit des milliers de personnes, est plus puissant que tous les chants et tous les cris de guerre.

— Nous allons désigner ceux pour qui le chemin va s'arrêter, dit Alexander d'une voix mille fois amplifiée. Le Slamb de l'Étoile, comme vous le savez, honore tous ceux qui y participent, les candidats, leurs familles, prêtes au plus grand des sacrifices, et tous les pays de l'Étoile. C'est donc avec fierté et sous les applaudissements de leur famille étendue à l'échelle de toute une nation que les candidats éliminés vont repartir ce soir. Ils sauront mettre à profit cette aventure magnifique pour servir leur pays.

« Clic-clic », ma paupière droite tremble un peu. J'aimerais que cette cérémonie ne dure pas trop longtemps. Je regarde du côté de Swann, qui me fait une petite moue: «Toujours aussi efficace, cet Alexander.»

Miss Biotox égrène alors, classés par ordre alphabétique, les noms, ou plutôt les pseudos, de ceux qui partent. Un à un, ils quittent la scène, saluant sous les hourras du public. À chaque départ, le cerveau du candidat éliminé s'affiche sur les écrans géants, dessinant des émotions mélangées que tous, ici, auraient bien du mal à analyser, ou même à juger: joli? pas joli? Je regarde Phénix, un type m'empêchait de la voir jusqu'à présent. Elle se tient droite et je songe qu'elle ressemble aux héros grecs de mes histoires d'enfant. Elle affronte son destin sans sourciller. Une légère tension est visible à un muscle de son cou qui se contracte imperceptiblement, chaque fois qu'un nom est appelé. Pour finir, nous ne sommes plus que quinze sur la scène, en ligne, séparés par le vide laissé entre nous, là où se trouvaient il y a quelques instants les candidats éliminés. Alexander lève les bras et un hourra s'élève dans la foule. Il lève encore les bras et nous nous rapprochons jusqu'à ce que nos mains se touchent, jusqu'à ce que nos doigts se croisent. Je prends la main de Swann, à ma gauche. Phénix est encore séparée de nous par deux personnes, dont le grand type à lunettes, qui s'appelle Louis, je crois. Alexander s'avance et dit:

— Les quinze candidats sélectionnés pour les épreuves de la mémoire sont, par ordre alphabétique: Alamentico... Alpha 78... Biondina Lou...

Bloom… Diamant… Esther de l'Étoile… Kappa-Kappa Mille… Louis… Octobre 2012… Phénix… Pi Rho Sigma Tau… Sophìa 2015… Swann… Yvan le chat… Zahara.

Nous nous retournons pour saluer l'autre côté des gradins, même si tout est retransmis par les écrans géants, qui alternent ou diffusent en même temps des images de nous en plans larges, en gros plans, ou les plans mouvants de nos cerveaux surchauffés. Mon cœur palpite : et si le petit *Invader* apparaissait là, maintenant, devant tout le monde, comme un mauvais génie révélant avec un vilain rictus l'ampleur de ma trahison ?

Chapitre 33

Nous fêtons notre victoire avec un repas servi dans la salle commune, qui semble soudain beaucoup trop vaste pour notre si petit groupe. Les horloges sans heures ont fait leur réapparition sur les murs ; elles tournent à vide pour nous rappeler que le temps est notre défi, notre objectif, notre ami…

Nous sommes détendus, soulagés d'être encore ensemble. Phénix a presque l'air heureuse.

— Ta grand-mère, l'Éternelle, qui était avec toi. Elle doit être fière de toi, lui dis-je alors qu'elle attaque sa troisième part de gâteau au chocolat.

— Elle l'est. Elle l'a toujours été.

— Tu as de la chance.

— Pourquoi ?

— D'avoir quelqu'un qui est fier de toi.

— Oui… elle est fière pour nous deux. Moi, je ne m'aime pas.

Elle a dit ça simplement, comme un constat, comme si elle avait dit : j'ai les cheveux raides, impossibles à coiffer.

— Et toi, demande-t-elle soudain. Quelqu'un est fier de toi ?

— Moi ? Oh, euh, Briss est fière de moi.

— Mmm. Je voulais dire... Ta famille. Ta mère.

— Ma mère, d'habitude, elle est fière de moi.

— Mais pas là.

— Non. Elle a tenté de s'interposer. Elle ne veut pas que je participe à ce truc.

— Elle a peur de te perdre, c'est normal.

— Oui, mais pas seulement. Elle est contre, aussi. Moralement.

— Elle a raison. Tout ça, c'est de la merde.

Elle sourit en essuyant son assiette avec ses doigts.

— À part le gâteau, bien sûr.

Puis elle jette un coup d'œil à Vandal, assis en face de moi, et donc assez loin car la grande table est aussi très large. Il me regarde et me fait un sourire.

— Et lui, demande Phénix. Il est fier de toi ?

Je rougis, tente de masquer mon trouble. Clic-clic, fait mon cerveau tandis que ma paupière frémit et que mes mains se mettent à trembler. Je respire. Je ne veux pas faire de crise maintenant. Alors j'inspire, j'expire et je pose mon souffle sur le rythme des vagues. Mais l'esprit est indomptable, et une pensée échappe à mon contrôle, insolente et fière : libère-toi, petit *Invader*. Je suis prête. Je t'attends.

Nous passons le reste de la soirée à parler, à regarder des clips sur les premières émissions du Slamb. Ça n'a pas beaucoup changé. C'était il y a dix ans seulement. Et dix ans, ce n'est rien dans le nouveau temps imposé par l'Étoile. Soudain, alors que je suis vaguement l'interview d'une maman de l'un des candidats éliminés, mon cœur fait un bond. Dans le public, face à la caméra, mais sans la regarder, il y a une femme. Elle est là, l'air de rien. Mais elle me fait passer un message. Car à côté d'elle, je reconnais, malgré un déguisement subtil, Samuel.

— Tu as vu? me demande Swann, fébrile, en nous rejoignant.

— Oui.

— Tu crois que ça veut dire quoi?

— Rien! Elle est là, c'est tout.

— Qui est là? demande Phénix. Qui?

— Ma mère, je réponds. Je viens de voir ma mère dans le public.

*

Au moment où nous nous apprêtons à nous mettre au lit, Swann et Vandal frappent à la porte.

— Salut les filles! claironne Vandal pour que tout le monde l'entende bien. On voulait vous féliciter une dernière fois.

— Entrez, répond Briss en soupirant.

Je suis en train de me laver le visage dans la salle de bains, en cherchant au fond de mes yeux la présence de l'*Invader*. Mais je ne le vois pas, naturellement. Il se contente de faire clic-clic en déverrouillant les cases de ma mémoire.

— Conseil de guerre, dit Swann en mettant de la musique pour couvrir le son de nos voix et en s'asseyant sur mon lit.

Il porte encore son pantalon et son gilet en cuir. C'est sa tenue de scène, elle lui donne l'air d'un guerrier dans un vieux film du XXe siècle. Mais là, tout d'un coup, elle me paraît un peu ridicule. Sauf que je sais que Swann n'est pas ridicule. Il est intelligent, efficace, il a toujours un coup d'avance.

— Donc, c'est demain. On a réfléchi avec Vandal. Je suis prêt. Je peux pirater le réseau de retransmission des influx envoyés par ton cerveau. Mais pour ça, je dois me mettre dans un des petits salons, à côté des régies, et je dois utiliser une tablette que je cache depuis le début.

— Le principal souci, dit Vandal, c'est qu'on ne voit pas bien pourquoi on devrait hacker le Slamb. Ça fait trois jours qu'on y pense. Ils savent que tu as l'*Invader*. Donc pourquoi on le leur cacherait ?

— Mais si le public le voit !

— Nannnn ! Le public ne le verra jamais. C'est trop compliqué, trop petit.

— Donc, poursuit Vandal, voilà ce qu'ils vont faire, à notre avis. Ils vont vérifier que tu as l'*Invader* et là, ils vont négocier.

— Négocier quoi ?

— Ce qu'il y a dans ta mémoire.

— Contre quoi ?

— Contre le sérum.

— Ah. Vous en êtes sûrs ?

— Non, pas du tout. Mais ce serait logique.

— On voulait te dire de garder ça en tête. Tu as une idée de ce qu'ils cherchent ? Ça remonte ?

— Pas encore. Je sais que Mina a été torturée et condamnée à mort… Avec mon arrière-arrière-grand-père.

— Je ne pense pas que ce soit ça qui les intéresse.

— Mais les clics sont de plus en plus rapprochés, donc…

— Quels clics ? demande Vandal, alarmé.

— Elle a des clics dans la tête depuis mardi matin.

— C'est l'*Invader*, j'en suis sûre, il ouvre des portes.

— OK…, dit Swann. On va y aller. Demain, il faut absolument qu'on arrive à parler après ton passage. Si je me fais éliminer, on doit avoir un plan.

— Tu crois que tu pourrais te faire éliminer ?

Jusque-là, je n'ai jamais envisagé que Swann pourrait ne pas être en finale.

— Ben… Ça dépend à quel point ils ont besoin de moi.

— Mais tu es le meilleur !

— Joue l'histoire de la frangine, dit Briss.
— C'est pas une histoire, rétorque Swann.
— Joue-la quand même.
— À demain.
— À demain.

*

Cette nuit-là, je suis réveillée par un souvenir fantôme. Quand vos rêves commencent à vous réveiller, c'est que ça ne va pas fort. Mon souvenir prend la forme d'une voix, celle de Mina. Cette voix répète une liste de noms, dans le but de l'apprendre par cœur. Je me réveille et je voudrais noter la liste, mais je suis trop épuisée pour attraper un stylo. Je suis comme clouée au lit. Je ne peux qu'écouter, dans ma tête, l'énumération qui tourne en boucle. Quand je ferme les yeux à nouveau, je vois la liste s'afficher sur un écran d'ordinateur et dessus, il y a mon nom : Mina Battaglia. C'est en essayant de retenir les noms de la liste que je me rendors, épuisée.

Le lendemain matin, au petit déjeuner, je m'approche de Swann, qui charge son plateau de céréales et de fruits frais.

— J'ai rêvé d'une liste, lui dis-je en chuchotant. Une liste de noms.

— Tu crois que c'est ça ? demande Swann, soudain en éveil.

— Ce serait logique, non ?

— Carrément. Et tu t'en souviens ? Tu te souviens des noms ?

— Non... Je suis désolée.

— Pas grave, réplique mon ami en croquant dans un quartier de pomme. Cette fois, on sait ce qu'ils cherchent.

Aujourd'hui, vendredi, c'est le grand jour. Il va être consacré aux épreuves de la mémoire. Nous allons passer un par un sur la scène, pour évoquer un souvenir – heureux ou malheureux – et tenter de le transformer en tableau mouvant sur les écrans reliés à nos scans cérébraux. Ceux qui parviendront à dessiner des formes reconnaissables gagneront beaucoup de points. J'ai toujours trouvé que l'exercice était subjectif. Comme quand on cherche à lire des formes précises dans les nuages. Mais certains candidats sont devenus célèbres pour avoir su, pendant les épreuves de la mémoire, dessiner avec leur cerveau des objets directement reliés à leur souvenir : un arbre, une tête d'animal sauvage, une maison...

J'ai réfléchi avec Briss et, finalement, nous avons décidé que j'allais « dessiner » un souvenir qui n'en est pas un. J'ai choisi de parler de mon père.

La journée va être très longue car nous passons par ordre alphabétique. Je suis donc dans le groupe du soir, juste avant Swann. Phénix est la dernière de l'après-midi.

Toute la journée, nous regardons, dans la grande salle ou dans les petits salons, les retransmissions des épreuves, entrecoupées d'interviews, de petits sujets à voir ou à revoir, d'analyses, de débats ineptes sur les différents candidats. Jusqu'en finale, c'est le jury qui décide. Mais pour départager les quatre finalistes, le vote est au public. Cependant, ce dernier est influençable et Briss m'a expliqué comment les émissions poussent les spectateurs à désigner ceux que l'Étoile a déjà choisis.

Je me sens pâteuse, engourdie, pressée d'en finir, et la journée n'est supportable que parce que Vandal est près de moi, parfois à quelques centimètres. Alors que nous sommes assis tous les deux sur un même canapé, je presse un peu mon genou contre son genou, mon avant-bras contre son avant-bras. La pensée que je vais mourir, aujourd'hui, ou peut-être demain, ne me quitte pas. Elle ne me fait pas tellement peur non plus. Elle ne me laisse que des regrets, ce qui est triste à mon âge. Clic-clic, fait le petit bruit dans ma tête, et je me force à manger, souvent et peu, en attendant le soir.

Vers 17 heures, comme je suis à moitié assoupie dans l'un des petits salons de visionnage, Phénix vient s'asseoir à côté de moi.

— Je peux te parler ? demande-t-elle.

— Oui…

Je me redresse en bâillant.

— Je n'ai aucune chance.

— Qu'est-ce que tu racontes ?

— Demain, si je me retrouve en finale contre toi. Je n'ai aucune chance. C'est toi qu'ils veulent. Je ne sais pas pourquoi. Mais je sais qu'ils te veulent.

Elle a raison, bien sûr.

— Qu'est-ce qui te fait dire ça ?

— Qu'est-ce qui me fait dire ça... La vraie question, c'est qu'est-ce qui fait que vous me prenez pour une idiote, tous autant que vous êtes.

— Phénix, on ne te prend pas pour une idiote.

— Ils te veulent.

— Je ne sais pas si je vais arriver en finale.

— Bien sûr que si. C'est pas grave de toutes les façons. Je n'avais pas vraiment envie de tout ce cirque.

Elle se lève et me pose un baiser sur la joue.

— Bonne chance.

Et comme elle me regarde une dernière fois avant de passer la porte, je me lève et me précipite vers elle.

— Phénix, je te jure qu'on ne sait pas ce qu'ils ont prévu.

Elle hausse les épaules, pour me signifier que ça n'a plus d'importance, et je la prends dans mes bras. Elle est si fragile, si mince que j'ai l'impression de serrer une enfant contre moi. Elle m'évoque un oiseau aux ailes cassées. Un bébé phénix. J'approche ma bouche de son oreille. Ses cheveux sentent bon, l'odeur d'une fleur délicate et rare. Je la presse contre moi et souffle :

— Bats-toi jusqu'au bout.

Le slambmémoire de Phénix est magnifique et nous le regardons, bouche bée, depuis notre petit salon. À la fois minuscule et impressionnante, seule sur l'estrade, entourée d'une foule également sous le charme, elle raconte un souvenir d'enfance poétique. Elle évoque un jour de pluie, une pluie fine comme nous en avons connu toute notre vie. Ce jour-là, elle jouait dans une cour, probablement près de chez sa grand-mère, et elle a cru sentir le vent de la mer sur son visage. Elle était avec un garçon, un voisin, un camarade. Mais par la magie de l'imagination de l'enfance, elle s'est retrouvée dans un champ, au bord de l'océan. Sur les écrans géants se mêlent les images formées par son imagination et celles formées par son souvenir. Littéralement, on peut y voir le champ, les nuages, le vent dans les branches d'un arbre. Les arènes sont silencieuses, la foule suspendue au récit simple et beau de Phénix. Elle raconte alors qu'elle a senti le vent chargé d'iode sur son visage et qu'elle a levé les yeux vers le ciel. Les nuages filaient à une vitesse surnaturelle. Un gros oiseau noir a pris son envol et ses ailes puissantes ont lutté contre le vent qui forcissait. Phénix a pris la main du garçon. Elle a senti la vigueur de la tempête qui venait, alors elle s'est accrochée à la main du garçon. Elle a passé la langue sur ses lèvres. Elles étaient salées. Comme le vent.

Phénix s'incline et les milliers d'individus qui forment le public se lèvent comme une seule personne pour applaudir. Une caméra zoome sur un visage familier : l'Éternelle de Phénix est assise dans l'une des loges réservées aux Lastings. Elle se tient droite, digne, et son visage ne révèle aucune de ses émotions. Mais une seule larme coule sur sa peau rose et poudrée.

— Bon, dit Briss. Phénix est en finale.

Swann ne dit rien. Il est pétrifié. Je lui donne un coup de coude.

— Alors ? Pas mal, non ? Elle assure.

Comme il ne répond pas, je m'inquiète.

— Swann, ça va ?

— Son souvenir.

— Oui ?

— J'ai le même. C'est mon rêve. Un rêve récurrent. Je le fais au moins une fois par semaine. La maison, le jardin en pente avec les herbes hautes qui descendent vers la côte. Le gros oiseau noir qui prend son envol et qui passe au-dessus de l'arbre. Le vent de la mer. La main de ma petite sœur dans ma main… C'est mon rêve.

Chapitre 34

Pour la première fois, nous gagnons la chambre des garçons, et je pense que désormais, cela n'a plus aucune importance. Ils savent qui nous sommes, ils savent qui je suis. Ils savent que nous savons. Ils pensent juste que nous ne pouvons rien faire, et ils ont sans doute raison. En fait, nous n'avons aucun plan. Nous avons écouté Samuel et lui avons fait confiance aveuglément quand il a décidé que l'important, c'était de savoir ce qu'ils veulent. Tout le reste est passé aux oubliettes. L'amitié de Briss, ma maladie, l'amour de Vandal et la quête de Swann. Tout cela a été relégué au second plan. Ça, c'est ce qui me vient à l'esprit, en quelques fractions de seconde, alors que nous refermons la porte de la chambre des garçons et que Swann, sonné, s'assied sur le lit.

— C'est ta sœur ? C'est elle ? demande Briss.

— Depuis quand tu ne l'as pas vue ? ajoute Vandal.

— On était tout petits. Je devais avoir… cinq ans.

— Et vous étiez où ?

— On vivait dans un orphelinat. Pour moi, ce rêve est lié à l'orphelinat, alors qu'elle dit que c'était chez sa grand-mère. De toutes les façons, c'est forcément un hasard. Ça ne peut pas être ma sœur.

— Pourquoi ? demande Vandal.

Swann le regarde comme s'il était débile.

— Tu nous as vus ? Je te rappelle qu'elle m'appelle le « *mélas* ».

Vandal soupire.

— Tu crois que vous pourriez être demi-frères ?

— Ou même..., dit Briss. Tu sais quoi de ta sœur ?

— Pas grand-chose.

— Comment sais-tu que tu as une sœur ?

— Je le sais. C'est tout. Je m'en souviens. Je me souviens d'elle.

— À quoi elle ressemblait ?

— Je ne sais pas vraiment. Dans mes souvenirs, elle était noire, comme moi.

— Tu crois que tu aurais pu avoir une sœur de cœur ? demande Briss.

— C'est quoi, une sœur de cœur ?

— Quelqu'un que tu aurais choisi, aimé comme ta sœur, mais avec qui tu n'aurais pas de lien du sang.

— Ce serait logique. Les couples Vulnérables n'avaient pas le droit de faire deux enfants.

— Ils n'ont toujours pas le droit, dit Vandal.

— Mais justement, si c'était pour ça que nos parents avaient été condamnés, et que nous avons été placés dans un orphelinat ? proteste Swann. Non ?

— C'est ça qu'on t'a dit ?

— Je ne sais plus si c'est ce qu'on m'a dit, on m'a dit qu'ils avaient été tués…

— Bon, il y a le test ADN.

— Oui, et avant ça, on peut commencer par en parler à Phénix. Si elle te dit qu'elle aussi a perdu son frère… C'est que vous êtes sur la bonne voie.

— Elle nous l'aurait déjà raconté, non ?

— Elle n'a peut-être pas imaginé non plus que son frère pourrait être… toi ?

— De toutes les façons, je ne vais certainement pas lui en parler.

Vandal, Briss et moi attendons. Nous ne sommes pas bien sûrs d'avoir compris.

— Tu ne vas pas le lui demander ?

— Non.

— Euh, dit Vandal, prudemment. On peut te demander pourquoi ?

— C'est hors de question que je foute le bordel. On doit s'occuper de So, et de savoir ce qu'il y a dans sa mémoire.

— Tu n'es pas sérieux, là ! s'exclame Briss. Je ne vois pas le rapport. Tu es ici pour retrouver ta sœur, il y a une petite chance que ce soit elle…

— Ne me dis pas ce que je dois faire, OK ?

— Pardon, je…

— Cette fille n'est pas ma sœur, je ne comprends même pas ce qu'on fout là ! Et en quoi c'est votre problème ? Hein ? Toi, Briss, il faut toujours que tu te mêles des affaires de tout le monde, sans doute pour faire oublier que tu n'es qu'une enfant gâtée. Mais toi, Vandal, là, mon pote. À quoi tu joues ?

— Je t'assure, Swann, qu'on ne joue à rien, on essaie juste de t'aider…

— De m'aider ? Et vous imaginez qu'une bande de nazes comme vous est capable de m'aider ? Et je ne parle pas de So. OK ? So est OK. Je parle de vous deux, là. Lâchez-nous un peu, arrêtez de nous materner. J'ai pas besoin de nounou. So non plus n'a pas besoin de nounou. Alors faites ce qu'on vous dit, et arrêtez de nous faire chier.

Là-dessus, il se lève et sort de la pièce en claquant la porte. Je suis sidérée.

— C'est rien, tempère Vandal. Il est un peu nerveux, c'est normal.

— Oui, dit Briss, glaciale. Ce type est un toxico, violent et imprévisible, on le sait depuis le début.

— Arrête, proteste Vandal. Il n'a rien fumé depuis que nous sommes partis de l'Usine.

— Justement, il commence à péter les plombs.

— Vous savez quoi ? dis-je. Je crois que c'est beaucoup plus simple que ça… Je crois que c'est le souvenir qu'il avait choisi. Il est dans la merde. Il n'a pas de plan B et il sait qu'il va perdre.

*

Une heure plus tard, nous sommes en coulisse, Swann est très nerveux. Pour la première fois depuis que je le connais, il n'est plus le garçon sûr de lui, légèrement blasé, un peu ironique, qui a toujours l'air d'en savoir plus qu'il ne dit. Il est dérouté, perdu, apeuré. Vandal a essayé de lui parler après le dîner pour l'aider à choisir un autre souvenir mais Swann n'avait plus la force de réfléchir. Il s'est même mis à pleurer.

Je le regarde et mon cœur se serre de tristesse. Et s'il n'y arrivait pas ? Vandal me rejoint.

— Tu avais raison. Il avait choisi de raconter son rêve, de parler de sa sœur.

— Alors ? Vous avez quoi, comme plan B ?

— Il veut évoquer le jour où il est arrivé chez ses parents d'accueil. Il sait qu'il ne peut pas faire pleurer dans les chaumières en racontant à quel point sa sœur lui manquait. Il ne doit pas faire passer l'Étoile pour un gouvernement sans cœur qui sépare les fratries en plaçant les enfants de dissidents chez des familles distinctes. Alors il va raconter la découverte de sa chambre, son premier jour.

— C'est pas bon. Ce n'est pas assez fort, dis-je à Vandal. Il doit choisir un autre sujet.

— Je sais. Il ne veut pas…

— N'importe quoi, un truc qui n'aurait rien à voir avec sa sœur, du coup.

— Je sais.

— La première fois qu'il est tombé amoureux, par exemple.

Vandal me lâche la main et me regarde dans les yeux.

— Tu te rends compte de ce que tu viens de dire ?

— Non.

— Alors vraiment, tu ne sais pas ?

— Quoi ?

— La première fois que Swann est tombé amoureux, il ne peut pas le raconter aujourd'hui… Enfin, So !

— Quoi ?

— C'est de toi qu'il est tombé amoureux.

Je cherche quelque chose à lui répondre, mais Briss vient me trouver.

— C'est à toi dans trois minutes.

L'hôtesse/clone me place le casque à électrodes sur la tête.

— Respire…, me supplie Briss.

Clic-clic, fait mon cerveau. Mon cœur bat la chamade.

— … Ça va bien se passer.

On me pousse dans l'interminable couloir qui mène à la scène, et soudain je suis projetée dans la lumière, dans l'arène, sous les yeux de millions de spectateurs, qu'ils soient présents dans les gradins ou cachés, bien tranquilles devant leurs écrans. Quelque part dans le public, il y a ma mère.

Le souvenir que je vais raconter va forcément l'émouvoir, puisque je vais parler de mon père. J'obéis à Briss, je respire, et j'attends que mon cerveau apparaisse sur les écrans. C'est bon. Je peux commencer.

Clic-clic.

Je vérifie : rien ne le trahit à l'image. Pourtant, le petit *Invader* cherche à entrer, je le sens forcer les portes de ma conscience, ou celles de ma mémoire. Je sens qu'il veut s'imposer. Je respire et je le supplie en silence, « pas maintenant, pas maintenant... ». Je jette un œil à l'écran, mon scan est plus mouvant, plus sombre. Encore une fois, je respire. Je dois me lancer, maintenant. Le public retient son souffle. Quand on est exposé comme ça, seul au milieu d'un espace immense, le visage et le cerveau reproduits à l'infini sur des dizaines de moniteurs géants... Quand on est au centre de tout, on est en communion avec ceux qui vous regardent. Ils font plus que vous regarder. Ils vous devinent, ils vous sentent. Ils savent quand quelque chose ne va pas. Je commence :

— Je m'appelle Sophìa 2015 et je n'ai pas connu mon père. Ou presque pas. Je l'ai à peine connu mais les quelques souvenirs que j'ai de lui sont si forts et si vivaces qu'ils font partie de moi, qu'il fait partie de moi.

Mon cerveau bouge dans de jolis motifs réguliers, qui changent au rythme de mon cœur. Je suis sur la bonne voie...

— Voici mon souvenir : j'ai peut-être trois, ou quatre ans. Nous habitons dans la mégapole de Berlin, un appartement spacieux et clair où j'observe longuement les gouttelettes de pluie dévaler avec lenteur les immenses fenêtres, un ballet répété à l'infini sur les façades des autres immeubles, partout, partout dans cette forêt vitrée que nous habitons. Et ces gouttes sont comme le ciel, proches et inaccessibles, silencieuses et uniques. Elles sont l'écoulement du temps, le passé et l'avenir, elles sont l'apesanteur et la vie même.

Clic-clic, fait mon cerveau, alors qu'un souvenir fantôme cherche à s'imposer : *D'autres gouttes de pluie. Je suis à Paris. Je suis Mina. Je m'abrite sous un auvent de café. J'ai le cœur qui bat à tout rompre.*

Je respire. « Pas maintenant, pas maintenant. »

— Je me tourne vers le salon et je le vois. Mon père. Il est debout, derrière le plan de travail, dans la cuisine. Mon père, pour moi, est toujours dans la cuisine. Il aime ça. Il aime que la terre nous donne encore de quoi nous nourrir. Il aime préparer, il aime choisir les produits. Il me prend dans ses bras pour aller au distributeur de notre immeuble. Ensemble, nous choisissons les céréales et les noix : cajou ? pécan ? Je tends ma petite main vers les tubes remplis de graines aux couleurs douces, mon père passe sa carte et la marchandise descend vers le collecteur. Vers le bas, comme les gouttelettes…

Clic-clic.

— Ça me rend heureuse…

Clic-clic.

— Et comme je suis heureuse, mon père aussi est heureux et je le vois à ses moustaches qui frémissent et à sa bouche qui sourit et je l'entends à sa voix qui sourit aussi. Parfois encore, malgré les années, malgré les milliards de gouttelettes qui sont désormais entre moi et le souvenir que j'ai de lui, entre l'espace-temps que nous partagions et celui que je dois habiter sans lui, malgré cela, quand je me concentre suffisamment et que je ferme les yeux, je me souviens de la voix de mon père.

Clic-clic. Une vision s'impose à moi. Je tremble, je suis prise au piège. La vision est en train de gagner. Ma voix prend le relais de ma vision, malgré moi, et le souvenir que je voulais raconter disparaît et c'est maintenant le souvenir fantôme qui m'échappe et qui sort de mes lèvres, et qui change l'image formée par le scan sur les écrans géants.

— Pardon, désolée, je vais raconter autre chose.

Murmure dans le public. Des milliers de gens qui font « oh » ensemble, c'est doux et lancinant comme le chant des cigales.

— Dans ce souvenir-là, il pleut aussi.

Je voudrais arrêter, je sais que je fais une connerie, mais c'est plus fort que moi.

— C'est une vraie pluie. Une pluie d'avant le déluge. Une pluie de printemps. Je suis dans un monde où les saisons existent encore, mais elles vont disparaître, et moi aussi je vais disparaître et retourner à la pluie. Il pleut et je suis trempée. J'ai froid. J'ai froid à l'intérieur. J'ai tout perdu. Je viens de laisser mon enfant sur un trottoir humide, à l'intérieur d'un porche. Je connais la gardienne de cet immeuble. Je sais que c'est une femme bien, intelligente et courageuse. Je sais qu'elle fera ce qu'elle doit faire. Je ne sais pas quoi, d'ailleurs. Qu'est-ce que je ferais à sa place ? Je ne dois pas y penser. Je ne dois surtout pas y penser. Quand j'y pense, mon cœur s'emballe et je panique. Si j'y pense, je vais devenir folle.

Alors, je respire un bon coup, et je me mets à courir. Agir. Ne pas penser. Si je parviens à atteindre la station de métro, j'ai une chance de m'en sortir. Je cours, sans regarder derrière moi. Sans regarder devant non plus, car j'ai de la pluie plein les yeux et plein le cœur et le corps. Je suis la pluie, je glisse, je coule, je retourne à la terre. J'entrevois la station de métro, le panneau Temple. Je devrais courir jusqu'à République. Je le sais. Mais je prends la mauvaise décision... ou pas. Peut-être qu'ils m'auraient eue de toutes les façons. Peut-être que je suis déjà condamnée avant même d'avoir fait le premier pas. Je dérape et quand je me relève, je sens qu'on m'attrape le bras et qu'on m'attache les mains dans le dos et je hurle et je tente de me libérer. Je crie au secours mais personne ne vient à mon secours, je...

Un éclair fulgurant me perce les tympans et je m'évanouis, sur la scène. Court-circuit. En tombant, au ralenti, sur les genoux, comme un soldat tué au combat, je vois sur les écrans mon cerveau qui a buggé. Cette fois, je suis à terre, à moitié consciente. Je devine les bras qui me tirent, le brancard qui me porte. J'entends comme dans un rêve la rumeur qui monte des gradins. « Merde, me dis-je. Merde merde merde. Je vais rater la prestation de Swann. »

LES DERNIÈRES HEURES

Chapitre 35

Je me réveille dans une salle blanche et silencieuse. Aucun son ne me parvient de l'extérieur. Je ne sais ni quelle heure il est ni quel jour on est. Je sais que je suis seule.

C'est peut-être ça, la solitude. Se trouver dans un espace et un temps qui ne sont reliés à aucun des gens que vous aimez.

Je suis reliée en revanche à tout un tas d'appareils : mon cerveau à un scan, et mon pouls à un appareil qui bipe au rythme des battements réguliers de mon cœur. La seule preuve que le temps passe est ce petit signal. Or, si le temps passe, c'est que je suis en vie.

J'attends. Je me mets à compter les battements pour en faire des minutes. 60 bips : 1. 60 bips : 2. 60 bips : 3. Ne pas laisser mon esprit dériver. Rester concentrée sur le décompte. Ne penser à rien d'autre et compter. 60 bips : 4. À 6 fois 60 bips et 32 battements, Alexander entre dans la pièce et pour un peu, je lui demanderais de se taire pour me laisser aller jusqu'à 10. Dix minutes de répit, de parenthèse avant la chute. En tout cas plus ou moins dix minutes. Dix de *mes* minutes. Après tout, je peux bien choisir la durée de mes minutes, non ? Puisque quelque chose me dit que je suis arrivée là où je ne vais plus rien pouvoir choisir du tout. La présence d'Alexander me rassure. Elle signifie que je suis encore reliée aux autres, par lui. Même si je n'ai pas le droit de les voir et que je ne serai plus jamais autorisée à me trouver dans la même pièce qu'eux, à les toucher, à les sentir, je suis encore dans le même espace-temps, ou presque. Pas si loin.

— Alors, mademoiselle Sophìa, dit Alexander en prenant un siège pour s'asseoir à côté de moi. Vous nous avez fait une belle frayeur.

Ne pas croire à ses paroles rassurantes. Le pire est à venir. Je continue à compter les bips. Je sais que s'ILS arrivent à lire dans mes pensées, le décompte me protège, il calme mon cerveau, il LES empêche d'y lire la peur, la panique, l'angoisse. Je garde le contrôle.

— Comment vous sentez-vous ?

— Où sommes-nous ?

Répondre à une question par une question, c'est gagner du temps, dit une petite voix dans ma tête, un souvenir fantôme. Je regarde s'il apparaît à l'écran, ce souvenir fantôme, mais je ne vois rien de changé. Peut-être qu'ils ont deux images. La vraie, celle qu'ils analysent, et celle que je vois, qui serait une copie de mon cerveau, bouclée pour me faire croire que tout va bien. Il faut que je teste le moniteur. Que j'opère un changement visible. Pas maintenant. Après. Là, je dois compter, répondre à Alexander et en apprendre le plus possible.

— Mademoiselle Sophìa 2015, que voulez-vous ?

— C'est encore un test ?

— Non. Ce n'est pas un test. Que voulez-vous ?

— Je ne sais pas. Je ne sais plus.

1 ; 2 ; 3 ; 4... Au moins, je dis la vérité. Si seulement je savais ce que je veux.

— Je veux savoir ce que vous voulez, vous. Je veux savoir ce que je fais là.

— Vous êtes à l'infirmerie.

— Je veux voir mes amis.

— C'est un bon début.

— J'ai le droit de voir mes amis ?

Alexander ne répond pas tout de suite. Il est contrarié. Il pensait qu'on éviterait ce petit jeu. Il se demande s'il doit jouer. On sait tous les deux que je sais. Mais il n'en est pas tout à fait certain. Il doute un tout petit peu. Et si j'étais la jeune Sophìa ingénue qui participe au Slamb en toute innocence ? Qui croit encore qu'elle va avoir le droit de voir ses amis ? Alexander décide de changer de sujet. Bonne technique de manipulation.

— Que se passe-t-il dans votre cerveau, mademoiselle ?

— Je ne sais pas... et vous ?

Je l'agace.

— Vous avez remarqué des choses étranges ?

Il bluffe. Bien sûr qu'il bluffe. Ils l'ont vu. Forcément, ils ont vu l'*Invader*. Ils savaient même qu'il était là avant de le voir. Mais est-ce que je peux jouer sur le doute ? Lui faire croire que je ne sais pas. Pour quoi faire ? Gagner du temps ? Mais est-ce de temps que j'ai besoin ?

47 ; 48 ; 49…

Je ne sais absolument pas de quoi j'ai besoin. Je suis tellement mal préparée. On s'est crus plus malins, on a cru qu'on maîtrisait… On ne maîtrise rien du tout. Je me suis jetée dans la gueule du loup et je n'ai plus beaucoup de marge de manœuvre. D'autant que je ne sais toujours pas ce que veut le loup. Je décide de ne plus attendre. De ne plus jouer au chat et à la souris.

— Vous l'avez vue ?

— Quoi ? demande Alexander, qui semble sincèrement surpris.

— La bactérie. Vous l'avez vue ?

— Oui. Le Turgot.

Merde. Encore un coup de bluff. Dois-je révéler que je sais que ce n'est pas le Turgot ? Je tente. Le doute. Plus il doute, plus j'ai des chances de maîtriser un peu le jeu.

— Alors, je suis disqualifiée.

Alexander réfléchit. Il semble hésiter.

— C'est plus compliqué que ça.

Puis il ajoute :

— Vous n'avez vraiment rien remarqué d'autre que le Turgot ?

— Si je vous le dis, je veux quelque chose en échange.

— Ah ? Quand même ! Vous voyez bien que vous voulez quelque chose. Alors, que voulez-vous ?

— Je veux savoir quel jour on est, et quelle heure il est.

— Si je vous dis quelle heure il est, vous me parlez de ce que vous avez remarqué, ce qui vous arrive ?

— Je ne sais pas. Je suis si fatiguée... Laissez-moi dormir.

*

Je me suis assoupie au milieu des 22 fois 60 battements. Je ne sais plus où j'en suis. Un clone entre dans la pièce pour changer ma perfusion. J'essaie de l'en empêcher. Je ne sais pas ce qu'ils mettent dans la perfusion.

— Ne vous inquiétez pas, dit l'infirmière, ce sont des sels minéraux et du sucre. Mais on va vous apporter un vrai repas.

— Ah ! j'avais peur de ne plus jamais manger.

Elle ne sait pas si c'est une blague. Je tente le coup avec elle, des fois qu'elle ait un cœur :

— Je veux voir mes amis.

Elle ne répond pas et sort de la pièce.

Je m'endors à nouveau et rêve de la liste. Par un effort surhumain, je parviens à m'arracher au rêve de la liste. Je ne veux pas qu'ils puissent la pirater. Je dois résister. Si c'est ça qu'ils veulent… C'est ça qu'ils veulent.

Alexander entre dans la pièce.

— Alors, Sophìa. Avez-vous réfléchi ?

— À quoi ?

— À ce que vous voulez.

— Vous savez ce que je veux ?

— Non, justement, si je le savais, je ne vous le demanderais pas.

Ce que je veux, c'est rentrer chez moi, retrouver ma maman, ma petite vie d'avant, mon arbre dans la cour, devant la fenêtre.

— JEVEUX QUETU CRÈVES, CONNARD !

J'ai mis toute la colère dont je suis capable dans cette phrase et je me suis même relevée sur mon lit, malgré la lourdeur de ma tête, celle du casque à électrodes, et celle de la fatigue. Je dois avoir été un peu impressionnante, parce qu'Alexander a sursauté et il s'est levé. Mais lui faire peur n'était pas mon objectif. Je voulais voir si mon sentiment s'affichait à l'écran. La colère, c'est tout beau tout propre comme émotion. Mon scan a changé d'un coup, il s'est assombri, a bougé. Me voilà rassurée. Sur le moniteur de ma chambre, ils projettent les vraies images. Cela veut dire deux choses : que je vais pouvoir surveiller, et qu'ils me sous-estiment.

Deux points positifs. Pour faire bonne mesure, j'en rajoute une couche :

— TU M'ENTENDS, SORCIER DE MES DEUX ? MORT-VIVANT ? CRÈVE !

Avec une petite moue contrariée, Alexander sort de la pièce. Je reprends le décompte de mes secondes, en surveillant les mouvements de mon cerveau sur le moniteur. Je voudrais le voir apparaître, le petit *Invader*. Je suis tellement seule que je voudrais le voir, comme s'il était mon ami. Je sais que c'est ce qu'ils veulent. Ils veulent que je me sente seule au monde et même hors du monde. Hors du temps. Alors je compte. Une clone, une autre, entre dans la pièce, avec un plateau roulant. Elle redresse le dossier de mon lit.

— Merci, dis-je.

J'ai très faim, je meurs de faim, donc on doit être samedi.

— Je voudrais voir mes amis.

— Je ne peux rien faire.

— Je veux voir ma mère. Vous n'avez pas le droit de m'en empêcher.

Elle pose une serviette devant moi.

— Je veux voir ma mère et si vous m'en empêchez, je porterai plainte et vous aurez de gros ennuis.

— Je suis un robot.

— ET ALORS ?

Je lui ai presque aboyé dessus. Ça ne sert à rien, mais éprouver des émotions de base et les exprimer me semble relever de la survie désormais. Je vais saisir chaque occasion.

— Je ne suis même pas un clone. Je n'ai pas de sentiments. Si ça tourne mal, ils me débrancheront.

— Je sais, excusez-moi.

— Ce n'est rien. Je n'ai pas de sentiments, je vous le rappelle.

— Vous avez bien de la chance.

— Je ne sais pas.

— Ouais.

— Bon appétit.

— Merci.

Encore 7 cycles de 60 battements et Alexander surgit au pied de mon lit, comme un fantôme.

— C'est bon ? demande-t-il comme s'il venait me rendre une visite de courtoisie.

— Délicieux. Quelle heure est-il ?

— Nous sommes samedi, et il est 11 h 30.

Je retiens la cuillère de gâteau au chocolat.

— Je peux vous faire confiance ?

— Bah. Tu n'as pas trop le choix.

Il presse un petit bouton sur le moniteur à côté de mon lit et la date et l'heure s'affichent.

— Chaque fois que tu en as l'envie, tu appuies là.

— Et... Qu'est-ce qui me vaut ce privilège ?

— Je pense que tu es une fille sensée, Sophia. Une fille pleine de sagesse. Et qu'on peut travailler ensemble.

— Ah bon ? Le souci, c'est que je ne sais pas ce que vous voulez.

— Je crois que tu le sais très bien.

Je soupire et m'adosse à mon lit. Je suis si fatiguée. Ce que je voudrais, c'est dormir et me réveiller loin de ce cauchemar.

— Nous voulons la liste.

— Je m'en doutais.

— Bien.

— Mais je ne l'ai pas. Je n'ai pas encore trouvé la force de la noter, et je ne la connais pas par cœur.

— C'est normal. Ça va venir. C'est pour ça. Réfléchis. Qu'est-ce que tu veux en échange de la liste ? Ne réponds pas tout de suite. C'est une affaire sérieuse. Je vais sortir. Tu vas te reposer. La petite bactérie a déjà libéré bien des espaces de ta mémoire fantôme. Si tu te détends et que tu ne bloques rien, tu vas te souvenir de la liste. Alors, nous pourrons négocier.

— Je ne vous fais pas confiance.

— Tu as raison. Mais tu n'as pas le choix.

Il pose un bloc-notes et un crayon sur le drap bleu, à côté de moi.

— Désolé, je sais que tes amis sont de bons hackers, tu comprendras qu'on ne te laisse pas de tablette.

— Je veux voir ma mère.

— Repose-toi. Je reviendrai dans quelques heures.

Au lieu de me reposer, je compte. Je sais que je dois tout faire pour désobéir, pour ne pas céder trop vite. Mais quelque chose dans ce qu'il a dit me trouble. Et je n'arrive pas à trouver quoi. Je compte.

12 fois 60. Je sais ce qui me trouble ! Il a dit « mémoire fantôme ». Il a utilisé exactement le même terme que Samuel. Alors que je croyais que c'était Samuel, justement, qui avait inventé cette expression, *mémoire fantôme*, pour décrire mes visions. Je suis seule. Et si mes amis n'étaient pas mes amis ? Je ne sais plus en qui je peux avoir confiance. Swann ? Mais je n'ai aucun moyen de le joindre, pour lui dire de ne pas faire confiance à Samuel. Ça y est, je deviens parano. C'est ce qu'ils veulent. Compte. Compte et réfléchis. Mes amis ne peuvent plus rien pour moi, donc ce n'est pas la peine de s'inquiéter pour ça. Ce n'est pas grave si j'ai été trahie, cela ne change rien. Voilà. Inutile de devenir parano. Ce n'est pas le sujet. Le sujet, c'est : est-ce que je peux échanger quelque chose contre la liste ?

- Le sérum. Pour ma mère et moi.
- La victoire, pour Swann et Phénix.

Voilà ce que je veux. Je compte et je pense en boucle à ce que je veux.

- Le sérum. Pour ma mère et moi.
- La victoire, pour Swann et Phénix.

27 fois 60.

- Le sérum. Pour ma mère et moi.
- La victoire, pour Swann et Phénix.

Je m'endors, je rêve de la liste. Je n'ai pas la force de la noter. Je me rendors. Quand je me réveille à nouveau, je la connais. Par cœur. J'ai la liste. J'ai les noms. *Reste concentrée.* Pourquoi une liste de dissidents datant de 2047 les intéresse-t-elle ? Il y a forcément un nom sur cette liste. Un nom qui vaut plus que les autres. Je fais défiler les noms devant mes yeux. Les vingt-sept noms. Chaque fois que je tombe sur le mien, le sien, Mina Battaglia, mon cœur se serre. *Mina Ziegel Battaglia. Quinze ans en 2015.* Je me rendors. Quand je m'éveille à nouveau, je jette un œil par réflexe sur le moniteur où s'affichent les images de mon cerveau et je sursaute. Des visages se dessinent dans les méandres de mes connexions. Il faut bien chercher, mais dès qu'on les a vus, on ne peut plus ne plus les voir : le visage de Briss, celui de Vandal, celui de Swann. *Ça y est. Je suis folle.* Je ferme les yeux. Les ouvre à nouveau. Le visage mouvant de Swann me fait un clin d'œil. Je me redresse sur mon lit. Je ne suis pas folle. Je dois tenir. Ils ont piraté le système. Ils sont là. Ils ont piraté mon cerveau. Je dois tenir. *Mais quoi ? Je négocie ou je ne négocie pas ?*

« Gagne du temps… », murmure une petite voix dans ma tête. Gagne du temps.

Chapitre 36

Je m'endors à nouveau et dans mon rêve, un petit *Invader* sympathique sourit et me tient compagnie. On discute, tous les deux. Il me dit : « J'espère que ta mère va bien. Tu crois qu'elle sait qu'ils t'ont enlevée ? » Je crois qu'elle sait tout. Je crois qu'elle savait bien avant moi. « Pourquoi elle ne t'a rien dit ? » Elle voulait me protéger. « Raté. » Je me réveille en sursaut. J'ai mal au crâne. Il est traversé par des petites décharges électriques plus désagréables que vraiment douloureuses. Après une secousse plus violente que les autres, j'entends une voix. Une voix dans ma tête. « Ne négocie pas. Ne négocie pas. Ne négocie pas. » C'est la voix de Swann. Est-ce que je deviens folle ? La porte s'ouvre sur une infirmière – un clone – suivie d'Alexander.

— Mademoiselle Sophia, puisque vous acceptez de coopérer, on va pouvoir changer ce scan très lourd et volumineux pour vous installer quelque chose de plus léger.

— Et pourquoi pas rien du tout ?

— On doit surveiller la bactérie. Pour votre bien.

— Pour mon bien…

L'infirmière débranche le casque. Mes cheveux sont humides et emmêlés.

— Je voudrais prendre une douche.

— C'est trop tôt. Alors. Où en est-on de cette liste ?

— J'en rêve. Mais je n'arrive pas encore à me réveiller pour la noter. Ça vient.

— Bien.

Il désigne un petit bouton sur le moniteur.

— Appuyez ici quand vous êtes prête. Il est inutile que nous perdions plus de temps. Vous savez ce que vous voulez en échange ?

— Oui. D'ailleurs… Comment je fais pour être sûre que vous n'allez pas me tuer ? Une fois que vous aurez la liste.

— Allons, mademoiselle. L'Étoile donne la vie. Pas la mort. Vous le savez bien. Cependant, veillez à rester raisonnable dans vos requêtes.

— On est toujours samedi ?

— Oui.

— D'accord.

J'attrape le bloc-notes pour lui montrer à quel point je suis obéissante.

— Dès que je l'ai, je vous appelle.

Quand Alexander sort de la pièce, je me mets à compter et à réfléchir. Je commence à devenir bonne à ce petit jeu. Penser à deux choses à la fois.

1 ; 2 ; 3… *Ne négocie pas*. Est-ce que je deviens folle ? Est-ce que j'entends des voix ? Ou alors Swann a-t-il trouvé un moyen de pirater carrément mon esprit ? Il est entré dans mon cerveau ? C'est possible, ça ? Cela expliquerait qu'ils aient changé mon casque. Ils ont compris que quelqu'un avait piraté le système ? Est-ce qu'ils savent que quelqu'un a piraté le système de l'intérieur ? S'ils le savent, mes amis sont en danger. Je crois que je préfère encore imaginer que je suis folle. Mais alors, je fais quoi ? Je négocie ou je ne négocie pas ?

Je ferme les yeux. Plus de voix dans ma tête. Le scan est normal. Je vérifie que je connais la liste. Je la connais. Je n'ai pas besoin de décider maintenant. Je peux attendre. Attendre quoi ? Attendre. C'est tout. Quand on ne sait pas quoi faire, on temporise. Je regarde l'heure sur le moniteur. 18 h 27. Samedi. C'est le jour de repos avant la dernière épreuve. Je me demande si Phénix est en finale. Et Swann ? Est-ce qu'ils continuent ? Est-ce qu'ils me cherchent ? Est-ce qu'ils font des pieds et des mains pour savoir où je suis ? Oui. C'est sûr. Briss a sans doute appelé sa mère. Elle doit faire marcher ses relations. C'est pour ça, il vaut mieux attendre.

La porte de ma chambre s'ouvre à la volée. Alexander entre dans la pièce, suivi de deux infirmiers, des midclones.

— Mademoiselle Sophìa, pour votre propre sécurité, nous allons devoir vous transférer.

— Quoi ? Non !

Les infirmiers m'attachent les poignets à l'aide de sangles et me soulèvent pour me déposer sur un brancard. L'un d'eux sort une seringue.

— On ne la met pas en état non conscient. Je veux son esprit éveillé. On l'empêche juste de crier.

L'un des infirmiers me pique le bras et je sens presque aussitôt ma bouche s'engourdir. Je veux parler mais je n'y arrive pas. Je veux crier mais je n'y arrive pas. Je panique.

— Calmez-vous, c'est provisoire. Le temps de vous sortir du bâtiment. On ne voudrait pas que vos cris alertent quelqu'un et mettent en danger votre transfert.

Je gigote pour tenter de me libérer.

— C'est pour votre bien, je vous le répète.

Ils débranchent le casque et la perfusion, puis me sortent de la pièce. Ils semblent pressés. Tout est fait à la va-vite, dans l'urgence. Nous traversons un long corridor blanc jusqu'à un monte-charge.

— Je vous laisse là, on m'attend, mais je vous retrouve un peu plus tard. Ne vous inquiétez pas. J'ai besoin de vous. Il ne vous arrivera rien.

Les portes de l'ascenseur se ferment. Puis je sens que nous descendons. Mon esprit tourne à 100 à l'heure. *Ils me déménagent. Pourquoi ? Et en plus, ils me déménagent en urgence. Deux midclones, ce n'est pas top comme sécurité. Ou alors c'est pour éviter qu'un clone ne fasse du sentiment ? J'ai été très exposée, et plutôt aimée, grâce au Slamb.* L'ascenseur s'arrête après une descente interminable, à une vitesse qui me soulève le cœur. Les portes s'ouvrent. Les midclones ne bougent pas. Je voudrais leur demander ce qui se passe mais je ne peux articuler aucun son. Je sens l'adrénaline déferler dans tout mon corps. Je ne suis plus que sueur, goût de métal dans la bouche, rythme cardiaque affolé. 1 ; 2 ; 3 ; 4... 38. Les portes se referment. L'ascenseur ne bouge pas. Au bout de trente secondes supplémentaires, nous remontons, d'un étage ou deux seulement. Les portes s'ouvrent et je sens plus que je ne vois qu'on tire le brancard rapidement hors de la cabine. Je distingue Swann, penché sur une tablette. Il tape un code et les deux midclones se figent contre le mur. Vandal se penche au-dessus de moi. Il me parle mais je n'entends pas ce qu'il me dit. Je pense que c'est le choc. Swann approche :

— Ça va ? ÇA VA ?

Je tourne la tête. Je ne peux pas parler. Et je ne peux pas leur dire que je ne peux pas parler. Vandal essaie de me détacher les poignets.

— Vite, vite, dit Vandal.

Je n'avais pas vu Phénix. Elle est là aussi. Elle parvient à trouver la puce électrique des menottes dans la poche de l'un des midclones mis hors service par Swann. Elle me libère. Le bourdonnement dans mes oreilles s'arrête. Je reprends mon souffle.

— Elle ne peut pas parler, dit Swann, ils lui ont injecté un neurobloquant.

Phénix me tend un stylo et un carnet.

— Note la liste, s'il te plaît. Vite.

J'interroge Swann des yeux.

— On t'expliquera. Note.

Encore engourdie par la terreur, je parviens à noter les vingt-sept noms. J'ai le sentiment que cela prend un temps infini. L'impatience de mes amis est palpable. Je tends la liste à Phénix.

— Donne, dit Swann.

— Attends deux secondes, je l'apprends par cœur, dit Phénix.

— T'as pas besoin, donne.

— Deux précautions valent mieux qu'une. J'ai une mémoire photographique. Laisse-moi deux secondes.

1 ; 2 ; 3… Malgré moi, je compte. Il faut vingt-six secondes à Phénix pour apprendre la liste et tendre le papier à Swann, qui le plie et le glisse dans l'une des poches intérieures de son gilet en cuir.

— OK, GO !

Vandal se met derrière ma tête pour pousser le brancard. Les autres ? Ils font quoi ? Je dois avoir l'air affolée.

— On ne vient pas, dit Swann, qui répond à ma question muette. On a été sélectionnés pour la finale. Ça fait partie du plan. On se retrouve quand tout est terminé.

Je veux dire quelque chose, protester.

— Tu es incroyable, So, dit Swann. Si ça se passe mal, je voulais que tu le saches. Je suis fier d'avoir été ton ami.

Je me redresse sur mon brancard.

— Reste allongée, dit Vandal. Ils t'ont filé des trucs. Tu dois être engourdie.

Swann consulte sa tablette.

— Il vous reste exactement huit minutes avant qu'ils découvrent que les robots ont été piratés. Vite.

J'attrape la main de Swann et la garde jusqu'au bout. Quand nous partons, j'ai le temps d'apercevoir le petit museau chiffonné de Phénix. Je lui fais un signe de la main. Elle me sourit.

★

Vandal court dans des corridors gris, bas de plafond, en poussant le brancard. Huit minutes, a dit Swann. Je sais qu'il doit en rester quatre et demie, maximum. Nous débarquons dans un parking couvert, encombré de chariots chargés de linge. Un rideau de fer se soulève. Vandal pousse le brancard. Nous sommes désormais sur un parking extérieur, entouré d'un léger grillage. C'est là que je le vois. Le bus. Il a été repeint, mais c'est lui. Vandal m'aide à me lever et nous courons, lui me soutenant, moi peinant à faire de petits sauts maladroits avec mes jambes engourdies, jusqu'à la porte d'entrée. Quand nous montons dans le bus, pile au moment où la porte se referme derrière nous, j'entends la sonnerie stridente de l'alarme.

— Vite vite vite ! dit Ulysse, derrière le volant.

Il fait démarrer le bus et la secousse nous déséquilibre. C'est à moitié en tombant que j'entre dans le carré de commandement. Je découvre, stupéfaite, François et Aleteya, ainsi qu'un autre homme que je ne connais pas.

— Bienvenue.

— Aidez-moi à l'allonger, dit Vandal. Elle ne peut pas parler, ils lui ont filé un truc.

Aleteya aide Vandal à me porter jusqu'à ma couchette. Je me laisse tomber, épuisée.

— Ça va ? demande Vandal.

Je gigote, mime le geste d'écrire.

— Quel con !

— Prends ma tablette, dit Aleteya en m'ouvrant une zone de texte.

Sur le clavier tactile, j'écris alors : « OÙ EST BRISS ? »

Chapitre 37

À la tête de Vandal, je comprends que quelque chose ne va pas.

— Je vous laisse, dit Aleteya. Je crois que c'est mieux si c'est toi qui lui racontes.

Je me redresse sur ma couchette et Vandal s'assied à côté de moi. Les effets du neurobloquant sont peu à peu en train de se dissiper et je me sens légèrement moins engourdie. Mais pas moins terrifiée. Et je ne peux toujours pas parler. Vandal me prend la main.

— J'ai plein de trucs à te raconter. Je ne sais pas trop par où commencer.

J'écris sur la tablette : « On est samedi ? Combien de temps je suis restée dans la pièce blanche ? »

— Tu es partie juste après ton évanouissement sur la scène. Ils ont dit qu'ils t'emmenaient à l'infirmerie. Mais on a vite compris que tu ne reviendrais pas. Le samedi matin, ils nous ont confirmé qu'on n'avait pas le droit de te voir. Et quand on a appris que Briss avait été exfiltrée…

Je l'interromps: «Comment ça, exfiltrée?»

— Ses parents. Quand ils ont su que tu avais des ennuis, ils ont fait marcher leurs relations. La sécurité est venue la chercher samedi, vers 8 heures.

«On est sûrs qu'elle va bien?»

Vandal soupire.

— Ce n'est pas pour elle que tu devrais t'en faire. Heureusement, Swann avait étudié par cœur le plan de l'amphithéâtre. C'est Alé qui a piraté les midclones et c'est Ulysse qui a organisé l'évasion. Tu peux le remercier.

J'écris: «C'est vous qui avez piraté mon cerveau? Ou alors je suis devenue zinzin, dans cette boîte.»

— C'est Swann. Tu n'étais pas zinzin. On a hésité. On a eu peur que ça te fasse flipper. D'ailleurs, c'était pas malin. Ils s'en sont rendu compte.

«Je sais. Ils ont changé mon casque et ma fréquence. C'est vous qui avez organisé le transfert?»

— C'est Briss.

«???»

— Elle a fait ça pour toi. Son dernier cadeau, sans doute. Elle avait des trucs à se faire pardonner.

J'écris frénétiquement: «Quoi?»

Vandal hésite. Puis me dit:

— Elle t'a laissé une vidéo. Mais je ne sais pas si tu devrais la regarder tout de suite. Ça n'a plus tellement d'importance, maintenant.

Je lui donne un coup de poing dans le bras. Bien sûr que je veux voir le dernier message de mon amie ! Il me passe son IA.

— Tu veux que je te laisse seule ?

Je hausse les épaules.

— OK. Je serai dans la cabine à côté, si tu as besoin de moi. Au fait, n'ouvre pas les rideaux. Faut encore qu'on traverse tout le pays sans se faire choper. C'est pas gagné.

*

Une fois seule, je lance la vidéo. Le visage de Briss apparaît. Elle semble triste. Plus triste que je ne l'ai jamais vue. Plus triste que quand elle a quitté Viktor et Ulysse. Plus triste que dans mes pires cauchemars.

— Salut, dit l'image de Briss sur le petit carré du lecteur. Je n'ai pas beaucoup de temps, alors je vais faire vite. Je vais laisser ça à Vandal. Je sais que mes parents vont venir me chercher. Je ne peux plus rien pour toi. Si tu regardes cette vidéo, c'est que Swann et Vandal ont réussi à te sortir de là. Ce que j'espère de tout mon cœur. Je ne sais pas comment te le dire…

Elle fait bouger son IA et elle est obligée de la redresser pour recadrer. Je retiens mon souffle.

— En fait je savais. Je savais depuis le début. J'étais complice. Je devais faire en sorte que tu participes au Slamb. Je devais te convaincre. Mission spéciale.

Elle marque une pause. Se retient de pleurer.

— Alors moi, au début, je me suis dit « c'est bon pour elle. Elle aura le sérum ». Mais dans le fond, je ne suis pas idiote, tu le sais. Je savais que si ma mère tenait tant à ce que tu participes au concours, il devait y avoir un truc. C'est pour ça, quand j'ai vu que tu étais malade, j'ai compris qu'il se passait quelque chose et j'ai demandé à Ulysse de m'aider. Donc après, très vite, j'étais de ton côté. C'est important. Mais au début, je savais… Et tout ça, c'est ma faute. Je te demande pardon. Je t'aime. Je sais que c'est foutu. Que tu ne pourras jamais me pardonner. De toutes les façons, tout est foutu. Je ne sais pas ce qu'il y a sur cette liste, mais forcément, si ma mère y tient tant… Bref. Quoi qu'il arrive maintenant… Je veux que tu saches… que je t'aime…

Elle retient ses larmes. On entend un bruit derrière elle.

— Ils viennent me chercher. Je dois te laisser. Je t'aime.

Et ça coupe.

Quand Vandal entre dans la cabine, quelques minutes plus tard, il me trouve en position fœtale sur le lit. Je pleure. Des larmes silencieuses.

*

Depuis des heures, nous roulons, il neige, et je pleure. Parfois je m'endors et chaque fois que je me réveille, je retrouve un peu de mes capacités à bouger et à articuler. Mais la tristesse rivalise avec l'angoisse pour m'empêcher de me remettre en mouvement. Vandal dort à côté de moi, tout habillé, en chien de fusil. Alors que l'aube pointe derrière les vitres du bus, je trouve la force de me lever, encore un peu chancelante, pour aller chercher un truc à manger dans le carré cuisine. En passant par le coin salon, je tombe sur Aleteya, François et Ulysse, endormis sur les banquettes. Qui conduit ? Le type que j'ai vu ? Celui que je ne connais pas ? En essayant de ne réveiller personne, je prends quelques provisions et retourne dans ma couchette. Je ne sais pas où nous allons, et je ne sais pas si j'ai la force de m'en inquiéter. J'ai du mal à penser. Mon esprit peine à retrouver un fonctionnement normal. Dès que je suis consciente, c'est plus fort que moi, je compte jusqu'à 60, et je me récite les vingt-sept noms de la liste. Je ne sais toujours pas ce qu'il y a sur cette liste qui mérite que ma vie ait été ainsi bouleversée, mise en danger, utilisée, mais ce que je sais, c'est que pour l'instant, cette liste de vingt-sept noms est la seule chose sur laquelle mon cerveau accepte de se concentrer. 1 ; 2 ; 3… Je retourne me coucher, je mange mes chips d'insectes et mes céréales, je bois un lait de soja, je bois un verre d'eau, 46 ; 47 ; 48… Je me rendors, heureuse d'échapper à ces pensées obsessionnelles, que seule pourrait chasser l'idée, plus triste encore, de la trahison de mon amie.

Quand je me réveille, je suis seule. Je meurs d'envie d'écarter le rideau pour voir s'il neige, mais je ne le fais pas. Vandal a laissé un pull et un pantalon en molleton sur le lit, ainsi que des chaussures (j'étais pieds nus et en pyjama d'hôpital quand nous nous sommes enfuis). J'enfile le tout et rejoins les autres dans le carré de commandement. Il y a François, Vandal, Ulysse, et le type, celui que je ne connais pas. Il doit avoir dix-neuf ou vingt ans, des cheveux très blonds, presque blancs, un front haut et de formidables yeux bleus. Mais son beau visage émacié semble prématurément vieilli. Ou alors ce sont ses yeux qui ont vu trop de choses pour son âge.

— Je te présente Garland, dit Ulysse.

Et à la façon dont il prononce son prénom, à sa façon d'être gêné, je comprends que Garland est son amoureux.

— Hello.

Tout le monde me salue. Ils sont tristes et inquiets.

— C'est Aleteya qui conduit ?

— Tu as retrouvé ta voix ? demande Vandal en me servant une boisson chaude.

— Oui. On fait quoi ?

— On essaie d'arriver au Repaire de pirates, chez Samuel.

— C'est là qu'on va ?

— Si on y arrive.

— Ça n'a plus beaucoup d'importance, maintenant. De toutes les façons, le scandale va éclater, dit Ulysse.

— Vous pourriez m'expliquer, un peu ?

C'est François qui prend le relais :

— On sait ce qu'il y a sur la liste. Trois noms. Au moins. Trois noms de dissidents. Les ancêtres de ceux qui sont au pouvoir aujourd'hui. En particulier, il y en a un lié directement au n° 1 de l'Étoile.

— Quoi ? Volker Volersöne Last1 ?

— Lui-même.

— Son ancêtre était un dissident ? C'est impossible.

— Son père. Et quand le monde va l'apprendre, il va tomber.

— Qui sont les autres ?

— La mère du Premier ministre et le père du n° 1 américain.

— OK. Mais… Qu'est-ce que j'ai à voir là-dedans ?

— Tu as les noms. Donc des gens t'ont utilisée.

— Qui ?

— Ma famille, par exemple, répond Ulysse. Pour déstabiliser le gouvernement en place. Alexander aussi.

— Tes parents savaient ?

— Mes parents savaient.

— Mais pourquoi voudraient-ils déstabiliser le gouvernement ?

— Pour avoir encore plus de pouvoir.

— Et pourquoi c'est moi qui ai les noms ?

— La bactérie a été implantée *via* le Vaccin Universel dans le système de cinq descendants de dissidents. Il y a quinze ans. C'est sur toi que c'est tombé. Tu étais facile à surveiller, et tu pouvais participer au Slamb.

— Il y a un truc qui m'inquiète. Quand j'étais dans la salle blanche avec Alexander, il a dit quelque chose. Il a parlé de mes visions, et il les a appelées des « souvenirs fantômes ». C'est exactement le terme utilisé par Samuel.

— Samuel faisait partie de l'équipe qui a travaillé sur l'*Invader*, dit Vandal. Avant de tout envoyer bouler.

— Quoi ? Donc il savait ce que j'avais ?

— Il s'en doutait. Quand il t'a vue arriver, il a compris. Même s'il n'a jamais participé aux implantations.

— Mais pourquoi il ne m'a rien dit ?

— Je pense qu'il a vu là l'occasion rêvée de faire tomber le gouvernement.

— Je ne comprends pas... Pourquoi on va chez lui ? Si c'est un traître ?

— Parce qu'il est le seul à pouvoir nous aider si les choses tournent mal.

— Pourquoi pas chez tes parents ?

Je suis hystérique. J'ai l'impression que je passe ma vie à tomber d'un piège à un autre.

— Eh bien… Il s'avère que l'arrière-cousine de ma mère est sur la liste, répond Ulysse. Ce n'était pas exactement prévu. Quand cette liste va être dévoilée, ça va faire tomber tous les équilibres en place, et on ne sait pas ce qui va arriver. On s'est dit qu'au moins, Samuel pourrait te soigner. Et finalement, il est contre le gouvernement depuis longtemps. Et pas pour lui, pas pour prendre le pouvoir. On ne peut pas en dire autant de mes parents.

Je pense à Briss. Si sa famille est arrêtée, qu'est-ce qui va lui arriver? Je pense aussi à ma mère. Mais j'ai tellement peur que je ne suis même pas capable de l'évoquer. Si je prononce son nom, si je demande à mes amis ce qui lui est arrivé, ils vont me répondre et alors, je ne pourrai plus nier. Je ne pourrai plus faire comme si ce n'était pas arrivé.

— Et… On la révèle quand, la liste?

Ulysse regarde sa montre. Je sens une secousse au moment où le bus s'arrête brusquement. Aleteya nous rejoint dans le carré de commandement.

— Maintenant, dit-elle en branchant le réseau sur le moniteur commun. En direct du Slamb de l'Étoile.

*

À l'écran, les visages des quatre finalistes défilent tandis que Miss Biotox revient sur les étapes les plus importantes de la compétition, et en particulier mon malaise, en direct, pendant les épreuves de la mémoire. Elle se fend même d'un petit bulletin de santé rassurant.

— Sophìa 2015 a été transférée au centre de santé réservé aux Lastings, où les médecins parlent de stress. Son état est stable, nous vous donnerons de ses nouvelles dès que nous en aurons… Ah. Attendez. Une information importante vient de tomber. Cette dixième édition du Slamb de l'Étoile est décidément pleine de surprises et de coups de théâtre. J'apprends à l'instant que le candidat qui joue sous le pseudonyme de Swann, et qui nous a émus par le récit de la perte de sa petite sœur, a été disqualifié.

— Quoi ?

Nous avons tous crié en chœur.

— Il a triché sur son slambsouvenir… Je… Je ne peux pas vous en dire plus pour le moment. Comme vous le savez, les candidats de la demi-finale sont encore présents dans l'amphithéâtre pour participer à la remise des deux premiers prix, dimanche soir. C'est donc Louis qui a été choisi pour remplacer Swann. Il va avoir l'immense surprise de pouvoir participer au Grand Slamb final et tenter sa chance pour rejoindre le petit club très privé des néo-Lastings. Une émotion que nous allons vous faire partager…

Nous n'écoutons plus. Ulysse s'est levé et il arpente le couloir du bus.

— Merde, c'est lui qui devait balancer la liste, en direct, dans dix minutes.

— Quoi ? Mais pourquoi vous avez fait ça ?

— On voulait être sûrs, répond Vandal. On est hyper recherchés. Ulysse a brouillé les pistes et les a envoyés dans une autre direction, mais on n'était pas du tout sûrs que ça fonctionnerait. Si on se faisait arrêter, il nous fallait un plan B. Quelqu'un qui balance la liste.

— Mais on ne pouvait pas tout simplement la mettre en ligne ?

— Tu plaisantes ? Il faut un témoignage pour l'appuyer, créer un événement. Sinon, elle serait tombée dans l'oubli. L'oubli, c'est leur spécialité, tu te souviens ?

— Mais qu'est-ce qui est arrivé à Swann ?

— Putain, à mon avis il s'est fait arrêter.

— Et quoi ?

— Sophìa, me dit Ulysse, grandis un peu. C'est pas bon. On va pas se mentir. Il est foutu. Il est bon pour les camps.

— Non...

Cette fois, je pleure à chaudes larmes. Je ne veux pas. Je ne veux pas que Swann soit « foutu ». « Bon pour les camps. »

— On doit faire quelque chose.

— On ne peut plus rien faire. On a tous pris le même risque, on le savait.

Sur le moniteur de bord, les quatre finalistes entrent dans l'arène. Phénix regarde les caméras avec l'air d'un oisillon apeuré. J'ai l'impression que ses yeux noirs me cherchent. L'hymne du Slamb retentit, les applaudissements cessent, Alexander présente la dernière épreuve, salue la valeur de ces guerriers modernes, des guerriers de l'esprit et de l'intelligence, qui sont les plus grandes valeurs de l'Étoile, avec la préservation de la vie humaine… Blablabla… Le baratin habituel, auquel lui-même n'a plus l'air de croire. Il semble préoccupé, ailleurs. Mais peut-être que je me fais des idées. Je ne peux m'empêcher de me poser des questions : qu'est-ce qu'il avait l'intention de faire de moi, après avoir accompli sa petite révolution, hein ? Avec ceux qui, il y a quelques heures encore, étaient ce que je considérais comme ma seule famille ? Ou en tout cas, ma presque famille. Qu'est-ce qu'ils allaient faire de moi ? Je pense à Swann, à ce qu'il est en train de vivre en ce moment, et je me dis que j'aurais dû négocier. J'aurais dû accepter en échange de leur vie. Tout accepter. Ma vie à moi ne vaut déjà plus rien. Soudain, Vandal m'attrape le bras et m'arrache à mes pensées. Sur la scène, Phénix s'est mise à slamber. Mais non, elle ne slambe pas. Elle récite. Elle récite les vingt-sept noms de la liste. Plan sur Alexander, qui se lève en écartant les bras. Le public ne comprend pas. Miss Biotox récupère une fréquence de micro.

— Voilà un Slamb intéressant, mais qui ne joue pas dans les règles. Miss Phénix, s'il vous plaît, pourriez-vous avoir l'obligeance de…

Phénix, imperturbable, continue d'égrener la liste de dissidents, et sa voix résonne, amplifiée dans le stade immense. Elle ne dit pas les noms, elle les crie, elle les scande. Le poing dressé. Digne, droite, imperturbable. Debout, Alexander sourit aux étoiles. Miss Biotox panique. Soudain, une rumeur s'élève des gradins et je vois, horrifiée, la silhouette de Phénix tomber doucement. D'abord ses genoux, qui ploient lentement avant de toucher la terre, ses yeux qui regardent vers le ciel au moment où la deuxième balle la touche en plein front. Je pousse un hurlement.

*

Black-out. Quand je reviens à moi, le visage de Vandal est tout près du mien. Il claque des doigts pour me faire revenir. Mais je ne veux pas revenir. Je ne veux plus rien savoir.

— On arrive dans deux heures, dit Vandal. Ça va aller ?

Ça ne va pas aller. Ça ne va pas aller.

— So, tu dois te ressaisir.

— Elle est morte ?

— On ne sait pas, mais oui, je veux dire, elle est sûrement morte. C'est la panique. Elle a eu le temps de donner tous les noms. Ils n'auraient jamais dû la tuer ; ils auraient pu faire passer ça aux oubliettes. Là, ça fait un scandale. Alexander a été arrêté. C'est une énorme crise gouvernementale.

Je ne veux pas ouvrir les yeux. Si je les ouvre, tout sera vrai. Swann, Phénix, Briss… Je préfère plonger. Le sommeil n'est pas réparateur, mais il est ma seule échappatoire. C'est con, non? Maintenant, je veux oublier. Quand je me réveille deux heures plus tard, c'est Ulysse qui est à mon chevet. Il me tend un verre d'eau, comme le faisait Briss dans mon autre vie, avant que tout devienne un champ de ruines, un cataclysme dont j'ai le malheur d'être le centre.

— So, on va bientôt arriver. Vandal est au volant, il m'a demandé de venir te prévenir. J'en profite pour… te demander pardon.

— Pourquoi?

— Pour ma famille. Pour tout ce qu'ils t'ont fait. Tout ce qu'ils font, généralement, sans se soucier des conséquences que ça pourrait avoir pour les autres.

Je le regarde en buvant mon verre d'eau. Dans mon autre vie, ma vie d'avant, je lui aurais accordé mon pardon. Mais là, tout ce qui me vient, c'est qu'on s'en fout. On s'en fout de qui a fait quoi et de qui mérite d'être pardonné. Seuls comptent ceux qui ont été sacrifiés.

— Et Briss?

— Je ne sais pas. Tu as tous les droits de lui en vouloir.

— Mais… Elle va bien?

— Je pense. Elle est sans doute en sécurité. Pour l'instant.

— Je ne lui en veux pas.

— Je sais.

— Ça n'a plus aucune importance. C'est la faute de tout le monde.

— Non, So, ce n'est pas la faute de tout le monde. Ce n'est pas ta faute, ni celle de Vandal, ni celle de François. C'est ma famille. Briss a été manipulée par notre mère.

— Oui…

— Ça n'excuse rien, mais c'est grâce à Briss que nous t'avons sauvée, tu sais. C'est elle qui a envoyé un message à Alexander, un faux message de ma mère, pour le faire paniquer. Aleteya a pu pirater les midclones pendant ton transfert.

— Je crois que j'aurais préféré négocier.

— Il n'aurait pas négocié. Je connais Alexander, So. Je le connais très bien.

— Tu n'en sais rien.

— Tu veux un scoop ?

Il sourit.

— OK.

— Mais tu promets de ne le dire à personne, c'est trop honteux.

— À qui tu veux que je le dise ? Je te rappelle que mon espérance de vie est très limitée, et que mon cercle social est minuscule.

— Oui, ben justement. Aucun Affranchi ne doit le savoir… Alexander est mon parrain.

— Quoi ?

— Juré.

— Oh, merde. Ça alors, c'est un peu la honte.

— Tu vois !

Pour la première fois, je souris. Ulysse veut me prendre dans ses bras, mais ce n'est pas son truc. Alors il me fait une brève accolade maladroite.

— Bon, je dois y aller. Prépare-toi. On arrive bientôt, ajoute-t-il en refermant la porte.

Je m'habille chaudement et rejoins les autres à l'avant. Il neige tellement fort que le bus avance doucement sur une petite route au milieu d'un paysage désertique.

— C'est grâce à la météo qu'ils ne nous ont pas retrouvés, dit Aleteya. On est à l'abri, maintenant.

Elle me sourit. Un sourire pâlot mais sincère. Le bus se gare devant la cachette secrète de Samuel, et nous sortons, engourdis, lessivés, sous la neige qui tombe fort et couvre l'écume des vagues d'une couche blanche et mousseuse. Je suis heureuse de retrouver la mer et je respire l'air chargé de sel à pleins poumons, avant de pénétrer dans la petite maison. Lorsque Samuel referme la porte derrière nous et nous invite à entrer dans la cuisine, je sens une vibration particulière, une onde, de ventre à ventre, de cœur à cœur. C'est alors que je la vois, assise sur une chaise. Elle se lève et là, comme ça, après tout ce que j'ai vécu, elle me semble si petite et vulnérable. Mais elle est tout ce dont j'ai envie, tout ce dont j'ai besoin. Je me jette dans ses bras comme on se jette d'une falaise.

Épilogue

Ma mère a tellement pleuré que j'ai les cheveux mouillés. Trempés de neige et de larmes. Nous sommes sorties longuement le long de la grève pour nous retrouver et nous raconter les blancs de cette histoire, que nous n'avons pas vécue de la même manière, même si nous l'avons vécue ensemble, ensemble dans le déchirement. Elle ne savait pas. Mais elle sentait que quelque chose clochait. Elle a toujours eu peur pour moi. C'était irrationnel. En revanche, quand elle a compris que la famille de Briss s'était servie de nous, elle a été obligée de faire semblant. Jusqu'au Slamb. Jusqu'à ce que Samuel vienne la trouver en s'asseyant à côté d'elle dans les gradins et lui raconte tout en détail.

— Il m'a aidée. Je crois qu'on peut lui faire confiance, m'a-t-elle dit.

Alors ce soir, tous ensemble, nous nous retrouvons dans la cuisine de Samuel pour partager un repas. Un repas de survivants.

— Vous êtes des résistants, dit Samuel en levant son verre. Je trinque à votre courage.

— Je n'ai jamais eu de courage, dis-je. Je n'ai pas eu le choix.

— C'est faux, proteste Aleteya. Tu as eu énormément de courage.

Je prends le compliment. Je l'accepte. Venu d'elle, c'est plus qu'un cadeau, c'est une médaille.

— Moi, je voudrais trinquer à la mémoire, dis-je. Et au temps, qui nous appartient à tous.

Nous levons nos verres remplis d'une liqueur que Samuel achète au marché noir. Soudain, on frappe à la porte. Nous nous taisons. Je pense « ça y est. Tout est fini. Ils nous ont repérés ». Samuel se lève et d'un geste, il nous ordonne de nous taire. Nous retenons notre souffle tandis qu'il va ouvrir. Nous l'entendons dire : « J'en étais sûr. Entre. » Les cheveux trempés, chargées de deux gros sacs, Vita et une autre femme se tiennent sur le seuil.

— Vous ne croyiez tout de même pas que j'allais vous laisser faire la révolution sans moi ?

Plus tard, blottis les uns contre les autres dans le petit salon, nous regardons en boucle sur le Réseau les répercussions de la révélation de la liste. Les parents de Briss ne sont pas encore éclaboussés par le scandale, mais ça ne saurait tarder. Le Premier ministre a déjà démissionné – ce qui n'est jamais arrivé, cela n'existe même pas dans la Constitution. Il est placé sous surveillance. Ma mère n'arrive pas à se décoller de moi. Elle est pelotonnée sur le canapé, agrippée à mon bras. Je lui ai raconté l'autre enfant de Mina, l'enfant abandonnée sous un porche. Elle n'en avait jamais entendu parler. Qu'est devenue cette enfant ? Avons-nous des cousins, quelque part, issus de cette sœur de mon arrière-grand-mère ? Vandal a promis de chercher, si toutefois nous nous en sortons.

Vers minuit, nous allons nous coucher. Vandal et moi retrouvons notre petite chambre de 3 mètres sur 3, avec son matelas posé au sol et sa fenêtre ouvrant sur l'océan. Mais c'est compliqué, pour moi, cette situation, avec ma mère dans une pièce à côté, à quelques mètres seulement. Je finis par m'endormir en tournant le dos à Vandal, d'un sommeil sans rêve, ni fantôme, ni souvenir.

Le lendemain matin, Samuel installe une petite caméra face à un mur de neige, pour qu'il soit impossible de nous localiser en étudiant la vidéo. Je suis gelée et j'ai les dents qui claquent, mais je dois le faire. Samuel me demande d'un geste si je suis OK. Je réponds « oui » d'un signe de tête et il lance l'enregistrement. Je me détends les épaules, je prends une grande respiration et je me lance :

— Je m'appelle Sophìa DinaliebVULBER2072, mais vous me connaissez sans doute sous mon pseudo, Sophìa 2015. Il y a quinze ans, on m'a implanté une bactérie qui permet à mon cerveau de libérer des souvenirs qui appartenaient à mon arrière-arrière-grand-mère, Mina. Cette bactérie me donne des nausées, des migraines, elle provoque des troubles du sommeil. Mais elle me permet également d'accéder à des souvenirs qui ne sont pas les miens. Des souvenirs de ce temps-là. Avant les Grandes Eaux. Avant l'Étoile. Ces souvenirs, ce sont les miens et ce sont les vôtres. Ils disent qui nous étions. Et si ceux qui nous gouvernent aujourd'hui ont tellement peur de cette mémoire, c'est qu'elle dit aussi comment nous en sommes arrivés là. Moi, je trouve que c'est important de le savoir. Il ne faut pas avoir peur de savoir. Le temps nous appartient à tous. Le passé aussi. C'est pourquoi j'ai décidé de parler. Je vais vous raconter tout ce que je sais. Et chaque fois que je vivrai un nouveau souvenir fantôme, je le partagerai avec vous. Des gens ont essayé de s'approprier cette mémoire, et ils vont sans doute essayer de me faire taire. Pour me défendre, vous pouvez agir, très simplement : faites circuler, ne fermez pas les yeux. Votre écoute me protège. Mais, plus important encore, le savoir vous protège. C'est lui qui changera les choses. Voilà. Je m'appelle Sophìa Dinalieb VULBER2072, mais on m'appelle So. Et je vais vous raconter VOTRE histoire.

FIN

À propos de l'autrice

Anouk Filippini est née à Montpellier en 1973, mais elle a régulièrement 17 ou 26 ans, ce qui complique parfois un peu les choses. Pour ses huit ans, son père lui offre une Olivetti Lettera 22, une machine à écrire mythique et néanmoins très agréable à utiliser. Anouk Filippini décide alors que quand elle sera grande elle sera écrivain. À l'adolescence, elle découvre le cinéma et change d'objectif : quand elle sera grande, elle sera François Truffaut.

Aujourd'hui tout cela s'est mixé et confondu, au fil des aléas de la vie. Mais l'essentiel demeure : il s'agit de raconter des histoires. Anouk Filippini écrit des histoires, toutes sortes d'histoires. Les enfants et les adolescents sont ses lecteurs préférés car ils comprennent instinctivement la vérité symbolique du récit et posent toujours de merveilleuses questions. Elle est l'autrice chez Auzou des séries *Anna & Hannah* et *2105*, et a également traduit *Ma place au soleil* et *Tom O'Clock*.

Découvrez la suite
des aventures de So dans
2105, Les messagers de l'oubli.